MARLENE FARO

Blutiger Klee

IN BESTEN KREISEN Ein alter Mann wird vor einer Wallfahrtskapelle mitten im Salzkammergut ermordet. Das Opfer gehörte dem Adel an, der in Österreich zwar längst abgeschafft ist, aber noch immer über Macht verfügt. Doch nicht einmal die Angehörigen scheinen Interesse an der Klärung des Falles zu haben. Chefinspektor Artur Pestallozzi stellt Fragen, die längst vergessene Geschichten wieder ans Tageslicht holen. Unterstützt wird er dabei von der Gerichtsmedizinerin Lisa Kleinschmidt, die als alleinerziehende Mutter von Max und Miriam so gar nicht dem Klischee der CSI-Pathologin auf High Heels entspricht. Immer tiefer stoßen sie bei ihren Ermittlungen in die Geschichte des idyllischen Ortes und der einflussreichen Familie vor. Immer stärker durchdringt der Fall auch ihr Privatleben. Bald stellt sich heraus: Die Kindheit zeichnet uns fürs ganze Leben und schlägt Wunden, die nie ganz verheilen. Ein längst erwachsenes Kind des Opfers könnte der Schlüssel zur Lösung des Falles sein.

Marlene Faro, geboren und aufgewachsen in Wien, arbeitete jahrelang als freie Journalistin für internationale Magazine wie Stern, Geo oder Cosmopolitan und verfasste Reisereportagen, Porträts und Interviews. 1996 landete sie mit ihrem ersten Buch über die Welt der Frauenzeitschriften einen Bestseller, der auch verfilmt wurde. Es folgten weitere Romane, Erzählungen und Sachbücher. Marlene Faro lebt heute abwechselnd in Wien und im Salzkammergut.

MARLENE FARO

Blutiger Klee

SALZKAMMERGUT-KRIMI

GMEINER

Personen und Handlung sind frei erfunden.
Ähnlichkeiten mit lebenden oder toten Personen
sind rein zufällig und nicht beabsichtigt.

Im Ehnried 5, 88605 Meßkirch
Telefon 07575/2095-0
info@gmeiner-verlag.de

1. Neuausgabe 2024

Lektorat: Claudia Senghaas, Kirchardt
Herstellung: Mirjam Hecht
Umschlaggestaltung: U.O.R.G. Lutz Eberle, Stuttgart
unter Verwendung eines Fotos von: © Violetastock / istockphoto.com
Druck: CPI books GmbH, Leck
Printed in Germany
ISBN 978-3-8392-0563-1

Für Heinz

Lass dich nicht vom Bösen überwinden

Römer 12, 21

I

Die Hitze lag wie ein Summen von Millionen Mücken über dem See und den Bergen. Zitronenfalter kreiselten um die weißen Blüten einer Taubnessel. Wilder Salbei und Brennnesselstauden säumten den Weg, Heckenrosen leuchteten rot durch das Gehölz. Die Luft war erfüllt vom Duft der Kräuter, die die meisten Wanderer bloß für Unkraut hielten. Aber sie wusste es besser. Beinwell half gegen Entzündungen, Spitzwegerich gegen Husten. In ihrem Alter wusste sie vieles besser, so vieles hätte sie erzählen und aufklären können, aber keiner fragte sie danach. Die Jungen im Dorf starrten auf die flimmernden Bildschirme ihrer Computer so wie die Menschen früher auf den Himmel, der bei Fronleichnamsprozessionen durch den Ort getragen wurde. Und sie hielten verblüffenderweise für wahr, was ihnen das Flimmern verkündete. »Für ›Guggl‹ bist du der gläserne Mensch, Tante Kathi, die wissen alles über dich.« Das hatte ihre Lieblingsnichte Anna lachend zu ihr gesagt, als ob das eine wunderbare Sache sei, und sie hatte mitgelacht – obwohl sie keine Ahnung hatte, wer diese ›Guggl‹ waren. Doch es tat gut, mit den Jungen zu lachen, selten genug ergab sich die Gelegenheit dazu. Mit dem Alter war das Unsichtbarwerden gekommen, wie eine Krankheit, über die man besser nicht spricht. Aber manchmal erhaschte sie einen

Blick oder ein Lächeln, das ihr bestätigte, dass sie ja doch noch da war und dazugehörte.

Der Weg bog ein letztes Mal um eine scharfe Kurve, ehe das Dach der Kapelle endlich zwischen dem Grün der Linden aufblinken würde. Sie blieb stehen, schwer atmend, und blickte hinunter auf den See und die Ortschaften, die sein Ufer säumten. Ein Ausflugsdampfer passierte gerade die schmalste Stelle, die das Wasser wie eine Sanduhr einschnürte. Segelboote glitten dahin, Gelächter und das Jauchzen von Kindern wurden vom Wind bis zu ihrer Anhöhe hinaufgeweht. Und der Gestank von Jauche, die der Loibner gerade aus einem Tankwagen über seine Felder versprühte. Die Touristen und auch die meisten Einheimischen rümpften über den Gestank die Nase, im Gemeinderat war sogar über ein Düngeverbot gestritten worden, aber sie sog den Geruch ein wie den Duft von Weihrauch und Kerzen in der Kirche. Gleich würde es Zwölf läuten, dann begann drunten in den winkeligen Gassen der Wettlauf um einen Tisch in den Gastgärten, am besten unter einem schattigen Kastanienbaum. Touristen kamen das ganze Jahr über an den See, auf den Spuren von Mozart und Operettenseligkeit, aber in den Sommermonaten nahm der Ansturm geradezu beängstigende Ausmaße an. Japaner und Amerikaner, Deutsche und Holländer, Italiener und Franzosen schoben sich dann an Auslagen, vollgestopft mit Kuckucksuhren und Lebkuchenherzen, vorbei, über die Wirtshaustische wurden rot-weiß-rot karierte Tücher gebreitet, und die Serviererinnen zwängten sich trotz der Hitze in Dirndlmieder mit tief dekolletierten Rüschenblusen. Jedes Jahr von Mai bis September wölbte sich dann der Himmel über dem See wie über einem riesigen Bühnenbild, das die tröstliche Ahnung einer heilen Welt versprach. Sound of music, Zauberflöte, Apfelstrudel – oh, how lovely!

Aber sie wusste es besser. Sie stützte die Hände gegen ihr schmerzendes Kreuz und sah zur gegenüberliegenden Hügelkette, wo sich das Sonnenlicht in den blank geputzten Fenstern eines Anwesens spiegelte. Dort drüben hatte der Vinzenz gehaust mit seinen Töchtern, die Frau war ihm im Wochenbett gestorben. Die Töchter wurden nur selten in der Schule gesehen, aber bekamen fast jedes Jahr ein Kind, als sie noch selbst beinahe Kinder waren. Alle hatten sich ihren Teil gedacht, aber niemand hatte nachgefragt oder war den Mädchen zu Hilfe gekommen. Solche Dinge geschahen eben, damals, auf den entlegenen Höfen, die der Schnee bis weit hinein ins Frühjahr vom Rest der Welt abschnitt. Die Säuglinge waren dann auch fast alle gestorben, an Durchfall und Fieber oder Lungenentzündung, niemand hatte Genaueres wissen wollen, auch der alte Doktor nicht.

Sie schirmte ihre Augen mit der Hand gegen das grelle Mittagslicht ab. Aus dem verwahrlosten Gehöft vom Vinzenz war eine Jausenstation geworden, die von der Katja peinlich sauber geführt wurde. Die Katja hatte als einzige von der Sippe überlebt, irgendwie, und sich zum stillen Staunen des ganzen Ortes tadellos herausgemacht. Was der Pfarrer wohl ins Taufbuch eingetragen hatte? Vater unbekannt, was sonst. Die Männer verschwanden im Dunst der Wirtshäuser oder zogen als Holzfäller oder Kellner davon, die Frauen blieben mit den Kindern zurück. Und das Kinderkriegen war immer mit Schande verknüpft gewesen, auch wenn man als Verheiratete die Schürzenmasche stolz auf der rechten Seite tragen durfte. Die Ida, ihre Schulfreundin, hatte nach Südtirol geheiratet und sechs Kinder vom Lorenz bekommen. Aber nach jeder Geburt hatte die Ida vor der Kirchentür auf Knien rutschen und den Herrn Pfarrer um Vergebung für ihre Unkeuschheit bitten müssen. So streng waren die Sitten damals im Tal hinter Sterzing gewesen, als schon längst ein Mensch auf dem Mond gelandet war.

Sie hätte sich jetzt so gerne niedergesetzt und ausgeruht, ihre Beine waren um die Knöchel dick angeschwollen und brannten. Aber die einzige Bank auf diesem langen Weg stand erst direkt vor der Kapelle, also ging sie langsam weiter. Drunten in der nirostaglänzenden Hotelküche mit den Raclettepfännchen und Milchschäumern und der blinkenden Mikrowelle würden sie bestimmt schon nach ihr fragen. Eigentlich war die Küche ja das Reich vom Edi, der dem ›Kaiserpark‹ schon im zweiten Jahr nach seiner Rückkehr eine Haube erkocht hatte, sehr zur Freude des Hotelbesitzers, einer internationalen Kette mit Sitz in der Schweiz. Aber es hatte sich herausgestellt, dass viele der verwöhnten Gäste über Lachscarpaccio und flambierte Feigen an getrüffeltem Ziegenkäse nur wenig erfreut schienen, ständig schwenkten sie ihre Reiseführer und fragten mit ulkiger Aussprache nach ›Kasnoggen‹ und ›Holzhackerknodeln‹. Also war sie für die Hauptsaison im Sommer an den Herd zurückgeholt worden, sehr zum Verdruss vom Edi, aber er hatte ihr dann doch einen Platz an dem großen Küchentisch eingeräumt. Mittlerweile kamen sie sogar ganz gut miteinander aus, sie hatte dem Edi ehrlich Respekt gezollt für die vielen Tricks und Kniffe, die er im fernen Frankreich und in den Schweizer Nobelskiorten gelernt hatte. Heute Abend würden sie für eine große Gesellschaft gemeinsam Forellen aus dem See mit frischen Kräutern füllen und braten und als Nachtisch Palatschinken mit Marillenmarmelade servieren. Mit Ende der nächsten Woche neigte sich die Hauptsaison allmählich ihrem Ende zu, sie freute sich schon voller Erleichterung darauf. Dann konnte der Edi wieder ungestört werken und von einer zweiten Haube träumen, und sie konnte sich ihrem Garten und dem Stricken widmen. Sie seufzte wieder, diesmal aus Erleichterung. Dann blickte sie auf und hielt inne.

Die Kapelle schien endlich zum Greifen nah, weiß schimmerten ihre gekalkten Mauern durch das grüne Blattwerk. Aber die Bank davor war besetzt. Ein Mann saß darauf, halb abgewandt von ihr, doch er war unverkennbar mit seiner hirschledernen Joppe und dem weißen Haar, das den Nacken hinauf und rund um die Ohren militärisch kurz rasiert war, nur auf dem Oberkopf ragten ein paar struppige Büschel zum Himmel. Ganz untypisch zusammengesunken saß er da, und dennoch ging eine Aura von ihm aus wie von den herrischen Bronzestatuen mancher Feldherren, die noch immer Befehle zu erteilen schienen. Sie fühlte, wie Zorn in ihr hochstieg, der das Unbehagen hinwegspülte. Was hatte er hier zu suchen? Saß da auf der Bank, wegen der sie den ganzen steilen Weg heraufgekommen war. Hier hatte sie ausruhen und verschnaufen wollen, es zog sie immer wieder an diese Stelle, schon seit ihrer Kindheit. Die Kapelle im Rücken, den See zu Füßen. Dann war ihr alles immer leichter erschienen, die Sorgen und die viele Arbeit. Und sie würde sich auch heute nicht vertreiben lassen, ganz bestimmt nicht, außerdem war sie viel zu erschöpft vom Anstieg, um auf der Stelle umzukehren.

Entschlossen machte sie einen weiteren Schritt auf die Bank und die Gestalt darauf zu. Und noch einen. Ein Vogel schrie hoch über ihr, ein Schatten streifte ihre Wange, erschrocken hob sie die Hand, als ob sie ein Spinnweb fortstreifen wollte. Dann spürte sie es, wie ein Prickeln in ihren Nasenlöchern. Den Geruch, der sie ganz plötzlich wieder in die Tage ihrer Kindheit zurückversetzte. So lange hatte sie ihn schon nicht mehr einatmen müssen, zum Glück. Sie stand da und hob ihren Kopf wie ein Tier, das die Gefahr wittert und zur Flucht bereit war. Denn es roch nach Sauschlachten.

*

Eine knappe Stunde später hatten sich die Schmetterlinge in den Wald geflüchtet, und die Taubnesseln am Wegesrand waren von Autoreifen zerquetscht. Zwei schwitzende Männer in Uniform standen vor der Kapelle und wagten es nicht, eine Zigarette zu rauchen. Sie hatten bereits den Mann auf der Bank begutachtet, ungläubig, fassungslos, jetzt vermieden sie es, noch einmal hinzusehen.

»Wie lange wird das denn noch dauern? Wann kommen die endlich?«

»Die müssten jeden Augenblick da sein. Sei nicht so ungeduldig, der Ärger fangt noch früh genug an.«

Minuten später war das Geräusch eines Autos zu hören, das sich über den Weg heraufquälte, dann bog ein silberfarbener Skoda um die letzte Biegung und parkte mit einem Ruck rückwärts unter einer Linde. Zwei Männer und eine Frau stiegen aus, die Frau war noch ziemlich jung und ziemlich dünn, sie trug einen Koffer, dessen Last sie wie eine zierliche Birke zur Seite verbog. Die beiden Männer sahen fast wie Brüder aus mit ihren kurz geschnittenen dunklen Haaren. Beide waren schlank und groß, der ältere ging ein wenig krumm, so wie freundliche Menschen manchmal wirken, die sich dem Gegenüber im Gespräch gern entgegenbeugen. Der jüngere sah nach regelmäßigem Fitnesstraining aus, der hatte bestimmt einen Waschbrettbauch unter dem Hemd. Die drei kamen rasch näher, die Männer in Uniform nahmen Haltung an, der ältere von ihnen salutierte.

»Bezirksinspektor Krinzinger. Und das ist mein Kollege Inspektor Gmoser. Wir haben den Tatort bereits gesichert.«

Die Frau mit dem Koffer nickte leicht und ging ohne weitere Worte auf die Bank zu, der ältere der beiden Neuankömmlinge nickte ebenfalls zur Begrüßung.

»Ich bin Artur Pestallozzi, und das ist der Leo Attwenger. Danke, Kollegen, wir haben ja schon telefoniert. Gibt es irgendwelche neuen Erkenntnisse?«

Krinzinger räusperte sich. »Wie bereits gemeldet, handelt es sich bei dem Toten um den Baron …«

Chefinspektor Pestallozzi sah ihm ins Gesicht, er wirkte eindeutig amüsiert, ohne auch nur eine Miene verzogen zu haben. »Den Baron?«

Krinzinger geriet noch mehr ins Schwitzen. »Also, natürlich, ich weiß, wir leben in einer Republik. Es ist nur, dass alle hier …«

Verdammt, da stand er und machte sich zum Idioten, der junge Gmoser wagte es sogar, ganz unverschämt zu grinsen. Aber wenn er dem Alten unten in Bad Ischl begegnet wäre, dann hätte er ganz bestimmt die Hacken zusammengeschlagen und ›Grüß Gott, Herr Baron‹ geschmettert, der

Schleimer. Und dieser Pestallozzi brauchte ihn bestimmt nicht zu belehren. Was wusste so einer schon vom Leben hier draußen. Hier herrschten noch andere Sitten als … Krinzinger setzte zu einem Neubeginn an.

»Selbstverständlich ist mir bewusst, dass es sich dabei um eine überholte Anrede handelt. Aber der Herr Baron, ich meine, der Herr Gleinegg, ist hier eine überaus bedeutende Persönlichkeit, ich meine natürlich, er ist es gewesen. Wir sind alle sehr betroffen, es ist für unsere Gemeinde eine kaum zu fassende …«

»Schon gut.«

Pestallozzi ließ ihn stehen und ging zu der Bank, vor der die Frau bereits kniete und ihren Koffer geöffnet hatte. Dieser Attwenger folgte ihm, Krinzinger und Gmoser hielten respektvoll Abstand. Sollten sich doch die Wichtigtuer aus Salzburg die Sauerei aus der Nähe betrachten, der Geruch war jetzt schon eine Zumutung. Krinzinger musste plötzlich an die Blutsuppe denken, die es früher auf den Bauernhöfen gegeben hatte, wenn ein Schwein geschlachtet worden war. Frisches Blut mit Speckwürfeln und viel Majoran, seine Großmutter hatte die Brühe immer mit einem riesengroßen Holzlöffel umgerührt, der vom jahrelangen Gebrauch schon ganz dunkelbraun gebeizt gewesen war. Heute war das ja verboten, die Herrschaften von der EU hatten dafür gesorgt, aber als Kind hatte er gerne davon gekostet, schon um seinen kreischenden Schwestern zu imponieren. Krinzinger fühlte plötzlich, wie ihm der Schweiß aus allen Poren brach. Er nestelte eine Packung Marlboro Gold aus seiner Brusttasche und zündete sich eine an, Vorschriften hin oder her. Immer noch besser, eine Zigarette zu rauchen als sich zu übergeben.

Pestallozzi war ebenfalls in die Knie gegangen und starrte auf die blut- und kotverkrusteten Hände, die der Mann auf der Bank ineinander verkrampft hatte. Fliegen schwirrten über den Darmschlingen, die aus seinem Bauch quollen, Pestallozzi machte eine rasche Handbewegung, aber so leicht ließen sie sich von diesem Festmahl nicht vertreiben. Dann hob er den Blick und sah zum ersten Mal in das Gesicht des Mannes, von dem er schon so viel gehört hatte. Wie jeder, der hier im Umkreis aufgewachsen war. Das Gesicht des alten Mannes war schmerzverzerrt, sein Kiefer wirkte, als ob er mit aller Macht die Zähne zusammengebissen hätte. Beeindruckend, dachte Pestallozzi, jeder andere hätte bestimmt noch versucht, um Hilfe zu schreien. Aber der da, der hätte sich wohl lieber die Zunge abgebissen. Und dann vermeinte er noch einen Zug im Gesicht des Mannes zu entdecken, der so qualvolle letzte Minuten seines Lebens durchlitten hatte. Das Gesicht des Mannes wirkte überrascht. Überrascht, fassungslos, überrumpelt. Und immer noch überheblich. Seine Augen waren weit geöffnet, Fliegen krabbelten über sein Gesicht. Pestallozzi wedelte sie neuerlich davon. Mehr konnte er für den Baron Gleinegg nicht mehr tun. Er hatte auch nicht das Bedürfnis danach. Er erhob sich mit knackenden Gelenken und hoffte, dass die Frau, die neben ihm kniete, nichts gehört hatte.

»Kannst du mir schon etwas sagen, Lisa?«

»Erwürgt ist er nicht worden«, sagte Lisa, Frau Dr. Lisa Kleinschmidt.

Pestallozzi antwortete nicht.

»Entschuldige«, sagte die Frau, »das macht einfach die Hitze.« Sie schwieg wieder.

»Schon gut«, sagte Pestallozzi.

Die Gerichtsmedizinerin stupste mit einer behandschuhten Fingerspitze sanft gegen die Augäpfel des toten Mannes, dann betastete sie seine Kiefermuskeln mit beiden Händen. »Das muss so vor zwei bis drei Stunden passiert sein«, sagte sie. »Allerhöchstens.«

Pestallozzi nickte. Am Sonntagvormittag, noch vor dem Zwölfuhrläuten also.

»Wann werden deine Leute da sein? Wir sollten ihn fortschaffen, sobald die Spurensicherung fertig ist. Sonst fressen ihn noch die Fliegen auf.«

»Die sind schon im Anmarsch. Aber heute ist Sonntag, und du weißt ja, was das heißt. Urlauberschichtwechsel. Auf der Autobahn bei Mondsee ist in der Früh ein rumänischer Bus gegen eine Leitplanke geknallt und hat sich überschlagen, die haben den ganzen Vormittag nur Schwerverletzte und Leichen geborgen. Aber sie müssten innerhalb der nächsten halben Stunde hier sein.«

»Geht in Ordnung.«

Er nickte Leo, seinem Assistenten, zu, der daraufhin die Kamera zückte, und wandte sich wieder an die beiden Männer, die wenige Meter hinter ihm standen.

»Wer ist diese Frau, die ihn gefunden hat?«

Krinzinger trat einen Schritt vor.

»Die alte Kathi, das heißt, Katharina Luggauer. Sie ist schon über 80, aber im Sommer hilft sie immer noch im ›Kaiserpark‹ aus, in der Küche. Wie sie den Ba…, wie sie den Herrn Gleinegg gefunden hat, ist sie runter zum Loibner, das ist der nächste Bauer unten am Weg, und hat Alarm geschlagen.«

»Hat sie kein Handy dabei gehabt?«

Jetzt konnte sich endlich auch Krinzinger ein leichtes Grinsen erlauben. »Die alte Kathi hat bestimmt kein Handy dabei, wenn sie zur Kapelle geht.«

»Natürlich, dumm von mir.«

Krinzinger blieb der Mund offen. War dieses Eingeständnis jetzt ernst gemeint oder wollte ihn dieser Oberkapo auf den Arm nehmen?

»Und wo ist sie jetzt?«

»Sie sitzt unten beim Loibner in der Stube.«

»Wie weit ist das zu Fuß?«

»Zu Fuß?«

Verdammt, Krinzinger merkte ja selbst, dass er wie die Karikatur von einem beschränkten Dorfgendarm klang. Er wünschte sich einfach nur weit weg, nach Hause auf seine Veranda, wo ihm seine Frau ein kühles Bier brachte, wenn sie ausnahmsweise einmal guter Laune war, oder, besser noch, an die Adria. Jetzt in einem Liegestuhl dösen und dann im warmen Wasser schnorcheln. Und sich nicht mit diesen möchtegerncoolen Typen herumplagen müssen. Schon in der Schule hatte er nie gewusst, wann etwas ernst gemeint oder bloß ein Scherz war. Als ihm zum Beispiel damals nach dem Sexualkundeunterricht der Gottlieb erzählt hatte, dass der Penis wachsen würde, wenn man lebendige Regenwürmer …

»Inspektor Krinzinger?«

»Äh ja, natürlich, Verzeihung. Ich habe nur kurz über den besten Weg nachgedacht. Also wenn man flott abwärts geht und dann rechts den Steig durch den Wald nimmt, dann kann man in weniger als 15 Minuten …«

»Danke, Inspektor.«

Pestallozzi wandte sich neuerlich an seinen Assistenten.

»Leo, du kümmerst dich um die Kollegen von der Spurensicherung. Ich gehe ein paar Schritte.«

Leo Attwenger nickte und konzentrierte sich auf das nächste Motiv, Grasbüschel rund um die Bank. Dann war der Chefinspektor verschwunden. Krinzinger und Gmoser blickten ihm nach.

»Und jetzt?«, fragte Gmoser frech.

Woher soll ich das wissen, hätte Krinzinger ihn am liebsten angeschrien. Aber stattdessen zündete er sich nur eine Zigarette an.

Pestallozzi war um die Kurve gebogen, und innerhalb weniger Herzschläge waren das Auto und die Kollegen, die Bank und der Mann darauf verschwunden. Vielleicht spalte ich mich ja langsam auf, dachte er. Bei seinen Fällen hatte er immer wieder mit diesem Phänomen zu tun, Menschen, die unfassbare Scheußlichkeiten erlebt hatten, entschwanden aus der Realität. Werde ich langsam verrückt? Wie lange kann man diesen Job machen, ohne darüber den Verstand zu verlieren? Saufen hilft nicht, das habe ich schon probiert. Tabletten finde ich zum Kotzen, Antidepressiva, nein danke. Und jetzt gehe ich da auf diesem Waldweg und die Vögel zwitschern, es fehlt nur noch ein Reh, das durch die Büsche springt. Der da oben auf der Bank, der ist auch durch diesen Wald gewandert, dabei war er schon ein uralter Mann, über 90, Näheres werde ich ja bald wissen. Und diese Frau, die ihn gefunden hat, diese Kathi, die ist mit über 80 Jahren da hinaufgestiegen. Das muss ein zäher Menschenschlag sein, der in dieser Gegend lebt. Ob sich die beiden treffen wollten? Ein seltsames Zusammentreffen ist das ja schon. Ein alter Mann und eine alte Frau im Wald. Ob sie sich von früher gekannt haben? War da noch eine Rechnung offen? Verschmähte Liebe, die nach fast einem Jahrhundert noch immer nicht verziehen war?

Beinahe hätte er die Abzweigung auf der rechten Seite übersehen, wo ein steiler Steig von den Serpentinen des Wanderweges wegführte. Er rutschte über Wurzelwerk, das aus dem moosigen Boden drängte, seine glatten Schuhsohlen waren auf so eine Kletterpartie nicht vorbereitet. Pestallozzi fluchte leise und stützte sich mit den Händen an einem Baumstamm ab. Es raschelte und knackte, ein Rinnsal bahnte sich den Weg zwischen Steinen und Flechten und braun vergilbten Blättern. Schon nach wenigen Metern waren seine Schuhe nass und seine Hosenbeine fleckig. Selber schuld, dachte er. Zum Glück konnte ihn Iris jetzt nicht sehen, seine Exfrau. Die hätte ihren Spaß daran gehabt. Und dann hätte sie ihre Augenbrauen in die Höhe gezogen, auf diese maliziöse Art, die ihn immer zur Weißglut getrieben hatte. »Ist denn das wirklich nötig?«, hätte sie gefragt. »Bei CSI nämlich …«

Genau, bei CSI hätte ein Detective mit verspiegelten Sonnenbrillen und im Armani-Anzug ganz bestimmt den winzigen Halm in der Ohrmuschel des Opfers entdeckt und unverzüglich zur Analyse ins Labor gebracht, wo sich innerhalb von wenigen Minuten herausgestellt hätte, dass der Halm eigentlich das Bein einer Blattlaus war, die nur auf dem weltweit einzigartigen Farn im Garten des Nachbarn vom Opfer zu finden war. Dazu wären ein paar perfekt geföhnte weibliche Detectives auf High Heels durch die Blutlachen gestöckelt und hätten dem Chef ihre messerscharfen Beobachtungen zugehaucht. Nach 45 Minuten war der Täter ermittelt, jedes Mal, und Iris hatte vielsagend geseufzt und zu einem anderen Programm weitergezappt. Er hatte ihr einfach nicht vermitteln können, wie grotesk diese Serien doch waren. Und dass er keine einzige Frau kannte, die auf High Heels ihren Dienst versah. Sondern nur Kolleginnen, die fast ausnahmslos alleinerziehende Mütter waren und denen der Schweiß ausbrach, wenn ihr Kind in einer heißen Ermittlungsphase an Angina erkrankte. Irgendwann war es dann auch nicht mehr wichtig gewesen, was sie über ihn und seine Arbeit …

Der Steig endete so abrupt, wie er begonnen hatte, und Pestallozzi hob die Hand, um das grelle Sonnenlicht abzuwehren, das ihm nach dem Dämmerlicht des Waldes in die Augen stach. Vor ihm lag eine sanft abfallende Wiese, der Weg führte durch ein Gatter zu einem adretten Bauernhof mit üppig blühenden roten und weißen Begonien auf dem Holzbalkon im ersten Stock. Ein Geruch war nicht zu verdrängen, den wohl jeder als Gestank bezeichnet hätte, aber Pestallozzi erschien er wie eine frische Wolke nach dem Geruch von Blut und Kot, der noch immer in seiner Nase brannte. Frisch gedüngte Felder, ein Mann in Hemdsärmeln rumpelte mit seinem Traktor über die Furchen, hier verstand einer sein Geschäft. Ein semmelbrauner Hund bellte hinter dem Gatter, aber er wedelte gleichzeitig mit dem Schwanz. Pestallozzi öffnete vorsichtig das Gatter, betrat das Hofareal und schloss das hölzerne Tor wieder hinter sich. Dann streckte er die Hand nach dem Hund aus. Der kam zögernd näher, roch an der Hand und entschloss sich, mit dem Bellen aufzuhören. Pestallozzi liebte Hunde, irgendwann würde er selbst einen haben. Er kraulte das Tier am Kopf, dann näherten sie sich einträchtig dem Haus. Eine Frau stand in der offenen Tür, Pestallozzi schätzte sie auf Mitte 30, sie trug Jeans und einen Pullover, und sah ihm neugierig entgegen.

»Frau Loibner?«

Die Frau nickte.

»Ich bin Chefinspektor Artur Pestallozzi, guten Tag. Sie wissen sicher, weshalb ich komme. Befindet sich Frau Katharina Luggauer noch bei Ihnen?«

Die Frau nickte wieder und ergriff seine ausgestreckte Hand. »Grüß Gott. Ja, sie sitzt bei mir in der Küche. Kommen Sie doch herein.«

Der Hund wollte ihnen nach, aber die Frau schüttelte den Kopf. »Chico, du musst draußen bleiben.«

Er folgte ihr durch einen langen Flur, der mit Steinfliesen ausgelegt und angenehm kühl war. Schlammverkrustete Gummistiefel standen auf einer Bastmatte, und Kinderspielzeug lag auf einer Bank. Ein säuerlicher Geruch nach Milch und Käse hing in der Luft. Hoffentlich hat die Aufregung der alten Frau nicht zu sehr zugesetzt, dachte Pestallozzi, und hoffentlich haben sie ihr nicht ein paar Schnäpse eingeflößt gegen den Schrecken. Ich brauche ihre Aussage, sie ist bis jetzt unser einziger Anhaltspunkt.

»Wie geht es Frau Luggauer?«, fragte er leise die Frau, die gerade eine Tür mit Glasscheiben öffnen wollte.

Die Frau blickte ihn an, offenkundig erstaunt über seine Frage. »Gut«, sagte sie. »Der Kathi geht es gut.«

Dann traten sie in die Wohnküche, Pestallozzi blieb einen Moment lang im Türrahmen stehen. Wie großzügig und weitläufig man am Land doch immer noch lebte. Er dachte an die Wohnungen in der Stadt, an seine eigene, die immerhin drei Zimmer hatte und einen Balkon. Aber diese Küche war größer als sein ganzes Wohnzimmer und das Schlafzimmer dazu, ein Raum zum Arbeiten und zum Zusammensitzen. Alles erschien ihm gewaltig, der Herd und die Kühltruhe, die Schränke an der Wand. Hier taute man sich keine Tiefkühllasagne auf, hier wurde ganz bestimmt noch richtig gekocht. Auf der gekachelten Arbeitsplatte unter dem Fenster auf der linken Seite stand eine Schüssel voller Teig, auf dem Herd köchelte eine Suppe. Auf einem Holzbrett lagen frisch gepflückte Kräuterbüschel, es duftete nach Thymian und Rosmarin, sogar Pestallozzi erkannte das, die Gerüche nahmen offenbar kein Ende an diesem Tag. Die gegenüberliegende Ecke der Küche war mit dunklen Holzpaneelen verkleidet, eine Bank stand davor und ein quadratischer Tisch, über den eine Decke mit blauem Kreuzstichmuster gebreitet war. Schräg über der Ecke hing ein Kruzifix, das mit Weizenähren geschmückt war. Unter dem Herrgottswinkel saß eine alte Frau.

Die alte Frau hatte ganz bestimmt keinen Schnaps getrunken, Pestallozzi registrierte es mit Erleichterung. Sie sah ihm entgegen, gefasst, abwartend. Sie trug ein dunkelgrünes Dirndlkleid von der hochgeschlossenen Art, das keine Rüschenbluse darunter brauchte. Ihr Haar silbrig grau und auf altmodische Art wie eine Krone in einem langen, dünnen Zopf um den Kopf gewickelt. Ihr Gesicht war braun gegerbt und von Falten durchzogen, aber ihre Brauen über den hellen Augen waren noch immer geschwungen wie bei einem Mädchen. Diese Frau muss einmal eine richtige Schönheit gewesen sein, dachte Pestallozzi erstaunt. Aber so etwas durfte man ja eigentlich gar nicht mehr sagen oder auch nur denken. Frauenfeindlich sei das, hatte ihn Iris einmal hell entrüstet zurechtgewiesen, als er das über eine Kellnerin, die sie bedient hatte, gesagt hatte. Aber vielleicht hatte Iris ja auch nur Angst gehabt, dass man das irgendwann einmal über sie selbst sagen würde, und dass dieser Tag nicht mehr allzu … Er merkte, dass er noch immer im Türrahmen stand und die beiden Frauen ihn ansahen. Es war ganz still im Raum, nur ein Vorhang schwang sacht im Wind. Er räusperte sich und trat in die Küche und auf die alte Frau zu.

»Chefinspektor Artur Pestallozzi, grüß Gott, Frau Luggauer.«

Die alte Frau erhob sich, ihre Hand war warm und trocken, aber er konnte die Schwielen spüren.

»Bitte nehmen Sie doch wieder Platz. Hoffentlich haben Sie sich von dem Schrecken ein wenig erholt. Es tut mir wirklich sehr leid, dass Ihnen das widerfahren ist.«

Wie jung er ist, dachte Kathi. Aber in meinem Alter ist eben fast jeder jung, dem man ins Gesicht schaut. Sie setzten sich beide, jeder auf eine Seite der Eckbank. Die Bäuerin trat an den Tisch. »Wollen Sie vielleicht einen Kaffee?«

Pestallozzi schüttelte den Kopf. »Vielen Dank! Ein Glas Wasser wäre mir lieber!«

Die Bäuerin ging zu dem mannshohen Kühlschrank und holte eine Mineralwasserflasche heraus, füllte ein Glas und stellte es vor ihn auf den Tisch. Pestallozzi wäre ein Glas kaltes Leitungswasser lieber gewesen, die prickelnden Perlen verursachten ihm immer Sodbrennen, aber er würde sich hüten, die Freundlichkeit seiner Gastgeberin zurückzuweisen.

»Vielen Dank! Eine Bitte hätte ich allerdings noch, ich würde gerne mit Frau Luggauer alleine …«

»Kein Problem!«

Die Loibnerin wirkte zum Glück nicht beleidigt, wie es in solchen Situationen so oft der Fall war. »Ich hab draußen genug zu tun! Brauchst du noch was, Kathi?«

Die alte Frau lächelte die jüngere an. »Danke! Alles passt!«

Dann ging die Loibnerin hinaus und schloss die Tür hinter sich, der Vorhang am offenen Fenster wurde von dem plötzlichen Windstoß für einen Moment ins Freie gezogen. Pestallozzi trank mit tiefen Zügen das kalte Wasser. Er hatte ganz plötzlich das Gefühl, dass sich die Ermittlungen in den kommenden Minuten entscheidend entwickeln würden. Er erhoffte nicht die Lösung des Falles, keineswegs, aber es würde sich ein Pfad auftun, diese alte Frau hatte es in der Hand. Oder sie wollte nicht, und er würde im Labyrinth von frustrierend unergiebigen Befragungen herumirren. Er sah sie voller Interesse an.

»Wie geht es Ihnen jetzt? Kann ich Ihnen ein paar Fragen stellen?«

»Mir geht es gut. Fragen Sie ruhig.«

Die alte Frau wirkte so gelassen, als ob er sie bloß beim Sockenstricken gestört hätte. Dabei hatte sie doch diese Scheußlichkeit auf der Bank entdeckt, die sogar ihn verstört hatte, auch wenn er sich nichts anmerken ließ. Er holte einen zerknitterten Spiralblock aus seiner Jackentasche und einen Kugelschreiber. Von Aufnahmegeräten hielt Pestallozzi nichts, seitdem er vor Jahren nach einer stundenlangen Befragung mit kaltem Schweiß auf der Stirn festgestellt hatte, dass er wieder einmal auf einen falschen Knopf gedrückt hatte. Seitdem hielt er stur an seinen Spiralblöcken fest, zum verstohlenen Gespött der jüngeren

Kollegen. Aber er wusste, selbst wenn ihm die Aufzeichnungen abhanden kommen würden, so waren sie durch das Mitkritzeln doch in sein Gedächtnis eingebrannt. Wie eine Grabinschrift auf einem bemoosten Stein. Pestallozzi vergaß nichts, was er einmal in seiner krakeligen Klaue notiert hatte.

»Sie sind …«

»Katharina Luggauer. Ich wohne unten in Aich 23.«

»Sie sind …«

»Ich bin 84 Jahre alt. Ich habe meinem Bruder den Hof geführt. Jetzt helfe ich manchmal noch in der Küche vom ›Kaiserpark‹ aus. »

Die alte Frau gestattete sich den winzigen Anflug eines Lächelns. Knapp und effizient, dachte Pestallozzi. Er war schon Politikern und Topmanagern gegenübergesessen, die voller Arroganz und Leutseligkeit waren, und die dennoch die Panik nicht aus ihrem Gesicht weggrinsen konnten. Die Frau vor ihm war aus einem anderen Holz geschnitzt.

»Könnten Sie mir von dem heutigen Vormittag erzählen?«

»Eigentlich hätt' ich schon im ›Kaiserpark‹ sein sollen und die Forellen ausnehmen. Für das große Essen heute Abend. Aber ich wollte noch raufschauen zur Kapelle und mich ein bisschen ausruhen. Die letzten Wochen waren halt doch sehr …«

Die alte Frau zögerte, und Pestallozzi erkannte, wie unangenehm es ihr war, auch nur ein Wort des Klagens zu verlieren. Es musste höllisch anstrengend gewesen sein, im Trubel der Hochsaison in der Küche zu stehen und aufwendige Spezialitäten zu kochen. In ihrem Alter bekamen die meisten Menschen in der Stadt das Essen von Samariterdiensten geliefert und hatten eine Pflegerin, die täglich vorbeikam und putzte und wusch.

Er half ihr weiter. »Und da sind Sie also …«

»Da bin ich dann hinaufgegangen. Ich wollte ja schon früher los, bevor die Hitze zu arg wird, aber ich musste die Blumen gießen, und dann hat noch meine Nichte angerufen. Aber dann hab ich abgeschlossen und bin …«

»Wann war das? Können Sie sich noch erinnern? Ungefähr?«

»Es hat gerade elf Uhr geläutet.«

»Sehr schön. Sie sind eine ausgezeichnete Zeugin.« Er machte sich Notizen. »Und dann?«

»Der Weg ist mir diesmal so weit vorgekommen. Es war heiß, und ich habe viel länger gebraucht als sonst. Fast eine Stunde.«

Sie schwieg, und er ließ ihr die Zeit. Andere wären nach dem, was sie gesehen hatte, mit einem Nervenzusammenbruch in der Klinik gelegen.

»Dann bin ich endlich oben gewesen. Aber die Bank vor der Kapelle war besetzt.«

Sie klang noch immer ärgerlich, er konnte es ihr nachfühlen. »Haben Sie gleich erkannt, wer darauf gesessen ist?«

»Es war der Herr Baron.«

Pestallozzi ließ es ihr durchgehen. »Sind Sie zu ihm hingegangen?«

»Irgendetwas war anders. Ich habe es gleich gespürt. Aber ich kann nicht sagen, was es war.«

Sie schwieg, und er hatte zum ersten Mal den Eindruck, dass sie gegen ein Gefühl wie Panik ankämpfte.

»Wollen Sie etwas trinken? Sollen wir eine Pause machen?«

Sie schüttelte den Kopf.

»Danke, es geht schon wieder. Ich bin dann näher zu ihm hingegangen. Es hat gerochen. Zuerst hab ich es gar nicht glauben können, aber es hat nach Blut gerochen. Dann habe ich ihn angesprochen. Herr Baron, habe ich gesagt. Aber er hat sich nicht gerührt. Dann habe ich noch einen Schritt gemacht. Dann habe ich es gesehen.«

Pestallozzi stand auf, ging zu der Spüle und füllte ein Glas mit kaltem Wasser. Er ging damit zum Tisch zurück und reichte es der alten Kathi.

»Danke, Herr Chefinspektor.«

Sie trank mit geschlossenen Augen, die kleine Pause tat ihr gut, er konnte es sehen. Er setzte sich wieder an den Tisch.

»Haben Sie ihn berührt?«

»Nein. Ich bin nur dagestanden. Er war tot, ich konnte ihm nicht mehr helfen.« Sie hielt das Glas mit beiden Händen. »Mein Herz hat so geklopft, ich hätte mich so gern niedergesetzt, aber neben ihn, das war … und ins Gras wollte ich mich auch nicht setzen, ich hab Angst gehabt, dass ich dann nicht mehr hochkomme. Ich weiß nicht, wie lange ich so gestanden bin. Ein paar Minuten vielleicht. Nein, nur eine Minute, glaub ich. Dann hab ich mich umgedreht und bin zurückgegangen. Aber ganz langsam, mir war so kalt und heiß zugleich. Nur weitergehen, habe ich mir gedacht, damit der Kreislauf nicht kippt. Das hat mir unser Doktor schon ein paarmal geraten, ich hab so einen niedrigen Blutdruck. Ich bin dann den Weg zurückgegangen.«

»Haben Sie jemanden gesehen? Ist Ihnen jemand begegnet?«

Sie schüttelte den Kopf.

»Niemand. Beim Rauf- und beim Runtergehen nicht. Ich hab auch kein Auto gehört oder Stimmen im Wald. Es war ganz still, nicht einmal die Vögel haben gezwitschert. Aber vielleicht ist mir das auch nur so vorgekommen, weil es in meinen Ohren so gerauscht hat.«

»Sie sind sehr tapfer«, sagte er und er meinte es ehrlich.

Sie lächelte.

»Ich hab schon so viel gesehen«, sagte sie. Er glaubte ihr.

»Und dann?«

»Dann bin ich endlich beim Loibner gewesen. Über den langen Weg bis fast ganz runter, den steilen Steig kann ich ja nicht mehr gehen. Ich hab ihn draußen auf dem Feld auf seinem Traktor gesehen und hab versucht, ihn zu rufen, aber er hat mich nicht gehört. Dann bin ich zum Haus, und zum Glück war die Hanni da. Sie hat gerade Wäsche aufgehängt. Ich hab ihr alles erzählt, die Hanni hat es zuerst gar nicht glauben wollen, aber dann hat sie die Polizei angerufen.«

»Und der Loibner?«

»Der war auch kurz da, die Hanni hat ihn auf dem Handy angerufen. Aber er ist dann wieder zurück aufs Feld.«

Pestallozzi kritzelte bereits die zweite Seite voll. »Wir sind gleich fertig. Haben Sie jemanden, der sich um Sie kümmern kann?«

Die alte Frau sah ihn verblüfft an. »Aber ich bin doch nicht krank!«

»Natürlich nicht, so habe ich das nicht gemeint. Aber der Schock, ich meine, so etwas macht jedem zu schaffen.«

»Die Hanni wird mich mit dem Auto nach Hause bringen. Und dann habe ich ja meine Nachbarn, das sind nette Leute und so hilfsbereit. Und die Anna kommt bestimmt morgen, meine Nichte aus der Stadt.«

Er nickte. »Wir werden eine Unterschrift unter Ihre Aussage brauchen. Und ganz bestimmt werden noch Fragen auftauchen, ich werde also sicher wieder bei Ihnen vorbeischauen.«

»Das passt schon, Herr Chefinspektor.«

»Haben Sie den Toten gekannt?«

Die alte Frau blickte ihm gerade ins Gesicht. »Jeder hat ihn hier gekannt.«

»Und, was für ein Mensch war er?«

Sie blickte an ihm vorbei, zum offenen Fenster hin. Er wartete, draußen hörte man ein Auto näherkommen. Dann sah sie ihn wieder an. »Er war ein reicher Mann. Fast der ganze Wald von hier bis weit hinter Ischl hat ihm gehört. Und er war ein Jäger wie sein Vater und sein Großvater. Die ganzen Wände im Schloss hängen voll mit ausgestopften Tierköpfen.« Sie konnte einen Anflug von Abscheu in ihrem Gesicht nicht ganz unterdrücken.

»Sie kennen das Schloss?«

»Er hat früher immer Jagdgesellschaften zu Gast gehabt, und am Abend hat es dann große Essen gegeben. Ich hab dann mit ein paar anderen Frauen aus dem Dorf für die Gäste gekocht. Aber das ist schon Jahre her.«

Eine Autotür wurde draußen zugeschlagen, dann waren Stimmen zu hören, zwei Frauen, die miteinander sprachen, er kannte sie beide. Dann kamen Schritte über die Steinfliesen auf dem langen Flur, hastig, und die Tür zur Küche wurde aufgerissen. Im Türrahmen stand Lisa, die Gerichtsmedizinerin, dahinter war die Loibnerin zu sehen, neugierig und unübersehbar auch ein wenig verärgert, dass sich diese Leute so ungefragt in ihrem Haus bewegten.

»Artur, kann ich dich kurz sprechen?«

Er nickte und lächelte seiner Gesprächspartnerin am Tisch zu, stand auf und ging zu Lisa. Sie traten in den Flur, und er schloss die Tür hinter sich, dann sah er die Loibnerin mit einer kleinen Verbeugung an. »Darf ich Sie nochmals bitten?«

Sie lächelte widerwillig und ging wieder nach draußen, Lisa sah ihn spöttisch an. Artur und seine ausgesuchte Höflichkeit, damit gelang es ihm jedes Mal, auch die widerborstigsten Zeuginnen zu besänftigen. Dann wurde sie wieder sachlich, aber er merkte die Erregung in ihrem Gesicht.

»Er ist gerade abtransportiert worden. Ich fahre gleich zurück und werde ihn mir noch heute vornehmen. Aber weißt du, was ich entdeckt habe?«

Er wartete geduldig, auf so eine Frage war jede Antwort überflüssig.

»Wie er auf die Trage gelegt worden ist, da habe ich ihn noch einmal von oben bis unten angesehen und dann …« Sie zögerte. »Dann habe ich so ein Gefühl gehabt.« Sie zögerte wieder, aber Pestallozzi lächelte nicht. Schon dafür wäre sie für ihn durchs Feuer gegangen. Bei jedem anderen Kollegen hätte sie um keinen Preis das Wort ›Gefühl‹ in den Mund genommen. Jaja, die Weiber mit ihren Gefühlen oder mit ihrer weiblichen Intuition, wie das jetzt auf Obergescheit heißt. Und dann hätten sie sich alle gegenseitig angegrinst, bei einer Besprechung war ihr dieser Fauxpas ein einziges Mal passiert. Aber Artur sah sie bloß erwartungsvoll an.

»Ich habe ihm einen Schuh ausgezogen. Und dann den anderen. Der Leo und die anderen haben mich ganz verdattert angeschaut. Und dann …«

Sie konnte sich eine kleine Kunstpause einfach nicht verkneifen, Pestallozzi wartete geduldig.

»Der hat Linsen in den Schuhen gehabt! Wir haben im ersten Moment gar nicht gewusst, was das ist! Weil die so verfärbt und zerquetscht waren. Die Socken waren zerrissen und seine Fußsohlen waren ganz blutig. Der Mann hat Linsen in seinen Schuhen gehabt. Der ist auf Linsen gelaufen!«

»Linsen?«

Pestallozzi merkte, dass er spontan zu laut gesprochen hatte. Die alte Kathi in der Küche drinnen hatte es sicher gehört, und auch über die Loibnerin machte er sich keine Illusionen. Die stand bestimmt gleich neben der Eingangstür an der Hauswand, um kein Wort zu verpassen. Aber es war sowieso vergebliche Hoffnung, gerade in diesem Fall Diskretion zu erwarten. Der ganze Ort, ja die ganze Gegend war bestimmt schon in Aufruhr, die ersten Journalisten würden noch heute ausschwärmen und jeden Käfer befragen, der dem Baron Gleinegg jemals über den Weg gekrabbelt war. Es war ein Skandal, ein Megaskandal, ein Großereignis, das weit über die Grenzen dieses Landes Aufsehen erregen würde. Diese Tatsache hatte er bis jetzt von sich geschoben, droben vor der Bank, hier in dieser unwirklich friedlichen Küche. Aber er hatte nur mehr eine kurze Frist, bis das Chaos und die Erwartungen aus den Chefetagen bis hinauf zum Ministerium und der Medienrummel über ihn hinwegfluten würden. Und jetzt hatte das Opfer also Linsen in den Schuhen getragen. Er versuchte sich vorzustellen, wie sich das wohl anfühlen musste, und zog unwillkürlich die Zehen ein.

Lisa sah ihn an, gespannt und erwartungsvoll und ein bisschen unsicher. Ihr Haar kringelte sich rund ums Gesicht in feuchten Löckchen, sie roch ganz leicht nach Schweiß und nach Mandarinen, höchstwahrscheinlich von einem Deospray, der oben am Berg vor der Bank mit den Fliegen und dem Blut und dem Kot die versprochene 24-Stunden-Wirkung aufgegeben hatte. Lisa war eine der alleinerziehenden Mütter in seinem Team, sie jonglierte zwischen malträtierten Leichen auf ihrem Seziertisch, einer pubertierenden Tochter und einem kleinen Sohn im Kindergarten hin und her und jammerte nie, er hegte großen Respekt für sie.

»Linsen«, sagte er noch einmal gedankenvoll. »Also, das ist einmal etwas Neues. Gut gemacht, Lisa. Ich komme dann nach, wir sehen uns noch.«

Sie strahlte ihn an. »Danke. Leo wird gleich da sein, er holt dich ab. Bis später.«

Sie eilte durch den Gang davon, draußen hörte man Rumoren, das war die Loibnerin, die sich eilig mit einem Wäschekorb zu schaffen machte. Er öffnete wieder die Tür und trat in die Küche. Die alte Kathi saß noch immer auf der Bank und blickte ihm entgegen. Ganz sicher hatte sie seinen Ausruf gehört. Linsen!

Ganz ruhig saß sie da, das leer getrunkene Wasserglas vor sich. Und plötzlich schien es Pestallozzi, dass er zum zweiten Mal an diesem Tag eine Regung auf einem Gesicht erblickte, die nur eine Andeutung, eine Ahnung war. Beim alten Gleinegg war es Überraschung gewesen, die noch durch das schmerzverzerrte Gesicht geschienen hatte. Die alte Kathi hingegen schien so gefasst und ruhig, aber noch etwas sprach aus ihren Zügen zu Pestallozzi. Es war ganz eindeutig Genugtuung.

15 Minuten später verließen sie den Hof. Leo war gekommen, um seinen Chef abzuholen, er hatte gebeten, kurz die Toilette benutzen zu dürfen und ebenfalls ein Glas eiskaltes Mineralwasser hinuntergestürzt. Pestallozzi hatte Kathi Luggauer angeboten, sie nach Hause zu bringen, aber die wollte lieber mit der Loibnerin fahren. Also hatten sie sich verabschiedet und waren in dem silbernen Skoda davongebraust, die Loibnerin sah ihnen nach. Zwei so fesche Männer sieht man hier selten, dachte sie. Die dürfen ruhig wiederkommen und mich befragen.

Leo fuhr wie bei einer Rallye, Pestallozzi auf dem Beifahrersitz spürte alle seine Knochen vibrieren. »Geh vom Gas«, sagte er, »auf fünf Minuten mehr oder weniger kommt es jetzt auch nicht an.« Leo schaltete einen Gang zurück.

»Weißt du den Weg?«, fragte Pestallozzi.

»Die Hütte ist ja von jedem Punkt an diesem See aus zu sehen«, sagte Leo finster. »Aber ich hab es mir beschreiben lassen, wie man am besten hinkommt. Rund um den Besitz ist eine Mauer, wie im Mittelalter, es gibt drei Tore, aber nur eines ist geöffnet. Manchmal. Zu dem müssen wir hin.«

»Hoffentlich sind noch keine Journalisten da.«

»Diese Schmeißfliegen sind sicher schon da. So was lassen sich die nicht entgehen. Das ist doch fast so gut wie die Hochzeit von irgend so einer Kronprinzessin.«

Sie fuhren die Uferstraße entlang, Pestallozzi kam die Stimmung rundum wie eine Fata Morgana vor. Familien radelten unter den Alleebäumen der Promenade, in den

Eisdielen saßen die Urlauber vor Bananensplit und Coup Melba, zottelige Pferde zogen eine Kutsche mit Kindern. Rechts von ihnen schaukelte der tiefdunkelblaue See mit weißen Schaumkrönchen und weißen Segelbooten, links stiegen die Hügel hinauf zum Bergkamm, grün bewaldet, zwischen den Bäumen schimmerten die Hotels und Villen. Schräg, etwa einen Kilometer auf einem der Hügel vor ihnen, ragten Türme aus dem Geäst, sie erinnerten Pestallozzi an die Burg, die er als Kind einmal aus einem Bastelbogen ausgeschnitten und sorgsam auf Karton geklebt und zusammengebaut hatte. Seine kleine Schwester hatte sich dann daraufgesetzt, aber ohne böse Absicht.

»Im Präsidium ist der Teufel los«, sagte Leo mitten in Pestallozzis Grübeleien hinein. »Der Präsident hat schon zweimal angerufen, er bricht sogar seinen Urlaub in Venedig ab, was sagt man dazu. Wenn irgendein kleiner Beamter angeschossen wird, dann unterbricht der nicht einmal seinen Campari am Markusplatz. Aber natürlich, wenn so ein …« Leo brach ab.

»Weißt du schon mehr über den Gleinegg?«

»Eigentlich nur das, was eh jeder weiß und was immer über ihn in der Zeitung steht. Großgrundbesitzer, Jäger, Vater von der Henriette, das ist diese Tussi, die bei allen Premieren über den roten Teppich stöckelt. Vier Töchter und ein Sohn, die Frau ist schon seit Jahren tot, offenbar hat er erst spät geheiratet. Eine italienische Adelige, logo. Einmal hat er angeblich ein Fernsehteam aus dem Haus geworfen, weil ihn die ganz schlicht mit Herr Gleinegg angeredet haben und nicht mit ›Hochwohlgeboren‹, das muss man sich einmal vorstellen.« Leo schnaufte, er war ganz entschieden kein Monarchist.

»Die Sache hat allerhöchste Priorität, lässt uns der Präsident übrigens ausrichten. Ja, was denn sonst! Morgen früh um acht ist große Sitzung, es kommen angeblich sogar so Wichtigtuer aus Wien. Der Alte scheint eine Menge Verbindungen und Einfluss gehabt zu haben.«

Pestallozzi nickte. Sie rumpelten nun über eine steile Straße, die scharf links vom Ufer wegführte. ›Privatbesitz‹ hatte ein Schild gleich zu Beginn verkündet, aber das war in dieser Gegend keine Seltenheit, eher die Regel. Meist stand dann noch die Warnung ›Achtung, freilaufende Hunde‹ dabei. Sie fuhren an einer Mauer entlang, die verwittert und moosbewachsen war, aber die schmiedeeisernen Spitzen obenauf wirkten, als ob sie erst kürzlich frisch lackiert und geschliffen worden wären. Dann machte die Privatstraße eine weitere Biegung nach links – und da waren sie: zwei Kastenwagen von Privatsendern und ein geschätztes Dutzend an Reportern und Kameraleuten. Pestallozzi fühlte, wie er vor Widerwillen zu schwitzen begann, eine körperliche Reaktion, die er seit seiner Jugend nicht unterdrücken konnte. Zum ersten Mal seit Langem bedauerte er, dass er keine Sonnenbrille dabei hatte, am besten so eine verspiegelte, wie sie diese Laffen von CSI immer trugen. Leo fuhr nun langsamer, die Meute hatte sie mittlerweile natürlich entdeckt und kam im Laufschritt heran, die Kameraleute und Kabelträger keuchten unter ihrer Last. »Nur eine Minute!« – »Können Sie uns ein erstes Statement geben?« – »Ist es wirklich ein Ritualmord gewesen?«

»Morgen bist du berühmt, Chef!«, feixte Leo neben ihm. »Du weißt schon, wie diese Fernsehkommissare. Detective Horatio Caine, was können Sie uns über die Mordwaffe sagen?«

Pestallozzi sah ihn grimmig an, jetzt war ganz bestimmt nicht der richtige Moment für dumme Scherzchen. Das Tor in der Mauer, dem sie sich nun näherten, war nämlich eindeutig geschlossen, und Pestallozzi mochte sich nicht ausmalen, was es für ein Bild abgeben würde, wenn er jetzt aussteigen und wie ein Untertan vor 100 Jahren vergeblich daran rütteln musste. Verdammt, verdammt.

»Das geht schon in Ordnung«, sagte Leo neben ihm. Und dann sah auch Pestallozzi die Gestalt in Uniform, die nun aus dem Schatten neben dem Tor hervortrat und salutierte.

»Krinzinger!«, rief Pestallozzi.

Krinzinger trat ans Wagenfenster, die Kameras surrten und klickten wie ein Hummelschwarm. Krinzinger zog den Bauch ein und salutierte nochmals. Da würden seine Kumpels von der Blasmusik endlich einmal Augen machen und ihm den gehörigen Respekt erweisen. Der wurde ihm normalerweise nämlich schmählich verweigert, wenn man nebeneinander in der Volksschulbank geschwitzt hatte, dann blieb man im Dorf eben der tollpatschige Krinzinger, auch in Uniform. Aber damit war ab heute Schluss, Krinzinger fühlte es einfach instinktiv.

»Melde gehorsamst, dass ich dafür Sorge getragen habe, dass das Tor geöffnet wurde. Für die Presse habe ich eine Sperrzone von 200 Metern ausgesprochen …« – Krinzinger warf einen Blick über seine Schulter, die Sperrzone war eindeutig zusammengebrochen – »… und Sie werden im Schloss bereits erwartet. Allerdings sind nur die jüngste Tochter des Herrn Ba…, äh, Gleinegg und sein, äh, Diener, der Jakob Rittlinger, anwesend.«

Krinzinger wischte sich erschöpft über die Stirne, es

war ganz schön anstrengend, ein Ermittler der Spitzenklasse zu sein.

Pestallozzi sah ihn dafür aber auch überaus freundlich an. »Danke, Inspektor Krinzinger, das war ausgezeichnete Arbeit.«

Dann gab Leo wieder Gas, und sie ließen Krinzinger bei der Journalistenmeute zurück, Pestallozzi hatte beinahe ein schlechtes Gewissen, als er im Rückspiegel sah, wie sich alle auf den schwitzenden Inspektor stürzten. Ob er ihn nicht besser eindringlich an seine Schweigepflicht hätte erinnern sollen? Andererseits, das wäre doch zu herablassend gewesen, auch ein Dorfpolizist hatte seine Ausbildung absolviert. Er wandte sich seinem jungen Kollegen zu, der ihn erwartungsvoll angrinste.

»Das ist auf deinem Mist gewachsen, oder? Gut gemacht! Dafür hast du was bei mir gut!«

Leo grinste nun so breit, dass es Pestallozzi beinahe rührte. Auf's Loben nicht vergessen, dachte er, das muss ich mir öfter mal in Erinnerung rufen. Die Straße war nach dem Tor zu einem breiten Kiesweg geworden, sie passierten eine Marmorstatue, die wie ein weinender Engel aussah, auf einer Wiese zur Rechten stand ein chinesisch anmutender Pavillon, dann endlich rollten sie direkt vor dem Schloss aus.

»Dass es so was noch gibt«, sagte Leo. »Und ich kann mir kaum meine zwei Zimmer leisten.«

»Jetzt vergiss einmal den Klassenkampf, ja?«, sagte Pestallozzi.

Leo schaute beleidigt drein. Dann sahen sie zu dem holzgeschnitzten Portal hoch, von dem sie nur noch eine geschwungene Freitreppe trennte. Pestallozzi musste an die Fotos von großen Adelshochzeiten denken, die manchmal auf den Societyseiten der Zeitungen abgebildet waren. Auf so einer Treppe ließ es sich gut posieren, da hatten mindestens 100 Menschen Platz. Sie stiegen hinauf und blickten sich dann ratlos an. Wo war die Klingel? Pestallozzi ergriff entschlossen den eisernen Ring, der an einem der beiden Türflügel befestigt war und ließ ihn gegen das Holz poltern, es klang, als ob das ganze Gemäuer über ihnen zusammenstürzen würde. Einen Augenblick später wurde der Flügel langsam geöffnet, und ein alter Mann stand da und blinzelte sie an. Pestallozzi dachte, dass er ganz offenkundig auf sie gewartet haben musste, der Mann hätte sonst wohl eine kleine Ewigkeit gebraucht, um zur Tür zu gelangen.

»Sie sind sicher die Herren von der Polizei«, sagte der alte Mann. »Der Krinzinger hat uns schon gesagt, dass Sie kommen. Bitte, treten Sie doch ein.«

Er machte einen vorsichtigen Schritt zurück, und sie betraten die Halle. Wie in ›Tanz der Vampire‹, dachte Leo, gleich kommt eine Fledermaus geflogen. Die Halle schien so groß wie das Innere einer Kapelle, mindestens, verblichene Teppiche lagen auf dem Steinfußboden, riesige Truhen und Schränke waren an den Wänden platziert. Ein Kronleuchter hing an einer Kette von der Kuppel herab, Pestallozzi musste den Kopf in den Nacken legen, um zur Decke hinaufzublicken. Eine geschwungene Eichenholztreppe führte in den ersten Stock, sie war mit einem dunkelroten Läufer belegt. Flügeltüren führten zu beiden Seiten in weitere Räume. Die Halle war fensterlos, Sonnenlicht drang nur durch schmale Scheiben längs der Treppe und brachten den roten Läufer zum Leuchten. Das

Ticken einer Standuhr war das einzige Geräusch. Kein Gemälde zierte die Wände, dafür waren sie von Geweihen bedeckt. Pestallozzi hatte den Eindruck, dass es Hunderte sein mussten. Er kannte sich mit der Jagd nicht aus, aber selbst ihm war klar, dass hier Raritäten hingen. Keine mickrigen Rehgeweihe, sondern verzweigte und verästelte Gebilde, die bestimmt viele Kilos wogen. Bilder von majestätischen Hirschen kamen ihm in den Sinn, wie sie manches Mal in ›Universum‹ zu sehen waren. Zwölfender, Zwanzigender, ich habe keine Ahnung davon, dachte Pestallozzi. Aber hier hat jemand eine Menge Tiere auf dem Gewissen. Er wandte sich dem alten Mann zu, der abwartend neben ihnen stand.

»Sie sind …«

»Jakob Rittlinger«, sagte der alte Mann. »Ich bin seit über 30 Jahren bei dem Herrn Baron in Dienst.«

Er trug ein gestricktes graues Wams über einem weißen Hemd, das vom vielen Waschen ganz fadenscheinig war, eine graue Hose aus Flanell und braune Filzschuhe. Pestallozzi dachte, dass er seltsam ungerührt wirkte. Egal, was für ein Mensch der alte Gleinegg gewesen war, diese beiden Männer hatten die letzten Jahrzehnte in nächster Nähe verbracht. Aber andererseits, Tränen hätten zu diesem Jakob Rittlinger am allerwenigsten gepasst. Menschen trauern auf so unterschiedliche Art und Weise, niemand wusste das besser als Pestallozzi.

»Wir müssen uns später noch mit Ihnen unterhalten«, sagte Pestallozzi.

Der alte Mann nickte.

»Sie finden mich in der Küche. Die Frau Gräfin erwartet Sie schon.«

Leo gab ein Geräusch wie Husten von sich, aber Pestallozzi kümmerte sich nicht darum. Sie waren in eine Welt eingetaucht, die ihm so fremd war wie ein Indianervolk am Amazonas, aber jetzt mussten sie sich in dieser Welt bewegen und ihre Ansichten darüber vor der Tür lassen.

Jakob Rittlinger schlurfte voran, durch die Flügeltür zu ihrer Rechten. Sie betraten einen Raum, der gemütlich hätte sein können, wenn er nicht so klamm und düster gewesen wäre. Bücherschränke füllten die Wände, ein geblümtes Sofa stand in der Mitte auf einem Teppich. Samtbezogene Fauteuils waren darum verteilt und Stehlampen mit gefältelten Schirmen, auf Beistelltischchen standen Fotos in Silberrahmen, Kerzenhalter und Gestecke aus getrockneten Blumen. Auf dem Sofa saß eine Frau und starrte auf ihre Hände. Als die drei Männer im Türrahmen erschienen, stand sie auf. Pestallozzi schätzte sie auf Anfang 40 und war einen Moment lang erstaunt darüber. Die jüngste Tochter des Herrn Baron, da hatte er sich unwillkürlich eine jüngere Frau vorgestellt. Aber Gleinegg war ja schon über 90 gewesen, da hatte diese Tochter natürlich das passende Alter. Die Frau kam ihnen nicht entgegen, aber sie streckte die Hand aus. »Helene Zilinski. Guten Tag.«

»Chefinspektor Artur Pestallozzi, und das ist mein Kollege Leo Attwenger. Guten Tag, gnädige Frau. Ich möchte Ihnen mein ehrliches Beileid aussprechen.«

Ihre Hand war eiskalt, aber sie hielt sich tadellos.

»Danke, Herr Pestallozzi. Bitte nehmen Sie doch Platz. Darf ich Ihnen etwas anbieten?«

»Vielen Dank, aber wir wollen Ihnen keine Umstände machen.«

»Danke, Jakob, dann haben wir alles«, sagte die Frau und lächelte den alten Mann an. Der machte eine schwerfällige Verbeugung und schlurfte wieder davon, Pestallozzi dachte, dass er einen langen Weg bis zur Küche vor sich hatte, ganz gleich, wo sich diese befand. Sie nahmen alle drei Platz, Helene Zilinski auf dem Sofa, Pestallozzi und Leo auf je einem Samtfauteuil zu ihrer rechten und linken Seite. Wir nehmen sie in die Zange, dachte Pestallozzi, anstatt sie zu trösten.

»Sind Sie beide allein im Haus?«

»Ja«, sagte Helene Zilinski. »Aber morgen kommen meine Geschwister. Meine Schwester Henriette war gerade auf dem Weg nach München. Meine Schwester Monika ist mit ihrem Mann in Nizza, sie kommen ebenfalls morgen, früher konnten sie keinen Flug bekommen. Meinen Bruder Raffael habe ich noch nicht erreicht. Und dann werden natürlich noch die anderen Verwandten und Freunde eintreffen.«

Aber sind es denn nicht vier Schwestern gewesen, dachte Pestallozzi. Irgend jemand hat doch davon gesprochen. Doch er entschied, die Frau nicht danach zu fragen, jedenfalls nicht in diesem Augenblick.

Helene Zilinski nützte die kurze Pause, um selbst eine Frage zu stellen. »Können Sie mir schon Näheres über den Tod meines Vaters sagen? Wir wurden angerufen, von der örtlichen Polizei, ich weiß nur, dass ...«

Sie saß da, ruhig und gelassen, aber Pestallozzi konnte die Anstrengung spüren, mit der sie um Gefasstheit rang.

»Ihr Vater ist erstochen worden. Auf der Bank vor der Kapelle. Das ist alles, was ich Ihnen in diesem Moment sagen kann. Wir haben noch keinen Verdächtigen oder Verdächtige.«

Er ließ ihr Zeit. Er mochte sich nicht vorstellen, was er gefühlt hätte, wenn man ihm solche Details über den Tod seines Vaters überbracht hätte. Helene Zilinski blickte auf ihre Hände, dann sah sie ihm wieder ins Gesicht.

»Er hat sich immer gewünscht, auf dem Hochsitz zu sterben. Bei der Jagd. Und nicht im Bett.«

Sie schwiegen wieder. Auf der Jagd ist er ja auch gestorben, dachte Leo. Nur war er nicht der Schütze, sondern die Beute. Leo senkte den Kopf, um sich seine Gedanken nicht anmerken zu lassen.

»Können Sie mir sagen, wann Sie Ihren Vater zum letzten Mal gesehen haben?«

Das war wieder die Stimme vom Chef, der so samtfreundlich mit dieser angeblichen Gräfin umging. Aber die sollte sich bloß nicht täuschen lassen, der Chef war kein Softie, auch wenn er viel zu oft wie ein feiner Pinkel wirkte.

»Heute Morgen«, sagte die Frau. »Ich bin ins Dorf runtergefahren zum Supermarkt bei der Tankstelle. Ich bin erst gestern Abend gekommen, um meinen Vater für ein paar Tage zu besuchen. Und da habe ich wieder einmal feststellen müssen, dass überhaupt keine Vorräte im Haus waren. Kein Gemüse, kein Obst, nicht einmal Milch. Mein Vater und der Jakob leben praktisch von Fertiggerichten, Gulasch und Krautfleisch aus der Dose. Die beiden sind so was von halsstarrig.«

Die Frau hielt inne, sie realisierte gerade, dass für ihren Vater die Gegenwartsform nicht mehr angebracht war.

»Deshalb sind Sie …«

»Deshalb wollte ich wenigstens ein paar frische Lebensmittel einkaufen, der Supermarkt bei der Tankstelle hat ja zum Glück auch am Sonntag offen. Ich habe meinem Vater zugerufen, dass ich jetzt fahre. Er ist drüben im Frühstückszimmer gesessen und hat in einer Zeitung gelesen, die ich gestern mitgebracht habe.«

Frühstückszimmer, dachte Leo. Bin ich hier in einem Herz-Schmerz-Roman oder was? Einmal hatte er eine Freundin gehabt, die war ständig in Wälzer von dieser Piltscher oder so ähnlich vertieft gewesen. Darin waren auch Schlösser und Grafen und Frühstückszimmer vorgekommen. Aber doch nicht im wirklichen Leben, bitte schön! Die Freundin hatte er jedenfalls schon lange in die Wüste geschickt. Er linste zum Chef hinüber, aber der machte sich bloß Notizen auf seinem Spiralblock, einfach unmöglich, diese altmodische Angewohnheit. Andererseits, die großen Kriminalisten hatten alle Marotten, jedenfalls angeblich. Vielleicht sollte er sich ja auch …

»Eine Frage erscheint mir wirklich wichtig«, sagte der Chef gerade. »Ist Ihr Vater zu Fuß bis zur Kapelle gegangen? Mir ist der Weg hinauf heute wirklich anstrengend erschienen, und Ihr Vater war immerhin ein Mann von über 90 Jahren.«

»Er ist ja auch nicht diesen Weg gegangen«, sagte die Tochter vom alten Gleinegg. »Sondern es führt ein Pfad direkt von unserem Haus durch den Wald hinüber zur Kapelle. Unser Haus und die Kapelle befinden sich ungefähr auf gleicher Höhe, der Weg dorthin ist nicht einmal einen Kilometer lang. Das konnte er ohne Weiteres noch gehen, er hat diesen Spaziergang mehrmals in der Woche gemacht, sogar im Winter.«

»Hatte Ihr Vater Feinde?«

Paff, jetzt rang sie nach Luft, die Frau Gräfin. Leo hätte seinem Chef gerne bewundernd zugezwinkert, aber er ließ es doch lieber bleiben. Die Stille dehnte sich zwischen den drei Menschen im Raum.

»Bestimmt hatte er die«, sagte Helene Zilinski endlich. »Aber ich kann Ihnen keine Namen nennen, ehrlich nicht. Mein Vater war jedenfalls kein einfacher Mann.« Sie hielt kurz inne, wie um das Gesagte zu überprüfen. »Mit ›einfacher Mann‹ meine ich natürlich nicht, dass er höhergestellt …«

»Ich weiß, was Sie meinen«, sagte Pestallozzi freundlich. Er sah auf seinen Spiralblock. »Sie werden bestimmt verstehen, dass wir jedes mögliche Motiv in Erwägung ziehen müssen. Kann es sein, dass Ihr Vater irgendwelche wertvollen Gegenstände bei sich trug? Eine Uhr vielleicht? Oder einen größeren Bargeldbetrag?«

Die Frau lächelte wehmütig. »Ausgeschlossen. Mein Vater hat nur eine alte Uhr getragen. Und er hat bestimmt nicht mehr als ein paar Euro in der Tasche gehabt.«

Und ein paar Millionen auf dem Konto, dachte Leo.

Pestallozzi klappte seinen Spiralblock zu. »Ich denke, dass wir für heute genügend Antworten haben. Natürlich werde ich Sie und Ihre Familie in den nächsten Tagen nochmals befragen müssen.«

Alle waren bereit aufzustehen, aber Pestallozzi schien nachzudenken und das Für und Wider einer Frage zu bedenken. Dann sah er die Frau an.

»Ihr Vater hat Linsen in den Schuhen gehabt. Können Sie sich das irgendwie erklären? Seine Fußsohlen waren ganz blutig. Wir glauben einfach nicht, dass so etwas ein Versehen gewesen sein kann.«

Für einen Moment hatte Leo den Eindruck, dass die Frau in Ohnmacht fallen würde. So muss es sein, wenn jemandem das Herz stehen bleibt, dachte Leo. So eine Fassungslosigkeit in den Augen, so ein Erstarren. Er hatte den Eindruck, dass sie alle drei im Raum aufs Atmen vergessen hatten. Schließlich stand die Frau auf und ging zu dem Fenster, das den Blick hinunter auf den See freigab. Sie wandte ihnen den Rücken zu, und Leo wagte einen fragenden Blick zu Pestallozzi. Aber der hob nur die Hand und bedeutete ihm zu schweigen. Minuten vergingen, dann drehte sich die Frau wieder um. Leo dachte, dass sie mit aller Macht die Tränen zurückkämpfte, endlich schien sie weich geklopft.

»Wahrscheinlich werden Sie das nicht wissen«, sagte Helene Zilinski. »Aber der Weg zur Kapelle ist das allerletzte Stück von einem jahrhundertealten Pilgerpfad. Seit dem fünfzehnten Jahrhundert kommen die Menschen hierher, früher waren das riesengroße Prozessionen, jetzt sind es nur mehr kleine Gruppen. Aus dem Bayrischen, aus Südtirol, aus Böhmen. Und die Pilger haben alle immer Steine aus ihrer Heimat in den Taschen getragen, die haben sie dann auf diesem letzten Wegstück niedergelegt. Zwischen unserem Haus und der Kapelle können Sie immer wieder solche Steinhaufen am Waldrand sehen, die meisten sind schon ganz von Moos und Gestrüpp überwachsen. Und manche von den Pilgern haben Linsen in den Schuhen gehabt und sind den ganzen Weg mit blutigen Füßen gegangen. Zur Sühne für ihre Sünden.«

Sie weinte noch immer nicht, aber sie war nahe daran. Pestallozzi stand auf, und Leo machte es ihm nach.

»Ich danke Ihnen«, sagte Pestallozzi.

Dann gingen sie hinaus in die Halle, wo mittlerweile Düsternis herrschte, dabei schien über dem See ganz bestimmt noch die Sonne. Leo ließ die Anspannung mit einem tiefen Ausatmen aus seinem Brustkorb entweichen. Und jetzt, wie sollten sie bloß diese verdammte Küche finden? Durchs Haus irren? Wo befanden sich Schlossküchen im Allgemeinen, im Erdgeschoss vermutlich oder gar weiter unten? Pestallozzi wies mit einem Nicken auf das Halbdunkel unter der Treppe, wo offenkundig weitere Türen in das Winkelwerk des Hauses führten. Vorsichtig tappten sie immer weiter, öffneten Türen, die in leere, kalte Zimmer führten, dann ganz hinten bog ein schmaler Gang nach links ab, und endlich standen sie in der Küche. Riesengroß und kahl erschien sie Leo, sauber aufgeräumt, kein Topf und keine Tasse stand herum, keine Kräuterbüschel lagen zum Trocknen ausgebreitet wie bei der Loibnerin. Auf einem Stuhl an einem Tisch saß der alte Jakob und war eingenickt. Pestallozzi ging auf ihn zu und berührte ihn an der Schulter, der alte Mann schreckte hoch und sah ihn einen Moment lang mit leeren Augen an, dann versuchte er aufzustehen. Pestallozzi drückte ihn sanft auf den Stuhl zurück, er angelte nach einem weiteren Stuhl und setzte sich und bedeutete Leo, es ihm nachzumachen.

»Herr Rittlinger, das war ganz bestimmt ein sehr schwerer Tag für Sie«, sagte Pestallozzi freundlich. »Ich habe nur ganz wenige Fragen an Sie, fürs Erste. Sie haben also für den Herrn Gleinegg gearbeitet. Wohnen Sie auch hier im Haus?«

Der alte Mann nickte.

»Seit fast 20 Jahren. Seit dem Tod der Frau Baronin. Früher bin ich nur für die Arbeit raufgekommen. Aber dann bin ich ganz hierhergezogen. Der Herr Baron hat mir ein Zimmer zugewiesen.«

»Leben Sie beide alleine hier?«

Der alte Mann nickte wieder.

»Früher haben wir oft Gäste im Haus gehabt, der Herr Baron hat ja große Jagdgesellschaften gegeben, da sind seine Freunde von weit hergekommen. Sogar aus Kanada und Südafrika. Aber solche Einladungen gibt es schon seit Jahren nicht mehr. Nur die Kinder kommen. Manchmal.«

»Und Sie betreuen ihn?«

Der alte Jakob Rittlinger war längst in dem Alter, in dem er selbst hätte umsorgt werden müssen, dachte Pestallozzi. Aber der nickte nur, nicht ohne Stolz.

»Die Wäsche wird abgeholt und unten im Ort gewaschen. Und zum Saubermachen, für die Teppiche und die Fenster, da kommt die Loibner Magdi herauf. Für alles andere bin ich zuständig. Der Herr Baron isst am liebsten Krautfleisch.«

Pestallozzi nickte. Er versuchte, sich das Leben der beiden alten Männer in diesem riesigen Kasten vorzustellen, beide allein nach so vielen gemeinsam verbrachten Jahren unter einem Dach. Hatte sich da irgendwann Nähe ergeben, ein Hauch von Vertrautheit? Hatte sich der alte Gleinegg einmal zum Jakob in die Küche gesetzt, wenn der die Dose mit dem Krautfleisch aufwärmte? Hatte er an einem kalten, finsteren Winterabend einmal gesagt ›Komm her, Jakob, und setz dich zu mir und trink einen Schnaps mit mir‹? Oder hatten sie das ganze Theater mit ›Sehr wohl, Herr Baron‹, ›Bitte schön, Herr Baron‹ durchgezogen bis zum bitteren Ende? Der alte Mann ihm gegenüber würde nichts davon erzählen, das stand fest.

»Die Loibner Magdi, ist die mit der Loibner Hanni verwandt?«

»Freilich, das sind Schwägerinnen.«

Pestallozzi hatte nichts anderes erwartet. Hier am Land war jeder mit jedem versippt, Blutsbande waren über die Generationen hinweg quer durch die Orte geknüpft worden wie ein unsichtbares Netz, das mehr Nachrichten transportierte als jede moderne Internetsuchmaschine. Sie alle hier hatten ihm so unendlich viel voraus, sie wussten die alten Geschichten, und er hatte nicht einmal eine Ahnung, an welcher entscheidenden Stelle er mit dem Fragen beginnen sollte. Aber dies war erst der allererste Tag der Ermittlungen, irgendwann würden ein Satz, ein Wort oder auch nur ein Tonfall ihn auf die richtige Spur bringen. Pestallozzi fühlte sich einen Herzschlag lang dem alten Gleinegg nah: Die Jagd hatte begonnen.

Leo räusperte sich. Der Tag war lang gewesen, Pestallozzi spürte es plötzlich selbst in allen Knochen. Wann hatte er eigentlich zum letzten Mal etwas gegessen? Ein Krautfleisch, heiß aufgewärmt aus der Dose, das wäre jetzt ein richtiges Festmahl gewesen. Aber es war völlig undenkbar, den alten Jakob darum zu bitten. Ein paar letzte Fragen noch, dann war es genug für heute.

»Wann haben Sie den Herrn Gleinegg zum letzten Mal gesehen?«

Der alte Mann setzte zum Sprechen an, dann versagte ihm die Stimme. Pestallozzi ließ den Blick durch die Küche wandern. Was wurde wohl aus einem herrschaftlichen Diener? Wartete ein Platz in einem Seniorenheim auf ihn? Pestallozzi versuchte, sich den Jakob Rittlinger in einem schmucken kleinen Zimmer unter lauter anderen betagten Männern und Frauen vorzustellen, mit Mahlzeiten in einem großen Saal und resoluten Schwestern, die ihn hätschelten. Es war keine tröstliche Vorstellung.

Endlich setzte der alte Mann zum Sprechen an. »Heute Vormittag aus dem Fenster vom Frühstückszimmer. Ich hab gerade das Geschirr abgeräumt. Da habe ich den Herrn Baron zum letzten Mal gesehen, wie er auf dem Weg rüber zur Kapelle in den Wald gegangen ist.«

»War irgendetwas anders als sonst? Ist Ihnen etwas aufgefallen?«

Jakob Rittlinger schüttelte nur den Kopf.

»Haben Sie vielleicht im Lauf des Vormittags eine andere Person auf dem Weg gesehen?«

Jakob Rittlinger schüttelte wieder den Kopf. »Ich war dann in der Küche. Da sieht man nicht auf den Weg.«

»Waren Sie allein im Haus?«

»Die Frau Gräfin ist runter in den Ort gefahren, weil keine Milch im Haus war.«

»Wann haben Sie erfahren, dass …«

»Die Frau Gräfin war schon zurück, wie der Anruf gekommen ist. Sie ist dann zu mir in die Küche gekommen und hat es mir gesagt.«

Pestallozzi betrachtete sein Gegenüber. Wie viel konnte man dem Mann noch zumuten? Konnte man ihn hier einfach so zurücklassen?

»Gibt es jemanden, den wir verständigen können? Haben Sie jemanden, der für Sie sorgt?«

Der alte Jakob schien die Frage nicht ganz zu verstehen, er hob den Kopf und sah Pestallozzi an, es war, als ob er wieder Kräfte sammeln würde. »Morgen kommt ja die Familie, da muss jemand da sein. Und die Magdi kommt zum Helfen. Das passt schon, Herr Chefinspektor.«

›Das passt schon‹, dachte Pestallozzi. Diese Phrase hatte er heute schon einmal gehört. Zähe alte Menschen, die hier lebten.

»Eine letzte Frage noch, Herr Rittlinger. Der Herr Gleinegg hat Linsen in seinen Schuhen gehabt. Können Sie mir das erklären?«

Jakob Rittlinger blickte starr auf die blank gewischte Tischplatte. »Davon weiß ich nichts.«

Pestallozzi sah Leo an. Es war genug für heute. Sie erhoben sich, der alte Mann stand ebenfalls auf, er musste sich dafür am Tisch abstützen.

»Vielen Dank, Herr Rittlinger. Bleiben Sie ruhig da, wir finden schon allein hinaus. Auf Wiedersehen.«

Sie nickten ihm zu und gingen zu dem offenen Türrahmen, der in den Gang hinausführte. Plötzlich drehte sich Pestallozzi noch einmal um, er musste es einfach wissen.

»Der Herr Gleinegg hat doch vier Töchter, oder?«

Jakob Rittlinger stand noch immer am Tisch, er musste offensichtlich alle Kraft zusammennehmen, um den Kopf zu heben und Pestallozzi ins Gesicht zu blicken.

»Das Fräulein Charlotte ist im See ertrunken. Mit 16 Jahren.«

Dann gingen sie endgültig.

Pestallozzi registrierte es selber, fast fand er es lächerlich. Aber sie liefen beinahe, er und Leo, um aus diesem Haus zu kommen. Die Halle war leer und nun beinahe schon ganz finster, und auch in dem großen Zimmer mit den Buchregalen brannte kein Licht. Leo öffnete das Portal und ließ Pestallozzi den Vortritt, dann eilten sie die Stufen der Freitreppe hinab. Leo entriegelte den Skoda mit der Fernbedienung, und Pestallozzi ließ sich auf den Beifahrersitz fallen, Leo setzte sich hinters Lenkrad und startete den Motor beinahe im selben Augenblick.

»Wahnsinn«, sagte Leo. »So froh war ich noch nie, dass ich in meiner kleinen Klitsche wohne.«

Sie fuhren los, über den Kiesweg an der Statue und dem chinesischen Pavillon vorbei, durch das offene Tor. Krinzinger stand noch immer da, sie hielten neben ihm an, und Pestallozzi ließ die Scheibe herunter.

»Vielen Dank, Inspektor. Das wär's für heute. Wir sehen uns dann morgen.«

Krinzinger salutierte und beugte sich zum offenen Fenster.

»Ich habe den Gmoser abbeordert, dass er heute Nacht hier Wache hält. Die meisten von den Schreiberlingen sind runter in den Ort, aber ein paar wollen sogar da campieren, damit sie nichts verpassen. Denen trau ich sogar zu, dass sie über die Mauer klettern. Bei Tagesanbruch löse ich dann den Gmoser wieder ab.«

»Ausgezeichnet. Also dann, bis morgen.«

Leo fuhr wieder los, keinen Augenblick zu früh, denn aus dem Kastenwagen, der noch immer unter den Bäumen stand, sprintete gerade eine Frau mit Mikrofon auf sie zu, einen Kameramann im Schlepptau.

»Herr Chefinspektor, nur einen Augenblick«, tönte es zu Pestallozzi, der die Scheibe wieder hochfuhr. »Können Sie uns bestätigen, dass …«

»Schmeißfliegen«, zischte Leo. Sie rumpelten hinunter zum See und bogen auf die Uferstraße ein, zwei Kilometer weiter waren sie endlich auf der Schnellstraße, die nach Salzburg führte. Kolonnen wälzten sich auf beiden Seiten, immer wieder riskierte einer ein halsbrecherisches Überholmanöver. »Nierenspender«, schimpfte Leo schon wieder, Pestallozzi sagte nichts. Sie waren beide müde, hungrig, ausgelaugt. Und das war erst der Anfang.

Erst als sie die Lichter der Stadt wie eine Morgendämmerung hinter einem Hügelkamm erahnen konnten, fing Leo wieder zu sprechen an. »Im Präsidium ist die Hölle los, aber das habe ich dir ja schon gesagt. Ich habe telefoniert, wie du mit dieser alten Frau gesprochen hast, die ihn gefunden hat. Der Grabner hat für morgen, gleich um acht, eine Sitzung einberufen. Aus Wien werden auch welche dabei sein, als ob wir die brauchen würden.«

Pestallozzi nickte. Im Zentrum des Hurrikans ist es ganz still, das hatte er in einer Reportage über Meteorologie einmal gehört, und der Gedanke hatte ihn tief fasziniert. Und so war es auch heute gewesen, er war vor einer Bank gestanden, um die nur Fliegen surrten, er war in einer stillen Bauernhausstube und einem fast geisterhaft stillen Anwesen gesessen, aber rundherum brodelte es, er konnte die Stimmen hören, die näherkamen. Ab morgen würde er der Getriebene sein, unter Druck gesetzt von den Erwartungen seiner Vorgesetzten, der Presse, der Familie, die Aufklärung ersehnte oder vielleicht ja auch fürchtete. Er musste fast lachen, wenn er in diesem Augenblick an die smarten Detectives aus Miami dachte, die sich die Sonnenbrille zurechtrückten.

»Was ist?«, fragte Leo.

Pestallozzi schüttelte nur den Kopf. Leo würde gut nach Miami passen, dachte er. Mit seinem Waschbrettbauch, mit dem man ihn im Präsidium aufzog, seitdem eine Praktikantin ihn einmal beim Baden an der Salzach überrascht hatte. Die junge Frau war offenbar schwer beeindruckt gewesen und hatte eine detaillierte Beschreibung von Leos nacktem Oberkörper an alle Kolleginnen weitergeflüstert. Das hatte Leos Ruf als schönster Mann der Salzburger Mordkommission entscheidend gefestigt. Pestallozzi musste schon wieder grinsen.

»Was ist, Chef, jetzt sag schon. Lass mich auch mitlachen.«

»Nichts, gar nichts. Schau lieber nach vorne, da setzt so ein Idiot offenbar zum Überholen an.«

Leo fluchte und steuerte den Wagen scharf nach rechts, dann war die Situation auch schon vorbei, um Haaresbreite.

»Hast du noch etwas entdeckt, oben bei der Bank? Ich habe dich das noch gar nicht fragen können.«

»Einen Hirschfänger in einem Abfallkorb gleich neben der Bank«, sagte Leo.

Pestallozzi drehte sich nach links und starrte seinen Kollegen an.

Leo grinste wie ein Spitzbub. »Das war ein Scherz. Entschuldigung.«

Jetzt mussten sie beide grinsen, es tat ihnen gut, es war, als ob sich ihre Gesichts- und Nackenmuskeln zum ersten Mal an diesem Tag ein wenig entspannten. Dann wurde Leo wieder ernst.

»Die von der Spurensicherung haben schon etwas gefunden, ich hätte es dir sowieso noch gesagt. Eine Apfelspirale.«

»Eine was?«

»Na, du weißt schon. So eine ganz lange Kette wie eine Spirale. So was bekommt man, wenn man es richtig versteht, einen Apfel zu schälen. Die ist unter der Bank zwischen Grasbüscheln gelegen. Die Kollegen haben sie etikettiert und mitgenommen.«

»Und, hat man erkennen können, wie lange sie dort schon gelegen ist?«

»Nicht lange, glaube ich. Die Lisa hat das auch gesagt. Die Schale hat sogar noch leicht säuerlich gerochen, nur an den Kanten war sie schon bräunlich.«

Pestallozzi wurde richtig wütend, das kam bei ihm nur ganz selten vor. »Leo, das hättest du mir sagen müssen! Mann! Zumindest hätten wir den Rittlinger fragen können, ob der Gleinegg die Angewohnheit gehabt hat, auf der Bank einen Apfel zu essen! Das ist doch wichtig, verdammt!«

Aus Leos Waschbrettbauch schien alle Luft zu entweichen. »Tut mir echt leid, Chef, wirklich! Ich weiß auch nicht, wie mir das passieren konnte! Aber der Tag war einfach so … also ich kann nur sagen, dass es mir …«

»Schon gut«, brummte Pestallozzi.

Dann schwiegen sie bis Salzburg. Aber sie hingen beide dem gleichen Gedanken nach. Jemand hatte auf der Bank gesessen und einen Apfel geschält. Mit einem Messer.

*

Lisa Kleinschmidt beendete das Gespräch und steckte ihr Handy wieder in die Handtasche. Ihre Nachbarin würde länger bei den Kindern bleiben, was für eine Erleichterung! Dieses Entgegenkommen hatte allerdings bestimmt auch mit dem sensationellen Fall zu tun, der bereits in allen Nachrichtensendungen die erste Meldung war.

»Werden Sie wirklich den Gleinegg auf…, ich meine, na ja, Sie wissen schon!«

Dann hatte Frau Reber taktvoll geschwiegen, höchstwahrscheinlich war der Max im Türrahmen aufgetaucht, um mit seinen Lausbubenohren zu lauschen. Lisa Kleinschmidt lächelte, als sie an ihren kleinen Sohn dachte. Und an Miriam, die Große, die jetzt bestimmt auf dem Bett lag und twitterte oder chattete statt für den Geografietest am Mittwoch zu lernen. Ihre Kinder. Um die herum sie ihr ganzes Leben organisiert hatte, um die sich alles drehte. Und trotzdem wurde sie das Gefühl nicht los, zu wenig Zeit zu haben, im entscheidenden Augenblick nie da zu sein. Als der Max beim Turnen im Kindergarten plötzlich solche Bauchschmerzen bekommen hatte und mit Verdacht auf Blinddarmdurchbruch ins Landeskrankenhaus gebracht worden war, im Rettungswagen mit Blaulicht. Da war statt seiner Mama eine Kindergartentante neben ihm gesessen und hatte seine Hand gehalten. Die Tante war unglaublich nett gewesen und im Krankenhaus hatte sich zum Glück herausgestellt, dass der Max bloß wieder einmal einen Riesendurcheinander in sich hineingestopft hatte. Eiernockerln mit viel Ketchup und sehr wenig grünem Salat, zwei schon ältliche Schokoladenosterhasen mit Nougatfüllung und – verbotenerweise – Cola am Vorabend, Cornflakes – die eigentlich für Miriam bestimmt gewesen waren – sowie ein Kipferl mit Marmelade und Kakao zum Frühstück. Beim Purzelbaum rückwärts war das Ganze dann ins Schlingern geraten. Als sie endlich völlig aufgelöst in der Aufnahmeambulanz eingetroffen war, hatte sie der Arzt angesehen wie eine Angeklagte. »Dieses Kind ernährt sich eindeutig höchst ungesund, Frau Kollegin!«

Und der Max war so klein und blass dagelegen und hatte ihre Hand umklammert gehalten. »Wo bist du gewesen,

Mama?« Was hätte sie ihm antworten sollen? Die Wahrheit vielleicht? ›Weißt du, ich bin bis zu den Knien in der Salzach gestanden, weil ein Mädchen angespült worden ist, draußen in der Josefiau, das nicht einmal so alt war wie die Miriam. Höchstwahrscheinlich.‹

Also war sie nur neben ihm gestanden und hatte stumm seine verschwitzte Hand gestreichelt und die widerspenstigen Haarbüschel aus dem Gesicht ihres Sohnes zurückgestrichen. So war das, das Chaos überrollte sie immer wieder, so sehr sie sich auch um Ordnung und ein geregeltes Alltagsleben bemühte.

Und jetzt wurde gerade der Gleinegg ausgeladen, draußen vor dem Gerichtsmedizinischen Institut, dem hintersten Gebäude auf dem weitläufigen Klinikgelände. Für diesen Fall wäre selbstverständlich die Chefin zuständig gewesen, aber die war gerade auf einem Kongress im Ausland. Also würde sie selbst im Seziersaal stehen und verantwortlich dafür sein, dass kein fremdes Haar und kein Kratzer auf der Haut des Opfers übersehen wurden, dass alles penibelst dokumentiert und festgehalten wurde. Der Kajetan und die Roswitha standen schon bereit, um sie dabei zu unterstützen, die besten Assistenten, die sie sich dafür vorstellen konnte. Der alte Mann musste entkleidet werden, die Wunde musste Millimeter für Millimeter untersucht, vermessen und beschrieben werden. Welche Rückschlüsse ließen sich auf das Messer und seine Klinge ziehen, wie viel Kraft war für den Stoß erforderlich gewesen? Sie würde das Skalpell an der Kehle vom Gleinegg ansetzen und den langen Schnitt hinunter führen, sie würde die drei Körperhöhlen eröffnen, wie es vorgeschrieben war, den Kopf, die Brust und die Bauchhöhle.

Sie würde die intimsten Stellen dieses Mannes in Augenschein nehmen und betasten. Seinen Mageninhalt entnehmen, seine Organe wiegen und vermessen. Und sie würde endlich ihren Namen unter das Obduktionsprotokoll setzen. Wenn sie ordentliche Arbeit leistete, dann würde es das wichtigste Werkzeug in den Händen der Mordkommission sein. Aber wenn ihr nur der geringste Fehler unterlief, dann konnte es sein, dass die Ermittlungen in eine völlig falsche Richtung liefen. Dass ein Mörder davonkam. Oder, viel schlimmer noch, dass ein Unschuldiger für die Tat zur Rechenschaft gezogen wurde.

Vor einer Viertelstunde war sie noch müde und niedergeschlagen gewesen, aber jetzt fühlte sie, wie das Adrenalin durch ihren Körper pumpte. Dabei hatte sie nicht einmal den Kaffee getrunken, der in einer Thermoskanne auf ihrem Schreibtisch stand. Sie erhob sich und ging zum Fenster, das ihr schmales Büro gegen Süden begrenzte. Noch einmal die Schultern kreisen lassen, ehe sie die nächsten Stunden gebückt und angespannt über dem Seziertisch stehen würde. »Dieser Job passt zu dir«, hatte Georg, ihr Exmann, beim letzten, bitterbösen Streit geschrien. »Und weißt du auch, warum? Weil dir die Toten nicht widersprechen können!« Dann war er türenknallend entschwunden, wieder einmal, und sie war hinaufgeschlichen in den ersten Stock zu den Kinderzimmern. Miriam hatte zum Glück tief geschlafen, aber Max hatte so übertrieben geatmet und die Augenlider zusammengepresst, dass ihr beinahe die Tränen gekommen waren.

Draußen ging eine Gruppe Studenten vorbei, die Mädchen kicherten, eine fuhr sich kokett durchs Haar und hakte sich bei dem großen schlaksigen Dunkelhaarigen unter. Lisa Kleinschmidt sah ihnen nach. Im Flirten war sie nie gut gewesen. Sie war immer die Ernsthafte gewesen, die lieber diskutierte als schäkerte. Und genau das hatte dem Georg auch so gut gefallen, jedenfalls am Anfang ihrer Beziehung. Später hatte er immer öfter entnervt die Augen verdreht, wenn sie ihre Meinung geäußert hatte. Aber was uns zu Beginn einer großen Liebe zum anderen hinzieht, das stößt uns nach einiger Zeit ganz besonders ab. Diese Weisheit hatte sie in einem Beziehungsratgeber für Paare gelesen, den sie sich in ihrer Verzweiflung gekauft hatte, als es mit Georg immer schlechter lief. Und irgendwie stimmte das ja auch. Sie war beim Kennenlernen so hingerissen gewesen von der Leichtigkeit, mit der er durchs Leben kurvte. Bis sie begriffen hatte, dass die Leichtigkeit in Wirklichkeit nur Oberflächlichkeit war. Der strahlende junge Kieferchirurg, der davon schwadronierte, dass er seine Ferien unbedingt für ›Ärzte ohne Grenzen‹ auf den Philippinen oder in Indien verbringen wollte. Bloß, dafür war dann nie Zeit gewesen. Stattdessen hatte Georg die Praxis seines Vaters übernommen und ständig weiter ausgebaut. Und heute verdiente er sich dumm und dämlich mit Bleachings und unsichtbaren Zahnspangen für Erwachsene und lächerlich weißen Zahnkronen, die er seiner betuchten Klientel aufschwatzte. Und mit der Gundula war er verheiratet, seiner ehemaligen Sprechstundenhilfe. Alle hatten von dem Verhältnis gewusst, nur sie nicht, es war wie im Schundroman gewesen. Peinlich. Einfach nur lächerlich. Und zum Heulen.

Ob sie noch einmal zu Hause anrufen sollte? Die Miriam ermahnen, für Geografie zu lernen? Und ein wenig mit dem Max zu albern? Aber dann würde es unweigerlich wieder Diskussionen geben. Warum kommst du nicht nach Hause, Mama? Du hast gesagt, dass du mir eine Geschichte vorliest. Doch, das hast du versprochen! Plötzlich sehnte sie sich danach, endlich in dem kühlen Saal unten im Kellergeschoss zu stehen. Die Tür würde hinter ihr zufallen und Stille würde sie umgeben, schon bald. Im Fernsehen waren Gerichtsmediziner ja seit einiger Zeit geradezu Kultfiguren, coole Typen, die zu Rockmusik um die Tische tänzelten und lockere Sprüche klopften. Für sie war das unvorstellbar. Sie fühlte noch immer Respekt vor den Toten, auch wenn sie schon Hunderte Obduktionen durchgeführt hatte. Auch wenn …

Es klopfte, Lisa Kleinschmidt wandte sich vom Fenster ab. Ihr Assistent Kajetan stand im Türrahmen. »Wir können anfangen, wenn es Ihnen recht ist, Frau Doktor!«

Sie nickte und steckte sich noch rasch ein Hustenbonbon in die Manteltasche. Dann folgte sie ihm über die geschwungene Treppe ins Kellergeschoss hinab. Neonröhren erleuchteten den Gang, an den Wänden hingen Schautafeln, die spektakuläre forensische Untersuchungen des Instituts dokumentierten. Die Überreste des berühmten Erzbischofs Wolf Dietrich, die man bei der Gruftöffnung in einer Plastiktüte vorgefunden hatte, Grabräuber waren schon vorher da gewesen. Die Gebeine eines Abtes, die mit modernster Technik durchleuchtet worden waren. Noch nach Jahrhunderten hatte man Zahnfisteln und gebrochene Rippen nachweisen können, der Abt musste zu Lebzeiten schauerliche Schmerzen gelitten haben. Die Zeitungen hatten ausführlich berichtet und die Detektivarbeit des Gerichtsmedizinischen Instituts gelobt. Sogar Miriam war ausnahmsweise einmal stolz auf den Job ihrer Mutter gewesen, den sie sonst meist nur peinlich fand.

Die Tür zum Seziersaal stand offen, Kajetan blieb stehen und ließ ihr den Vortritt. Sie machte zwei Schritte in den hellerleuchteten gekachelten Raum, Roswitha wartete schon neben den Instrumenten und sah ihr erwartungsvoll entgegen. Kajetan schloss die Türe. Lisa Kleinschmidt machte einen weiteren Schritt auf den Mann zu, den sie bereits auf der Bank vor der Kapelle oberflächlich untersucht hatte. Er lag auf der Nirostafläche des Tisches wie aufgebahrt, seine Kleidung war schmutzverkrustet, sein gelblich bleiches Gesicht hager und bereits verschlossen von der Macht des Todes. Lisa Kleinschmidt beugte sich über ihn, sie nahm den Gestank seiner Kleider kaum wahr. Du hast recht gehabt, Georg, dachte sie. Dieser Job passt zu mir. Nicht, weil mir die Toten nicht widersprechen können. Sondern weil sie mir etwas zu erzählen haben. Nur wenige Menschen haben die Geduld, ihnen zuzuhören.

Sie richtete sich wieder auf.

»Fangen wir an«, sagte sie zu ihren Helfern. Sie wandte den Blick nicht von dem Leichnam, der einmal der Baron Gleinegg gewesen war.

*

Rätselhaft, wie man sich so anziehen kann! In diesem Alter, dachte sich die 32-jährige Anna Luggauer, als sie sich ihren Weg durch die Getreidegasse bahnte oder besser gesagt erkämpfte. Die Gruppe von Touristinnen stand schräg gegenüber vom ›Goldenen Hirsch‹, dem nobelsten und berühmtesten Hotel der Stadt, sie trugen allesamt T-Shirts mit Spaghettiträgern zu madenweißen Oberarmen, viel zu kurze Shorts über wabbeligen Waden und zur Abrundung des Gesamtbildes bequeme Birkenstocksandalen an den Füßen. Und sie befanden sich in einem Zustand schierer Verzückung.

»Die Begum«, jauchzte eine Blondine im türkisfarbenen Top. »Gerade ist sie reingegangen, habt ihr das gesehen?«

Die anderen aus der Gruppe nickten heftig und starrten auf das Portal vom ›Goldenen Hirsch‹. Dorthinein war sie verschwunden, die Begum, in einem wehenden Kleid aus rosa Chiffon, sie hatten sie ganz eindeutig erkannt, schließlich war sie ständig in allen Klatschmagazinen abgebildet. Nur was für ein Jammer, dass sie sie erst im letzten Moment entdeckt hatten, bis alle ihre Digitalkameras und Fotohandys hochgereckt gehalten hatten, war nur mehr der Rücken zu sehen gewesen. Aber der reichte völlig, um nächste Woche zu Hause im Mittelpunkt jedes Kaffeekränzchens zu stehen. Also, ihr glaubt es nicht, wir gehen da so durch diese Getreidegasse und plötzlich, wer steht vor uns und lächelt uns an – die Begum!

Oder sonst irgendeine blond gefärbte Tussi mit aufgespritzten Lippen, dachte Anna. Die sehen doch mittlerweile alle gleich aus, wie die Abziehbilder. Gruselig muss das sein bei diesen ganzen Premieren und Empfängen und Cocktails, als ob man ständig seinem Spiegelbild gegenüberstehen würde. Ob das den Männern wirklich gefällt? Aber was soll's, ich hab andere Sorgen.

Sie hastete weiter durch die schmale Gasse, in der sich bereits in der Früh die Menschen drängten und auf die Zehen stiegen. Japaner scharten sich um einen Guide, der einen knallgelben Schirm in die Höhe hielt. Studenten mit weißen Lockenperücken und roten Gehröcken verteilten Werbezettel, auf denen Mittagsmenüs und Original Salzburger Nockerln zu Dumpingpreisen angepriesen wurden. Vor Mozarts Geburtshaus nahm das Durcheinander aus schwitzenden Leibern und quengelnden Kindern geradezu beängstigende Ausmaße an, Touristen knipsten wie wild jeden Stein. In dieser Stadt wurde nun einmal jeder Quadratzentimeter vermarktet. Wenigstens waren auf den schnörkelig gerahmten Fotos in den Auslagen seit einiger Zeit immer öfter schöne junge Opernsängerinnen zu sehen und nicht mehr die alten Nazi-Dirigenten.

Anna scherte nach links aus, in eine der kleinen Passagen, die hinunter zur Salzach führten. Hier lag ›Anitas Fashion Corner‹, die Boutique, in der sie sich in den Uniferien etwas dazuverdiente. Anna hatte die aufgebrezelte Anita vor zwei Jahren in einem Biergarten kennengelernt. Nach einem Jahrzehnt, in dem sie ihren Lebensunterhalt hauptsächlich mit Jobs wie Animateurin und Kellnerin bestritten hatte, war Anna an ihrem 30. Geburtstag von einer schweren Existenzkrise überrascht worden. Wollte sie immer so weitermachen? Welcher Urlaubsklub auf Ibiza brauchte schon eine 40-jährige Animateurin? Und auch als Kellnerin verdiente man das überlebenswichtige Trinkgeld hauptsächlich mit einem jungen Gesicht und einem knackigen Ausschnitt, Emanzipation hin oder her. Im darauffolgenden Herbstsemester hatte sie sich an der Fachhochschule für Pädagogik eingeschrieben, schwitzend vor Aufregung zwischen all dem jungen Gemüse. Und es war erstaunlich gut gegangen, niemand hatte sie ausgelacht, weder die Kommilitonen – die im Fach Pädagogik bedauerlicherweise hauptsächlich Mitstudentinnen waren – noch die Professoren. Nach vier Semestern konnte sie einen ausgezeichneten Notendurchschnitt vorweisen, die Seminararbeiten schrieb sie mit einem Ehrgeiz, den sie sich selber nie zugetraut hätte. Im kommenden Semester wollte sie Vorlesungen über die Arbeit mit autistischen Kindern inskribieren, es war ihr größter Wunsch, später einmal auf diesem Gebiet einen Job zu finden oder vielleicht gar zu forschen. Aber das Geld als Studentin war knapp, und das Angebot von Anita, in ihrer Boutique auszuhelfen, war ein wahrer Glücksfall gewesen.

Anna bog in die gepflasterten Rundbogenarkaden ein, die auch im Hochsommer so wunderbar kühl waren, und stand schon nach wenigen Schritten vor ›Anitas Fashion Corner‹. Der Laden sollte ihrer Meinung nach besser ›Anitas Pseudofashion Corner‹ heißen, aber sie würde sich hüten, ihrer Arbeitgeberin diesen Vorschlag zu unterbreiten. Die Auslage war vollgestopft mit unechten Louis-Vuitton-Taschen, Jäckchen mit goldfarbenen Knöpfen im Chanel-Stil und Cocktailkleidern, deren Trägerinnen schwer an Glitzersteinen und Pailletten zu tragen hatten. Die Käuferinnen waren Salzburgerinnen, die das ewige Dirndltragen satt hatten, Touristinnen im Kaufrausch, vor allem aber Frauen, die davon träumten, wenigstens einmal wie russische Oligarchengattinnen auszusehen, warum auch immer. Anna musste dann mit reizendem Lächeln verfolgen, wie sich hübsche Mädchen in Tussis verwandelten. In Jeans und T-Shirt betraten sie den Laden, in hautengen Minikleidern in Leopardenprint mit Klunkergürtel verließen sie ihn wieder, am Arm eine riesengroße falsche Kelly-Bag aus hellblauem Plastikleder.

Anna seufzte. Aber heute würde das eine ganz besonders harte Nuss werden, die sie zu knacken hatte. Anita würde aus der Haut fahren. Aber es ging nicht anders, sie hätte sowieso schon längst im Bus Richtung Bad Ischl sitzen müssen. Sie klopfte gegen das Glasportal, und Anita erschien aus der Tiefe des kleinen Gewölbes, dessen monatliche Miete allerdings ein Vermögen ausmachte. Sie sperrte die Tür auf, ließ Anna eintreten, und versperrte die Tür wieder hinter ihr.

»Wo steckst du denn? In zehn Minuten machen wir auf, und ich muss noch die Sendung mit den neuen Cashmere-Rollis kontrollieren. Da ist wieder einmal …«

»Anita«, sagte Anna. »Ich kann nicht dableiben. Ich muss zu meiner Tante.«

Anita starrte sie an mit offenem Mund.

»Was heißt das, du kannst nicht dableiben? Bist du verrückt geworden? Hast du vielleicht Presswehen oder was Ähnliches? In dieser Woche muss es brummen, das ist dir doch hoffentlich klar! Nach diesem Sauwetter im Juli müssen wir jetzt aufholen, was möglich ist, wir haben noch nicht einmal die Hälfte von der Tankinikollektion verkauft, das weißt du doch! Wir saufen ab, wenn bis Freitag die Kasse nicht stimmt!«

»Das weiß ich ja alles«, sagte Anna, sie verlagerte unbehaglich ihr Standbein. »Aber es geht wirklich nicht anders. Ich muss zu meiner Tante, sie braucht mich!«

»Deine Tante braucht dich? Deine Tante? Habe ich das richtig verstanden, du willst mich wegen einer …«

»Meine Tante hat den Gleinegg gefunden.«

So, jetzt war es heraus. Sie hätte es gerne für sich behalten, aber andererseits war auch klar, dass diese Sensation sowieso jedes Inkognito sprengen würde. Auf dem Weg hierher hatte sie in einem Kaffeehaus Halt gemacht und bei einem Cappuccino hastig den Stapel an Morgenzeitungen durchgeblättert, den sie am Kiosk in der Kaigasse erstanden hatte. Die Redaktionen hatten offenbar Sonderschichten in der Nacht eingelegt, die Meldung war der größte Aufmacher seit der Mondlandung, so war es ihr jedenfalls vorgekommen. Auf jedem Titelblatt prangte das Konterfei vom Baron, der innerhalb weniger Stunden zum ›Fürst‹ aufgestiegen war. ›Fürst ermordet‹ war noch die harmloseste Schlagzeile, andere wussten bereits mehr: ›Grässlicher Ritualmord an Fürst Gleinegg‹, ›Fürst lag in Blutlache‹, ›Ausnahmezustand im fürstlichen Schloss‹. Sie hatte gar nicht weitergelesen, sondern den ganzen Stapel in ihre Tasche gestopft und war hierher gelaufen. Und jetzt musste sie weiter zur Bushaltestelle.

Anita starrte sie noch immer an, mit offenem Mund. Dann ließ sie sich auf ein goldenes Stühlchen sinken.

»Das war deine Tante, die den Gleinegg gefunden hat? Diese alte Frau, die Katharina L.? Ich habe ja schon alle Zeitungen gelesen, und im Frühstücksfernsehen hat es kein anderes Thema gegeben. Die haben sogar schon um sechs Uhr Interviews mit Leuten aus dem Dorf gebracht, die zum Bäcker gegangen sind. Hast du das gesehen? Das ist ja unglaublich! Deine Tante …«

Anita war völlig aus dem Häuschen. Anna konnte sich lebhaft vorstellen, wie Anitas Handy glühen würde, sobald sie nur einen Schritt aus dem Laden gemacht hatte. Diese Sensation, diese unglaublich glückliche Fügung des Schicksals! ›Anitas Fashion Corner‹ war in die ganze Geschichte verwickelt, der tote Baron von einem Familienmitglied der kleinen Verkäuferin aufgefunden! Die Cashmere-Rollis würden weggehen wie die warmen Semmeln und die Tankinis dazu. Jetzt galt es wenigstens, die Gunst des Augenblicks zu nutzen.

»Anita, ich muss einfach …«

»Natürlich musst du! Ja, was denn sonst! Natürlich musst du deiner Tante in einer solchen Situation beistehen. Du lässt hier alles stehen und liegen, hörst du, und fährst auf der Stelle los. Aber du rufst mich sofort an, wenn du bei ihr angekommen bist und erstattest mir Bericht, heiliges Ehrenwort, ja? Ich muss doch wissen, wie es dir geht! Und natürlich deiner Tante! Alles, alles Gute! Und wenn du irgendetwas brauchst, einen Ratschlag oder so, dann bin ich immer für dich da, das weißt du doch, nicht wahr?«

Anita umarmte Anna innig, dann schob sie ihre Mitarbeiterin regelrecht zur Tür hinaus.

»Na, mach schon! Und ruf an, zu jeder Tages- und Nachtzeit, mein Handy ist immer aufgedreht!«

Anna stand einen Augenblick lang benommen da, dann rannte sie los. Vielleicht konnte sie ja noch den Bus erwischen, der nächste ging erst wieder in einer Stunde. Bis Bad Ischl dauerte es dann fast noch weitere eineinhalb Stunden, aber zum Glück würde sie ja schon nach der Hälfte der Strecke aussteigen. Keuchend kam sie am Mirabellplatz an, und, was für ein Glück, der Postbus stand noch da. Sie löste einen Fahrschein beim Chauffeur, dann ging sie nach hinten und ließ sich auf eine Bank plumpsen. Ausgepowert, schon in aller Herrgottsfrühe. Aber sie hatte auch kein Auge zugemacht in der vergangenen Nacht. Am späten Nachmittag hatte sie der Anruf erreicht, von der Loibner Hanni.

»Na, was sagst du?«, hatte die Hanni ganz aufgeregt gefragt. »Ich habe deine Tante gerade nach Hause gebracht, sie ist so tapfer, du brauchst dir keine Sorgen machen!«

Anna war ganz kalt geworden. Was war passiert, um Himmels willen? Sie war gerade vom Radeln zurückgekommen, bis nach Anif war sie gefahren, hatte dort bei der Gina im Swimmingpool geplantscht, dann waren sie auf der Terrasse gesessen und hatten Pinot Grigio getrunken und über die Männer getratscht, was sonst. Ihre Haut war von der Sonne gerötet, sie fühlte sich so pudelwohl, und jetzt dieser Anruf. »Was ist denn passiert?«, hatte sie gestammelt.

»Ja, weißt du denn das noch nicht? Hörst du denn kein Radio? Um fünf haben sie es schon in den Fernsehnachrichten gebracht. Der Gleinegg ist ermordet worden, und deine Tante hat ihn gefunden!«

Im ersten Moment hatte sie an einen Sonnenstich gedacht. Dann war ihr ganz kalt geworden, ihre Knie hatten wirklich zum Zittern begonnen, das war ihr im ganzen Leben noch nicht passiert. Sie hatte sich aufs Bett setzen müssen, dann hatte die Hanni ihr alles erzählt, was sie wusste. Der Gleinegg war erstochen worden, auf der Bank vor der Kapelle, alles war voller Blut gewesen, ihre Tante hatte ihn gefunden und war zu den Loibners gekommen, die hatten die Polizei verständigt, ein Chefinspektor war aufgetaucht und hatte ihre Tante befragt, sehr sympathisch übrigens, der Herr Inspektor, dann war noch ein zweiter Inspektor gekommen, dann waren die beiden davongefahren, und die Hanni hatte ihre Tante nach Hause gebracht und war noch kurz bei ihr geblieben, aber ihre Tante wollte lieber allein sein. Und jetzt war der Teufel los, Journalisten schwirrten im ganzen Ort herum wie Fliegen über einem Butterbrot.

»Wie geht es ihr?«, hatte sie gefragt, ihre Stimme war ganz rau gewesen.

»Gut, wirklich, du kennst sie ja.«

Dann hatte sie bei der Tante Kathi angerufen. Sie hatte wirklich ruhig und gefasst gewirkt, Anna konnte sich endlich wieder beruhigen. Sie hatte gesagt, dass sie kommen würde, keine Widerrede, die Tante sträubte sich nur wenig. Nach der Verabschiedung war Anna sitzen geblieben, wie betäubt.

Ihr war zumute gewesen, als ob ihre Welt plötzlich einen Sprung bekommen hätte, wie eine Schüssel, die zu Boden fällt. Der Vater vom Raffi war ermordet worden. Wusste der Raffi das schon? Wo war er? Sie musste ihn unbedingt sprechen. Und dann hatte sie bis spät in die Nacht hinein versucht, ihn zu erreichen, aber sie war immer nur auf der Mailbox gelandet. »Raffi, ruf mich zurück, bitte!«, hatte sie flehentlich darauf gesprochen, aber nichts war geschehen. Mit brennenden Augen war sie im Bett gesessen und hatte gewartet, dass es endlich Morgen wurde. Dass sie endlich etwas unternehmen konnte. Und jetzt saß sie im Bus, der fuhr gerade aus der Stadt hinaus, an Marktständen und Eisdielen und Supermärkten vorbei. Menschen standen vor Auslagen und warteten an Ampelkreuzungen, als ob nichts geschehen wäre. Dann fuhr der Bus in die Hügel hinein, die Sonne schien, sie zockelten hinter einem Traktor her, bis der in ein Feld abbog. An allen Haltestellen warteten Fahrgäste, in Hof stiegen zwei Frauen zu und setzten sich in die Bank direkt hinter Anna. Sie unterhielten sich so aufgeregt, dass sie es nicht überhören konnte.

»Das hat ja einmal so kommen müssen«, sagte die eine Frau. »Mich wundert das gar nicht.«

»Hast schon gelesen, was sie in der Zeitung schreiben?«, fragte die andere. »Ausgeweidet ist er worden wie ein Stück Wild, wie ein Hirsch. Der war doch so ein begeisterter Jäger.«

»Genau. Ich hab gehört, dass das vielleicht sogar Tierschützer waren, so radikale, die den …«

Anna saß da und starrte auf das Gesicht, das sich in der Scheibe neben ihr spiegelte. Das Gesicht starrte zurück, mit weit aufgerissenen Augen. Sie hätte sich beinahe nicht erkannt.

*

Die Sitzung war endlich vorüber, sie verließen das große Zimmer, die Beamten aus der Hauptstadt standen zusammen und unterhielten sich leise. Polizeidirektor Grabner, den alle nur ›der Präsident‹ nannten, nickte Pestallozzi zu. »Kommen Sie doch auf einen Moment in mein Büro, ja?«

Pestallozzi folgte seinem obersten Vorgesetzten in das sonndurchflutete Zimmer mit Fenstern nach zwei Seiten, die einen prachtvollen Ausblick auf die Dächer der Stadt freigaben. Ein gewaltiger Schreibtisch stand quer im Raum auf einem dunkelroten Teppich, dahinter ein Stuhl aus Chrom und schwarzem Leder mit Armlehnen, davor zwei einfache Sessel. In der Ecke wucherte ein Ficus Benjamini bis zur Decke, eine Federzeichnung von Paul Flora war der einzige Wandschmuck. Die Venedigskizze war ein Geschenk der Kollegen zum 50. Geburtstag vom Präsidenten gewesen, er hatte sich offensichtlich gefreut darüber.

Grabner wies kurz auf einen der Sessel vor seinem Schreibtisch, dann nahmen sie beide Platz. Sie sahen sich in die Augen.

»Jetzt könnte man eine Zigarette brauchen«, sagte Grabner.

Sie grinsten sich an, die Anspannung ließ nach, wenigstens für diesen winzigen Augenblick. Sie hatten beide mit dem Rauchen aufgehört, Pestallozzi schon vor Jahren, der Präsident erst zu Ostern, nach einem Lungeninfarkt. Aber jetzt eine Zigarette ...

»Scheiße«, sagte der Präsident. »In einem Jahr geh ich in Rente und jetzt das. Das hat mir gerade noch gefehlt. Wissen Sie, wer mich heute schon um halb sieben in der Früh angerufen hat? Der Minister!«

Pestallozzi sah gebührend beeindruckt drein. Grabner war unter den Kollegen herzlich unbeliebt, aber welcher Chef war das nicht. Aus allerkleinsten Verhältnissen hatte er sich hochgearbeitet, vom Streifeschieben auf der Straße bis in diesen Ledersessel mit Armlehnen. Hatte immer die richtigen Verbindungen gepflegt, das richtige Parteibuch besessen und war nach und nach den richtigen Klubs beigetreten. Grabner war Lions-Mitglied gewesen und dann zum Rotarier aufgestiegen, er war beim Verein der Freunde der Salzburger Festspiele, ja, es wurde sogar von den Freimaurern gemunkelt. Die Fäden im Hintergrund hatte dabei stets seine Gattin gezogen, eine Hofratstochter, die sich in den kleinen Polizisten Grabner verliebt hatte und ihn seither beharrlich auf der gesellschaftlichen Räuberleiter von Stufe zu Stufe schubste. Pestallozzi war ihr schon mehrmals begegnet, bei Weihnachtsfeiern und beim 50. Geburtstag des Präsidenten, der mit Pomp und Trara im noblen Peterskeller zelebriert worden war. Er beneidete Grabner nicht um sein Leben und seine Karriere, beileibe nicht. Aber er schätzte den Mann, der ihm gegenübersaß. Hinter der Fassade aus Maßanzug und handgenähten Budapesterschuhen hatte sich Grabner einen unerschütterlichen Kern bewahrt, eine Widerspenstigkeit, die Pestallozzi immer wieder verblüffte. Der Präsident hatte gelernt, wie man einen formvollendeten Handkuss ausführte – nur andeuten, ja nicht den Handrücken wirklich küssen! – und wie man eine Hummerschere handhabte. Aber er hatte trotzdem nicht vergessen, woher er gekommen war. Versuche der Einflussnahme prallten an ihm ab wie an einer Festung aus Beton. Als im vergangenen Jahr zwei junge Prostituierte kurz nacheinander erwürgt aufgefunden worden waren, hatten alle Zeitungen die Chance ergriffen, um das Sommerloch zu stopfen: Serienkiller in der Mozartstadt! Dann hatten sie den ersten Täter dingfest gemacht, einen Bulgaren aus dem Rotlichtmilieu. Die Versuchung war groß gewesen, den Mann gleich auch für den zweiten Mord festzunageln, aber Pestallozzi hatte seine Zweifel gehabt. Und Grabner hatte ihm den Rücken freigehalten, gegen alle Kritik und Anfeindungen. Dann hatten sie nach wochenlangen mühsamsten Ermittlungen den zweiten Täter überführen können, einen angesehenen Steuerberater, den die junge Frau zu erpressen versucht hatte. Der Steuerberater war ebenfalls im Verein der Freunde der Festspiele gewesen, und Pestallozzi konnte sich gut vorstellen, welchen versteckten und auch offen ausgesprochenen Interventionen Grabner wohl ausgesetzt gewesen war.

»Und?«, unterbrach Grabner das Schweigen. »Wie geht es jetzt weiter?«

»Leo und ich fahren gleich wieder zum See«, antwortete Pestallozzi. »Wir haben uns ja schon gestern mit den unmittelbaren Zeugen unterhalten, und ich glaube, ich habe da schon ein paar Ansatzpunkte.«

Grabner nickte. »Ich muss Ihnen nicht erst extra sagen, wie heikel die ganze Geschichte ist. Sie haben das sowieso in der Sitzung mitbekommen, die Kollegen aus Wien haben ja die Unterlagen mitgebracht. Dieser Gleinegg war ein ganz großes Tier, bei dem war die hohe Politik zu Gast. Und diese ganzen Wirtschaftsbosse, gegen die sind Politiker heutzutage ja kleine Würsteln. Die waren alle bei seinen Jagden.«

Über Grabners Gesicht huschte ein Anflug von Widerwillen. Bei allem hatte er mitgemacht, nur einen Jäger hatte seine Frau nicht aus ihm machen können. Dabei waren die Jagdgesellschaften die ultimativen innersten Zirkel der feinen Gesellschaft, nicht einmal eine eigene Loge beim Opernball konnte da mithalten.

»Das ist mir bewusst«, sagte Pestallozzi.

»Gut.« Grabner sah ihn an. »Wenn es eng wird, dann lassen Sie es mich rechtzeitig wissen. In diesem Fall muss die Stillhaltung lückenlos funktionieren, Sie sind mir dafür verantwortlich. Die Schmierfinken von der Presse schreiben sich sowieso schon die Finger wund.«

Er nickte nochmals und Pestallozzi war entlassen.

Draußen wartete schon Leo auf ihn.

»Dieser Woratschek vom Innenministerium will dich noch sprechen«, sagte er leise und deutete mit dem Kinn auf die Gruppe von Beamten, die noch immer zusammenstand. »Super Typ!«

Pestallozzi ging auf die Gruppe zu, ein Mann löste sich

daraus und kam ihm entgegen. Er trug trotz der Hitze einen grauen Anzug mit Gilet und Krawatte, randlose Brille, sein Haar war mit Gel straff zurückgekämmt. In der Sitzung war er als Ministerialrat Dr. Clemens Woratschek vorgestellt worden.

»Ich will Sie gar nicht lange aufhalten«, sagte Woratschek. »Jetzt ist schon eine ganze Nacht vergangen, da werden die Spuren langsam kalt.«

Pestallozzi wehrte sich nicht gegen den unausgesprochenen Vorwurf in diesem Satz. Er hätte dem Herrn Ministerialrat Dr. Clemens Woratschek erwidern können, dass er schon längst wieder vor Ort gewesen wäre, wenn er nicht an dieser völlig überflüssigen Sitzung hätte teilnehmen müssen, in der alle nur ihre Eitelkeiten gepflegt und mit dubiosen Vermutungen aufgewartet hatten, die nicht viel besser als die der Schmierfinken von der Presse waren. Aber er verzichtete darauf und wartete einfach ab.

»Also«, fuhr Woratschek nach einer sekundenlangen Pause fort. »Ich wollte Ihnen nochmals in Erinnerung rufen, dass der Herr Minister höchstpersönlich allergrößtes Interesse an der Aufklärung dieses Falles bekundet hat. Jede neue Erkenntnis ist unmittelbar an sein Büro zu richten, also an mich.«

Er schwieg und sah Pestallozzi auffordernd an.

»Es wird alles den vorgeschriebenen Gang gehen«, antwortete Pestallozzi.

Woratschek wollte etwas erwidern, aber dann begnügte er sich mit einem kühlen Kopfnicken.

»Davon gehe ich aus.« Dann ging er zu seinen Kollegen zurück, die die Szene beobachtet hatten.

Pestallozzi drehte sich ebenfalls um und ging durch die

Glastür hinaus ins Treppenhaus, wo Leo ihm erwartungsvoll entgegensah. Aber Pestallozzi schüttelte nur den Kopf, und sie fuhren mit dem Lift hinunter in die Tiefgarage. Leo kannte seinen Chef gut genug, um ihn jetzt nicht mit Fragen zu löchern. Sie stiegen ein und fuhren los, endlich. Pestallozzi hätte sich am liebsten innerhalb von Sekunden an den See gezaubert. Endlich würden sie wieder vor Ort sein, dort wo das Grauen mitten zwischen tanzenden Faltern und duftenden Gräsern über einen Menschen gekommen war. Warum? Er würde in die Gesichter der Menschen schauen und nach einer Antwort suchen. Auf ihre Hände sehen, die betont gelassen im Schoß lagen oder sich zusammenballten oder geknetet wurden, bis die Knöchel weiß hervortraten. In ihre Augen blicken. Er würde ihren Antworten lauschen und den Pausen, die sie machten. Er würde die Geschichten registrieren, die sie nicht erzählen wollten. Ein uralter Mann war erstochen worden, an einem Platz, zu dem andere Menschen zum Beten kamen. Mit Linsen in den Schuhen. Es war mit ziemlicher Sicherheit kein Raubmord gewesen und ganz bestimmt kein Sexualdelikt. Aber es gab eine Geschichte, die mit einem Messer endete, und sie lag lange zurück, dessen war sich Pestallozzi gewiss. Vor vielen Jahren hatte seine Klasse im Deutschunterricht den Roman ›Ein Mord, den jeder begeht‹ des Schriftstellers Heimito von Doderer lesen müssen, alle waren tödlich gelangweilt gewesen, obwohl der Titel doch so vielversprechend geklungen hatte. Aber eine Passage daraus war Pestallozzi für immer im Gedächtnis haften geblieben: ›Jeder bekommt seine Kindheit über den Kopf gestülpt wie einen Eimer, und ein ganzes Leben lang rinnt das an uns herunter. Da kann einer die Kleider und Kostüme wechseln, so viel er will.‹ Oder so ähnlich. Damals in der 5 A hatten jedenfalls Grinsen und Feixen eingesetzt, alle hatten sie sich detailreich ausgemalt, was aus so einem Kübel an einem herunterfließen könnte, bähhh. Dann war Pestallozzi Polizist geworden und er war vor so vielen Opfern gestanden, war trotzigen und verstockten, hasserfüllten und verzweifelten Tätern gegenübergesessen. Und immer hatte es eine Geschichte gegeben, die der Tat lange vorangegangen war. Die sie nicht entschuldigte, aber die vieles fassbar machte. Die Kindheit rinnt ein Leben lang an uns herunter. Das stimmt, dachte Pestallozzi. Immer.

Sie passierten Hof und Fuschl, einmal mussten sie den Postbus überholen, der gerade aus der Station fahren wollte, und der Chauffeur hupte aufgebracht. Dann kam die lange weit gekrümmte Kurve, die den Blick auf den See freigab. Die Landschaft war so betörend schön, dass es sogar zu ihm durchdrang. Das Wasser, die Berge, der Himmel, die Sonne. Vor ihnen lag St. Gilgen, wo Mozarts Schwester Nannerl noch lange nach seinem Tod gelebt hatte, die Kirche stach aus dem Gewinkel der Häuser, Gondeln, so groß wie Kinderspielzeug, fuhren hinauf zum Zwölferhorn. Dann lag St. Gilgen auch schon hinter ihnen, sie fuhren nun direkt am Ufer entlang, links schwappte der See bis fast an die Straße, rechts türmten sich senkrecht die Steilhänge, die mit Netzen gegen Steinschlag gesichert waren.

»Wohin zuerst?«, fragte Leo.

Pestallozzi dachte kurz nach. »Ich will einfach nur schauen, was die Leute heute so treiben und denken. Lass mir Zeit.«

Zehn Minuten später waren sie da. Leo lenkte den Skoda auf den großen Parkplatz am Ortsrand, auf dem schon die ersten Reisebusse standen. Sie stiegen aus und hielten einen Moment lang inne, atmeten tief durch und schauten auf den See hinaus. Dann gingen sie einträchtig schweigend ins Zentrum, durch die steilen engen Gassen, die immer wieder von Stufen unterbrochen wurden, was jeden Autoverkehr, zum Glück für den Ort, unmöglich machte. Vor der Kirche warteten schon die Pferdekutschen, die Sonne begann gerade, den Morgentau von Tischen und Stühlen in den Gastgärten zu trocknen. Sie standen am Platz vor dem Hotel ›Kaiserpark‹, Pestallozzi fühlte die Blicke des gesamten Ortes wie in seinem Rücken gebündelt.

»Und jetzt?«, fragte Leo wieder.

Pestallozzi sah sich um, drei Frauen, die vor einem Lebkuchengeschäft zusammenstanden und tuschelten, verstummten und zupften ihre Schürzen zurecht. Er deutete auf das kleine Lokal neben dem Laden.

»Jetzt gehen wir einen Kaffee trinken.«

Leo nickte eifrig zustimmend, sie gingen auf das Lokal zu. Hinter den Fensterscheiben waren vergilbte Vorhänge zu erkennen, in diesem Etablissement durfte eindeutig noch geraucht werden. Leo hielt ihm die Tür auf, Pestallozzi betrat den lang gezogenen Raum, und alles verstummte. Diese Reaktion war ihm wohlvertraut, manches Mal kam er sich wie ein Schauspieler vor, der auf die Bühne kam und abwartete, bis das letzte nervöse Hüsteln verstummt war. Er nickte der jungen Frau hinter dem Tresen und den Männern davor zu, und sie setzten sich an den ersten Tisch gleich neben dem Eingang. Die junge Frau sah zuerst zu den Männern, als ob sie eine Erlaubnis einholen wollte, dann kam sie hinter dem Tresen hervor und steuerte ihren Tisch an. Sie war jung und hübsch, mit einer bemerkenswerten Taille, Leo sah ihr mit Wohlgefallen entgegen.

»Was darf es sein?«

»Einen Cappuccino, bitte.«

»Ein Cola Zero.«

Pestallozzi musste sich ein Grinsen verkneifen. Irgendwo hatte er gelesen, dass Cola Zero extra für die männlichen Kunden eingeführt worden war, die Cola light für Weiberkram hielten. Aber er wollte jetzt nicht vom Thema abschweifen. Die Stille begann sich nur langsam wieder mit Stimmen zu füllen, die Männer sprachen wieder miteinander, aber es war eine gekünstelte Unterhaltung, Pestallozzi merkte ihnen die Anstrengung und die Anspannung dahinter an. Die junge Frau werkte an der Kaffeemaschine, dann kam sie mit einem Tablett wieder an ihren Tisch, sie stellte den Cappuccino und ein Glas Wasser vor Pestallozzi, füllte Leos Glas bis zur Hälfte mit Cola, in dem Glas waren Eiswürfel und eine Zitronenscheibe. Aufmerksamer Service, dachte Pestallozzi. Oder war das jetzt eine Sonderbehandlung? Die junge Frau lächelte ihm zu und wollte sich entfernen, aber Pestallozzi hielt sie zurück.

»Hätten Sie einen Moment Zeit für uns?«

Sie wandte sich ihm wieder zu, auf ihrem Gesicht lag ein erwartungsvoller Ausdruck, der Pestallozzi ebenso vertraut war wie das Schweigen bei ihrem Eintreten.

»Sie wissen doch bestimmt, was hier gestern passiert ist?«

Die junge Frau nickte und nestelte an ihrer neckischen kleinen Schürze. »Zuerst sind die Polizeiautos oben an der Straße vorbeigerast, ich habe die Sirenen bis ins Lokal hören können. Dann …« Sie verstummte. Dann war der Teufel los gewesen, so ein gutes Geschäft hatte sie schon lange nicht gemacht, und die Trinkgelder waren ebenfalls ungewohnt üppig ausgefallen. Aber das ging den Chefinspektor bestimmt nichts an.

Er lächelte ihr freundlich zu. »Wir sind bei den Ermittlungen auf jedes kleinste Detail und jede winzige Beobachtung angewiesen. Ist Ihnen gestern oder auch an den Tagen zuvor irgendetwas aufgefallen? Ein Gast vielleicht oder eine Veränderung im Ort?«

Gedankenversunken zerknüllte sie die Schürze, auf ihrem hübschen Gesicht spiegelte sich jede Überlegung, die ihr durch den Kopf ging. Nur nicht aus der Gemeinschaft ausscheren, die Männer im Hintergrund konnten jedes Wort mithören. Aber andererseits war sie plötzlich mitten im Zentrum des Geschehens, wurde befragt und als wichtige Zeugin eingestuft. Es schmeichelte ihr ungemein. Kokett warf sie den beiden Männern einen Blick zu.

»Mir ist niemand aufgefallen. Nur die Touristen eben und die anderen Gäste, aber das sind fast immer dieselben aus dem Ort. Aber es ist niemand da gewesen, dem ich …« Sie verstummte.

Pestallozzi wusste, worüber sie jetzt nachdachte. Wem könnte sie eine solche Tat zutrauen? Das Misstrauen war über den Ort gekommen, jeder würde sich so seine Gedanken machen, uralte Fehden und Nachbarschaftszwistigkeiten würden wieder hochkochen. Irgendwann würden sie den Täter dingfest machen, hoffentlich, aber es würde nichts mehr so sein wie vorher. Er hasste diesen Teil seiner Arbeit, das Zwietracht säen, um Antworten zu bekommen.

Aber es war so wichtig wie die Spurensicherung, es führte kein Weg daran vorbei.

Er lächelte ihr wieder zu. »Sie kommen aber nicht von hier, oder?«

Sie lächelte erleichtert zurück.

»Ich komme aus Schwerin. Bei uns findet man kaum noch Arbeit, dann habe ich im Internet nachgeschaut und gesehen, dass hier eine Stelle frei ist. Im Winter bin ich oben auf der Skihütte vom Chef. Das ist schon mein zweites Jahr da.«

Sie strich die Schürze glatt, jetzt war sie wieder auf sicherem Terrain.

»Gefällt es Ihnen?«

Sie nickte begeistert. »Sehr, hier ist immer was los!« Dann wurde sie verlegen. »Das habe ich jetzt nicht so gemeint, ich …«

»Suse, zahlen!«, rief einer der Männer.

»Schon gut!«

Er nickte ihr zu, und sie ging zu den Männern zurück. Pestallozzi nahm einen Schluck vom Cappuccino, Leo hatte sein Cola schon ausgetrunken. Die Männer an der Theke bezahlten unter lauten Scherzen, dann stapften sie an Pestallozzi und Leo vorbei nach draußen, einer von ihnen kam Pestallozzi bekannt vor. Er dachte kurz nach und rief der jungen Frau zu: »Wir zahlen dann auch!«

Sie tippte in einen Computer hinter dem Tresen, kam an den Tisch und legte eine ausgedruckte Rechnung, inklusive Mehrwertsteuer, vor die beiden Männer. Pestallozzi unterdrückte ein Grinsen, keiner der Männer hatte eine Rechnung bekommen, aber er war nicht von der Steuerfahndung. Sondern von der Mordkommission.

»Lass nur«, bedeutete er Leo, und legte einen Zehner auf den Tisch. »Stimmt so.«

»Danke«, sie wirkte ehrlich erfreut. So ein Mord war wirklich gut fürs Geschäft.

»Können Sie uns vielleicht noch etwas über den Herrn Gleinegg erzählen? Haben Sie ihn gekannt?«

»Ich? Wo denken Sie hin! Am Sonntag habe ich ihn einmal vor der Kirche gesehen. So ein hohes Tier, der gibt sich doch nicht mit einer kleinen Serviererin ab. Obwohl ….«

Sie blickte Pestallozzi und Leo auffordernd an. Pestallozzi tat ihr den Gefallen. »Obwohl?«

»Na ja …« Sie senkte die Stimme, wenngleich außer ihnen niemand mehr im Lokal war. »Der hat schon einen Ruf gehabt, von früher noch. Vor dem war keine sicher, das habe ich immer wieder gehört. Angeblich soll es mehr als ein Kuckuckskind vom Herrn Baron in der Umgebung geben. Das heißt, die sind jetzt natürlich alle schon erwachsen, das ist ja schon viele Jahre her.«

Ein fast unhörbarer Unterton schwang in ihrer Stimme mit, wie Bedauern. So eine Affäre mit einem Herrn Baron, das wäre schon eine Überlegung wert gewesen. Noch dazu, wo es doch längst die Pille und die Dreimonatsspritze gab, also ein Kind hätte sie sich ganz bestimmt nicht andrehen lassen.

»Vielen Dank, Sie haben uns sehr geholfen!«

Pestallozzi strahlte die Serviererin Suse aus Schwerin an, als ob sie ihm den Mörder auf einem Silbertablett geliefert hätte. Das kann er, dachte Leo widerwillig-bewundernd. Mit Frauen kann der Chef umgehen, na ja, wenigstens im Job. Privat ist er ja eher ein Loser.

Sie gingen nach draußen, die Hitze des Spätsommers

hatte sich bereits über den Platz gelegt. Der Mann, der Pestallozzi bekannt vorgekommen war, stand bei einem der Kutscher und klopfte ihm gerade auf die Schulter, dann lachten beide laut und schallend.

»Herr Loibner!«, rief Pestallozzi.

Der Mann drehte sich um, zögerte kurz, dann kam er die wenigen Schritte herangeschlendert.

»Ich war gestern auf Ihrem Hof, aber das wissen Sie ja. Leider konnte ich nicht mit Ihnen sprechen, weil Sie draußen auf dem Traktor gesessen sind. Ich bin Chefinspektor Artur Pestallozzi, und das ist mein Kollege Leo Attwenger.«

Der Mann stand abwartend da, in einem Mundwinkel kaute er auf einem Zahnstocher herum.

»Unsereins muss eben arbeiten«, sagte der Mann.

Pestallozzi nickte bedächtig.

»Waren Sie den ganzen Vormittag am Feld?«

»Um fünf war ich im Stall. Um sieben war ich auf dem Feld. Als kleiner Nebenerwerbsbauer muss man das Wetter nützen. Da gibt's keinen Dienstbeginn um acht und keinen Feierabend um vier.«

Leo wollte etwas sagen, aber Pestallozzi schüttelte den Kopf. Er sah keine Veranlassung, dem Loibner etwas über seine eigene 80-Stunden-Woche zu erzählen. Über die vielen Wochenenden, die er an Tatorten und im Büro verbracht hatte, und wie seine Ehe daran zerbrochen war. Dem Loibner war die Bitterkeit ins Gesicht gemeißelt, der würde ihm nicht einmal zuhören, geschweige denn Glauben schenken.

»Haben Sie den Gleinegg gekannt?«

»Und ob!«

Der Loibner sah aus, als ob er am liebsten ausgespuckt hätte.

»Und?«

»Und was? Soll ich Ihnen was sagen, Herr Hauptoberchefinspektor? Wenn Sie den finden, der das getan hat, dann möcht' ich Sie bitten, dass Sie mir das mitteilen, noch bevor Sie den nach Salzburg bringen. Damit ich ihm die Hand schütteln kann. Aus Dankbarkeit.«

»Sie waren also kein Freund vom Herrn Gleinegg?«

Der Loibner gab ein Geräusch wie Raucherhusten von sich.

»Der hat keine Freunde gehabt! Unter den Großkopferten vielleicht, aber nicht da bei uns herunten. Da können Sie jeden fragen!« Er machte eine weit ausholende Bewegung mit dem Arm, die den Ort und den ganzen See umschloss.

»Gab's dafür einen bestimmten Grund? Ich meine jetzt, was Sie persönlich betrifft!«

Loibner deutete hinauf zu dem Berg, der vom gegenüberliegenden Ufer des Sees in grünen Kuppen hochstieg bis zum steinernen Grat.

»Dort oben besitzt meine Familie ein Stück Wald, schon seit über 300 Jahren. Das haben wir damals ehrlich erworben, von einem, der keine Erben gehabt hat. Rundherum ist nur der Grund vom Gleinegg, dem gehört alles bis rüber zum Dachstein. Vor fünf Jahren, wie die großen Unwetter waren, ist fast der ganze Südhang Windbruch gewesen, alles war vernichtet. Damit wir wieder haben aufforsten können, haben wir zuerst das Holz runterbringen müssen. Und die einzige befahrbare Forststraße, die raufführt, die hat dem Gleinegg gehört. Also hab ich ihn angeredet, nach der Kirche, mit dem Hut in der Hand bin ich dagestanden. Ob er uns erlaubt, mit den Anhängern raufzufahren und die Stämme runterzubringen. Und, was glauben Sie, was er zu mir gesagt hat?«

Pestallozzi konnte es sich denken, aber er wartete einfach ab.

»Nix da, hat er gesagt, der Herr Baron. Wenn ich für dich eine Ausnahme mach, dann kommen gleich alle anderen und wollen was von mir. Es gibt Wege genug, schau dazu, dass du dein Holz runterbringst. Dann hat er mich stehen gelassen.«

Pestallozzi nickte. Der Loibner schien sich ganz langsam zu entspannen, offenbar war er erleichtert, dass er seine Sicht der Dinge erzählen konnte, das Bild vom Opfer zurechtrücken.

»Der Gleinegg soll ja ein begeisterter Jäger gewesen sein«, sagte Pestallozzi wie zu sich selbst. »Gehen Sie auch auf die Pirsch, Herr Loibner?«

»Dazu fehlen mir die Zeit und das Geld. Wieso, ist der Gleinegg auch noch erschossen worden?«

Pestallozzi überhörte die Provokation. »Sie besitzen also kein Gewehr?«

»Einen alten Stutzen vom Großvater, der ist noch wildern gegangen, vor lauter Hunger. Aber der Krinzinger hat gesagt, dass das schon verjährt ist.«

Loibner grinste und ließ den Zahnstocher in den anderen Mundwinkel wandern. Du hättest einen guten Michael Kohlhaas abgegeben, dachte Pestallozzi. Die Sonne brannte ihm direkt ins Gesicht, vielleicht sollte er doch seinen Widerwillen gegen eine Sonnenbrille überwinden. Leo hatte seine längst aufgesetzt, er stand unbeweglich neben ihm, doch Pestallozzi konnte seine Ungeduld spüren. Aber der Loibner war gerade erst so richtig ins Erzählen gekommen. Pestallozzi kannte auch dieses Phänomen, schweigsame, verstockte Zeugen, die gar nicht mehr aufhören konnten mit dem Reden, wenn sie erst einmal einen Zuhörer gefunden hatten.

»Ich hab ja nie bei den Jagden vom Gleinegg mitgemacht, aber andere im Ort schon. Dann hat er sogar anständig gezahlt, der Gleinegg, für die Treiber. Und die hohen Herrschaften haben herumgeballert, einmal hat's einen Unfall gegeben, das ist sicher schon zehn Jahre her, wenn nicht länger. Angeblich sitzt einer seither im Rollstuhl, ein Gast vom Gleinegg aus dem Italienischen unten. Aber die haben sich das untereinander ausgemacht, die feinen Herren, da ist damals viel Geld geflossen, hat es geheißen, aber es hat nie eine Anzeige gegeben.«

Der Loibner merkte plötzlich, dass er ganz gegen seinen Willen redselig geworden war. »Also dann, ich muss jetzt wieder heim. Die Arbeit wartet.«

»Vielen Dank, Herr Loibner«, sagte Pestallozzi. »Sie haben uns wirklich geholfen.«

Der Loibner sah ihn misstrauisch an und wollte schon etwas erwidern, dann überlegte er es sich anders und ging davon, mit einem knappen Nicken. Sie sahen ihm nach.

»Das muss ein richtiger Sympathieträger gewesen sein, der Gleinegg«, sagte Leo. »Was ist, können wir nicht kurz in den See köpfeln?«

Pestallozzi lachte, es tat ihm gut. Er warf einen Blick hinüber zu den hölzernen Badestegen, die überall am Ufer in der Hitze flimmerten. Kinder mit Schwimmflügeln sprangen quietschend ins Wasser, Tretboote dümpelten weit draußen in den Wellen. Urlaubsstimmung wie aus dem Bilderbuch, und mitten drin ein Mann, der abgestochen worden war wie ein Schwein, das ein sadistischer Schlachter langsam sterben sehen wollte. Er sehnte sich nach Kühle und Schatten, und er wusste bloß einen einzigen Ort, wo dies jetzt zu finden war.

»Wir fahren rauf zum Schloss«, sagte er knapp.

Sie gingen wieder durch den Ort, vorbei am Hotel ›Kaiserpark‹, durch die krummen steilen Gassen, Leo trug sein Jackett lässig über der Schulter. An einem kleinen Platz rannten sie beinahe in eine Menschentraube, ein junger Reporter befragte die Passanten.

»Das war so eine imposante Persönlichkeit, der Herr Baron«, sagte eine Frau mit prall gefülltem Einkaufsnetz gerade ins Mikrofon. »Einfach schrecklich, dass so etwas hier bei uns ...«

Sie gingen vorüber, zum Glück erkannte sie der Reporter nicht. Das große Lügen hat begonnen, dachte Pestallozzi. Jeder würde sich nun überlegen, was er preisgab, am Stammtisch, im Supermarkt, in der Öffentlichkeit. Und was er dem Herrn Chefinspektor erzählen sollte, falls der Fragen stellte. Plötzlich war er unglaublich müde. Endlich waren sie wieder am Parkplatz, Leo wollte gleich die Kühlung anstellen, aber Pestallozzi ließ lieber die Scheiben herunter. Ein wenig Durchzug würde ihnen nur guttun.

Leo startete den Skoda und sie fuhren aus dem Ort hinaus, über die Uferstraße bis zur Abzweigung zum Schloss hinauf. Wie rasch eine Gegend einem doch vertraut wird, dachte Pestallozzi. Gestern noch ...

Ein roter Wagen kam ihnen entgegen, Leo lenkte scharf

nach rechts und fluchte. Die Journalistin, die gestern vor dem schmiedeeisernen Portal ausgeharrt hatte, hielt auf dem Beifahrersitz triumphierend einen hochgereckten Daumen in die Höhe.

»Glaubst du, dass die ein Interview bekommen hat?«, fragte Leo.

Pestallozzi zuckte mit den Achseln. Dann waren sie wieder vor dem Tor in der Mauer angelangt. Der junge Polizist von gestern stand davor, Krinzingers Adlatus, Pestallozzi konnte sich nicht mehr an seinen Namen erinnern. Der junge Polizist salutierte, und sie fuhren durch das Tor, über den Kiesweg bis zum Haus. Sie stiegen aus dem Wagen, Leo hatte wieder sein Jackett angezogen, und gingen die Treppe hinauf. Die hölzerne Eingangstür stand offen, sie betraten die Halle.

»Ist hier jemand?«, rief Pestallozzi, er kam sich selber albern vor. Aus dem Salon zur Rechten waren Stimmen zu hören, ein Mann erschien im Türrahmen. Er war erheblich kleiner als Pestallozzi und Leo, von undefinierbarem Alter. Manche Menschen sahen schon in jungen Jahren alt aus und behielten dieses Aussehen dann bis ins hohe Alter, der Mann im Türrahmen war so einer. Pestallozzi stellte sich und Leo vor, der Mann quittierte die Information mit einem gnädigen Kopfnicken, aber er streckte ihnen keine Hand entgegen.

»Zilinski. Wir haben Sie schon erwartet.«

Er drehte sich um und ging in den Salon zurück, Pestallozzi und Leo folgten ihm, es blieb ihnen gar nichts anderes übrig. Eine Frau und ein Mann saßen auf dem Sofa, auf dem gestern Abend noch Helene Zilinski gesessen war. Die war heute abwesend.

»Jacques und Monika de Saint Aubry«, sagte der Mann unbestimmbaren Alters. Man nickte einander zu, Zilinski ging zum Fenster wie seine Frau gestern und machte eine lässige Handbewegung. Pestallozzi und Leo nahmen auf den Fauteuils zu beiden Seiten des Paares Platz.

»Ich möchte Ihnen mein Beileid aussprechen«, sagte Pestallozzi. »Das sind bestimmt schwere Stunden für Sie.«

Die Frau wies eine unbestreitbare Ähnlichkeit mit ihrer jüngeren Schwester Helene auf. Beide hatten dunkelblondes Haar, das bei Monika de Saint Aubry bis auf die Schultern fiel und von einem Reifen gehalten wurde, während es Helene Zilinski kurz geschnitten trug. Die Frau auf dem Sofa sah besorgniserregend blass und angespannt aus, aber weder ihr Mann noch ihr Schwager schienen es zu bemerken.

»Danke«, sagte Zilinski, der offenbar fürs Reden zuständig war. »Der Herr Minister hat schon angerufen und kondoliert.«

Pestallozzi verkniff es sich nachzufragen, welcher Minister. Die Claims waren abgesteckt, mit einem Satz. Hier die Familie, der ein Minister kondolierte, da der kleine Inspektor und sein Assistent. Gib acht auf deine Fragen, kleiner Inspektor.

»Wann sind Sie zurückgekommen?«, wandte sich Pestallozzi an die Frau.

Ihr Mann beantwortete die Frage, mit einem eleganten Akzent. »Wir sind heute Nacht aus Nizza gekommen, über München. »

»Und Ihre Frau ist …?

Pestallozzi sah den Mann am Fenster an, der vollendete den Satz.

»Meine Frau ruht. Sie fühlt sich nicht allzu wohl nach den Geschehnissen des gestrigen Tages.«

»Natürlich, das verstehe ich. Sind noch andere Familienmitglieder …«

»Meine Schwägerin Henriette hat es nun doch vorgezogen, in Salzburg zu bleiben, auch sie ist sehr angegriffen. Und Raffael …« Zilinski schien auf schwammiges Terrain geraten zu sein, er blickte zu dem Paar auf dem Sofa, aber das zeigte keinerlei Reaktion. »Mein Schwager Raffael hat sich im Ausland befunden, er ist bereits auf dem Weg hierher.«

»Gut. Es tut mir aufrichtig leid, aber ich muss Ihnen in dieser schwierigen Situation einige Fragen stellen. Sie werden das sicher verstehen. Hatte Ihr Vater Feinde?«

Pestallozzi sah die Frau an, die so weiß war wie der Spitzenkragen, der unter ihrer dunkelblauen Kostümjacke hervorblitzte. Sie sah ihn an, als ob er auf Mandarin zu ihr gesprochen hätte.

»Natürlich hatte mein Schwiegervater Feinde«, antwortete ihr Schwager. »In dieser Position ist das unvermeidlich. Aber wir kennen niemanden, der zu so etwas fähig wäre. Das ist einfach …« Er suchte nach Worten. »Das ist einfach degoutant.«

Leo hustete in seinem Fauteuil, aber Pestallozzi blieb gelassen.

»Sie sind ebenfalls heute Nacht angekommen?«

»Noch vor Mitternacht. Ich bin sofort losgefahren, nachdem mich meine Frau erreicht hatte.«

»Sie leben in …«

»Wir leben in Wien und in Warschau. Meine Familie bemüht sich um die Rückgabe der ehemaligen Güter, bedauerlicherweise ist die derzeitige Regierung nicht sehr kooperativ.«

»Ah ja. Ich muss Ihnen leider nochmals die Frage stellen. Haben Sie irgendeinen Verdacht, wer diese Tat verübt haben könnte? Wir sind auf Ihre Mithilfe angewiesen.«

Der Mann am Fenster verzog keine Miene, aber für eine Sekunde schien es, als ob Triumph über sein Gesicht huschen würde. Wie ein Windhauch, der über das Gras strich.

»Bedaure, Herr Pestallozzi, wir können Ihnen nicht helfen. Wir sind völlig konsterniert.«

Pestallozzi nickte ernsthaft und bedächtig, als ob diese Allerweltsantwort ihm weitergeholfen hätte. Draußen auf dem Vorplatz war eine junge Stimme zu hören, die etwas rief, das wie ›Kimm scho'‹ klang, aber drinnen im Salon war die Atmosphäre so unbehaglich wie bei einer Prüfung, die kein Ende nehmen wollte. Leo schwitzte in den Handflächen, zum Glück schien Händeschütteln in diesen Kreisen nicht gerade in Mode zu sein. Der Chef hingegen wirkte so ungerührt, als ob er nicht bemerken würde, dass man ihn mit Ausflüchten verarschen wollte. Das heißt, es antwortete ja nur dieses unscheinbare Männchen, die beiden auf dem Sofa hielten sich vornehm zurück. Die Frau sah sowieso aus wie ausgestopft, oder vielleicht war sie ja auch nur von irgendwelchen Beruhigungsmitteln zugedröhnt. Was bin ich froh über meine Familie, dachte Leo plötzlich mit einer Inbrunst, die ihm normalerweise abging, seine wechselnden Freundinnen beschwerten sich ständig über seine Gefühlsarmut. Auch wenn die Mama ganz schön nerven kann, aber trotzdem ist es bei uns zu Hause einfach …

»Ihr Schwiegervater ist den Weg zur Kapelle offenbar

auf Linsen gegangen«, sagte Pestallozzi gerade zu Zilinski, aber er ließ den Blick zu der Tochter des Opfers wandern. »Ihre Frau hat mir gestern von dem alten Pilgerweg erzählt, der von diesem Haus zur Kapelle führt. Und von dem Brauch, Linsen in den Schuhen zu tragen, um eine Schuld zu sühnen. Können Sie mir ...«

»Meine Frau war gestern völlig von der Situation überfordert«, unterbrach ihn Zilinski heftig. »Sie müssen bedenken, sie war ganz allein im Haus, als die Nachricht kam.«

»Herr Rittlinger war ebenfalls anwesend.«

»Äh, ja, ja natürlich.«

Zilinski schien einen Moment lang aus dem Tritt gebracht. Monika de Saint Aubry wollte offenbar etwas sagen, aber ihr Mann legte ihr die Hand aufs Knie. Es wirkte, als ob er einen Deckel auf einen Topf gestülpt hätte, die Frau starrte wieder auf die Kante des Sofatisches.

»Ja, Sie haben recht.« Zilinski hatte sich wieder gefangen. »Trotzdem war es eine Situation, die an die Grenzen ihrer Nervenkraft ging. Ich würde es deshalb nicht überbewerten, was meine Frau Ihnen gestern Abend alles gesagt und erzählt hat.«

Pestallozzi nickte bedächtig.

»Trotzdem, ich frage Sie nochmals. Haben Sie eine Erklärung für diese doch sehr seltsame Entdeckung?«

Gleich schreit hier jemand los, dachte Leo. Entweder dieser Zilinski, weil er es einfach keine Sekunde länger erträgt, dass er sich solche Fragen gefallen lassen muss. Oder die Tante auf dem Sofa, die schaut ja mittlerweile drein, als ob sie selbst gerade auf Linsen sitzen würde. Aber auf glühenden.

»Nein, habe ich nicht«, sagte Zilinski. »Niemand hier im Raum hat eine Erklärung dafür.«

Der Mann auf dem Sofa nickte zustimmend, die Frau konnte sich nicht einmal dazu aufraffen. Pestallozzi stand ganz plötzlich auf, alle starrten ihn fast erschrocken an. Würde er nun endlich lospoltern? Leo erhob sich ebenfalls, erwartungsvoll blickte er auf den Chef. Aber der schien die Ruhe in Person, höflich nickte er in die Runde.

»Dann möchte ich mich für Ihr Entgegenkommen und Ihre freundliche Bereitschaft, meine Fragen zu beantworten, bedanken. Fürs Erste. Wo finden wir Herrn Rittlinger?«

War da ein ironischer Unterton mitgeschwungen, eine beißende Höflichkeit, die man nur schwer in die Schranken weisen konnte? Zilinski wirkte ernsthaft aus der Fassung gebracht.

»Sie finden den Jakob draußen in der Garage hinter dem Haus.«

Sie starrten alle auf die Frau, die zum ersten Mal gesprochen hatte.

Pestallozzi sah sie an.

»Vielen Dank. Wir finden schon hinaus. Leo, gibst du den Herrschaften unsere Karte? Damit Sie uns jederzeit kontaktieren können, falls Ihnen doch noch etwas einfallen sollte, was Ihnen wichtig erscheint.«

Leo griff in seine Jacketttasche, dann hielt er eine Visitenkarte unschlüssig in der Hand, schließlich legte er sie auf den Couchtisch vor dem Sofa. Pestallozzi verneigte sich einen Millimeter tief und verließ den Salon, Leo folgte ihm. Sie bewegten sich nun schon sicherer in dem Haus, durch die Halle und das hölzerne Portal, die Treppe hinab.

»Die spinnen ja, die Römer«, sagte Leo, als sie wieder auf dem Kies standen, und holte demonstrativ tief Luft.

Pestallozzi antwortete nicht, sondern sah sich suchend um, dann entdeckte er den Pfad, der um das Anwesen führte. Sie gingen an der Hausfront entlang, die Fenster im Erdgeschoss waren so hoch über dem Fundament eingesetzt, dass sie keinen Blick in die Zimmer gestatteten, nur schwere Vorhänge aus gelbem Brokat ließen sich einmal erahnen. Hinter dem Haus war der Wald für einen überraschend großen Platz zurückgedrängt worden, statt Kies gab es hier nur festgestampftes Erdreich, das von Reifenspuren zerfurcht war. Schräg vor ihnen befand sich ein kleiner Stadel, vor dem Gartengerät herumlag, daran schloss sich eine niedere Halle an, die zwei mächtige Tore aufwies. Das rechte Tor war weit geöffnet, der alte Jakob saß auf einer Kiste und hielt einen Lappen in der Hand, offenbar unterhielt er sich mit jemandem, der im Inneren der Halle werkelte. Sie gingen auf ihn zu, und der alte Mann stand schwerfällig auf.

»Grüß Gott, Herr Rittlinger«, sagte Pestallozzi. »Sind Sie schon wieder fleißig?«

»Muss ja sein, Herr Chefinspektor.«

Sie traten zu ihm hin und sahen in das Halbdunkel hinein. Werkzeug hing an den Wänden, Gerümpel lag zwischen Kisten und Blechtonnen. Weiter hinten stand ein Wagen mit offener Ladefläche, der schon bessere Tage gesehen hatte, ein typisches Arbeitsgefährt. Zwei Fahrräder lehnten an der Wand, Reifen waren übereinander gestapelt. Vor ihnen aber stand – Leo war versucht, sich die Augen zu reiben – ein Rolls-Royce. Die Tür vom Fahrersitz war offen, ein junger Mann machte sich gerade an den

Armaturen zu schaffen. Als er die Schritte hörte, steckte er den Kopf hervor.

»Das ist der Patrick Gmoser, der hilft mir immer, wenn etwas zu reparieren ist. Ein tüchtiger Bursch, nächstes Jahr ist er fertig mit der Mechanikerlehre. Sag grüß Gott, Patrick.«

Patrick Gmoser war ausgestiegen, nun murmelte er ein undeutliches ›Hallo‹, ziemlich verlegen. Pestallozzi nickte ihm freundlich zu.

»Ich will Sie beide gar nicht lange stören. Ein schönes Auto ist das.«

Der alte Rittlinger nickte voller Stolz.

»Das hat der Herr Baron damals nach dem Krieg angeschafft. Aber es braucht halt viel Pflege, auch wenn nie jemand damit fahrt. Aber jetzt ... jetzt werden es die Herrschaften ja vielleicht doch brauchen, deshalb schaut der Patrick nach, ob alles in Ordnung ist.«

Leo war nähergetreten und berührte mit den Fingerspitzen ganz sachte die dunkelgrüne Lackierung. Durch die spiegelblank geputzten Scheiben konnte er die beige Lederpolsterung der Sitze erkennen, das Lenkrad war offensichtlich aus lackiertem Wurzelholz und hatte einen Durchmesser so groß wie ein Winterreifen an seinem Golf, mindestens. Leo verspürte einen fast nicht bezähmbaren Drang, die Tür zu öffnen und sich wenigstens einmal im Leben in so einen Schlitten zu setzen. Wer weiß, ob er jemals noch vor einem Rolls stehen würde, diese Gelegenheit durfte man einfach nicht verpassen. Aber ein Blick auf den Chef genügte ihm, um zu erkennen, dass der wenig Verständnis für so eine kleine Extratour aufbringen würde. Also blieb Leo charakterstark stehen und bewunderte nur still die Kühlerfigur.

»Wer wird denn damit fahren?«, fragte Pestallozzi. »Der junge Herr Gleinegg?«

Jakob Rittlinger sah einen Moment lang betrübt aus, dann musste er schmunzeln.

»Der ganz bestimmt nicht. Der fahrt nur auf seiner Maschin'.«

Pestallozzi sah sich suchend um, aber der alte Rittlinger schüttelte den Kopf. »Der junge Herr ist noch immer nicht da. Heute in der Früh hat er sich endlich gemeldet, aber er hat gesagt, dass er noch heute eintreffen wird. Die Frau Gräfin hat mir das mitgeteilt.«

Der Herr Baron, der junge Herr, die Frau Gräfin. Pestallozzi bekam immer mehr ein Gefühl, als ob er sich am Amazonas verirrt hätte. Er musste unbedingt das Dickicht der Adelstitel recherchieren, auch wenn die von der Republik längst abgeschafft waren, sonst würde er die Zeugen in dieser Ermittlung nie auseinanderhalten können.

»Und wo hält sich der junge Herr Gleinegg gerade auf?«

Der alte Jakob machte eine vage Handbewegung Richtung See. »Da drunten irgendwo im Süden.«

»Und Sie, sind Sie öfters hier?«

Pestallozzi wandte sich an den jungen Mann, der braun gebrannt und sportlich wirkte, ein silberner Knopf steckte in seinem rechten Nasenflügel.

»Ab und zu komm ich, wenn der Jakob mich braucht.«

»Haben Sie den Herrn Gleinegg gekannt?«

»Jeder hat ihn gekannt. Und einmal bin ich ihm im Haus begegnet, wie ich den Heizkessel repariert habe. Da ist er durch die Halle gegangen.«

»Ist Ihnen irgend etwas aufgefallen in den Tagen vor dem Mord?«

Patrick Gmoser schien offensichtlich verunsichert und geschmeichelt zugleich, dass er solche Fragen beantworten musste. Er schüttelte den Kopf. »Alles war wie sonst. Viele Touristen sind halt da im Sommer.«

Eine Wespe summte durchs Halbdunkel, Pestallozzi schien sie nicht zu bemerken, aber Leo wedelte sie davon.

»Sagen Sie, Herr Rittlinger, hat der Herr Gleinegg eigentlich gerne Äpfel gegessen?«

»Wohl, wohl, aber nur die Boskop von unseren eigenen Bäumen unten an der Mauer. Das Zeug aus dem Supermarkt hat er nicht wollen. ›Das schmeckt ja wie Plastik‹, hat er immer gesagt.«

»Könnte es sein, dass er auch auf der Bank vor der Kapelle gerne einen Apfel gegessen hat?«

»Könnt schon sein, dass er sich einen eingesteckt hat.«

»Und hat er die Äpfel abgeschält?«

»Immer. Die Schalen hat er nicht mehr vertragen. Er hat so leicht Sodbrennen bekommen.«

»Ah ja, das kenn ich.« Pestallozzi lächelte den alten Mann an. »Das macht mir auch immer zu schaffen. Dann hat er bestimmt ein Taschenmesser dabeigehabt?«

Der Rittlinger schaute wehmütig drein.

»Ein Taschenmesser hat er nicht mehr aufklappen können, wegen der Gicht in seinen Händen. Er hat sich schon vor Jahren bei mir in der Küche so ein kleines Messer geholt, mit einem Holzgriff. Das hat er in der Joppe stecken gehabt.«

Pestallozzi nickte bedächtig.

»Ja, das wär's dann auch schon gewesen, Herr Rittlinger. Ich will Sie nicht länger von Ihrer Arbeit abhalten.«

Er nickte Patrick Gmoser und dem alten Jakob zu, dann

wandten sie sich zum Gehen, Leo nahm mit einem langen bedauernden Blick von ›Emily‹ Abschied. Sie gingen zurück zu ihrem eigenen Wagen, der in der prallen Sonne glühte. Leo setzte sich missmutig ans Steuer, Pestallozzi schien wieder einmal seinen unergründlichen Gedankengängen nachzuhängen. Leo startete und fuhr los, irgendwann würde der Chef schon wieder aufwachen.

»Und jetzt zum Krinzinger«, sagte Pestallozzi, als sie schon fast unten auf der Uferstraße waren. »Jetzt besuchen wir einmal die Kollegen.«

Die Polizeistation lag am anderen Ende des Ortes, sie umfuhren das Zentrum und hätten beinahe die Abzweigung verpasst. Leo hatte es wie stets unterlassen, das GPS-System einzuschalten, das war Kram für Frauen am Steuer und Weicheier. Er lenkte den Skoda durch eine kurze Allee, dann hielten sie vor dem zweigeschossigen Haus, in dem sich das Wachzimmer befand. Eine Frau sah gerade aus einem Fenster im ersten Stock, scheinbar erschrocken schloss sie es sofort. Aber der Vorhang bewegte sich, Leo konnte es sich nicht verkneifen, hinaufzuwinken.

Krinzinger stand eilfertig auf, als sie eintraten.

»Grüß Gott, Herr Chefinspektor. Grüß Gott, Kollege. Wir haben Sie schon erwartet. Darf's ein Kaffee sein?«

»Gerne.«

Sie nahmen auf den Stühlen Platz, die vor Krinzingers Schreibtisch standen, der machte sich an einer Espressomaschine zu schaffen. Das Büro war eindeutig einer hastigen Putzaktion unterzogen worden, Pestallozzi registrierte es amüsiert. Akten lagen fein säuberlich gestapelt auf Krinzingers Schreibtisch, eine Grünpflanze stand adrett im Fenster, Aktenordner standen wohlgeordnet im Regal.

»Ordentlich ist es bei Ihnen, Kollege. Da müssten Sie einmal mein Büro sehen!«

Krinzinger entspannte sich ein klein wenig und lachte.

»Na ja, man tut, was man kann. Und wenn sich schon einmal so hoher Besuch ansagt …«

Er servierte ihnen zwei Henkelbecher mit schwarzem Kaffee, Kondensmilch und Würfelzucker in einer angebrochenen Packung. »Vielleicht ein paar Kekse dazu?«

»Wir wollen Sie ja nicht ausrauben!«

»Das passt schon. Um diese Zeit vergönn ich mir immer eine Jause.« Krinzinger schwirrte im Raum umher wie eine betuliche Hausfrau, endlich nahm er sich selbst einen Kaffee und setzte sich. Leo biss in eine Schokobrezel, Pestallozzi rührte in seiner Tasse um.

»Und, was gibt es bei Ihnen an Neuigkeiten, Kollege Krinzinger?«

Krinzinger seufzte tief.

»Hier ist der Teufel los! So was hab ich in meiner ganzen Dienstzeit noch nicht erlebt!«

Leo hätte am liebsten losgeprustet. Wo, bitte schön, war hier der Teufel los? Im Altersheim war es ja aufregender als in diesem Erholungsheim für dickliche Landpolizisten. Aber der Chef verzog natürlich keine Miene.

»Ständig läutet das Telefon. Am allerlästigsten sind die Journalisten, die lassen sich einfach nicht abwimmeln.«

Pestallozzi nickte verständnisvoll.

»Und dann gibt's natürlich die Wichtigtuer, die was gesehen haben wollen. Einer hat angeblich einen Mann mit einer Sense gesehen, wie der von der Kapelle weggerannt ist. Weil doch in einer Zeitung steht, dass der Baron, äh, ich meine der Gleinegg, in Stücke gehackt worden ist. Dann hat eine Urlauberin aus Holland angerufen, die ist angeblich ein berühmtes Medium und tritt sogar im Fernsehen auf. Die hat gestern ganz starke Schwingungen empfangen und will uns zum Mörder führen. Gegen eine Erfolgsprämie. Und dann melden sich die ganzen Wünschelrutengänger, sogar aus Bayern. Und die Kernerin hat angerufen und ihren Nachbarn bezichtigt, natürlich mit verstellter Stimme. Aber ich hab sie sofort erkannt, die böse alte Fuchtel, die hat doch nur auf so eine Gelegenheit gewartet.»

»Könnte da doch etwas dran sein? Am Nachbarn von dieser, dieser Kernerin?«

Krinzinger schüttelte den Kopf. »Die liegt mit dem Lois schon seit Jahren im Streit, ständig nervt sie mich mit Anzeigen wegen Ruhestörung. Aber ich habe das natürlich trotzdem sofort überprüft. Der Lois war von Samstag bis gestern Abend mit der Musikkapelle in Tschechien. Das können mindestens 30 Leute bezeugen.«

»Ausgezeichnet.«

Krinzinger nahm sich endlich selber eine Schokobrezel, er versuchte, nicht allzu geschmeichelt dreinzusehen.

»Haben Sie von all diesen Anrufen eine Liste für uns? Für alle Fälle.«

»Selbstverständlich.« Krinzinger stieß sich vom Schreibtisch ab und rollte zur hinteren Wand, wo der Computer flimmerte. »Ich habe Ihnen einen Ausdruck mit allen Daten und Zeiten gemacht.«

»Sehr schön.«

Pestallozzi nahm das Blatt entgegen und reichte es an Leo weiter. Und was soll ich jetzt damit anfangen, bitte schön, dachte Leo. Einen Papierflieger daraus basteln?

Oder etwa das Medium befragen? Er faltete das Papier zusammen und schob es in eine Tasche seines Jacketts.

Für eine kurze Weile war es still im Raum, Krinzinger mümmelte seine Schokobrezel, Pestallozzi betrachtete ihn freundlich.

»Und jetzt, Kollege Krinzinger, so ganz unter uns, hätte ich gern gewusst, was Sie über den Fall persönlich denken. Sie haben den Gleinegg doch gekannt! Was war das für einer? Aus Ihrer Sicht?«

Krinzinger schluckte und starrte auf die Schreibtischplatte. Diese Frage würde kommen, das hatte er gewusst. Pestallozzi half ihm auf die Sprünge. »Haben Sie Schwierigkeiten mit ihm gehabt?«

Krinzinger schüttelte den Kopf.

»Nicht wirklich. In der Jagdsaison hat's natürlich immer wieder Anzeigen gegeben von ein paar Bauern, weil irgendwelche Gäste sich nicht aufs Revier vom Baron beschränkt haben. Aber das ist dann immer von ihm unter der Hand geregelt worden. Beliebt war er nicht, aber die Leute haben Respekt gehabt.«

»Hat es eine Feindschaft mit einem bestimmten Bauern gegeben?«

Pestallozzi hatte in einem möglichst beiläufigem Ton gefragt, aber Leo musste natürlich an den aufgebrachten Loibner denken und was der ihnen über den Alten und seinen herablassenden Umgangston mit den Dorfbewohnern erzählt hatte.

Aber Krinzinger schüttelte wieder den Kopf.

»Bestimmt nicht. Und die Bauern sollen sich schon gar nicht aufregen. Da gibt's bei uns in der Gegend welche, die haben bestimmt nicht viel weniger am Konto, wie der Baron gehabt hat. Ich meine, der Gleinegg. Die sitzen auf ihren Höfen, manche seit über 500 Jahren und behandeln ihre Leute auch nicht besser. Im Krieg damals hat meine Großmutter alles eintauschen müssen, damit die Familie nicht verhungert. Am Schluss hat sie dem Pfandlerbauern sogar ihr Taufmedaillon geben müssen für einen Sack Erdäpfeln. So schaut das aus. Aber am Sonntag zur Kirche gehen und dem Pfarrer schöntun. Das können sie gut bei uns.«

Die alten Geschichten, dachte Pestallozzi, die jeder kennt und irgendwie einmal schon so gehört hat. In der Stadt war das Vergessen leichter, aber am Land hockte man aufeinander und musste jeden Tag den verhassten Nachbarn und seine Kinder und Kindeskinder ertragen. Und irgendwann wurden die Rechnungen dann beglichen.

Krinzinger schnaufte und schob sich die letzte Schokobrezel in den Mund, aber er hatte noch nicht zu Ende gewettert.

»Und die anderen, die aus ihrem verwanzten Wirtshaus ein Viersternehotel gemacht haben, das waren auch keine Menschenfreunde, das könnt's mir glauben, Kollegen. Meine Mutter ist Aushilfe gewesen im ›Kaiserpark‹, wie das noch ein ganz kleiner Betrieb war. Da sind Almosen gezahlt worden weit unterm Mindestlohn, und wem's nicht gepasst hat, der hat ja zusammenpacken und gehen können. So war das. Aber heute gehn die jungen Leut' in die Stadt, und jetzt müssen's schauen, wo sie ihr Personal herkriegen. Die neuen Besitzer vom ›Kaiserpark‹ müssen sogar in Deutschland inserieren.«

Das vergönn ich ihnen, hätte er gerne noch gesagt, der Krinzinger, aber er verschluckte es im letzten Moment, es stand ihm sowieso ins Gesicht geschrieben.

»Die Suse vom Espresso unten haben wir schon kennengelernt«, sagte Pestallozzi.

»Die ist tüchtig. Und manchmal verdient sie sich was dazu, na ja, Sie verstehen mich schon. Aber das sind nur so Gerüchte.«

Pestallozzi ging nicht näher darauf ein. Ein Mord war passiert, oben im Wald, und hier unten wurden auch schon flugs Menschen denunziert, die höchstwahrscheinlich nicht das Geringste damit zu tun hatten. Mit einem einzigen Satz, der sich festsetzte und nicht mehr rückrufbar war, wie eine Verleumdung im Internet.

»Der Gleinegg war also …«, brachte er Krinzinger wieder auf Kurs.

»Der Gleinegg war kein Guter nicht, ganz bestimmt nicht. Aber die anderen da sind auch nicht viel besser. Wenigstens die meisten.«

Krinzinger hatte gesagt, was zu sagen war. Herausfordernd sah er die Kollegen aus der Stadt an. Die kamen hierher und glaubten, dass es so einfach war, dazusitzen und in einem kleinen Ort für Ordnung zu sorgen. Wenn man selber ein lediges Kind gewesen war, das der Pfarrer im Religionsunterricht immer schief angeschaut hatte. Was hatten die schon für eine Ahnung!

»Das war sehr aufschlussreich, Inspektor Krinzinger. Und danke für den Kaffee!«

Pestallozzi erhob sich, Leo stand ebenfalls auf. Krinzinger stemmte sich hinter seinem Schreibtisch in die Höhe. Verdammt, vielleicht hätte er doch besser seine Zunge hüten sollen, die aus der Stadt hielten ihn jetzt bestimmt für ein geschwätziges altes Waschweib. Und dann, er hätte es beinahe vergessen, war da noch diese Sache, die musste er unbedingt loswerden. Er räusperte sich. »Ja, also, eh ich es vergesse, der Holzinger, das ist unser Direktor vom Fremdenverkehrsverein, der möchte unbedingt mit Ihnen sprechen, er hat mich schon dreimal angerufen deswegen. Er würde jederzeit herkommen, ich brauch ihm nur zu sagen, wann Sie Zeit haben.«

Krinzinger verstummte und fühlte sich noch unbehaglicher. Jetzt hielten die ihn wahrscheinlich für so eine Art Laufburschen, dabei hätte er diesen Lackaffen von einem Holzinger sowieso am liebsten an die nächste Wand gepickt. Aber der Holzinger war ein mächtiger Mann im Ort, wenn der dreimal anrief, dann konnte man das nicht einfach vergessen. Zum Glück blieb der Chefinspektor freundlich, Krinzinger registrierte es mit Erleichterung. Nur sein Hemd unter der Uniformjacke war schon ganz verschwitzt.

»Das geht in Ordnung«, sagte Pestallozzi. »Und dieser Herr Holzinger braucht auch gar nicht herzukommen, wir werden bei ihm vorbeischauen. Wo findet man den?«

»Gleich neben dem ›Kaiserpark‹, Sie finden das ganz leicht. Unten ist die Tourismusinformation, und darüber hat der Holzinger sein Büro.«

»Danke, das wär es dann fürs Erste, Kollege. Sie leisten hier wirklich ganze Arbeit.«

Krinzinger salutierte, verlegen und beinahe erschrocken über das Lob, dann verließen Pestallozzi und Leo das kleine Büro. In der Tür drehte sich Pestallozzi noch einmal um. »Ihr Kollege heißt doch Gmoser? Ist der mit einem Patrick Gmoser verwandt?«

»Das ist der Sohn von seinem Schwager.«

»Ah ja. Ein netter Bursch.«

Krinzinger nickte eifrig. »Und tüchtig. Nur leider fährt er manchmal ein bissel schnell. Aber er liebt halt Autos, mehr als die Madeln.«

Pestallozzi lächelte. Dann war Krinzinger endlich wieder allein im Büro. Er ließ sich schwer auf seinen Drehsessel aus Kunstleder fallen, auf dem man an heißen Tagen immer kleben blieb. Was er da nur alles daherredete, er musste seine Zunge besser in Zaum halten. Aber dieser Kollege hatte so eine Art ... immer freundlich, nur ab und zu eine harmlose Frage ... und schon erzählte man ihm alles, auch Dinge, nach denen der gar nicht gefragt hatte.

Draußen stiegen Pestallozzi und Leo wieder in den Skoda, sie fuhren zurück über die Umgehungsstraße zu dem Parkplatz am anderen Ende vom Ort. Kein Baum weit und breit, Leo parkte in der glühenden Sonne. Fast den ganzen Sommer über hatte es geregnet ohne Unterlass, in Salzburg war der ›Jedermann‹ ständig in den Saal verlegt worden, sehr zum Missfallen des Publikums. Aber jetzt schien sich ein traumhafter Herbst anzukündigen, zum Glück. Wenn sich Leo vorstellte, dass sie die ganzen Ermittlungen unter tropfenden Regenschirmen hätten durchführen müssen, dann versöhnte ihn das schnell mit der Hitze. Und der Chef schien sowieso weder tropische Temperaturen noch klirrende Kälte oder eisigen Wind zu spüren, jedenfalls hatte er noch nie ein Wort über das Sauwetter an einem Tatort verloren. Aber der Chef beklagte sich eben nie, das fiel Leo gerade wieder einmal auf.

»So, dann schauen wir einmal beim Herrn Fremdenverkehrsdirektor vorbei«, sagte Pestallozzi gerade, es klang so heiter, als ob er einen Spaziergang zum Kurkonzert im Pavillon auf der Uferpromenade vorschlagen würde. Sie gingen wieder durch die krummen Gassen hinunter in den Ort, Leo kam es vor, als ob er schon jeden Stein kennen würde. Einheimische blickten ihnen neugierig entgegen, mittlerweile waren sie so bekannt wie bunte Hunde, Leo konnte sich lebhaft das Getuschel in ihrem Rücken vorstellen. Sie kamen am ›Kaiserpark‹ vorbei, auf der großen Terrasse unter einer grün-weiß gestreiften Markise saßen Touristenfamilien beim Mittagessen, das heißt, die meisten waren schon beim Nachtisch angelangt, es war fast zwei Uhr am Nachmittag. Es roch nach Schweinsbraten und Sauerkraut, Leo schluckte und sandte einen sehnsüchtigen Blick zu der großen Tafel neben dem Eingang, auf der das Tagesmenü angepriesen wurde.

»Vielleicht gehen sich ja nachher ein paar Würstel aus«, sagte Pestallozzi. Leo nickte begeistert.

In der Tourismusinformation drängten sich Holländer und Deutsche, eine junge Frau hinter dem Schalter stand über eine ausgebreitete Landkarte vom Salzkammergut gebeugt und erklärte gerade die Anfahrt mit der Zahnradbahn auf den Schafberg hinauf. Sie sahen sich suchend um, aber schon kam ihnen eine zweite junge Frau entgegen. Sie begrüßte sie hastig, offenbar hatte sie Angst, dass sie ihre Dienstausweise zücken würden, vor all den Gästen.

»Grüß Gott, der Herr Magister erwartet Sie schon. Wenn Sie bitte mit mir kommen würden.«

Sie ging zu einem Aufzug im hinteren Teil des Lokals, Pestallozzi und Leo folgten ihr. Die Kabine war so klein, dass sie alle drei kaum Platz darin fanden, Leo schwitzte vor Unbehagen. Nach endlosen Augenblicken öffnete die Tür sich wieder, und sie standen im ersten Stock. Ein teppichbelegter Gang führte an kleinen Büros vorbei, die nur mit Glasscheiben voneinander getrennt waren. Am Ende des Ganges stand eine Tür offen, dahinter war ein Schreibtisch vor einem Fenster zu sehen, von dem sich gerade ein Mann erhob. Der Mann kam ihnen an die Tür entgegen, er nickte der jungen Frau jovial zu. »Danke, Isabella.«

Die junge Frau entschwand wieder den Flur hinunter, der Mann streckte mit betont herzlicher Geste die Hand aus. »Holzinger. Magister Georg Holzinger. Der Krinzinger hat mir schon Ihr Kommen angekündigt. Ich bin Ihnen zu großem Dank verpflichtet, dass Sie sich die Mühe gemacht haben, mich aufzusuchen. Darf ich bitten!«

Sie folgten ihm in das Büro, Holzinger wies auf eine Sitzgruppe unter einem modernen Gemälde, das aus wilden grünen und braunen Pinselstrichen bestand. Auf dem niederen Tisch standen Espressotassen und eine Schale mit Keksen, schon wieder.

»Sie trinken doch einen Kaffee?«

»Vielen Dank!« Pestallozzi schüttelte den Kopf. »Aber wir sind schon bei Inspektor Krinzinger bewirtet worden.«

»Dann darf es vielleicht ein bisschen was Stärkeres sein?« Holzinger zwinkerte ihnen zu. »Ich hätte da einen ausgezeichneten Zirbenschnaps. Selbst gebrannt, so was kriegt man nicht zu kaufen.«

»Danke, sehr liebenswürdig.« Pestallozzi schüttelte wieder den Kopf.

Holzinger versuchte, sich seine Enttäuschung nicht anmerken zu lassen. Das fing ja schon gut an, zwei echte Schnösel, diese Inspektoren aus der Stadt. Er machte eine weit ausholende Geste. »Bitte, nehmen Sie doch Platz.«

Sie setzten sich, Pestallozzi und Leo auf das Sofa, Holzinger auf einen gepolsterten Sessel gegenüber. Er zauberte zwei Kärtchen aus seiner Brusttasche.

»Darf ich Ihnen meine Visitkarte überreichen? Damit Sie mich jederzeit erreichen können, falls es irgendwelche Fragen gibt.«

Was sollen wir dich schon fragen, du Wichtigtuer, dachte Leo. ›Magister Georg Holzinger, General Manager des Fremdenverkehrsverbandes‹, darunter die Anschrift, am Hauptplatz 3, eine Handynummer und eine E-Mail-Adresse. Leo beschloss, das Kärtchen umgehend zu entsorgen, Beweismittelaufnahme hin oder her.

»Sie wollten uns sprechen?«, fragte Pestallozzi höflich.

Holzinger nickte. Er fühlte sich verunsichert, dabei hatte er sich alles so schön zurechtgelegt. In diesem so bedeutsamen Fall musste er sich einfach in die Ermittlungen einklinken, schließlich war er eine der wichtigsten Persönlichkeiten im Ort. Und er war einer der wenigen, der die ganze Tragweite der Situation erkannte, ihm konnte man nichts vormachen. Nach der Tourismusfachhochschule war er fünf Jahre lang auf Kreuzschiffen über die Meere geschippert, zuerst als kleiner Steward und am Ende als Personalchef einer hundertköpfigen Besatzung. Miami, Antigua, Barbados, St. Barth, das kannten diese Deppen hier ja nicht einmal vom Hörensagen. Aber ihm hatten diese Jahre eine Weltläufigkeit eingebracht, die sich immer wieder bezahlt machte. Jetzt zum Beispiel. Er lehnte sich zurück und legte die Fingerspitzen seiner Hände aneinander, eine Geste, die ihm einfach gefiel und in diesem Augenblick absolut passend erschien.

»Nun, wie ich schon sagte, ich bin Ihnen sehr verbunden, dass Sie mich aufgesucht haben. Sie werden ganz sicher begreifen, in was für einer heiklen Situation wir uns befinden, nachdem diese entsetzliche Tragödie unseren Ort heimgesucht hat. Wir stehen alle noch immer unter Schock, ich spreche jetzt auch im Namen des Herrn Bürgermeisters und des ganzen Gemeinderates. Herr Gleinegg war so eine hoch angesehene Persönlichkeit, es ist einfach unfassbar.«

Holzinger hielt inne. Was für ein Jammer, dass die beiden den Schnaps abgelehnt hatten, so ein Schnapserl hätte die Atmosphäre aufgelockert.

»Ja, also, ich denke, Sie werden verstehen, wenn ich Sie um größtmögliche Diskretion und ein einfühlsames Vorgehen ersuchen muss. Dieser Ort, das heißt, die ganze Umgebung hier lebt vom Fremdenverkehr. Es wäre einfach eine Katastrophe, wenn wir nicht bald aus diesen Negativschlagzeilen herauskommen. Mittlerweile hat sogar die internationale Presse den Fall aufgegriffen und groß berichtet. Wir bekommen ständig Anfragen von besorgten Stammgästen, sogar aus Übersee. Gerade hat mich ein Ehepaar aus Barcelona kontaktiert, die beiden haben hier ganzjährig ein Haus gemietet. Die wollen jetzt natürlich wissen, ob ein Verrückter sein Unwesen treibt. Wenn nicht einmal der Herr Gleinegg sicher ist, wie sollen sich dann unsere Gäste wohlfühlen? Das ist ein ernsthaftes Problem, von dessen Klärung nicht zuletzt Hunderte Arbeitsplätze in der Region abhängen. Ich hoffe, Sie verstehen meine Sorge.«

Holzinger setzte sich wieder aufrecht in seinen Sessel. Das hatte er gut hingekriegt, besorgt, aber nicht ängstlich, verantwortungsbewusst und zur Zusammenarbeit bereit. Jetzt waren die Herren am Zug.

»Selbstverständlich«, sagte Pestallozzi nach einer kleinen Pause. »Wir verstehen sehr gut, was dieses Geschehen für einen Fremdenverkehrsort wie diesen bedeutet. Und Sie können sicher sein, dass wir mit dem nötigen Taktgefühl unsere Arbeit verrichten. Das wäre also geklärt. Haben Sie sonst noch irgendwelche Informationen für uns? Da mir Inspektor Krinzinger ausgerichtet hat, wie dringend Sie uns sprechen wollten, haben wir uns einen Hinweis erhofft.«

Holzinger sah betreten drein.

»Es tut mir sehr leid, wenn es zu diesem Missverständnis gekommen ist. Ich wollte mich einfach als Verantwortlicher direkt an Sie …«

»Das ist mir schon klar und ich finde es absolut angebracht, dass Sie diesen Kontakt gesucht haben. Doch wenn wir schon hier sind, dann würde ich gerne die Gelegenheit nützen und auch Ihnen ein paar Fragen stellen. Sie haben doch nichts dagegen?«

»Ganz und gar nicht! Ich stehe voll zu Ihrer Verfügung!«

Holzinger hätte sich ohrfeigen können. Oder besser noch diese beiden Polizisten. Statt ihn auf Augenhöhe als Verbündeten bei der Klärung dieses Falles zu behandeln und vielleicht mit einer klitzekleinen vertraulichen Information zu versorgen, wurde er behandelt wie irgendein x-beliebiger Zeuge. Nun gut, er würde auch damit fertig werden. Als es damals zu Diebstählen in den Erste-Klasse-Kabinen gekommen war, hatte er unverzüglich …

»Kannten Sie Herrn Gleinegg?«

»Selbstverständlich. In meiner Position hatte ich des Öfteren mit ihm zu tun. Zur Jagdsaison habe ich mich um die Unterbringung seiner Gäste gekümmert, und jedes

Jahr zu Weihnachten haben wir ihm oben am Schloss die Aufwartung gemacht. Ein Ständchen der Musikkapelle und die besten Wünsche vom Gemeinderat. Das ist hier so Brauch.«

»Was war er für ein Mann?«

Holzinger legte wieder die Fingerspitzen aneinander, ganz unwillkürlich. Irgendwie beruhigte ihn diese Geste auch, das stellte er gerade fest. Nicht, dass er beunruhigt gewesen wäre. Er hatte nichts zu verbergen. Aber was sollte er auf diese Frage antworten? Dass der alte Gleinegg ein arrogantes Arschloch gewesen war, das ihn behandelt hatte wie einen Lakaien? Nie hatte er um etwas gebeten, immer nur Anordnungen gebellt. Und er, Holzinger, hatte sich dann die Hacken abrennen können und die Launen dieser ganzen verwöhnten Sippschaft ertragen müssen. Gibt es in diesen Landhotels wirklich nur Doppelzimmer und keine Juniorsuiten? We would need a shuttle to Munich, you know! Na ja, wenigstens hatte das ›Kaiserpark‹ in den letzten Jahren ordentlich aufgerüstet und endlich Wannen mit Whirlpool und einen Wellnessbereich installiert. Aber das genügte beileibe nicht! Holzinger, Sie können doch Karten für die Premiere am Landestheater am kommenden Donnerstag besorgen, nicht wahr? Sechs Plätze, Parkett, fußfrei. Und nicht bloß einmal hatten sich feine Herren bei ihm nach einem Escortservice erkundigt, natürlich aus der Oberliga, nicht eine von den Masseusen, die in den Zeitungen inserierten. Manchmal hätte Holzinger den alten Gleinegg mit eigenen Händen erwürgen können, der ihm das alles jedes Jahr aufs Neue einbrockte. Aber jetzt war der Alte tot, endlich! Möge er in der Hölle schmoren!

Holzinger atmete tief aus, das hatte er einmal in einem Managementseminar gelernt. Tiefes Ausatmen macht cool und gelassen, nur Nervenbündel schnappen nach Luft.

»Der Herr Gleinegg war eine markante Persönlichkeit. Nicht immer ganz einfach, das bestimmt nicht. Aber seine Anwesenheit war für unseren Ort von allergrößter Bedeutung. Nicht zuletzt haben die Jagdgesellschaften auch außerhalb der Hochsaison für volle Häuser in der Umgebung gesorgt. Und die Herrschaften haben eine Menge Geld dagelassen.«

»Wie haben Sie das gemeint, nicht ganz einfach?«

»Ach, das sagt man eben so! Er war ein Herr alten Schlages, wenn Sie verstehen, was ich meine. Keiner, der einem leutselig auf die Schulter geklopft hätte. Und Schlendrian hat er nicht geduldet, da konnte er ganz schön aufbrausend werden.«

Sag doch gleich, dass der Alte ein Arschloch war, dachte Leo. Du Schleimer. Dir steht ja jetzt noch die Angst ins Gesicht geschrieben, wenn du nur von ihm redest. Hoffentlich brach der Chef das Gespräch endlich ab, das ergab ja doch nichts Neues. Dieser Holzinger hatte sich nur wichtig machen wollen, aber jetzt war ihm eine Lektion erteilt worden. Der würde sie nicht mehr behelligen. Leo versuchte sich zu konzentrieren, aber er sah nur Würstel vor sich. Ein paar Würstel mit Senf und Kren und Brot. Und ein kühles Bier dazu, obwohl, er würde sich höchstwahrscheinlich mit einer Cola begnügen müssen. Der Chef war manchmal ganz schön betulich. Jedenfalls durfte er morgen auf keinen Fall vergessen, sich einen Müsliriegel einzustecken.

»Haben Sie auch zur übrigen Familie Kontakt?«, fragte der Chef.

»Nur flüchtig.«

Holzinger hatte nicht die Absicht, sich weiter aushorchen zu lassen.

»Kennen Sie den jungen Herrn Gleinegg?«

»Den Raffael?« Das war ihm jetzt so herausgerutscht. »Ja, den kenne ich, wie jeder hier im Ort. Ein netter Kerl.«

»Und, werden Sie ihm in Zukunft auch Ihre Aufwartung machen?«

Holzinger musste lachen, es platzte einfach so aus ihm heraus, die Vorstellung war aber auch zu komisch. »Dem Raffael? Der würde uns hochkant hinausschmeißen!«

Pestallozzi klatschte einmal kurz die Hände zusammen. »Das war's auch schon, Herr Holzinger. Vielen Dank für das Gespräch und Ihr Interesse an unserer Arbeit. Wenn wir Fragen haben, dann wissen wir ja jetzt, wo und wie wir Sie erreichen können.«

Sie erhoben sich alle drei, Holzinger wirkte so erleichtert, dass Leo grinsen musste. Sie schüttelten einander die Hände, Holzinger wollte sie noch nach unten bringen, aber zum Glück lehnte der Chef sehr höflich und entschieden ab. Gegen Holzinger gepresst im Fahrstuhl zu stehen, das war mehr, als Leo jetzt hätte ertragen können. Sie fuhren nach unten, Pestallozzi starrte schweigend auf die Wand der Kabine. Dann gingen sie nach draußen, die jungen Frauen hinter dem Schalter riefen ihnen einen Abschiedsgruß nach. Endlich standen sie wieder in der Sonne, die Terrasse vom ›Kaiserpark‹ hatte sich geleert, einladend standen die weiß gedeckten Tische unter der grün-weißen Markise.

»Und jetzt für jeden von uns ein Paar Würstel und ein kühles Bier. Na, was hältst du davon?«, fragte Pestallozzi. Leo hätte den Chef küssen können.

*

Endlich bog der Bus auf den großen Parkplatz am Ortsende ein. Anna stand auf und angelte nach ihrer Reisetasche, den Frauen in der Bank hinter ihr gönnte sie keinen Blick. Die hatten ununterbrochen gequasselt und sich in schauerlichsten Vermutungen über den Tod vom ›Herrn Baron‹ ergangen, sie hätte sich am liebsten die Ohren zugehalten. Aber das hatte sie dann doch schön bleiben lassen, denn das wäre bestimmt aufgefallen. Und Auffallen war das Allerletzte, was sie jetzt brauchen konnte. Hoffentlich kamen ihr auf dem Weg zum Haus von der Tante Kathi keine Bekannten entgegen, das würde sie jetzt einfach nicht ertragen. Sie stieg aus, hinter zwei Burschen, die ihre Baseballkappen verkehrt herum aufgesetzt hatten, in London oder Berlin trug man das bestimmt nicht mehr so. Aber Modetrends kamen eben immer mit mindestens einem Lichtjahr Verspätung am See an, Internet hin oder her.

Sie umrundete vorsichtig den Bus und spähte die Straße in den Ort hinunter, dann ging sie erst zögernd, dann immer schneller an den Zäunen vorbei, die die Anwesen bewachten. Die Tante Kathi hatte keinen Zaun vor dem Haus, sondern nur ein paar Büsche, die den Staub der Straße von den Kletterrosen und dem Lavendel abhalten sollten. Das eigentliche Bauerngartl befand sich hinter dem Haus, dort zog die Tante Kathi Erdäpfel und

Zucchini, Rosmarin und Salbei und Thymian. Den Thymian hatte Anna in ihrer Kindheit immer als Tee gegen ihren hartnäckigen Husten trinken müssen, das war vielleicht ein Drama gewesen! Anna merkte, dass sich ihre Mundwinkel um Haaresbreite anhoben. So ging es ihr immer, wenn sie zu ihrer Tante kam, mit Husten oder Liebeskummer oder Weltschmerz, was ja oft dasselbe war. Eine Biegung noch, dann würde das kleine Haus auftauchen, ein ›Bauernsachl‹, wie die Immobilienhändler aus der Stadt solche alten Anwesen nannten. In regelmäßigen Abständen sahen Männer in schicken Klamotten bei der Tante Kathi vorbei und schmückten ihr in leuchtenden Farben ein Leben in der ›Seniorenresidenz‹ aus, ›Altersheim‹ sagte ja kein Mensch mehr. Reiche Deutsche wären bereit, geradezu Fantasiepreise für das kleine, nun ja, doch etwas renovierungsbedürftige Häuschen zu bezahlen, ›aber nicht zu lange zuwarten, Frau Luggauer, Sie wissen ja, die Weltwirtschaftslage schaut nicht allzu rosig aus!‹ Am Anfang hatte die Tante Kathi, gastfreundlich wie sie war, die Herren Makler noch ins Haus gebeten und ihnen sogar Kaffee und Schmalzringe serviert. Aber mit der Zeit hatte sie dazugelernt, jetzt kam ihr keiner mehr über die Schwelle, nur die pompösen Visitenkarten nahm sie jedes Mal entgegen, um sich lange Diskussionen zu ersparen. ›Jaja, ich überleg's mir und ruf zurück.‹ Anschließend wurden die Visitenkarten im Küchenherd verbrannt.

Anna bog um die Ecke und bremste jäh ab. Vor dem Haus stand ein Paar, der junge Mann hielt das armlange Objektiv seiner Kamera auf die Haustür von der Tante Kathi gerichtet und klickte wie wild, die Frau, die um einiges älter war, kritzelte in ein College-Heft. Anna wäre am liebsten auf die beiden losgestürmt und hätte sie angespuckt, diese Schmeißfliegen. Oder sich umdrehen und davonlaufen, einfach weg von dem ganzen Schlamassel und dem Schrecken, und ein Last-Minute-Angebot nach Ibiza buchen, dort hatte sie noch immer Freunde. Aber natürlich gab es noch eine dritte Möglichkeit, die einzig anständige. Sie holte tief Luft und nahm die Schultern zurück, dann ging sie möglichst gelassen auf den Fotografen und die Journalistin zu. »Was tun Sie hier?«, fragte sie, Anna merkte selbst, wie zittrig und aufgebracht ihre Stimme klang.

Die beiden drehten sich zu ihr um, einen Moment lang verblüfft und verunsichert, dann ganz offensichtlich begeistert. Der junge Mann stellte sein Objektiv auf Anna ein, die Frau lächelte gewinnend. »Wir sind vom Wochenmagazin und machen eine Reportage.«

Sie machte eine ausladende Handbewegung: »Wie gehen die Bewohner dieses Ortes mit dem Schock um, welche Hintergründe haben zu dieser Tat geführt, was sagen die Betroffenen? Es soll eine absolut seriöse Darstellung werden. Natürlich würden wir ganz besonderen Wert auf die Eindrücke von Frau Luggauer legen, die das Opfer ja gefunden hat. Leider war sie bisher noch nicht bereit, mit uns zu sprechen. Sind Sie vielleicht eine Angehörige? Meinen Sie, dass es möglich wäre, Frau Luggauer einen ganz kurzen Besuch abzustatten? Ich garantiere Ihnen, dass wir …«

»Hauen Sie ab«, krächzte Anna, sie zitterte jetzt wirklich am ganzen Körper. »Verschwinden Sie und lassen Sie meine Tante in Ruhe! Oder ich rufe die Polizei!«

Der Fotograf klickte auf ihr wütendes Gesicht, sie hielt abwehrend den abgewinkelten Unterarm vor das Objektiv, am liebsten hätte sie ihm das monströse Ding aus der Hand geschlagen. Die Frau lächelte nicht mehr. »Diese aggressive Reaktion finde ich absolut übertrieben. Ich wollte Ihnen nur ein paar Fragen stellen. Die Öffentlichkeit hat ein Recht auf Information, ganz besonders in diesem Fall, in dem es höchstwahrscheinlich sogar politische Hintergründe gibt.«

Anna ließ sie einfach stehen und ging auf die Büsche zu, dabei rammte sie ihre Reisetasche dem Fotografen gegen das Schienbein, der grinste bloß, wahrscheinlich waren ihm solche Szenen nichts Neues. Sie wollte gerade ihren Schlüssel aus der Tasche holen, verdammt, wo steckte der bloß wieder, sie musste endlich einmal das Durcheinander aus Taschentüchern und Lippenpflegestiften und sauren Drops aufräumen, da öffnete sich die Tür einen Spalt breit.

»Komm g'schwind herein«, sagte ihre Tante und zog sie am Ärmel, dann fiel die Tür hinter ihr ins Schloss. Anna stand da und hätte am liebsten geheult, sie hätte sich dafür ohrfeigen können. Da war sie extra gekommen, um die Tante Kathi zu trösten und ihr beizustehen, und jetzt ließ sie sich in die Arme nehmen und tätscheln wie ein kleines Kind. Endlich löste sie sich aus der Umarmung. Ihre Tante stand da, klein und kompakt und so unerschütterlich wie immer. Anna deutete mit dem Kopf nach draußen. »Sind die schon lange da?«

Die Tante Kathi schüttelte den Kopf. »Ich schau schon gar nicht mehr raus. Ständig klingelt irgendwer, am Anfang hab ich noch die Tür aufgemacht, aber jetzt hab ich alle Vorhänge zugezogen und einen Polster auf das Telefon gelegt. Zum Glück hab ich ja gewusst, mit welchem Bus du kommst. Und zum Essen hab ich auch genug im Haus.«

Anna musste lachen, endlich. Die Vorratskammer von der Tante Kathi reichte aus, um einen Atomkrieg zu überstehen, falls man das überhaupt wollte. Jedes Restl wurde von ihr noch verwertet, und im Keller standen die Marmeladen und Kompotte, fein säuberlich beschriftet. Sie fühlte sich plötzlich unendlich müde und geborgen zugleich. So war das immer gewesen, wenn sie zu ihrer Tante kam, schon als Kind, wenn ihre Mutter wieder einmal mit einem neuen Freund ein neues Leben begonnen hatte. Die Tante Kathi war dann für sie da gewesen, hatte sie bekocht und getröstet, nie viele Worte gemacht, aber ihr Apfelkompott war gegen Bauchschmerzen und Schnupfen hilfreicher gewesen als jede Medizin. Anna legte den Arm um die kleine Frau, und gemeinsam gingen sie in die Stube. Auf dem Tisch in der Fensterecke zum Garten war schon fürs Mittagessen gedeckt, mit den tiefen Suppentellern und dem Fliegenpilz aus Porzellan, der in Wirklichkeit ein Salzstreuer war.

»Jetzt setz dich einmal nieder und ruh dich aus«, sagte die Tante Kathi. »Ich bin gleich wieder bei dir.«

Sie goss ein Glas mit Apfelsaft voll und stellte es vor Anna hin und sah der Nichte zu, wie die es mit tiefen Schlucken leer trank. Dann ging sie in die Küche hinaus. Anna blieb zurück und lauschte dem Klappern von Topfdeckeln, der Duft von Rosmarin schlängelte sich zur Tür herein. Als Kind war ihr die Stube immer wie die Höhle aus einem Märchen erschienen, so warm und gemütlich. Die dunklen Deckenbalken ließen sie noch niederer scheinen, auf dem Boden lagen bunte Flickenteppiche, in der

Vitrine stand das schöne Geschirr für die Feiertage. Und die Zierkissen auf der Holzbank waren noch immer da, fein säuberlich aufgereiht, gehäkelt und gestrickt und mit gestickten Borten verziert. ›Du herzigs Dirndl, du bist mei Seligkeit in alle Ewigkeit‹ stand in winzigkleinem Kreuzstich auf Annas Lieblingskissen, darauf hatte sie ihren Kopf gelegt und dem Wind gelauscht, der im Herbst das Laub durch den Garten trudeln ließ. Und wenn selbst die warmen Pullover nicht mehr gegen das Frösteln halfen, dann hatte die Tante Kathi zum ersten Mal eingeheizt, das war immer ein richtiges Fest gewesen. Die Holzscheite aus dem Schuppen holen und den alten Ofen mit Zeitungspapier vorwärmen, und endlich hatte es geprasselt, mit roten Backen waren sie vor dem glühenden Ungeheuer gesessen und hatten sich Geschichten erzählt. Der Tante Kathi hatte man einfach alles sagen und sich jeden Kummer von der Seele reden können. Bei ihr war ein Geheimnis gut aufgehoben.

Ein Glas klirrte in der Küche, Anna schreckte aus ihren Träumereien hoch. Da saß sie wieder in der Gegenwart und fühlte den Zorn zurückkommen. Irgendwie war alles beschmutzt, seitdem … seit ihre Tante in diese ganze unglückselige Geschichte verwickelt war. Es kam Anna noch immer wie ein böser Traum vor. Ausgerechnet der alte Gleinegg. Der Vater vom Raffi. Und die Tante Kathi hatte ihn finden müssen. Das war einfach …

Ihre Tante kam zur Tür herein und trug einen dampfenden Topf, Anna sprang auf, um ihr zu helfen. Erdäpfelsuppe mit Schwammerln, ihr Lieblingsgericht. Die Tante schöpfte die Teller voll, dann tauchten sie den ersten Löffel ein, Anna schnurrte vor Wohlbehagen beim Schlucken.

»Ich weiß, es ist noch früh fürs Mittagessen«, sagte die Tante Kathi. »Aber ich kenn dich doch, du hast bestimmt nichts im Magen. Und eine Suppe kann man immer vertragen. Stimmt's?«

Anna nickte und lächelte. Sie griff nach der Hand ihrer Tante. »Wie geht's dir denn?«

»Du weißt ja, Unkraut verdirbt nicht«, sagte ihre Tante.

Aber Anna konnte sich nicht erinnern, dass die Hand, die sie gerade hielt, jemals so kalt gewesen war. Ob die Tante Kathi überhaupt geschlafen hatte in dieser Nacht? Was für ein entsetzliches Gefühl musste das gewesen sein, so ganz allein da oben vor der Kapelle, mit dem Toten auf der Bank. Den sie alle gekannt hatten. Den sie alle verabscheut hatten. Anna konnte sich jedenfalls nicht vorstellen, dass irgendwer um ihn trauern würde.

»Um den Gleinegg ist's jedenfalls nicht schad'«, sagte Anna.

»So ein Ende hat sich keiner verdient«, sagte ihre Tante heftig. »Auch der Gleinegg nicht.«

Sie aßen schweigend weiter. Sogar meine Lieblingssuppe verdirbt er mir, dachte Anna. Ich werde nie wieder Schwammerlsuppe essen können, ohne an den Gleinegg zu denken. Danke, Herr Baron. Endlich war ihr Teller leer. Die Tante Kathi sah sie fragend an, aber Anna schüttelte den Kopf.

»Ich kann nicht mehr.«

Dann wagte sie einen neuen Versuch.

»War es … ist es sehr schlimm gewesen für dich?«

Ihre Tante stapelte die Teller aufeinander. Schließlich nickte sie, langsam.

»Schon. Ich hab geglaubt, mir bleibt das Herz stehen. Zuerst war da der Geruch, du weißt ja, ich riech einfach alles, auch aus der Entfernung. Und dann die Fliegen, die sind schon überall auf ihm draufgesessen. Unter der Bank war der Klee ganz blutig, du weißt schon, die lila Blüten, die die Hummeln so gerne haben. Komisch, was man sich merkt von so einem Schrecken. Ich weiß gar nicht mehr, wie lange ich dagestanden bin. Meine Knie haben so gezittert. Dann bin ich runter zur Loibner Hanni, zum Glück war die zu Hause. Zuerst hat sie gar nicht glauben wollen, was ich ihr gesagt hab, die hat mich nur angeschaut, als ob ich nicht richtig wär im Kopf. Aber dann hat sie den Krinzinger angerufen. Und dann waren alle sehr nett zu mir.«

Anna streckte die Hand aus und streichelte den Rücken der alten Frau.

»Bist du auch … verhört worden?«

Ihre Tante nickte.

»Aber der war sehr freundlich, der Herr Chefinspektor. Der wollte mich anschließend sogar nach Hause bringen. Aber ich bin noch bei der Hanni geblieben, und wir haben einen Schnaps getrunken, obwohl es so heiß war. Aber den haben wir brauchen können.«

Sie saßen da und hielten sich wieder an den Händen, langsam schien die Wärme in die Finger der alten Frau zurückzukehren. Was glaubst du, wer das getan hat? Diese Frage brannte Anna auf der Zunge, aber sie wagte es nicht, sie auszusprechen. Sie hatte plötzlich das Gefühl, als ob dann die Geborgenheit dieser Stube, ihrer Kinderstube, für immer beschmutzt wäre.

*

Sie hatten Würstel mit Kren und Senf gegessen und ein kleines Bier dazu getrunken. Man hatte sie mit größter Höflichkeit bedient, natürlich wusste jeder im Lokal, wer sie waren und weshalb sie hier waren. Immer wieder hatte ein neugieriges Gesicht zu ihnen herübergespäht, der Oberkellner und schließlich sogar der Hotelchef waren an ihrem Tisch erschienen und hatten nachgefragt, ob auch alles zu ihrer Zufriedenheit sei. Pestallozzi hatte sich freundlich bedankt und die Rechnung für sie beide beglichen. Nun standen sie auf, und Leo wollte schon über die Stufen der Terrasse hinab, aber der Chef hielt ihn mit einer Kopfbewegung zurück.

»Hier in der Küche hat doch die Kathi Luggauer ausgeholfen. Schauen wir einmal kurz hinein.«

Leo nickte ergeben, der Chef hatte eben manchmal so komische Eingebungen. Sie gingen durch den langen Gang, vorbei an der Rezeption und den Toiletten bis zu einer breiten Schwingtür im hinteren Teil vom ›Kaiserpark‹. Kellner blickten ihnen neugierig nach, aber keiner wagte sie anzusprechen oder aufzuhalten. Pestallozzi trat durch die Tür, und Leo folgte ihm. Die Hitze schlug ihnen entgegen wie eine Wand, obwohl alle Fenster gekippt waren und ein riesiger Ventilator an der Decke kreiste. Zwei Frauen mit weißen Schürzen beluden gerade einen Geschirrspüler, ein Lehrling schleppte Stapel von schmutzigen Tellern heran. Auf einem Tisch in der Mitte wurde gerade ein blutiger Klumpen Fleisch zerteilt, der wie eine riesige Leber aussah, Leo musste heftig schlucken. Geröstete Leber mit Zwiebeln und Majoran hatte er schon als Kind gehasst, aber seine Mutter hatte ihn immer wieder damit gepestet. Damit du groß und stark wirst, so ein Schwachsinn! Leo suchte Zuflucht bei einem der gekippten Fenster und holte tief Luft. Was für eine Blamage, wenn er hier mitten in der Küche wegen ein bisschen Blut auf dem Hackbrett umkippen würde, zum Glück schien der Chef nichts bemerkt zu haben. Der sah sich nur gelassen im Raum um, ein bulliger Mann mit Kochmütze stand mit dem Rücken zu ihnen und schien gerade den Lehrling ordentlich zusammenzustauchen.

»Ist das der Chef?«, fragte Pestallozzi eine der beiden Frauen.

Die nickte mit großen Augen. Endlich bemerkte sie der Mann mit der Kochmütze, er kam mit energischen Schritten auf sie zu. »Tut mir leid, aber Gästen ist der Zutritt zur Küche nicht gestattet!«

»Chefinspektor Pestallozzi und das ist mein Kollege Leo Attwenger«, sagte der Chef so freundlich wie immer.

Im Raum wurde es still, nur der Geschirrspüler rumpelte. Das Gesicht des Mannes mit der Kochmütze war heiß und rot in der Hitze, er hielt einen Moment lang inne, dann wurde er höflich und professionell.

»Tut mir leid, das konnte ich nicht wissen. Kann ich Ihnen irgendwie weiterhelfen? Ich bin Edi Schmutz, der Chefkoch.«

Blöder Name, dachte Leo, damit hast du es bestimmt nicht leicht, Edi Schmutz.

»Wir wollten uns nur kurz umsehen«, antwortete Pestallozzi und nickte der Belegschaft zu. »Hier arbeitet doch normalerweise die Frau Luggauer, nicht wahr?«

Edi Schmutz nickte. »Ja, aber heute ist sie natürlich nicht gekommen.«

»Natürlich.« Pestallozzi lächelte wieder. »Das war es auch schon. Entschuldigen Sie die Störung.«

Er machte eine kleine Verbeugung in Richtung der beiden Frauen, die ihn verblüfft anstarrten, dann ging er durch die Schwingtür nach draußen, Leo folgte ihm erleichtert. Sie verließen das ›Kaiserpark‹, Leo hatte ein Gefühl, als ob sein Rücken ganz durchlöchert wäre von Blicken. Endlich standen sie wieder draußen in der Sonne.

»Komischer Ort, so eine Küche«, sagte Leo vorsichtig.

»Mit vielen Messern«, sagte Pestallozzi.

Leo starrte ihn so verblüfft an wie die beiden Frauen vorhin. Hatte er irgend etwas übersehen? Was meinte der Chef, hatte der vielleicht diese alte Kathi im Verdacht, dass die ein Messer aus der Küche genommen und …

»War nur ein Scherz«, sagte Pestallozzi. »Und ein schlechter dazu. Aber jetzt möchte ich wirklich nachschauen, wie es der Frau Luggauer geht. Die übrigens ganz bestimmt kein Messer entwendet und dem Gleinegg reingerammt hat.«

Leo dackelte hinter dem Chef her. Der konnte also wirklich Gedanken lesen. Verdammt.

20 Minuten später hatten sie das kleine Haus endlich gefunden, Aich 23. Dahlien blühten in Töpfen vor den Fenstern, karierte Vorhänge bauschten sich hinter den Scheiben. Wie ein Knusperhäuschen, dachte Leo, gleich wird die alte Hexe öffnen. Er sah Pestallozzi fragend an und der nickte, Leo pochte gegen die hölzerne Tür. Eine Minute verging, ein Schatten bewegte sich an einem der Fenster, dann waren schnelle Schritte zu hören und die Tür wurde geöffnet. Leo starrte sprachlos die Hexe an. Als Erstes fielen ihm ihre Augenbrauen auf, sie waren so dicht und

geschwungen wie die von Julia Roberts, allerdings über der Nase zusammengezogen wie von einer zornigen Julia Roberts. Die Augen darunter waren von einem blitzenden Grau, die kastanienbraunen Haare auf dem Hinterkopf zu einem Knoten zusammengesteckt, aus dem sich allerdings schon wieder Kringel lösten. Dazu trug die Hexe Jeans und ein T-Shirt, das ziemlich prall wirkte. Leo schwieg, bis ihn ein Hüsteln von Pestallozzi wieder wachrüttelte.

»Ähm, ja, wir sind ...«

»Wenn Sie nicht sofort verschwinden, rufe ich die Polizei«, fauchte die Hexe. »Was glauben Sie eigentlich, was Sie hier zu suchen ...«

Pestallozzi trat einen Schritt vor, Leo machte einen Schritt zur Seite.

»Gestatten Sie, dass wir uns vorstellen«, sagte Pestallozzi mit seiner Stimme für ganz besondere Gelegenheiten. »Ich bin Chefinspektor Artur Pestallozzi und das ist mein Kollege Leo Attwenger. Entschuldigen Sie die Störung, aber wir hätten sehr gerne mit Frau Katharina Luggauer gesprochen. Die wohnt doch hier?«

Die junge Frau im Türrahmen schwankte zwischen Zorn und Verlegenheit.

»Entschuldigen Sie, das habe ich nicht gewusst. Ich habe geglaubt, dass Sie schon wieder so ver... Journalisten sind. Die belästigen uns bereits den ganzen Tag. Meine Tante hat sich ein bisschen niedergelegt.« Sie trat zögernd von der Tür zurück. »Aber ich kann ja nachschauen, wie es ihr geht.«

»Das wäre sehr freundlich von Ihnen, Frau ...«

»Anna Luggauer. Ich bin die Nichte.«

»Wir stören Sie sicher nicht lange.«

Pestallozzi lächelte die junge Frau an und trat ein, Leo zwängte sich hinterher. Der Vorraum war nur so groß wie der bunte Flickenteppich auf dem Boden, eine steile Holztreppe führte in den ersten Stock, links ging es in eine Stube, die den beiden Männern so niedrig erschien, dass sie unwillkürlich die Köpfe einzogen. Die junge Frau machte eine höfliche Bewegung zum Zimmer hin und verschwand über die Treppe. Sie betraten den Wohnraum, es roch nach Suppe und Kräutern und nach frisch gebügelter Wäsche, Leo fühlte, wie er sich entspannte. So hatte es immer bei seiner Oma gerochen, und die war ganz bestimmt keine Hexe gewesen, Leo vermisste sie noch immer. Sie standen da und sahen sich in dem kleinen Raum um. Weißes Porzellangeschirr mit Goldrand glänzte durch die Scheiben einer Vitrine, deren Borde mit gehäkelten Borten geschmückt waren. Ein Ungetüm von Ofen stand an der Wand neben dem Türrahmen, auf dem Tisch in der Fensterecke lag eine aufgeschlagene Zeitung. Über ihrem Kopf waren Schritte und leise Stimmen durch die Holzdecke zu hören, dann kamen zwei Personen die Treppe herunter, Nichte und Tante.

»Grüß Gott, Frau Luggauer«, sagte Pestallozzi. »Wir wollten nur nachschauen, wie es Ihnen heute geht. Hoffentlich haben wir Sie nicht aufgeweckt!«

Die alte Frau sah müde aus, aber auch geschmeichelt. »Gar nicht, Herr Chefinspektor!« Sie nickte Leo zu. »Das ist aber nett, dass Sie sich extra meinetwegen herbemüht haben. Anna, du machst uns doch einen Kaffee, ja? Und schneid ein paar Stück von dem Nusskuchen für die Herren ab, sei so lieb!«

Leo erwartete, dass der Chef abwehren würde, aber

der lächelte nur erfreut. »Sehr gerne, das ist wirklich nett von Ihnen!«

Sie setzten sich an den Tisch, Julia Roberts war ganz eindeutig erleichtert, in der Küche verschwinden zu können. Leo hörte, wie sie Wasser in eine Kanne rinnen ließ. Der Chef saß ganz entspannt da und hatte die Hände vor sich auf den Tisch mit der blumenbestickten Decke gelegt, die alte Luggauer saß rechtwinkelig vom Chef ebenfalls auf der Holzbank an der Wand, Leo hatte sich einen Sessel mit geschnitztem Herz in der Rückenlehne geangelt.

»Wie geht's Ihnen denn heute so, Frau Luggauer?«, fragte der Chef nochmals, offenbar wurde er nie müde, ganz einfache Fragen zu stellen. Einmal, zweimal, dreimal, immer wieder erhielt er nichtssagende ausweichende Antworten, und dann, plötzlich, fingen die Leute zu sprudeln an. Oder auch nicht. Diese alte Kathi schien jedenfalls ein zäher Brocken zu sein.

»Es könnt schlimmer gehen, Herr Chefinspektor.«

»Da haben Sie recht, Frau Luggauer.«

Der Chef und die alte Frau sahen sich an und nickten einander zu wie zwei würdige Vortragende bei einem philosophischen Seminar vom Dalai Lama. Passt schon, wird schon, so ist halt der Lauf der Welt. Eine Fliege brummte um den Lampenschirm, aus der Küche begann es betörend nach frisch aufgebrühtem Kaffee zu riechen. Leo schluckte, diesmal aus Vorfreude.

»Ich bin zehn Jahre nach dem ersten Weltkrieg geboren«, sagte die Kathi Luggauer endlich. »Was glauben Sie, Herr Inspektor, was ich alles gesehen und erlebt hab. Als junges Dirndl bin ich mit unserer Dorfhebamme mitgegangen, wenn sie im Winter zu den Höfen rauf hat müssen, wo die Frauen in den Wehen gelegen sind. In Stuben, da würd' man heute keinen Hund drin halten. Stroh haben sie in die Ritzen von den Holzwänden gestopft, damit der Wind nicht durchblast. Und oft hat man uns erst geholt, wenn es schon zu spät war. Wenn das Kind festgesteckt ist und tot war. Dann hat die Ursula einen Haken genommen und geschaut, dass sie wenigstens noch die Mutter retten kann. Das mit dem Herrn Baron, das ist keine schöne Sache, bestimmt nicht. Ein Mord in unserem Dorf, vor der Kapelle vom Heiligen Rochus. Aber ich hab schon Menschen schlimmer sterben sehen, Herr Chefinspektor, als den Herrn Baron.«

Hoffentlich kommt bald der Kaffee, dachte Leo. Sonst wird mir wirklich noch schlecht. Zuerst diese grausliche Leber in der Küche vom ›Kaiserpark‹, und jetzt die Geschichten von der Luggauerin, das hält ja keiner aus. Außer dem Chef natürlich, der schaut aus, als ob er damals selber mitgegangen wäre mit der Luggauerin und dieser Hebamme, ganz traurig und betroffen.

»Das glaub ich Ihnen gerne, Frau Luggauer«, sagte Pestallozzi.

Er schwieg und schien nach dem Kaffee zu schnuppern, dann wandte er sich wieder der Frau zu und sah ihr ins Gesicht. »Was war er denn für einer, der Gleinegg?«

Die Kathi Luggauer zuckte mit den Achseln, es sah irgendwie komisch aus, so eine beiläufige Geste passte gar nicht zu ihr.

»Was soll ich Ihnen sagen, Herr Chefinspektor. Am Land geht's rauer zu als in der Stadt. Die Bauern sind früher auch nicht freundlich mit den Hofleuten umgesprungen, und was glauben Sie, wie's heut den Stubenmädeln in den Hotels da bei uns geht? Der Herr Baron war kein Freundlicher, das wird Ihnen keiner erzählen, weil sonst lügt er. Aber schlimmer als die anderen war er auch nicht. Er war halt ein Herr.«

»Hat er das die Leut' spüren lassen? Dass er der Baron war?«

Die Kathi Luggauer lachte plötzlich, ein Gitterwerk aus freundlichen Fältchen überzog ihr Gesicht.

»Er ist ja nicht mehr so oft in die Kirche runtergekommen wie früher. Aber wenn dann einmal Touristen in der Bank von den Gleineggs gesessen sind, dann …«

Die Kathi Luggauer war nun so belustigt, dass sie gar nicht mehr weiterreden konnte, Pestallozzi lachte ebenfalls. Leo sah sich möglichst unauffällig um. Wo blieb bloß diese verdammte Anna – so hatte sie doch geheißen – mit dem Kaffee? Er wurde das Gefühl nicht los, dass sie hinter der Küchentür stand und lauschte.

»Aber mit der Schrotflinte ist er doch hoffentlich nicht gekommen, der Herr Gleinegg?«, fragte Pestallozzi.

Die alte Kathi schüttelte den Kopf.

»Na, das nicht! Aber ein Zirkus war es trotzdem, da können Sie den Holzinger, den Obmann vom Fremdenverkehrsverein fragen, bei dem haben sich dann alle immer beschwert. Der hat's bestimmt nicht leicht gehabt, der Holzinger.«

Sie nestelte ein sauberes Stofftaschentuch unter ihrer Schürze hervor und wischte sich über die Augen, dann rief sie in Richtung Küche: »Anna, sag, wo bleibst denn?«

Augenblicklich ging die Tür auf und ihre Nichte kam in die Stube. Sie trug ein Tablett, auf dem grün geringeltes Gmundner Kaffeegeschirr stand, dazu eine Glaskanne mit

Kaffee und ein Teller mit Kuchenschnitten, die mit Puderzucker bestäubt waren. Alles sah höchst appetitlich und adrett aus, Leo konnte den Blick nicht von der jungen Frau und den Kuchenschnitten wenden. Anna Luggauer kam an den Tisch und teilte die Tassen und Teller, die Löffel und Kuchengabeln aus, stellte einen kleinen Krug mit Milch und eine Schale mit Würfelzucker in die Mitte. Dann schenkte sie allen Kaffee ein und sah dabei hoch konzentriert auf die Tassen, Leo fragte sich, ob sie ihn überhaupt schon bemerkt hatte.

»Bitte, greifen Sie doch zu, Herr Chefinspektor, und Sie auch, Herr Inspektor!«, sagte Kathi Luggauer.

Pestallozzi und Leo bedankten sich und angelten jeder nach einem Stück. Sie bissen in den flaumigen Kuchen, der Haselnussteig zerging fast auf der Zunge.

»Fantastisch«, lobte Pestallozzi. »So was kriegt man nicht in der besten Konditorei von Salzburg!«

Leo nickte mit vollem Mund. Ihre Gastgeberin lächelte zufrieden und nahm sich selbst ein Randstück. Die Nichte saß vor einer Tasse schwarzem Kaffee und einem leeren Teller.

»Und, wie war er so mit der Familie?«, fragte Pestallozzi freundlich.

Kathi Luggauer warf ihrer Nichte einen wimpernschlagkurzen Blick zu, dann sah sie wieder Pestallozzi voll ins Gesicht.

»Davon haben wir unten im Ort nur wenig gewusst. Die Frau von ihm, die war ja aus dem Italienischen, eine Contessa, die hat man fast nie gesehen. Nur die Kinder, die sind sogar in die Volksschule im Ort gegangen, bevor sie aufs Internat gekommen sind. Ich weiß nicht, wie er als Mann oder Vater war, davon haben wir nichts gehört. Aber ich denk mir halt, dass vieles leichter ist, wenn man einen vollen Bauch hat und in einem warmen Bett schlafen kann. Und daran hat's denen da oben bestimmt nicht gefehlt.«

»Aber vielleicht …«

Ein Handy klingelte von der Holzbank her, wo eine zerknautschte Tasche zwischen den bunten Kissen lag. Anna Luggauer sprang auf und hätte beinahe den Milchkrug umgestoßen. »Entschuldigen Sie bitte!«

Sie hastete zu der Tasche und kramte in ihren Tiefen, das Handy klingelte und klingelte, Anna Luggauer zerrte Spiegel und Täschchen und Tücher hervor, ihr Haarknoten löste sich gerade endgültig auf. Unglaublich, was Frauen für ein Chaos in ihren Handtaschen anrichten, dachte Leo. In diesem Punkt waren sie alle gleich, sämtliche seiner Verflossenen hatten ihn mit ihrem ewigen Herumkramen beinahe um den Verstand gebracht. Und jetzt … Anna Luggauer hielt endlich das Handy in der Hand, sie starrte auf das Display und drückte auf die Empfangstaste. »Hallo, wo bist du …«, hörte Leo sie flüstern, dann war sie auch schon zur Tür hinaus und polterte die Holzstiege in den ersten Stock hinauf.

Ihre Tante sah ihr nach und lächelte dann Pestallozzi um Verstehen heischend an, aber Leo hatte das Gefühl, dass die Vertrautheit der vergangenen halben Stunde vorüber war.

»Frau Luggauer, wir wollen Sie wirklich nicht länger aufhalten«, sagte Pestallozzi. »Vielen Dank für das Gespräch und natürlich ganz besonders für die Jause. So was Gutes haben wir noch nie vorgesetzt bekommen, stimmt's Leo?«

»Stimmt«, pflichtete Leo dem Chef bei. Plötzlich fiel ihm auf, dass dies das erste Wort war, das er seit Betreten des Hauses gesprochen hatte. Die mussten ihn ja für völlig beschränkt halten! Er grübelte nach einer lässigen Bemerkung, aber sein Gehirn war so weich wie Kuchenteig.

»Also dann!«

Pestallozzi erhob sich und griff freundlich nach dem Arm der alten Kathi, Leo schob seinen Sessel zurück. Langsam durchquerten sie die kleine Stube, wie eine feierliche Prozession, Pestallozzi und Kathi Luggauer vorneweg, Leo hinterdrein. Als sie an der Haustür standen, kam auch die Nichte wieder die Treppe hinab. Sie versuchte ganz eindeutig, freundlich und gelassen dreinzuschauen, aber Leo fand, dass ihr die Anstrengung anzusehen war. Allerdings minderte dies keineswegs ihre sexy Ausstrahlung, im Gegenteil. Genau wie Julia Roberts in ›Pretty Woman‹ war auch diese Anna gerade dann besonders …

»Ein wichtiger Anruf?«, fragte Pestallozzi und strahlte Anna Luggauer an.

»Ein … ein Freund!«

»Ah ja! Es ist übrigens sehr nett, dass Sie sich so um Ihre Tante kümmern! Sie wohnen ja, glaube ich, nicht ständig hier, oder?«

»Ich wohne in Salzburg. Aber natürlich bin ich gleich gekommen, wie ich gehört habe, was passiert ist. Morgen muss ich leider zurück. Aber ich komme schon in den nächsten Tagen wieder, spätestens am Wochenende.«

»Sehr schön. Wir bedanken uns für die Jause, mein Kollege Leo Attwenger und ich. Auf Wiedersehen. Und wann immer Sie uns sprechen wollen, ich habe unsere Karten für Sie auf den Tisch gelegt.«

Ein letztes Händeschütteln, dann waren sie draußen und gingen an der Hecke vorbei zur Straße zurück.

»Nettes Mädel«, sagte Pestallozzi.

»Wer?«, fragte Leo. Pestallozzi befand das für keiner Antwort würdig.

»Ich frage mich nur, weshalb …«, sagte der Chef, er sprach ganz eindeutig mit sich selbst. Leo hätte sich zu gerne noch einmal umgedreht, aber dann ließ er es bleiben. Er folgte Pestallozzi zum Auto, das vom Staub der Touristenbusse ganz überkrustet war.

*

Die Ducati legte sich so schräg in die Kurve, dass sein rechtes Knie beinahe den Asphalt streifte. Er hätte immer weiter so fahren können, am Seeufer entlang, zwischen den Bergen hindurch und in die Dämmerung hinein. Fahren, fahren, fahren. So wie die Abenteurer früher, als Bub hatte er hoch droben in seinem Versteck am Dachboden sämtliche Geschichten über die portugiesischen und spanischen Entdecker verschlungen und dabei beinahe aufs Atmen vergessen. Die waren von fernen Klippen mit so wunderbar schrecklichen Namen wie ›Ende der Welt‹ losgesegelt, obwohl sie doch felsenfest glaubten, dass die Erde eine Scheibe sei und sie abstürzen würden weit draußen auf dem Meer, wo sich Wasser und Himmel zu einer dunstigen Kante vereinen. Und trotzdem hatten sie die Segel gehisst, und trotzdem waren sie hinausgefahren, als ob das alles überhaupt nichts …

Er musste heftig husten.

Diese verdammten Mücken, schon wieder war ihm eine in die Kehle geraten, dabei hielt er die Lippen so fest zusammengepresst, dass seine Kiefermuskeln schmerzten. Und der Nacken fühlte sich wie Beton an, von seinem Hintern ganz zu schweigen. Kein Wunder nach über zwölf Stunden im Sattel. Aber die hatte er einfach gebraucht, auch wenn die Kumpels ihn beinahe mit Gewalt davon hatten abbringen wollen. Der Milo hatte sich sogar mit ausgebreiteten Armen vor die Ducati gestellt und ein Riesentheater veranstaltet. Raffitschko, du darfst jetzt nicht fahren, hörst du? Gerade haben sie dir gesagt, dass dein Vater tot ist, und jetzt willst du ganz alleine losrasen, das ist doch Wahnsinn, total verrückt ist das! Komm, steig ein und fahr mit mir, wir machen auch keine einzige Pause, Raffitschko, für dich pinkel ich sogar in eine Slibowitzflasche!

Aber er hatte den Milo zur Seite geschoben und seinen alten Seesack auf dem Gepäckträger festgezurrt und war gestartet, der Milo hatte ihm noch etwas zugerufen. Dann war er rausgebrettert aus Dubrovnik und rauf nach Split über die Küstenstraße, immer nur fahren, fahren und sich auf die Kurven konzentrieren und auf die Idioten, die ausscheren, ohne in den Rückspiegel zu blicken. Zadar und Rijeka hatte er hinter sich gelassen, ohne es wirklich zu registrieren. Durchs Landesinnere über Zagreb wäre die Route kürzer und in jedem Fall einfacher und sicherer gewesen, aber er brauchte Zeit und wollte einfach nur fahren, fahren. Irgendwo hinter Triest hatte er kurz angehalten und getankt und einen Espresso doppio getrunken und ein Panino mit ranzig schmeckendem Prosciutto runtergeschlungen. Und allmählich war die Betäubung gewichen, und die Erinnerungen waren gekommen wie ein Mückenschwarm, dem man einfach nicht ausweichen konnte. Der Vater war tot. Ermordet. Erstochen. Unfassbar, unglaublich, unbegreiflich. Wer das getan hatte? Er selbst hatte es nicht gewagt, das stand fest. In den schlimmsten Momenten des Aufbegehrens nicht, als sein Gesicht von Schlägen brannte. Nicht, als er mit ansehen musste, wie die Mutter gelitten hatte unter der Kälte. Nicht einmal, als die Charlotte runtergegangen war zum See und … Ein anderer hatte es gewagt und die Hand erhoben. Ob die Polizei schon einen Verdacht hegte? Wenn ja, dann würde er alles tun, um dem, der das getan hatte, zu helfen. So war es. Er fuhr zurück, um den Mörder seines Vaters zu beschützen.

Fahren, fahren. An Udine vorbei und durchs Kanaltal hinauf zur Grenze, wo früher die Zöllner in den Abgasschwaden der Autokolonnen die Pässe kontrolliert hatten. Eine diffuse Kindheitserinnerung stieg in ihm hoch, an einen Markt voller Früchte und nach Leder riechender Schuhe, die Mutter hatte auf Italienisch lachend um ein Paar Handschuhe gefeilscht. Dann lagen die gähnend leeren Zollgebäude auch schon hinter ihm, Villach und das Drautal flogen vorbei, hinauf ging's durch den Tauerntunnel und an den Gasteiner Bergen entlang. Tunnel um Tunnel und dann plötzlich das weite Land, der Untersberg zur Linken und Salzburg geradeaus, der See kam immer näher, es gab keinen Umweg mehr, den er noch hätte nehmen, keine Zeit, die er noch hätte schinden können. Seine Oberschenkel fühlten sich völlig taub an, seine Hände schienen ihm längst zu Klauen erstarrt, die den Lenker umklammert hielten. Zurück, nach Hause. Beinahe hätte er aufgelacht unter dem Helm. Zu Hause sein, wie sich das wohl anfühlte?

In seinen Volksschuljahren hatte er immer wieder davon geträumt, ein Findelkind zu sein. Aber kein Schweinehirt, der in Wirklichkeit ein Prinz war, so wie in den Märchenbüchern. Sein Traum hatte immer mit einem leisen, aber beharrlichen Klopfen am großen Portal begonnen. Der Jakob öffnete und draußen stand eine Frau, sie war einfach gekleidet, aber ihr Gesicht war so lieb und sanft.

»Sie wünschen?«, fragte der Jakob streng.

»Ich bin gekommen, um den Raffi zu holen«, sagte die Frau.

»Unerhört«, begann der Jakob zu schimpfen, »so ein Unsinn, hier gibt es niemanden zu holen!« Und er wollte der Frau den schweren Türflügel vor der Nase zuschlagen. Doch die ließ sich nicht abschrecken.

»Raffi, komm!«, rief sie zu ihm hinauf. Er hatte sich hinter dem Treppengeländer im ersten Stock versteckt, aber jetzt lief er hinunter, am Jakob vorbei, mitten in die Arme der Frau, die sich so weich und warm anfühlten wie die alte Kuscheldecke in der Küche, auf der die Hunde schliefen. Dann gingen sie eng umschlungen die Stufen zum Vorplatz hinab.

»Und meine Schwestern?«, fragte er ängstlich.

»Die holen wir auch noch«, beruhigte ihn die Frau, die natürlich eine gute Fee war.

»Und die Mama?«

»Es ist für alles gesorgt. Alles wird gut, glaub mir.«

An dieser Stelle hatte er als Kind nie weitergewusst. Aber die beschworenen Bilder hatten ihm stets aufs Neue so viel Trost geschenkt, dass er einzuschlafen vermochte.

Einmal, ein einziges Mal, hatte er es gewagt, dem Edi davon zu erzählen. Der hatte ihn zuerst nur so komisch angeschaut und dann, dann hatte der Edi, sein bester Freund, so hässlich gelacht, dass er nie wieder jemandem von seinen Träumen erzählt hatte. Aber der Edi war trotzdem sein bester Freund geblieben, lange Jahre noch. Auch als er selbst ins Internat gekommen war, nach Bayern, und der Edi zu Hause geblieben war, logo, und jeden Nachmittag nach der Schule auf dem Hof vom Stiefvater schuften musste. Aber in den Ferien waren sie unzertrennlich gewesen, zwei Halbwüchsige, von frischen blauen und grünlich gelb verblassenden Flecken gezeichnet. Mit dem Holzscheit hatte der eine Vater zugeschlagen, der wenigstens nicht der richtige war, mit dem bloßen Handrücken der andere. Aber sie hatten nie darüber gesprochen, die Scham war stärker gewesen als die Wut. Und jetzt waren beide Väter tot, der Stiefvater vom Edi schon lange, und sein eigener lag gerade …

Der Sog eines entgegenkommenden Lasters brachte ihn beinahe ins Schleudern, plötzlich kam er wieder zur Besinnung. Er fuhr ja wie in Trance, wann war er eigentlich von der Autobahn auf die Bundesstraße abgebogen? Hof und Fuschl lagen bereits hinter ihm, in weniger als 20 Minuten würde er den Kies vor dem Haus unter seinen Reifen prasseln hören. Aber vorher musste er einfach noch einmal eine kurze Rast einlegen, einen Kaffee trinken oder besser noch einen Schnaps, und sich den Kopf unters kalte Wasser halten.

Auf dem Parkplatz neben der Tankstelle kletterte gerade eine Ladung Japaner steifbeinig aus dem Bus und begann sofort mit dem unvermeidlichen Geknipse. Er stapfte zur Toilette und schaufelte sich ausgiebig eiskaltes Wasser ins Gesicht, die Hähne waren so idiotisch tief angebracht, dass sein Kopf einfach nicht darunter passte. Ein kleiner Junge starrte ihn mit großen Augen an, dann kam der Vater aus einer der Kabinen und musterte ihn so misstrauisch, als ob er ein Kinderschänder auf Beutefang wäre, aber er war zu müde, um sich zu rechtfertigen und dem Alten seine Meinung zu sagen. Müde und waidwund, so fühlte er sich. Am liebsten hätte er sich auf die kleine Steinmauer draußen vor der Cafeteria hingesetzt und geheult. Nicht wegen dem Vater, dem auf der Toilette oder gar seinem eigenen, der tot und kalt irgendwo in einem Kühlregal lag. Einfach so. Aber natürlich heulte er nicht, sondern ging in die Cafeteria und bestellte sich einen Tee mit Schnaps und ein Käsebrot dazu. Den Tee trank er, das Käsebrot ließ er stehen, plötzlich war ihm der kalte Schweiß ausgebrochen. Er legte einen Schein auf die Theke, die Serviererin, die schon so kokett seine Bestellung aufgenommen hatte, kam eiligst herangetrippelt, aber er winkte ab.

»Danke vielmals!«, rief sie ihm nach. »Und einen schönen Tag noch!«

Zur Cafeteria gehörte ein kleiner Supermarkt, in dem man Müsliriegel und Mineralwasser und Ansichtskarten kaufen konnte. Und Zeitungen, er war schon fast an dem Ständer vorbei, als er das Bild wahrnahm. Der Vater in voller Jagdmontur, den Wetterfleck aus Loden um die Schultern gehängt, vor einer ganzen Strecke toter Rebhühner oder sonst irgendwelcher Vögel. Sein Vater blickte ihm direkt ins Gesicht. Er wandte sich so abrupt ab, dass er beinahe eine kleine Japanerin umgerannt hätte, die einen hastigen Schritt zur Seite machte.

»Verzeihung«, presste er zwischen den Zähnen hindurch, dann war er endlich wieder im Freien, die Luft kühlte den Schweiß auf seiner Stirn.

Er hätte sich gerne auf die kleine Mauer gesetzt, aber dann würde ihn keine Macht der Welt mehr zum Weiterfahren bewegen können. Also blieb er stehen und holte sein Handy heraus, um sich von dem Gesicht abzulenken, das ihn gerade so kalt gemustert hatte. 16 Anrufe in Abwesenheit, dabei war dies seine absolute Privatnummer, die nur die allerwenigsten kannten. Die Schwestern hatten angerufen, Helene dreimal, Monika und Henriette je einmal. Zwei Anrufe von Milo, der offenbar wissen wollte, ob er noch am Leben war oder sich bereits überschlagen hatte auf der Küstenstraße. Und neun Anrufe von Anna, er wusste nicht, ob er gerührt oder verärgert sein sollte über diese Anhänglichkeit. Dann fiel ihm ein, was Henriette gesagt hatte, als sie ihn vor gefühlten 100 Jahren in Dubrovnik erreicht und in ihrer kühlen direkten Art den Tod vom Vater mitgeteilt hatte. Dass es die Tante Kathi von der Anna gewesen war, die den Vater gefunden hatte. Er sah die alte Frau mit den freundlichen Augen vor sich und zum ersten Mal an diesem Tag wurde ihm bewusst, dass er nicht der Einzige war, dessen Leben nie wieder so sein würde wie gestern noch. Er war nicht der einzige Betroffene. Was musste das für ein Schock für die alte Frau gewesen sein! Plötzlich hatte er das Gefühl, als ob er mit einem Plumps wieder in der Realität gelandet wäre, endlich. Er holte tief Luft und drückte auf die Rückruftaste. Es läutete und läutete, beinahe hätte er aufgelegt. Dann meldete sie sich doch noch, fast hätte er sie nicht erkannt.

»Hallo, wo bist du?«, flüsterte Anna. Es raschelte und polterte, Stimmen waren im Hintergrund zu hören, dann war sie wieder dran, diesmal lauter.

»Raffi, endlich! Ich habe dich schon so oft angerufen! Und mir solche Sorgen gemacht. Wo steckst du? Wir haben gerade …«

»Auf dem Rastplatz bei der Tankstelle«, unterbrach er sie. »Ich bin seit der Früh durchgefahren, von Dubrovnik herauf, und hab einfach nicht aufs Handy geschaut. Die Henriette hat es mir gesagt.«

»Wie …, wie geht es dir?«

Er lachte beinahe. »Super.«

Sie klang, als ob sie gleich weinen würde, auch das noch. »Entschuldige. Es tut mir so leid, aber mein Kopf ist ganz leer. Wir haben gerade zwei Polizisten im Haus, die …«

Jetzt war er wirklich erschrocken. »Wieso, was wollen die von euch?«

»Ach, die sind sogar recht nett, besonders der Ältere. Weißt du überhaupt, dass die Tante Kathi deinen Vater …, also, dass sie ihn gefunden hat?«

»Weiß ich. Und das tut mir auch mehr leid als … als das ganze Übrige. Wie geht's ihr denn?«

»Ach, eigentlich ganz gut. Du kennst sie ja.«

Sie versuchten beide ein kleines Lachen, dann war es wieder still.

»Wann sehen wir uns?«, fragte Anna.

»Ich weiß es wirklich nicht«, sagte er. Er merkte plötzlich, wie unendlich müde er war. Er wollte nur ins Bett fallen, in irgendeines, aber zuerst musste er noch die letzten Kilometer abspulen und dann die Stufen zum Haus hochsteigen und sich all jenen präsentieren, die dort auf ihn warteten.

»Rufst du mich an?«, fragte eine Stimme an seinem Ohr, sie klang bittend und besorgt zugleich.

Er riss sich zusammen. »Natürlich. Ich kann dir nur nichts Genaues versprechen. Jetzt muss ich erst einmal …« Er verstummte hilflos, ratlos.

»Das verstehe ich ja. Aber wenn du mich brauchst, dann ruf an, hörst du? Versprochen?«

»Versprochen. Bis dann. Und du, Anna …«

»Ja?«

Die Hoffnung in ihrer Stimme tat ihm fast mehr weh als das Brennen in seinen Gliedmaßen.

»Danke«, sagte er.

»Ach, wofür denn.«

»Du weißt schon. Für alles.«

»Raffi, ich …«

Er drückte auf die Taste, um nicht mehr hören zu müssen. Dann verstaute er das Handy in der Innentasche seiner Lederjacke und stapfte o-beinig zum Motorrad zurück. Der Parkplatz war fast leer bis auf einen Campingbus, der ziemlich verwahrlost aussah, der Wind ließ eine Bierflasche über den Asphalt kollern. Er setzte den Helm auf und schwang sich auf die Maschine, startete und fädelte sich wieder in den Verkehr auf der Bundesstraße ein. Jetzt würde er es hinter sich bringen. Was immer ihn erwartete.

Die letzte Kurve rund ums Südufer vom See, dann den Hügel hinauf, auf dessen Kuppe man zur Linken den Kirchturm und zur Rechten den höchsten Erker vom Haus zwischen den Bäumen erspähen konnte. Die Kapelle war nicht zu sehen, sie lag im Grün verborgen. Der scharfe Knick von der Bundesstraße, dann die Mauer entlang, er hätte längst die Geschwindigkeit drosseln müssen, aber er fetzte dahin, dass kleine Steine ins Gebüsch spritzten. Das Tor in der Mauer war offen, zum Glück, er preschte durch und hatte eine Sekunde lang den Eindruck, dass ihn jemand aufzuhalten versuchte. Aber da brauste er schon hinauf zum Haus, an dem Engel und dem dämlichen Pavillon vorbei, eine Biegung noch, dann bremste er die Maschine ab, dass sie die letzten Meter im Kies dahinschlingerte wie ein junger Hund auf dem zugefrorenen See. Er blieb sitzen und nahm den Helm ab, in seinen Ohren summten noch immer der Motor und der Fahrtwind. Erst nach und nach nahm er andere Geräusche wahr, das Rascheln der Blätter, den Schrei eines Vogels, der über der Dachrinne flatterte. Im Salon brannte schon eine Lampe, alle übrigen Fenster spiegelten sich grau im Nachmittagslicht.

Er stieg von der Ducati ab und klappte den Ständer herunter, dann hängte er den Helm über den Lenker. Er ging auf die Freitreppe zu und begann langsam hinaufzugehen, Stufe um Stufe. Komisch, er hatte sie nie gezählt, auch als Kind nicht. Dabei hatte ihm das Zählen immer Spaß gemacht und auch irgendwie Trost geschenkt. Sicherheit. Einmal hatte er 117 Kastanien gesammelt und daraus eine endlos lange Kette gefädelt. Und ein anderes Mal …

Er stand auf der letzten Treppenstufe, direkt vor dem großen Holzportal. Die gute Fee war nie gekommen, auch sie hatte ihn im Stich gelassen. Er wollte schon gegen den Türflügel drücken, aber dann griff er nach dem eisernen Ring und ließ ihn gegen das Holz fallen. Er würde sich nicht ins Haus schleichen wie früher, wenn er wieder einmal über die Stränge geschlagen hatte, nie wieder. Der Ton verklang, dann war ein langsames Schlurfen zu hören. Der Jakob, unverkennbar, er begann zu lächeln. Nachher würde er sich zum Jakob in die Küche setzen und mit ihm ein Speckbrot essen und einen Tee mit Rum trinken. Genau, das würde ihn retten, wie schon als Halbwüchsigen.

Der Türflügel ging langsam auf, und der alte Jakob stand da. Er wollte einen raschen Schritt auf ihn zu machen und ihn umarmen, aber der Diener wich zurück und verbeugte sich mühsam.

»Grüß Gott, Herr Baron«, sagte der alte Jakob.

Franz Raffael Marianus Lovis Bartholomäus Wenzel Bram Anton Gleinegg-Sexten ließ die Arme sinken.

*

Anna saß auf dem Bett in ihrer kleinen Kammer unter dem Dach, die Tante Kathi hatte sich endlich nebenan schlafen gelegt. Still war es im Haus, nur die Holzbalken knisterten und krachten ab und zu. Diese Geräusche hatte sie schon als Kind geliebt und sich nie gefürchtet. Nicht einmal, wenn ein Gewitter über dem See aufgezogen war, mit Wolken so schwarz wie Tinte. Dann hatten sie und die Tante Kathi sich aneinander gekuschelt wie Kätzchen und die Blitze gezählt, auf die jedes Mal ein Donnern folgte, dass die Berge ringsum zu wackeln schienen. Nie hatte sie wirklich Angst gehabt. Aber jetzt … Sie hielt das Handy in ihren Händen, die ganz kalt waren. Drei Anrufe von Anita, einer von ihrer Mutter aus Mallorca, vermeldete das Display. Sie hatte nicht vor, zurückzurufen. Sie hatte Wichtigeres zu tun. Raffi hob nicht ab, dabei war er jetzt bestimmt schon oben im Schloss bei seiner grässlichen Familie. Ausgerechnet als diese beiden Polizisten im Haus waren, hatte er sich endlich gemeldet, das Herz war ihr beinahe stehen geblieben. Zum Glück hatte niemand etwas bemerkt, nur die Tante Kathi hatte sie nachher so neugierig angeschaut, aber nicht weiter nachgefragt. Sie hätte ihr auch gar nichts erzählen können.

Der Raffi war den ganzen Tag durchgefahren aus Dubrovnik, wo er und der Milo ein Jazzfestival im nächsten Jahr organisieren wollten. Jetzt war er endlich zurückgekommen, endlich wieder zu Hause. Obwohl, ›zu Hause‹ war wohl nicht die richtige Beschreibung, so wie der Raffi sein Elternhaus immer verabscheut hatte. »Der Miles Davis hat mir das Leben gerettet«, hatte er einmal leise gesagt, als sie in Salzburg auf dem Boden gesessen waren und miteinander der Musik gelauscht hatten, die Anna beim allerbesten Willen nicht als wohlklingend empfinden konnte. Aber der Raffi liebte Jazz, sein ganzes Leben drehte sich darum, der alte Gleinegg hatte seinen Sohn nur umso mehr verachtet dafür. Und jetzt war er endlich tot. Was der Raffi wohl gerade empfand? Was würde es für ihn ändern, und was für sie beide? Eigentlich sollte sie ja Erleichterung empfinden, natürlich nur ganz heimlich. Anna drückte auf die Wahlwiederholungstaste, dann lauschte sie dem trostlosen Tuten.

*

»Du hast es versprochen!«

Lisa Kleinschmidt sah von der Fahrbahn weg in den Rückspiegel, sie blickte in die empört aufgerissenen Augen ihres Sohnes. Max saß so trotzig in seinem Kindersitz, dass sie beinahe lachen musste. Obwohl, Lachen war jetzt durchaus nicht angebracht. Gleich würden die ersten Tränen kullern, dabei waren es nur noch zwei Ampeln bis zum Kindergarten. Sie unterdrückte ein Seufzen. Vor fünf Minuten hatte sie Miriam am Schultor abgeliefert, im allerletzten Moment vor dem Beginn der ersten Stunde – Geografie! – und jetzt stand sie mitten im Stau auf der Staatsbrücke, wie jeden Morgen. Und Artur hatte sich angesagt, der immer so verflixt pünktlich war! Sie wäre am liebsten …

»Du hast es versprochen! Dass ich mir zum Geburtstag etwas wünschen darf!«

Max ließ nicht locker, sie führten diese Diskussion bereits seit gestern Abend. Als dieser Bericht über flauschige Welpen im Tierheim gesendet worden war, unseligerweise hatte sie erst viel zu spät geschaltet. Oder besser gesagt: abgeschaltet. Jetzt galt es, eiserne Nerven zu bewahren.

»Ja, das habe ich. Du darfst dir etwas wünschen!«

»Ich wünsche mir einen Hund! Nur einen Hund! Sonst gar nix!«

»Max, das haben wir doch schon besprochen! Es geht nicht! Um einen Hund muss man sich kümmern, man muss mindestens dreimal am Tag mit ihm spazieren gehen, bei jedem Wetter. Auch wenn es regnet oder …«

»Aber das …«

»Und man muss zum Tierarzt gehen, das kostet viel Geld.«

»Ich habe ja das Sparbuch von der Freilassing-Oma.«

Eins zu Null für den Herausforderer. Max riskierte ein keckes Grinsen, sie hätte beinahe anerkennend zurückgezwinkert. Aber sie hatte noch einen Trumpf im Köcher.

»Und man muss die Häufchen aufsammeln, das weißt du doch!«

Ihr Sohn sah einen Moment lang betreten drein, dann ging das Lamento von Neuem los.

»Das macht mir gar nichts, versprochen Mama! Ich wünsche mir nur einen Hund! Einen ganz kleinen! Alle anderen Kinder haben einen Hund!«

Endlich, die Ampel schaltete auf Grün, sie bog in die Nebenstraße ein. Noch hundert Meter bis zum Kindergarten, nur jetzt kein Geheul provozieren. Sie parkte den Wagen schräg ein, der Fahrer hinter ihr hupte wütend, weil er ausweichen musste. Beinahe hätte sie ihm den Stinkefinger gezeigt. Na ja, vielleicht hätte das den Max abgelenkt! Sie stieg aus und half ihm aus dem Kindersitz, hängte ihm den Dinosaurierrucksack mit dem Müsliriegel und der zuckerfreien Limonade um.

»Bekomme ich einen Hund, ja?«

Aus irgendeinem nicht nachvollziehbaren Grund schien Max Hoffnung geschöpft zu haben, er sah sie so schelmisch an, dass sie sich einfach niederknien und ihn knuddeln musste.

»Du bist doch mein Großer, nicht wahr?«

»Bekomme ich …«

»Wir reden am Abend weiter, ja?«

Sie war so ein elender Feigling. Max strahlte sie an und drückte ihr einen feuchten Kuss auf den Mund, vor all seinen Kumpels, dann lief er davon. Sie sah ihm nach, bis sein strubbeliger Schopf im Eingang verschwunden war. Dann ging sie um den Wagen herum und ließ sich auf den Sitz fallen. Der Tag hatte noch nicht einmal richtig begonnen und ihre Bluse fühlte sich schon ganz verschwitzt an. Ausgerechnet heute. Artur war immer so proper und adrett, wie aus dem Ei gepellt. Wer ihm wohl die Hemden bügelte? Nach seiner Scheidung? Ach, sie hatte andere Sorgen. Ob sich der Max mit einem riesengroßen Plüschhund besänftigen lassen würde? Wohl kaum.

Sie fädelte sich wieder in den Verkehr ein und gab ordentlich Gas, an der Müllner Kirche vorbei und weiter Richtung stadtauswärts.

*

Pestallozzi stand vor dem Tisch aus Stahl und sah auf den nackten Mann hinab. Ein bleicher alter toter Mann, mit ausgezehrt langen dünnen Beinen und Armen und armselig wenig weißen Schamhaaren um sein Geschlecht. Eine riesige Wunde zog sich von seiner Kehle bis über den Nabel hinab, die mit groben Stichen wieder vernäht worden war. Die kleine runde Wunde links neben dem Nabel klaffte noch immer auf, aber zum Glück hingen keine Därme mehr heraus.

»Gicht hat er gehabt und Krampfadern und eine chronische Gastritis, aber sonst war er für sein Alter noch richtig gut beisammen«, sagte Dr. Lisa Kleinschmidt. Pestallozzi sah skeptisch drein.

»Doch, doch. So wirst du auch einmal ausschauen. Falls du das Glück hast, so alt zu werden.«

Sie grinste ihn an, Pestallozzi grinste schief zurück.

»Du meinst, dann habe ich endlich keine Gewichtsprobleme mehr?«

»So ungefähr. In diesem Alter haben die wenigsten noch ordentlich Appetit. Der Gleinegg hat Reste von einer Gulaschsuppe im Magen gehabt und so eine Art Striezel, den er offenbar zum Frühstück gegessen hat. Und einen Apfel.«

»Einen ganzen Apfel?«

Sie wiegte den Kopf.

»Schwer zu sagen. Das war jedenfalls alles. Und Marcumar hat er genommen, das Blutverdünnungsmittel, das hat er sicher gegen die Thrombosegefahr verschrieben bekommen. Das hat natürlich zu einem extrem schnellen Blutverlust nach der Stichverletzung geführt. Selbst wenn jemand sofort die Ambulanz alarmiert hätte, wäre er kaum mehr zu retten gewesen.«

»Kannst du mir etwas über die Wunde sagen?«

Sie seufzte.

»Ein kleines scharfes Messer ohne Einkerbungen an der Schneidefläche. So wie der Einstichkanal ausschaut, muss der Täter neben ihm gesessen sein und von links zugestochen haben. Einmal, aber mit großer Kraft. Das hat ihm die Bauchdecke und das Bauchfell durchstoßen, den Dünndarm durchtrennt und sogar die Aorta angeritzt. Deshalb hat er auch so stark in die Bauchhöhle hineingeblutet. Das Messer ist nicht gedreht, sondern gleich wieder herausgezogen worden. Ich habe keinen Kratzer und keine Spuren von irgendeiner Abwehrreaktion an seinen Händen finden können. Er muss völlig überrascht gewesen sein.«

Sie sahen auf den nackten Leichnam hinab und hingen den gleichen Gedanken nach. Wer bringt einen Mann von über 90 Jahren um, mit solcher Erbitterung? Sollte da nicht jeder Hass von früher längst erloschen sein? Wie war es diesem ausgemergelten alten Mann bloß gelungen, eine solche Wut in seinem Gegenüber zu verursachen? Du hast Menschen zusammengestaucht, die sich in deine Kirchenbank setzen wollten, dachte Pestallozzi. Und so, wie du da liegst und noch im Tod arrogant dreinschaust, hältst du das wahrscheinlich nicht einmal jetzt für einen Irrtum. Er wandte sich ab. »Und was ist mit dieser Apfelschale? Die der Leo gefunden hat?«

»Ich habe sie ins Labor geschickt. Vielleicht können die noch einen Abdruck sichern. Aber es würde mich wundern.«

»Danke, Lisa.« Er sah sie an und lächelte. »Wie geht's den Kindern?«

Sie rollte die Augen. »Der Max wünscht sich einen Hund zum Geburtstag! Alle anderen Kinder haben einen!«

»Und alle anderen Kinder dürfen am Abend aufbleiben, oder nicht?«

Jetzt mussten sie beide lachen, es tat gut in dem kalten Raum.

»Wir müssen wieder einmal etwas trinken gehen«, sagte Pestallozzi.

»Artur, das sagst du schon seit Monaten.«

»Ich weiß ja. Aber …«

»Aber die Arbeit, ja, ich weiß.«

Sie lächelte noch immer, voller Sympathie und Verständnis. Artur hätte einen guten Vater abgegeben, dachte sie.

Lisa ist ein Schatz, dachte Pestallozzi. Nie hat mich Iris so angelächelt, wenn ich wieder einmal zu einer Geburtstagsfeier von einer ihrer 500 Cousinen zu spät gekommen bin. Hoffentlich findet die Lisa einen netten Mann, das hätte sie sich wirklich verdient. Auf die Idee, sich selbst ins Spiel zu bringen, kam er nicht. Pestallozzi hielt sich für nicht mehr vermittelbar.

Er verabschiedete sich von Lisa Kleinschmidt und machte sich auf den Weg zurück ins Polizeipräsidium. Zu Fuß, diese Viertelstunde brauchte er jetzt einfach. Pestallozzi liebte das Gehen, immer einen Fuß vor den anderen setzen und dabei nachdenken, für ihn gab es nichts Besseres, um einen klaren Kopf zu bekommen. Und sein Kopf steckte zur Zeit wie in Nebelschwaden, er hatte ein Gefühl, als ob er ständig nach Fäden haschte, die eine unsichtbare Hand im letzten Moment wieder an sich riss. So viele Menschen hatten diesen alten Mann offenbar verabscheut, aber keinen von ihnen konnte sich Pestallozzi mit einem Messer in der Hand vorstellen. Das entscheidende Gefühl, das ihn stets der Lösung des Falls näher brachte, hatte ihn noch nicht gepackt. Dieser Schauer, der ihm dann über den Rücken lief – nicht einmal Leo hätte er davon erzählen können. Früher, als er noch geraucht hatte, war es manchmal so gewesen, beim ersten langen tiefen Zug aus einer Zigarette, die man sich endlich anzünden konnte. Ein Wohlbehagen, fast ein Triumph. Aber jetzt lief er sich schon seit Tagen die Hacken ab und fragte und fragte nach … und spürte nichts.

Auf den Stufen vom Präsidium kam ihm dieser Woratschek entgegen. Pestallozzi nickte und wollte an ihm vorbei, aber Dr. Clemens Woratschek verstellte ihm den Weg.

»Ich nehme an, dass Sie zu mir kommen wollten, um mir endlich Bericht zu erstatten?«

Es klang allerdings nicht wie eine Frage, sondern ganz eindeutig wie eine versteckte Drohung.

Pestallozzi schüttelte den Kopf.

»Wir stecken mitten in den Ermittlungen, aber es gibt noch keine wirklich heiße Spur.«

»Das zieht sich aber, Herr Chefinspektor. In Wien ist man schon ungeduldig. Wir haben mehr von Ihnen erwartet.«

›Wir‹ – der liebe Gott, der Herr Minister und ich. Pestallozzi hätte den Mann am liebsten zur Seite gewischt, aber er blieb gelassen.

»Das tut mir leid.«

Woratschek sah ihn abwartend an, offenbar hatte er sich einen Sermon an Rechtfertigungen erhofft. Aber dieser Pestallozzi stand nur da und schaute ihn an mit dieser provokant höflichen Miene, er hätte ihn am liebsten zum Schuhputzer degradiert. Nun, die Zeit würde kommen. Obwohl, die Nachrichten aus Wien waren nicht wirklich beruhigend, Woratschek rückte seine Brille zurecht.

»Dann wollen wir hoffen, dass Sie mir baldmöglichst handfeste Ergebnisse berichten können, Herr Chefinspektor.« Und er ließ Pestallozzi einfach grußlos stehen, dieser kleine Triumph musste sein.

Der Aufzug war wieder einmal besetzt, Pestallozzi nahm das Treppenhaus hinauf in den zweiten Stock. Auf dem Schreibtisch in seinem Büro stapelten sich die Unterlagen zum Fall Gleinegg, die Leo zusammengetragen hatte, dazu eine vertrauliche Akte des Innenministeriums. Pestallozzi war sich sicher, dass die Akte Wien noch ungleich praller verlassen hatte. Was da auf seinem Schreibtisch lag, das war die bereinigte Fassung, alle peinlichen Querverbindungen zu anderen Mächtigen im Land getilgt, da gab sich Pestallozzi keinerlei Illusionen hin. Er zog sein Jackett aus und hängte es über die Stuhllehne, dann setzte er sich nieder. Leo erschien augenblicklich im Türrahmen.

»Endlich, der Präsident hat schon nach dir gefragt, Chef. Jetzt ist er aber zu einem Mittagessen, irgendeine Delegation aus Polen ist da. Der Präsident hat sich extra noch ein Speckbrot aus der Kantine bringen lassen, damit er die ganzen Trinksprüche übersteht.« Leo grinste. »Ein Knochenjob!«

Pestallozzi nickte und sah zum Fenster hinaus. Die Mittagssonne beschien in der Ferne die Dächer von Schloss Mirabell, das einst vom Hochwürdigsten Fürsterzbischof Wolf Dietrich für seine Mätresse und ihre gemeinsamen 15 Kinder erbaut worden war. Damit hatte er seine Exschwiegermutter immer so wunderbar ärgern können. Die hatte bestimmt eine Kerze gestiftet, als sich ihre Tochter endlich von diesem ungehobelten Polizisten getrennt hatte. Pestallozzi streckte sich gut gelaunt und wandte sich wieder Leo zu.

»Und, hast du einen Termin ausmachen können?«

»Ich hab schon ein dutzendmal angerufen, aber es läuft immer nur ein Tonband. Ich hab jedenfalls draufgesprochen, dass es wirklich dringend ist, und sie sonst mit einer Vorladung rechnen muss, die Frau Hochwohlgeboren.«

»Na, sei nicht so streng. Immerhin hat die Frau ihren Vater verloren. Gibt es sonst noch Neuigkeiten?«

»Der Loibner hat zwei Anzeigen wegen Raufhandel, aber nichts Aufregendes, so Wirtshausstreitereien halt. Und der Holzinger vom Fremdenverkehrsverband hat sich offenbar mit Fonds übernommen, der steckt ganz schön in der Bredouille. Außerdem geht das Gerücht, dass er schwul ist. Aber der einzige Anhaltspunkt dafür ist, dass er immer noch nicht verheiratet ist. Das reicht anscheinend schon aus, dass man von diesen Hinterwäldlern schief angeschaut wird.«

Pestallozzi nickte wenig beeindruckt und griff nach dem Aktenstapel auf seinem Schreibtisch.

»Ich geh die jetzt einmal genauer durch. Und du, Leo …«

Leo hatte sich schon zum Gehen gewandt, jetzt drehte er sich noch einmal um.

»Du hast doch diese Freundin gehabt, die …«

Leo schnitt eine Grimasse. »Die Sonja meinst du?«

»Genau. Probier doch, ob sich da was machen lässt. Ich würde einfach gerne wissen, mit wem die Anna Luggauer gestern telefoniert hat. Und du weißt ja …«

Sie grinsten sich an. Auf offiziellem Weg würde so eine Ermittlung Lichtjahre dauern, aber mit Hilfe von Leos Charme würde vielleicht ein kurzes Gespräch genügen. Sonja arbeitete in der Zentrale vom größten Handybetreiber des Landes, und zum Glück war sie eine der wenigen Exfreundinnen von Leo, wenn nicht überhaupt die einzige, die dem guten Leo nicht gram war. Sonja hatte sich nämlich verbessert, sozusagen, und war jetzt mit einem Chirurgen vom Landeskrankenhaus liiert. Ab und zu telefonierten die beiden noch miteinander und Sonja schmachtete von den wunderbaren Urlaubstagen an der Algarve. Oder besser gesagt, von den wunderbaren Nächten, ach Leo, kannst du dich noch erinnern? Leo schmachtete verhalten zurück, Sonja war dann zu allem bereit.

»Wird gemacht, Chef. Ich kann's ja versuchen!«

Leo verschwand, und Pestallozzi wandte sich endgültig den Akten zu. Er überflog die ersten Seiten der ersten Mappe und fühlte, wie der Abscheu in ihm hochstieg. Ein Abscheu, der völlig unprofessionell war, aber er konnte sich seiner nicht erwehren. Der nackte alte Mann auf dem Seziertisch war nur ein Glied in der Kette einer Familie gewesen, die wie ein Krake über dem Land saß. Der alte Mann hatte Joppen und Lederhosen getragen und sich in seiner Rolle als Landadeliger gefallen, aber die Verästelungen des Gleinegg'schen Imperiums reichten weit über Wald und Felder hinaus. Anteile an der größten Druckerei des Landes, die wiederum mit dem größten Medienkonzern des Landes verknüpft war, Anteile an der Landesbank, dazu hatte der alte Gleinegg bis vor wenigen Jahren diverse Aufsichtsratsposten in Firmen und Holdings innegehabt, die Pestallozzi nur aus den Wirtschaftsnachrichten kannte. Und er hatte seinen Einfluss genutzt, das ging ebenfalls aus den Unterlagen hervor. Als Mitglied des Arbeitgeberverbandes zum Beispiel, Pestallozzi konnte sich gut vorstellen, wie der Herr Baron mit Gewerkschaftern umgesprungen war. Die kleinen Leute strampelten sich ab, ein Gleinegg griff zum Hörer und rief einen Spezi aus den allerhöchsten Kreisen in Wien an. ›Servus, du, ich hätt' da ein Problem, du kannst mir doch sicher helfen.‹ Wenn es ihn nicht selbst erwischt hätte, sondern ein anderes Mitglied der Familie, dann hätte der Baron Gleinegg hundertprozentig all seinen Einfluss genutzt, um die Presse in Schach zu halten und die Untersuchungen zu kontrollieren. Aber seine Kinder schienen aus einem anderen Holz geschnitzt zu sein, Pestallozzi dachte an die erstarrten Gesichter bei der Befragung. Abwehrend und wenig kooperativ waren sie gewesen, aber bislang hatte es niemand gewagt, ihm Direktiven zu erteilen. Wenn der alte Gleinegg seine Kinder richtig eingeschätzt hatte, dann war das wohl Strafe genug für ihn gewesen.

Pestallozzi hörte, wie Leo im Nebenzimmer schäkerte und schmeichelte. Er lehnte sich im Sessel zurück und nahm die Schultern zurück, um seinen Nacken zu entkrampfen. Pestallozzi glaubte schon lange nicht mehr an die Politik im Land, an Wahlen und Volksbefragungen.

Die Entscheidungen fielen anderswo, an dunklen Orten, ab und zu platzte eine übel riechende Blase, aber was änderte das? Immer öfter fragte er sich selber, warum er hier saß, auf dieser Seite. Ein spät berufener Anarchist im Anzug mit Krawatte, der manchmal klammheimlich fand, dass es sehr wohl den Richtigen erwischt hatte. Aber er erschrak dann immer über sich selbst, dass er so etwas dachte.

Leo erschien im Türrahmen und sah ganz aufgeregt drein.

»Bingo! Anruf von Raffael Gleinegg an Anna Luggauer, gestern um 15 Uhr 48, Dauer des Gesprächs: 4 Minuten 30!«

Pestallozzi nickte. »Danke, Leo, gute Arbeit!«

Leo stand abwartend da und hoffte auf einen weiteren Kommentar zu dieser sensationellen Wendung. Aber der Chef blickte nur zum Fenster hinaus und schien irgendwelchen verschlungenen Gedanken nachzuhängen. Leo zuckte beleidigt mit den Achseln und ging in sein Zimmer zurück.

Der Nachmittag vertröpfelte, Pestallozzi brütete über den Akten und machte sich Notizen auf einem Spiralblock, dazu malte er Kringel und schwarze Löcher und einen Pfeil, an dessen Spitze er sorgfältig ein Fragezeichen setzte. Wenn ihn der Woratschek jetzt sehen könnte … Pestallozzi grinste bei dem Gedanken, das wäre dem Herrn Doktor sicher einen Anruf in Wien wert. ›Der zuständige Chefinspektor sitzt untätig am Schreibtisch und kritzelt auf einem Blatt Papier herum, so wird das nie etwas mit den Ermittlungen. Wir sollten den Mann unbedingt von dem Fall abziehen!‹

Es klopfte am Türrahmen, Pestallozzi schreckte hoch. Der Präsident stand da, er sah verschwitzt und mitgenommen aus, seine Augen waren gerötet. Schwer atmend ließ er sich auf den Sessel vor Pestallozzis Schreibtisch fallen und zerrte an seinem Krawattenknoten.

»Die können vielleicht saufen, die Russen! Ich bin total erledigt!«

Pestallozzi ließ den Spiralblock unter eine Akte gleiten.

»Ich habe geglaubt, es war eine polnische Delegation?«

Grabner wedelte unwirsch mit der Hand. Polen, Russen, Tschetschenen, das war doch alles gleich. Er sah sich suchend um.

»Ein Mineralwasser?«

Grabner schnaufte bloß und nickte. Pestallozzi stand auf und holte eine Flasche kaltes Mineralwasser aus dem Kühlschrank im Flur, dann goss er dem Präsidenten ein Glas voll, der stürzte es in einem Zug hinunter.

»Ah ... das habe ich jetzt gebraucht. Danke, Pestallozzi!«

Er saß eine Minute lang da, dann beugte er sich leicht nach vorne und senkte die Stimme. »Haben Sie schon die Nachrichten aus Wien gehört?«

Pestallozzi schüttelte den Kopf. Was würde wohl jetzt wieder kommen, hatte sich dieser Woratschek also doch schon über ihn beschwert?

»Eine Regierungsumbildung steht kurz bevor, ein Freund aus dem Parlamentsklub hat es mich wissen lassen, ganz unter der Hand.«

Grabner sah ihn so erwartungsvoll an, dass Pestallozzi ein Grinsen unterdrücken musste. »Wirklich? Unglaublich, welche Kontakte Sie haben!«

Grabner lehnte sich zurück und wischte geschmeichelt ein nicht vorhandenes Stäubchen von seinem Stecktuch.

»Tja, man hat so seine Beziehungen. Aber das muss selbstverständlich noch unter uns bleiben.«

Er sah Pestallozzi streng an, der nickte ernsthaft.

»Natürlich wird das auch Auswirkungen auf unsere Dienststelle haben. Wie schaut es mit dem Fall Gleinegg aus, geht da endlich etwas weiter? Diese lästige Wanze von einem Woratschek löchert mich praktisch stündlich damit.«

Pestallozzi wies auf den Aktenberg zwischen ihnen.

»Wir haben jetzt zwei Tage lang Mitglieder der Familie und die Leute im Ort befragt. Und ich schaue mir gerade die wirtschaftlichen Verflechtungen an. Aber einen konkreten Verdacht kann ich Ihnen noch nicht bieten.«

Grabner seufzte und nickte.

»Machen Sie mir ja keinen Fehler, Pestallozzi. Wenn uns da ein Schnitzer passiert, dann …«

Der Präsident ließ offen, welche schauerlichen Konsequenzen dann folgen würden. Er erhob sich schwerfällig und wandte sich zum Gehen. »Ich muss mich jetzt wieder um das ganze Drumherum kümmern. Also, bis später!« Und er stapfte hinaus, Pestallozzi beneidete ihn nicht um die kommenden Stunden. Diskret nachfragen und Informationen einholen. Würden die Kontakte vom Präsidenten zu einem neuen Minister auch so geschmeidig und freundschaftlich sein wie bisher? Anstrengend muss das sein, dachte Pestallozzi. Dabei ist der Grabner doch schon am Karrieregipfel angelangt, warum nimmt er bloß immer noch alles so schwer? Selber wird er ja wohl nicht mehr Minister werden wollen, obwohl das für seine Frau natürlich wie ein Jackpot bei ›Euromillionen‹ wäre.

Leo stand in der Tür und räusperte sich, Pestallozzi hatte ihn gar nicht bemerkt.

»Die Henriette Gleinegg empfängt uns. So hat sie das jedenfalls ausgedrückt, ganz im Ernst.«

Leo wackelte mit dem Hintern und spreizte geziert den Arm ab, als ob er einen Handkuss erwarten würde.

Pestallozzi quittierte die Darbietung mit einem Lachen und stand auf. Wunderbar, er brauchte jetzt dringend frische Luft.

»Also, dann wollen wir der Dame unsere Aufwartung machen. Für den Handkuss bist du zuständig! Immerhin bist du der Frauenheld von uns beiden!«

Leo grinste schief. Das war ja hoffentlich nur ein Scherz vom Chef! Oder?

*

Anna saß auf der Holzbank und hielt ihr Lieblingskissen gegen den Bauch gepresst, die Tante Kathi rumorte in der Küche herum. Um elf würde sie den Bus zurück nach Salzburg nehmen, aber vorher wollte die Tante Kathi noch unbedingt mit ihr in den Ort gehen und einkaufen. »Aber das kann doch ich für dich erledigen«, hatte Anna angeboten, aber die Tante hatte davon nichts wissen wollen. Ich kann mich nicht immer verstecken, irgendwann muss Schluss sein! Außerdem brauch ich Gelierzucker zum Einkochen, du isst doch so gern Marillenmarmelade, und dann muss ich die Schuhe abholen, die ich dem neuen Schuster zum Doppeln gebracht hab, ich muss schauen, ob der auch ordentlich arbeitet. Und so weiter, und so fort, die Tante Kathi hatte sich nicht von ihrem Vorhaben abbringen lassen. Anna holte tief Luft. Falls ihnen wieder irgendwelche Journalisten über den Weg laufen würden, dann jedenfalls ...

»So, ich bin fertig.«

Die Tante Kathi stand da, sie hatte eine gestrickte Weste über das grüne Kleid angezogen und den alten Henkelkorb über dem Arm. Anna erhob sich seufzend.

»Jetzt mach nicht so ein Gesicht! Ein Spaziergang wird uns gut tun.«

Die Tante Kathi schloss die Tür ab und sie bogen in die schmale Straße hinunter in den Ort ein. Zum Glück schienen keine Reporter mehr auf Beute zu lauern. Gestern hatte es ein Schulmassaker in einem kleinen Ort in Frankreich gegeben, der Mord am Gleinegg begann, auf die hinteren Seiten der Zeitungen zu rutschen. Anna ging langsam neben ihrer Tante her, die kräftig ausschritt, aber die Tante war eben einen Kopf kleiner als sie. Immer wieder mussten sie grüßen und stehen bleiben und die Fragen von neugierigen Nachbarn beantworten. »Ja Kathi, wie geht's dir denn? Brauchst was?«

»Mir geht's gut. Und ich hab ja die Anna, die hilft mir schon.«

So schlängelten sie sich durch den Ort, je näher sie zum Zentrum kamen, desto größer wurde das Touristengedränge. Japanerinnen posierten kichernd neben einem Einheimischen mit Lederhosen und Gamsbarthut, Kinder quengelten, eine schwitzende Frau mit Sonnenhut rempelte Anna an. Im Supermarkt kauften sie fünf Kilo Gelierzucker, Shampoo und Klopapier, der neue Schuster hatte die braunen Schnürschuhe von der Tante Kathi mit einer gerippten Sohle gedoppelt und bekam ein schönes Trinkgeld. Alles ging gut, Anna schleppte die Einkaufstaschen und kam richtig ins Schwitzen. So oft hatte sie der Tante Kathi schon ein Einkaufswagerl einreden wollen, für die steile Straße hinauf zum Haus, aber die wehrte bloß immer ab. »Ein Einkaufswagerl auf Rädern? Geh, das ist doch nur was für alte Leut.«

Anna musste lächeln. Sie waren auf dem Platz vor dem ›Kaiserpark‹ angelangt.

»Willst du in die Küche zum Edi schauen?«, fragte Anna, aber ihre Tante schüttelte den Kopf.

»Das hat Zeit. Ich hab ihn schon angerufen und ihm gesagt, dass ich nächste Woche noch einmal komm und meine Sachen hol. Zum Glück ist die Saison ja schon fast vorbei. Der Edi kommt jetzt wieder gut ohne mich zurecht.«

Sie gingen weiter, doch plötzlich wurde Anna bewusst, dass sie ihre Tante verloren hatte. Sie blieb stehen und sah sich suchend um, hinter ihr hatte eine Gruppe von Italienern aufgeschlossen, die ganz begeistert auf die Berggipfel rund um den See deuteten und durcheinanderschnatterten. Und dann sah sie ihre Tante. Sie stand noch immer gegenüber vom ›Kaiserpark‹, wie zur Salzsäule erstarrt. Anna fühlte, wie ihr Herz zu pochen anfing. Hatte jemand ihre Tante attackiert oder etwas Dummes zu ihr gesagt? Sie drängte sich durch die Italiener und hastete zurück. Tante Kathi blickte stumm und unverwandt nach vorne, als ob sie gerade eine Erscheinung gehabt hätte. Aber sie wirkte nicht erschrocken, sondern irgendwie … als ob sie einen Engel gesehen hätte, dachte Anna.

»Tante Kathi, ist alles in Ordnung?«

Aber ihre Tante schien sie nicht zu hören. Anna versuchte ihrem Blick zu folgen, doch sie sah nur das übliche Menschengewühl, Touristen und ein paar Einheimische. Vor den Stufen vom ›Kaiserpark‹ stand eine Gruppe junger Männer in Bermudas und Turnschuhen, offenbar Amerikaner, Wortfetzen wurden zu ihnen herübergetragen.

»Tante Kathi, was ist denn?«, sagte Anna wieder flehentlich, sie rief es fast und schüttelte die alte Frau am Arm.

Die Tante Kathi schien langsam wie aus einem Tagtraum aufzuwachen. Sie sah Anna an, dann begann sie zu lächeln, endlich.

»Gar nichts ist.«

»Aber du bist dagestanden und hast so dreingeschaut, als ob … ich hab gar nicht gewusst, was …«

»Passt schon«, sagte die Tante Kathi und holte tief Luft, endlich bekamen ihre Wangen wieder Farbe. »Ich hab nur verschnauft. Es war halt doch viel in den letzten Tagen. Mach dir keine Sorgen, mit mir ist alles in Ordnung.«

Anna griff nach dem Arm ihrer Tante, diesmal ganz behutsam, und gemeinsam gingen sie die Straße zurück. Anna schien es, als ob sogar die Touristentrauben bereitwillig den Weg für sie freimachen würden. Dann waren sie endlich wieder beim Haus, die Tante Kathi sperrte auf, und Anna trug die Taschen in die Küche. Der Zucker wurde in die Kredenz gestellt, und die Schuhe kamen in das Kastl im Vorraum, die Tante Kathi stellte Wasser für einen Tee auf den Herd und war so geschäftig wie immer.

»Ist auch wirklich alles in Ordnung?«, fragte Anna.

Die Tante schüttelte beinahe unwirsch den Kopf.

»Jetzt mach nicht so ein Theater, Anna. Ich bin halt dagestanden und hab nachgedacht. Das kommt vor bei so alten Leuten wie mir. Trag bitte die Teller hinein, du musst doch noch etwas essen, bevor du fahrst!«

Damit war das Thema beendet. Sie tranken Tee und aßen den Rest vom Nusskuchen, der heute ganz besonders saftig schmeckte, weil er über Nacht in einer Plastikdose aufbewahrt worden war. Dann holte Anna wieder ihre Reisetasche aus dem ersten Stock und verabschiedete sich von der Tante Kathi, sie drückte die alte Frau, als ob sie gar nicht mehr damit aufhören könnte.

»Du kommst ja wieder«, sagte die Tante Kathi und strich ihrer Nichte über die widerspenstige Frisur, die ein Knoten sein sollte.

Anna nickte und schluckte. »Allerspätestens am Wochenende! Pass auf dich auf, ja?«

Sie winkten sich zu, bis Anna die Hecke passierte, dann ging sie den Weg hinauf zur Bushaltestelle. Zum Glück war der Schnellbus nach Salzburg pünktlich und ausnahmsweise einmal nicht voll besetzt. Anna setzte sich in eine leere Bank ganz hinten und starrte zum Fenster hinaus. Irgendetwas war passiert vor dem ›Kaiserpark‹, noch nie hatte sie ihre Tante so abwesend und wie erstarrt erlebt. Was hatte sie bloß gesehen? Oder besser gesagt, wen? Über Anna kam plötzlich die Gewissheit, dass sie nicht alles von ihrer heiß geliebten Tante Kathi wusste.

*

Katharina Luggauer stand am Fenster ihrer Schlafkammer im ersten Stock und sah auf den See hinaus. Die Sonne ging gerade über der Bleckwand unter, wie ein riesengroßes oranges Eidotter, das hinter den Bergrücken zerfloss. Wie lange stand sie schon hier? Sie wusste es nicht. Immer öfter hatte sie dieses Gefühl, dass die Zeit keine Rolle mehr spielte. Sie ging durch den Ort, eine alte Frau, die alle kannten, die stehen blieb und mit den Nachbarn tratschte. Und dann zog ein Duft von Flieder oder der Geruch nach einem Schweinsbraten im Rohr vorüber, und plötzlich war sie wieder ein junges Dirndl wie damals. Die Vergangenheit schien ihr immer öfter näher zu sein als die Gegenwart. Sie konnte sich oft beim besten Willen nicht mehr erinnern, was gestern gewesen war, aber sie wusste jedes Wort und jede Geste, die damals ihr Leben bestimmt hatten. War das das Alter? Wurde so das Sterben leichter? Wenn man wieder in die Kindheit zurückkehrte?

Heute hatte sie die Anna ordentlich erschreckt, es tat ihr immer noch leid. Aber wie hätte sie ihr sagen können, was sie gesehen hatte? Die Anna hätte doch nur gedacht, dass die schlimme Verwirrtheit jetzt auch über ihre Tante gekommen wäre, Alzheimer nannte man das ja heute. Wie bei der alten Kernerin, die mit ihrer Bösartigkeit eine Last für das ganze Dorf geworden war.

Sie drehte sich um, langsam und schwerfällig. Als junges Mädel war sie so flink wie eine Gämse gewesen, auf jedem Baum war sie als Erste oben gewesen und hatte den Buben auf den Kopf gespuckt. Und jetzt, jetzt spürte sie jede Treppenstufe in den Knien. Es gab Tage im Winter, da hatte sie sich ernsthaft überlegt, ob sie nicht unten auf der Bank schlafen sollte. Aber dann hatte sie sich jedes Mal einen Ruck gegeben. So weit war es noch lange nicht.

Sie sah sich in der Kammer um. Ihr Bett mit der gehäkelten Tagesdecke, die alten Fotografien von der Familie darüber und die Madonna, die schon ganz verblichen war. Der Kasten für die Kleider und die Truhe für die Bettwäsche, die Tischdecken und die Strümpfe. Und das kleine Regal an der Wand, auf dem ihre Schätze standen. Der Eiffelturm, den die Anna von einer Reise nach Paris mitgebracht hatte. Ein Paar gestrickte Babyschuhe, die sie selbst bei ihrer Taufe getragen hatte. Unfassbar, dass ihre alten Füße einmal so winzig gewesen waren. Die Bücher, die ihr die Mutter vererbt hatte. ›Die Frau als Hausärztin‹, die aufklappbaren Tafeln über ›Mann und Weib‹ waren für die kleine Kathi und ihre Geschwister aufregender gewesen als alle die Nackten in den Zeitungen heute. Das ›Regensburger Kochbuch‹ und ›Die süddeutsche Küche‹, wie die wohl in die Familie gekommen waren? Jetzt war es lange zu spät, die Mutter danach zu fragen. Die hatte auch nie nach den Rezepten gekocht, gefüllter Kapaun, Mandelbögen und Pfirsichkompott, woher hätte sie das Geld für solche Zutaten nehmen sollen? Aber die Bücher waren in der guten Stube gestanden und der Stolz der Eltern gewesen.

Sie nahm vorsichtig das kleine Buch aus dem Regal und blies ein Staubkorn davon. So lange hatte sie es nicht mehr in der Hand gehalten. Ihre Hand zitterte, aber das war gewiss kein Wunder. Sie schlug den Deckel auf, die Seiten öffneten sich wie von Zauberhand und da lag sie, eine gepresste Glockenblume, die tiefdunkelblau gewesen war, damals, jetzt waren es nur mehr ein paar bräunliche Brösel und eine Ahnung von Stängel zwischen zwei bedruckten Blättern. Sie holte so tief Luft, dass ihr die Brust weh tat. Alles war wirklich gewesen, sie hatte nicht geträumt heute. Der See und das Dorf. Die alten Bauernhöfe und die neuen Villen, die nach dem großen Krieg gebaut worden waren, aus dem so viele nicht zurückgekommen waren. Das flirrende Licht und die Sonne und die Regentage, barfuß war sie durch die Pfützen gelaufen. Die Einheimischen und die ersten Touristen. Und die Juden.

*

Sie war 13 Jahre alt und stand bis zu den Knöcheln im Wasser. Es schwappte und kräuselte sich, aber es konnte den Schmutz nicht von ihren Füßen waschen. Bekümmert schaute sie auf die dunklen Flecken unter der durchscheinend blauen Oberfläche, die ihre Zehen waren. Seit Juni hatte die Mutter die Schuhe weggesperrt, nur am Sonntag wurden sie hervorgeholt und frisch poliert und durften angezogen werden, für den Kirchgang.

Den Moritz schienen ihre schmutzigen Füße nicht zu stören, zum Glück. Obwohl er selbst die allerfeinsten Schnürschuhe trug, genauso wie seine kleine Schwester. Und im Winter zu Hause in Wien trugen sie sogar Schuhe, die mit Pelz gefüttert waren. Sie hatte es kaum glauben können, Pelz an den Füßen! Den trugen doch sonst nur die Herren auf den Porträts in der Kirche, die eine Heiligenstatue gestiftet hatten oder ein neues Altargewand aus Brokat für den Herrn Pfarrer. Die hatten Pelzkragen unter ihren Gesichtern, die meist nicht allzu freundlich blickten. So war das.

Ein Schwarm aus daumengroßen Fischen kam angeschossen und begann sich für ihre Zehen zu interessieren, aber dann schwammen sie wieder davon. Sogar den Fischlein waren ihre Füße zu schmutzig.

Ob der Moritz in diesem Sommer wieder kommen würde? Mit seiner kleinen Schwester? In das schöne große Haus seiner Tante drüben beim Moos? Sie zog einen ihrer

Zöpfe hinter dem Rücken hervor und begann gedankenschwer an seiner geringelten Spitze zu knabbern. So vieles war anders geworden in der letzten Zeit, so vieles hatte sich verändert. Aber sie hatte keine Ahnung, warum. Die Erwachsenen tuschelten und wisperten, aber keiner redete mit einem Kind, noch dazu einem Mädchen, das sowieso als viel zu neugierig verschrien war. Frag nicht immer so viel, mach lieber deine Arbeit! Das bekam sie zu hören, tagein, tagaus. Aber wenn man schon nicht mit ihr redete, dann musste sie sich eben ihre eigenen Gedanken machen. Irgendetwas war anders. Manche schienen so aufgeregt und erwartungsvoll, als ob morgen schon das Christkind kommen würde. Doch ein paar andere – die viel weniger waren im Dorf – schlichen umher, als ob sie Angst hätten, bloß wovor?

Gestern Abend hatte sie beim Strümpfestopfen die Mutter gefragt. Nie hatte sie mit der Mutter über den Moritz gesprochen, da war immer so eine Scheu gewesen, so eine Ahnung, dass die Mutter das nicht gerne hören würde. Aber gestern hatte sie es einfach nicht mehr länger ausgehalten. »Wird der Moritz mit seiner Familie auch in diesem Sommer wieder kommen«, hatte sie die Mutter gefragt. Die hatte sich über einen alten Socken vom Vater gebeugt und fast zornig den Wollfaden durch das riesige Loch an der Ferse gezogen. Dann hatte sie gesagt: »Es wär besser für uns alle, wenn sie's nicht täten.« Und sie, die tapfere, neugierige Kathi, die höher kraxeln und weiter spucken konnte als alle Buben, hatte sich nicht getraut, noch weiter zu fragen. Still waren sie nebeneinandergesessen, bis die Mutter endlich das Nähzeug wegräumt hatte und in den Stall hinausgegangen war.

Warum sollte der Moritz besser nicht kommen? Sie hatte schon so lange darüber nachgegrübelt, dass ihr richtig der Kopf wehtat. Irgendetwas hatte sich verändert. Ob es mit den neuen Häusern am See zu tun hatte? Die nicht von den großen Bauern und nicht vom Herrn Baron oben aus dem Schloss gebaut worden waren, sondern von reichen Leuten aus der Stadt? Man sagte ja auch nicht mehr Haus oder Hof, sondern Villa dazu. In einer Villa gab es Feste und Musik und Wein und dann noch andere Sachen, aber über die wurde nur getuschelt, sie verstand kein Wort, sosehr sie auch die Ohren spitzte, wenn die Erwachsenen nach der Kirche am Sonntag zusammenstanden.

Einmal hatte sie das Wort ›Juden‹ aufgeschnappt. Das kannte sie schon aus dem Religionsunterricht. »Die Juden haben unseren Herrn Jesus ans Kreuz genagelt«, hatte der Herr Pfarrer ihnen diktiert, und sie hatten es alle in ihre Hefte gemalt. Schrecklich, dann mochte sie diese Juden auch nicht. Und dann war einmal ein riesengroßes grün glänzendes Auto an ihnen vorbeigefahren, an ihr und am Jakob und am Alois, als sie auf der Straße nach Hause gingen. Sie hatten alle drei total erschrocken einen Hopser zur Seite gemacht, der Alois war sogar in den Graben gepurzelt. Und plötzlich war das Fenster auf ihrer Seite heruntergekurbelt worden und eine Dame hatte herausgeschaut, die einen Hut getragen hatte wie ein Wagenrad aus Stroh.

»Woher kommt's ihr denn?«, hatte die Dame gefragt, sogar sehr freundlich. Aber sie hatten nur auf ihre nackten Füße gestarrt, was hätten sie der Dame auch antworten sollen. Dann hatte ein Mann neben der Dame gesprochen, dessen Gesicht sie nicht sehen konnten. »Du siehst doch, das sind nur kleine Dorfdeppen!« Die Frau hatte den Kopf geschüttelt und gelacht, dann hatte sie im Autoinneren herumgekramt. Und dann waren plötzlich Bonbons aus dem Wagenfenster geflogen, wie ein bunter Hagelschauer. »Weiter«, hatte man die Männerstimme noch hören können, und das Auto war weitergefahren, in einer Staubwolke, damals war die Straße am See entlang noch nicht geteert gewesen.

Sie waren alle drei dagestanden wie angewurzelt. Dann hatten sie und der Jakob angefangen, die Bonbons aufzuklauben. Es war wie Weihnachten und Ostern zusammen gewesen. Nur der Alois war stocksteif stehen geblieben und hatte gerufen: »Von Juden darf man nix nehmen!«

»Wieso weißt denn überhaupt, dass das Juden waren?«, hatte der Jakob gefragt. Der Alois hatte nachgedacht, man hatte ihm die Anstrengung richtig ansehen können. »Weil alle Juden reich sind!«, war ihm schließlich eingefallen. Aber sie und der Jakob hatten nur die Schultern gezuckt und sich die Beute aufgeteilt. Am allerköstlichsten waren die Bonbons in dem himbeerroten Glanzpapier gewesen, die weiße Füllung hatte geschmeckt wie … wie Wolken, wie der Himmel. Viele Jahre später war sie draufgekommen, dass die Fülle Marzipan gewesen war. Und der Alois hatte ihnen natürlich nicht lange zuschauen können, sondern auch noch ein Bonbon verdrückt, Juden hin oder her.

Trotzdem, der Alois schien wirklich viel über diese Juden zu wissen. Oder besser gesagt, sein großer Bruder, der Leonhard. Der lief plötzlich in weißen Stutzen herum, auch wochentags, und marschierte ständig mit herausgedrückter Brust durch den Ort, als ob eine Parade wäre. Viele grüßten den Leonhard jetzt, als ob er schon der neue

Herr Bürgermeister wäre. Nur der alte Loibner hatte einmal ausgespuckt, aber erst, als der Leonhard schon um die Ecke vom Kramerladen verschwunden war. Dann hatte der Loibner sie entdeckt, wie sie dagestanden war und ihn angestarrt hatte. Er war über die Straße zu ihr gekommen, sie hatte sich schon geduckt, weil sie fest mit einer Ohrfeige rechnete. Ohrfeigen gab es oft genug, ohne dass man den Grund dafür erfuhr. Aber der große klobige Loibnerbauer hatte sich stattdessen nur ganz ängstlich zu ihr heruntergebückt und geflüstert: »Kathi, du verratst mich doch nicht, net wahr?« Sie hatte völlig ratlos den Kopf geschüttelt. Was hätte sie denn schon verraten können? Dass der Loibner ausgespuckt hatte? Das taten doch alle Männer, den Frauen ekelte davor, vor allem wenn es so braune Kautabakbatzen waren. Sie hatte also noch einmal den Kopf geschüttelt, dann war der Loibner endlich davongegangen, ganz nah an der Hauswand entlang und nicht so grobklotzig wie sonst.

Ihre Füße waren schon ganz kalt. Sie hob das linke Bein an, wie ein Storch, obwohl sie diesen seltsamen Vogel nur von einem Bild im Kramerladen kannte. ›Das allerbeste Milchpulver für Ihr Kind‹, stand darunter. Der Storch auf dem Bild hielt eine Windel mit einem Bündel im Schnabel, das bei genauem Hinsehen wahrhaftig ein winzigkleines Kind war. Angeblich glaubten die Menschen in der Stadt, dass der Storch dann über einem Schornstein das Bündel fallen ließ, und so die Kinder auf die Welt kamen. Das hatte ihr die Kramerin erklärt. Dann hatten sie beide lachen müssen, obwohl doch Erwachsene normalerweise fast nie lachten, und schon gar nicht mit einem Kind. Aber solche sonderbaren Sachen passierten eben in letzter Zeit.

Sie tunkte das linke Bein wieder ins Wasser und hob das rechte Bein an. Das Wasser war wirklich kalt. Aber es ließ sich einfach so gut nachdenken, wenn man mit den Füßen darin stand. Fand sie jedenfalls. Der Moritz würde das verstehen. Der Moritz verstand alles. Ob er kommen würde? Warum hatte sie auf einmal dieses Gefühl, dass ihr der ganze Sommer und die Ferien von der Schule völlig egal wären, wenn der Moritz nicht kommen würde? War sie krank?

Ein Geräusch riss sie aus ihren Grübeleien, sie machte erschrocken einen Schritt zurück und stieg prompt auf einen spitzen Kieselstein, der sich in ihre Fußsohle bohrte. Aber zum Glück hatte nur jemand seine Kreissäge angeworfen, wahrscheinlich der Loibnerbauer. Sie hatte schon geglaubt, dass es wieder der dicke Schauspieler vom anderen Ufer war, der so gerne mit seinem Motorboot über den See knatterte, auf dem diese komische Fahne wachelte. Ein Kreuz, von dem die vier Balken am Ende wie umgeknickt aussahen. Der dicke Schauspieler war angeblich ein weltberühmter Mann, den alle Frauen anschmachteten. Das konnte sie sich beim besten Willen nicht vorstellen. Einmal, nach dem Kurkonzert im Pavillon, war er zur Steffi, der Marketenderin von der Blasmusik, hingegangen und hatte sie unters Kinn gefasst. »Na, mein schönes Kind«, hatte der weltberühmte dicke Schauspieler gesagt. Aber die Steffi war nur stocksteif dagestanden und hatte sich nachher übers Gesicht gewischt. Der weltberühmte Schauspieler spuckte nämlich.

Und dann kam er ja doch, der Moritz. Mit seiner kleinen Schwester, die Eltern waren zu Hause geblieben, in Wien. Warum hatte sie sich nur so viele Sorgen gemacht!

Am liebsten wäre sie dem Moritz gleich um den Hals gefallen, als sie sich das erste Mal wieder über den Weg liefen, vor der Villa seiner Tante, wo sie – nicht ganz zufällig – gerade vorbeikam. Aber das, den Moritz zu berühren, schien irgendwie unmöglich geworden zu sein, dabei hatten sie doch im vergangenen Sommer noch alle drei im Wasser herumgebalgt und sich gekitzelt. Der Moritz und die Rachel hatten natürlich richtige Badeanzüge getragen, aber sie hatte sich damals einfach den Kittel um den Bauch geknotet und war hinterdrein gesprungen, der Ärger mit der Mutter war erst viel später gekommen. Doch jetzt standen sie bloß da und sahen sich verlegen an, sie und der Moritz, der mit einem Mal so groß und viel erwachsener geworden war. Sie musste richtig das Kinn anheben, um ihm ins Gesicht zu schauen. Also hatte sie bloß die Rachel an sich gedrückt und aufgehoben und durch die Luft geschwenkt und gekitzelt, bis die vor lauter Kichern kaum mehr Luft bekam.

Am nächsten Tag trafen sie sich wieder, unten am See, es war wie in den Sommern vorher. Am schönsten war es nahe beim Schilf, wo die Enten nisteten. Die Schwanenfamilie hatte sich um drei graue flauschige Küken vergrößert, die Rachel so gerne gestreichelt hätte. Aber die Schwaneneltern spreizten die Flügel und fauchten und waren selbst mit Biskuit von der Tante nicht zu besänftigen. Also strolchten sie lieber am Ufer entlang, und Moritz ließ Kieselsteine übers Wasser schlittern. Zweimal prallten sie auf, höchstens, dann versanken sie in der brackigen Ufernähe. Sie selbst konnte es auf mindestens viermal Auftitschen bringen, damit hatte sie den Jakob schon oft genug geärgert. Aber sie hatte einfach keine Lust, den Moritz zu übertrumpfen. Denn es war eben doch nicht wie in den Sommern vorher. Irgendetwas war anders geworden, nicht nur im Ort, sondern auch ihr allerbester und liebster Freund hatte sich verändert. Sie ging hinter ihm her, durch das sonnverbrannte Ufergestrüpp, und spürte seinen Kummer. Die Rachel hüpfte neben ihnen und rupfte achtlos Beinwell und Spitzwegerich ab, aus dem man doch so guten Hustensaft kochen konnte. Aber selbst sie blieb manchmal stehen und starrte vor sich hin, mit zusammengezogenen Augenbrauen. Was war nur geschehen? Manchmal hatte sie ein Gefühl, als ob alles zu Scherben gehen würde.

Früher waren sie so gerne durch den Ort gestreift. Der Moritz hatte immer Taschengeld dabeigehabt, ein Wort, das sie nicht einmal gekannt hatte. Damit waren sie einmal sogar zur Kramerin gegangen, und der Moritz hatte drei rot-weiß-rot gedrehte Zuckerstangen gekauft, die gebogen waren wie ein kleiner Spazierstock. Die Kramerin hatte ihm die Zuckerstangen über den Ladentisch gereicht und sein Geld genommen, dann hatte sie zu ihr geblickt. »Weiß deine Mutter, mit wem du da Umgang hast?«

Sie hatte die Frage nicht verstanden und nur mit den Achseln gezuckt. Die Zuckerstangen waren dann so klebrig gewesen, dass es gar keinen Spaß gemacht hatte, sie zu schlecken. Wespen surrten wie wild um ihre Köpfe herum, die Rachel hätte beinahe eine verschluckt.

Und jetzt, in diesem Sommer, hatten sie überhaupt keine Lust mehr, andere Menschen zu treffen. Es war wie ein unausgesprochenes Band zwischen ihnen. Einmal kam ihnen der Leonhard entgegen mit seiner Lederhose und den weißen Stutzen und seinem Gang wie ein Gockel. Und sie waren alle drei vom Weg abgebogen, ohne ein Wort, runter zum Schilf. Sie hätte nicht sagen können, warum. Sie spürte nur, dass es besser so war.

Manchmal gab es noch Momente wie früher, dann konnte auch der Moritz plötzlich lachen. Als sie einmal in einen Kuhfladen gestiegen war mit ihren nackten Füßen und die Rachel zuerst so gekreischt und sich dann die Schuhe ausgezogen und es ihr nachgemacht hatte.

Der Juli zog vorbei wie eine Wolke am Himmel, der August roch schon nach Herbst und Regen. Rachel hatte Fieber und musste zu Hause bleiben. Im ersten Moment hatte sie ein ganz unschönes Gefühl, fast wie Freude, gespürt. Endlich würde sie einmal mit dem Moritz allein sein können! Aber es machte ihr Zusammensein nicht einfacher, ganz im Gegenteil. Schweigend stromerten sie am Ufer entlang und sahen den Schwaneneltern und ihren Küken zu, die irgendwelchen Bröckchen nachschwammen. Sie hielt es nicht mehr aus. Wahrscheinlich fand er sie einfach nur langweilig. Der Moritz ging doch schon aufs Gymnasium in Wien, wo man fremde Sprachen lernte und mit Zahlen rechnete, die unaussprechlich waren.

»Freust dich schon wieder auf die Schule?«, fragte sie und sah angestrengt hinüber zum Bürglstein, um sein unnahbares Gesicht nicht anschauen zu müssen.

Er schwieg so lange, dass sie schon glaubte, er hätte ihre Stimme überhört, wieder einmal. Als er endlich antwortete, zuckte sie beinahe zusammen.

»Tu ich nicht«, sagte der Moritz, ihr Moritz. »Ich bin jetzt in einer Judenklasse.«

Die Welt konnte in einem einzigen Moment einen Sprung bekommen, das wusste sie seit damals. Alle ihre diffusen Ängste und Ahnungen wurden wahr, mit einem einzigen Wort. Der Moritz war also auch ein Jude. Aber der Moritz war doch Österreicher wie sie? Oder nicht? Waren Juden nicht katholisch? Oder nur reich? Hatte das jetzt mit dem Leonhard zu tun und den anderen mit den weißen Stutzen, die immer mehr wurden? Ihr Kopf schien zu zerspringen. Was sollte sie sagen? Wie konnte sie ihm helfen? Aber es fiel ihr nichts ein. Alles, was ihr einfiel, war, nach seiner Hand zu greifen. Seine war so kalt und ihre war voller Schwielen. Aber für die ein, zwei Stunden Glück jeden Tag half sie schon den ganzen Sommer noch härter als sonst auf dem Hof mit, um nur ja die Eltern nicht zu erzürnen. Hoffentlich störten ihn die Schwielen nicht. Doch er hielt ihre raue Hand fest.

Wie schön der See war. Und die ganze Welt. Wenn man sich den Leonhard und die Kramerin und die anderen fortdachte. Der Raddampfer kam gerade durch die schmalste Stelle angepflügt, wo die besonders guten Schwimmer immer von einem Ufer zum anderen kraulten. Musik und Lachen wehten über das Wasser, offenbar spielte einer Ziehharmonika auf dem offenen Deck. Sie winkte hinüber zu den bunt gekleideten Menschen, in ihr war so ein Glücksgefühl, sie konnte einfach nicht anders. Aber mit der rechten Hand, niemals hätte sie mit ihrer linken den Moritz losgelassen.

Irgendwann standen sie auf und gingen zurück, sie waren wie miteinander verwoben. Durch das Gestrüpp und das kleine Wäldchen vor dem Moos bis zum kurzen Weg, der hinauf zur Straße und weiter zur Villa der Tante führte. Eine abgeknickte Glockenblume streifte mit ihrem Köpfchen schon fast den Boden und sie hob sie auf. Am Ende vom Weg blieben sie beide stehen, im Schatten eines Holunderstrauchs, der fast schwarz war von Beeren. Der Moritz sah irgendwie getröstet drein, dabei wusste sie noch immer nichts zu sagen. Wie schön er war. Gleich würde jemand kommen, Stimmen waren von der Straße zu hören. Er sah sie an und lächelte, zum ersten Mal nach langer Zeit. Dann beugte er sich einen Augenblick lang zu ihrem Gesicht und streifte ihre Wange, seine Lippen berührten ihren Mundwinkel, es war so unbeholfen und zärtlich zugleich. Sein Gesicht war so kühl und ihres so heiß, sie hätte alles dafür gegeben, wenn sie in diesem Moment Schuhe angehabt hätte. Dann waren die Stimmen und Schritte der anderen schon ganz nah und der Moritz ging davon. Sie hatte ihn nie wiedergesehen.

Tagelang schlich sie um die Villa mit den weißen Heckenrosen herum. Eine eigentümliche Geschäftigkeit schien zu herrschen, einmal kam sogar der Briefträger angehastet mit einem Telegramm. Vom Moritz war nichts zu sehen. Wenn sie wenigstens gewusst hätte, hinter welchem Fenster sein Zimmer lag. Endlich hatte sie sich auf den Heimweg gemacht, die Mutter brauchte sie zum Wäscheauswringen. Auf der staubigen Straße war ihr der Leonhard entgegengekommen und hatte sie angegrinst, dann hatte er ausgespuckt. Und mit einem Schlag hatte sie begriffen, was das Ausspucken bedeuten konnte.

Am nächsten Morgen waren alle Fensterläden zu und das Gartentor versperrt und mit einer Kette umwickelt gewesen. Fassungslos war sie davorgestanden. Die nächsten Tage hatte sie wie in einem Fieber verbracht. Einmal war sie von der Mutter zur Kramerin geschickt worden, um Seifenflocken. Die hatte sich gerade mit zwei Bäuerinnen unterhalten. »Verdacht auf Lungenentzündung, sagt der Doktor. Nur gut, dass gleich alle mitgefahren sind. Und nächstes Jahr, da möcht' ich sehen, ob die noch einmal kommen. Da herrschen dann schon andere Sitten.«

Die Kramerin hatte ihr die Seifenflockenpackung gegeben und den Preis in ein kleines Heft eingetragen, dann war sie aus dem Geschäft geflüchtet.

Der Herbst und der Winterbeginn hatten sich gezogen wie Strudelteig. Aber im Advent hatte sie ihren ganzen Mut zusammengenommen und war zum Herrn Pfarrer gegangen, nach dem Religionsunterricht. Ein unerhörtes Betragen, als halbes Kind noch den Herrn Pfarrer anzureden, ohne dazu aufgefordert worden zu sein. Wenigstens war es Dezember gewesen, und sie hatte Schuhe getragen. Aber sie hatte ihm einfach die eine Frage stellen müssen, die plötzlich wie ein Licht in ihrem Kopf aufgeflammt war, als sie sich wieder einmal um den Schlaf gegrübelt hatte. »Ist denn unser Herr Jesus nicht auch ein Jude gewesen?«

Der Herr Pfarrer hatte dreingeschaut, als ob das Kruzifix von der Wand gepoltert wäre. Seine Worte waren wie eine Lawine über sie hereingebrochen, sie war nur dagestanden und hatte den Kopf gesenkt gehalten. Am Schluss hatte sie hundert Mal ›Ich soll unseren Herrn Jesus nicht entehren und verspotten‹ in ein Heft schreiben müssen, das die Mutter extra kaufen musste. Weihnachten war ein trauriger Tag geworden, obwohl sogar eine kleine Fichte in der Stube stand, mit Nüssen an den Zweigen.

Dann wurde es Frühling, nasskalt und düster. Eine Ahnung von etwas Ungeheuerlichem lag in der Luft, alle schienen kaum noch zu atmen. Und im März geschah es. ›Der Führer‹ kehrte zurück in seine Heimat. Sie wusste kaum etwas von ihm, nur einmal hatte sie seine Stimme aus dem Radio von der Kramerin bellen gehört und beinahe kichern müssen. So komisch klang der, als ob er ein paar Stamperln zu viel getrunken hätte. Das heißt, eigentlich klang er nicht wirklich komisch. Schon eher zum Fürchten. Aber so viele andere fürchteten sich nicht, sondern standen an den Straßen und jubelten und winkten. »Jetzt wird's endlich besser«, hörte sie die Erwachsenen sagen. In allen Ortschaften wurden Fahnen gehisst mit genau demselben Kreuz, das immer am Motorboot vom dicken weltberühmten Schauspieler flatterte. Woher die plötzlich alle kamen, die Fahnen?

Dann wurde es Sommer, aber der Moritz kam nicht. Sie hatte es ja schon geahnt, aber trotzdem fühlte sich jeder neue Tag wie ein Glassplitter unter ihren nackten Sohlen an. Wo war er? War er in Gefahr? Und die kleine Rachel? Man hörte so schlimme Geschichten, wie es in Ischl und in Salzburg und in Wien zuging. ›Juden unerwünscht‹ stand plötzlich neben den Schildern mit ›Zimmer frei‹, und sie ging daran vorüber und war einen Herzschlag lang froh, dass der Moritz nicht da war und das sehen musste, wo er doch den See und die Berge so sehr liebte. Dann wurde es wieder Winter und der Kummer war wie ein Klumpen in ihrer Brust, gegen den es keinen Tee und keinen Saft gab. Das große schöne Haus von der Tante bekam einen neuen Besitzer, einen ›Filmreschisör‹, nicht einmal der neunmalkluge Jakob wusste so richtig, was das war. Und sie selbst wurde älter. Größer. Reifer. Sie trug jetzt sogar im Sommer Schuhe. Der Vater war im Krieg, genauso wie die Nachbarn und der Leonhard und der Toni, der Sohn von der Kramerin. Und dann war der Krieg vorbei, und der Vater kam zurück, aber nicht der Onkel Rudi und auch nicht der Vater vom Jakob. Und der Leonhard starb beinahe an einer Blutvergiftung, als er sich mit Bimstein ein ›A‹ von der Haut zu rubbeln versuchte, angeblich seine Blutgruppe. Wer kam bloß auf die Idee, sich die Blutgruppe auf den Oberarm tätowieren zu lassen? Und dann bekamen sie plötzlich noch ganz andere Tätowierungen zu sehen, es war wieder Sommer. Das Lager am Traunsee, über das immer nur getuschelt worden war, entließ seine letzten noch lebenden Gefangenen. Die meisten flüsterten heiser auf Russisch und Polnisch, aber es waren auch Österreicher darunter, die vorher in diesem schrecklichen Lager weit weg da oben im Reich gewesen waren. Wo so viele Züge hingefahren waren. Wie Gespenster schleppten sie sich am See entlang, manche hatten Nummern am Unterarm eintätowiert. Als sie diese Männer sah, die meisten noch jung, aber mit uralten Gesichtern, gab sie alle Hoffnung auf, den Moritz noch einmal wiederzusehen.

Irgendwann hatte sie ihren ersten Freund gehabt und dann den Matthias kennengelernt und geheiratet. Ihr einziges Kind war tot zur Welt gekommen. So vielen Frauen hatte sie helfen können, nur sich selbst nicht. Der Matthias war ein guter Mann gewesen. Und die kleine Anna in den Armen zu halten, das hatte sich angefühlt, wie ihr eigenes Kind zu wiegen. Aber nie wieder hatte sich eine Berührung angefühlt wie damals, als der Moritz ihre Wange gestreift hatte, mit seinen Lippen.

*

Die 84-jährige Kathi stand am Fenster und blickte auf den nachtschwarzen See hinaus. Wie tröstlich still und kalt die Welt war. Der Mond hing noch wie eine durchsichtige Sichel am Himmel, aber hinter den Gipfeln schimmerte schon der Tag herauf. Heute, nein, gestern hatte sie den Moritz wiedergesehen, vor dem ›Kaiserpark‹. Er war kein Gespenst gewesen und auch bestimmt kein Engel. Er hatte den Kopf zurückgeworfen und gelacht und einem anderen jungen Mann auf den Rücken geklopft. Aber er war es gewesen, ganz deutlich, unverkennbar, unvergesslich. Sie selbst war eine alte Frau geworden, aber er war jung geblieben. Jung und wunderschön wie damals. Nur sein Haar war länger geworden und hatte sich zu dunklen Locken geringelt, wie eine Dornenkrone. Und groß war er geworden. So selbstsicher und stark. Sie stand am Fenster ihrer Schlafkammer und sah auf den See hinaus. Fühlte ihr Herz in der Brust schlagen. Heute hatte es einen richtigen Holperer gemacht. Sie wusste keine Erklärung für das, was sie gesehen hatte. Aber sie fürchtete sich nicht. Moritz, ihr Moritz war davongekommen.

11

Leo fand bereits nach der zweiten Runde eine Parklücke, zwischen einem Mercedes-Cabrio mit CD-Kennzeichen und einem aufgemotzten, knallrot lackierten VW-Beetle. Sie stiegen aus und gingen auf das Anwesen zu, das sich ganz im Gegensatz zu den Nachbarhäusern nicht hinter einer festungsähnlichen Mauer versteckte. Pestallozzi war die Adresse gleich bekannt vorgekommen, jetzt wusste er auch, warum. Im Erdgeschoss der Villa am Salzachkai befand sich die bekannteste Galerie der Stadt, hier fanden mehrmals im Jahr Vernissagen statt, zu denen sogar die internationale Prominenz anrauschte. Erst vor ein paar Tagen hatte er die Exfrau von Mick Jagger – oder war es die von Paul McCartney gewesen? – in einem Kulturbeitrag der Abendnachrichten gesehen, wie sie am Arm eines Mannes gelangweilt eine spinnenähnliche Installation betrachtete. Rund um die Villa erstreckte sich ein Park mit sorgfältig gestutzten Hecken und Buchsbaumkugeln, Skulpturen aus schimmerndem Metall waren so lässig wie Bocciakugeln auf dem grünen Rasen platziert. Der Blick auf die Berge ringsum war einfach atemberaubend, selbst wenn man als Einheimischer an die Schönheit der Landschaft gewöhnt war.

Leo drückte bereits die Nase gegen eine der riesigen Scheiben der Galerie, die offenbar geschlossen war. Pestallozzi rechnete jeden Moment damit, dass ein Alarm losschrillen würde, ausgelöst von Leos vorwitziger Nasenspitze. Aber nichts dergleichen geschah. Nur eine Frau erschien hinter den Scheiben, sie trug eine geblümte Kittelschürze und Gummihandschuhe, von denen Seifenschaum tropfte, und deutete eindringlich nach rechts. Leo und Pestallozzi nickten der Frau freundlich zu, dann nahmen sie den Weg, den sie ihnen gezeigt hatte. Sie bogen um die Ecke und stießen auf den Nebeneingang zur Galerie, der offenbar für das Personal der Cateringunternehmen bestimmt war, die für die Vernissagenbuffets zuständig waren, für die Lachsbrötchen und den Champagner. Und für die Arbeiter, die mit weißen Handschuhen die Skulpturen und Gemälde schleppten, so behutsam wie Spenderherzen. Pestallozzi hatte einmal einen Bericht über Speditionen gesehen, die auf Kunsttransporte spezialisiert waren, und war schon vom bloßen Zuschauen nervös geworden.

Neben der Klingel für die Galerie glänzte nur ein einziger weiterer vergoldeter Knopf neben der Sprechanlage, ›Top 1‹ stand darüber. Leo sah ihn fragend an, und Pestallozzi nickte, Leo drückte auf den Goldknopf. Eine Minute verging, Leo bemühte sich angestrengt, nicht zu wippen oder zu zappeln, Pestallozzi war so cool wie immer. Hundertprozentig wurden sie gerade von einer Kamera gescannt, aber er hob nicht den Kopf. Dann ertönte ein Summen, und die Tür öffnete sich. Sie betraten einen Vorraum mit weißen Bodenfliesen, der einzige Schmuck war eine klobige Glasvase, die Leo bis zum Nabel reichte, gefüllt mit Ästen. Links ging es durch eine weitere Tür zur Galerie, gegenüber befand sich ein Aufzug, dessen Tür offen stand. Leo sah sich nach Pestallozzi um, der nickte wieder, sie betraten den Aufzug, und Leo drückte auf den einzig möglichen Knopf. Die Tür schloss sich, und sie schwebten nach oben. Leo grinste und rollte mit den Augen, Pestallozzi schüttelte den Kopf. Dieser Leo, offenbar hatte er sich wieder einmal einen alten James Bond im Nachtprogramm reingezogen, dann verwechselte er tags darauf immer Salzburg mit Monte Carlo. Aber es blieb keine Zeit mehr für mahnende Worte, der Aufzug hielt bereits mit einem Ruck, die Tür surrte zur Seite, und da stand auch schon die Dame des Hauses, oder präziser gesagt, die Dame von ›Top 1‹, die ihnen endlich Audienz gewährte.

Henriette Gleinegg, ›eine der letzten großen Gastgeberinnen der internationalen Society‹, wie sie von den Gesellschaftsreportern gebetsmühlenartig beschrieben wurde. Sogar Pestallozzi war sie ein Begriff, obwohl er diese Seiten immer überblätterte. Sie trug einen Kaftan aus durchsichtigem Stoff, darunter weiße Leggings und ein weißes Spitzenhemd. Pestallozzi wusste, dass sie 44 Jahre alt war, doch ohne dieses Wissen hätte er sie nur schwer einschätzen können. Die Frau im Kaftan hätte 35 oder auch 50 sein können, ihre Haut erzählte jedenfalls von vielen Stunden, die sie in der Sonne verbracht hatte. Ihre Augen waren dramatisch dunkel geschminkt, an ihren Handgelenken klirrten dünne Goldreifen. Außerdem war sie barfuß. Und sie streckte ihnen nicht die Hand zur Begrüßung entgegen, sondern breitete stattdessen die Arme aus und wandte sich mit einer theatralischen Bewegung dem Inneren der Wohnung zu. »Allora, commissari!«

Einen Moment lang erinnerte ihre Silhouette Pestallozzi an die Fledermäuse, die auf T-Shirts und Lampions bereits das Herannahen von Halloween verkündeten. Dann war die Assoziation auch schon wieder weggewischt, zum Glück. Sie stellten sich vor und machten beide einen ganz kleinen Diener, dann betraten sie das riesige Loft, das offenbar den gesamten ersten Stock über der Galerie einnahm. Leo hätte beinahe gepfiffen, im letzten Augenblick gelang ihm ein neutrales Hüsteln. Eine Wohnlandschaft aus sandfarbenem Leder bildete das Zentrum des Raumes, sie sah abgenutzt und zugleich einladend bequem aus. Bunte Kissen und arabisch anmutende Decken mit Quasten und Troddeln lagen nachlässig durcheinandergewürfelt auf den Sitzflächen und am Boden, ein niedriger quadratischer Couchtisch aus grob behauenem Holz stand in der Mitte und war mit silbernen Aschenbechern, Zeitschriften, Gläsern und Kerzen gut bestückt. An der rechten Seite war eine futuristische Küchenzeile installiert, die atemberaubend teuer aussah. Ihr Glanzstück war einer dieser altmodischen Herde, die in Wirklichkeit ein Hightech-Wunderwerk waren. Leo hätte zu gerne ein paar Würstchen darauf gebrutzelt, nur so, um den funkelnden Dunstabzug zu testen.

Auf der linken Seite stand eine weiß lackierte Anrichte mit Schubladen, die nach oben hin immer schmäler wurde. Die Wand über der Anrichte bedeckte ein Arrangement aus moderner Kunst und verästelten Geweihen, auf denen Schals und Halsketten und ein paar zerrupfte Strohhüte hingen. Es sah ziemlich respektlos aus, wenn man bedachte, dass dies die Wohnung der Tochter eines Jägers war. Und ziemlich cool. Am Ende der Wand schwang sich eine Treppe hinauf ins Dachgeschoss, die so luftig wirkte wie ein Mobile aus weißem Draht.

Vor ihnen ging der Raum in eine Terrasse über, die Glastüren waren zur Seite geschoben, der Himmel draußen schimmerte dunstig wie über dem Meer, erst hinter dem gegenüberliegenden Salzachufer ragten die Berge auf. Schilf wuchs aus einem blauen Keramiktopf, ein cremeweißer Sonnenschirm knatterte leise im Wind. Darunter stand ein Liegestuhl, auf dem ein aufgeschlagenes Buch lag.

»Schön haben Sie es hier«, sagte Pestallozzi.

Henriette Gleinegg machte eine nachlässige Bewegung, Pestallozzi nahm es ihr nicht krumm. Man konnte sich an allem Schönen sattsehen, an allem Überfluss satt essen. Diese Frau war immerhin nicht ganz so arrogant, wie er es insgeheim erwartet hatte. Sie nahmen auf der Ledergarnitur Platz, ihre Gastgeberin blieb stehen.

»Sie trinken doch einen Espresso?«

»Gerne«, sagte Pestallozzi. Leo sah beleidigt drein. Immer wandten sich alle an den Chef, nie wurde er extra gefragt. Andererseits, was hätte er sonst sagen sollen? Einen Kakao, vielleicht?

Henriette Gleinegg ging zur Küchenzeile und begann an der Nespresso-Maschine zu hantieren. Es zischte und sprudelte, Porzellan klirrte, dann kam sie mit einem Tablett zurück. »Den Valentin habe ich weggeschickt.«

»Ihren …?«

Sie ließ ein Geräusch wie ein heiseres Schnauben hören und stellte die Tassen und eine Schale mit Würfelzucker auf den Tisch.

»Mein Faktotum, sozusagen. Mein Mädchen für alles. Bloß, mit Mädchen habe ich keine allzu guten Erfahrungen gemacht. Die zicken herum und haben ständig Liebeskummer und tragen heimlich meine Kleider. Das kann mir mit dem Valentin nicht passieren. Na ja, hoffe ich wenigstens.«

Sie lachte wieder, ihre Stimme klang nach einer Packung Zigaretten täglich, mindestens. Leo ließ drei Stück Zucker in seinen Kaffee plumpsen, dann blickte er sich fragend um. Und wo waren die Löffel, bitte schön? Aber niemand nahm das Problem zur Kenntnis. Pestallozzi trank seinen Espresso ungerührt schwarz und bitter, und diese Gleinegg zündete sich gerade eine Zigarette an, mit einem Tischfeuerzeug aus jadegrünem Stein, so groß und kantig und schwer, dass man einem Neandertaler den Schädel damit hätte einschlagen können. Diese kleine Beobachtung musste er sich merken. Gut gemacht, Leo, auch wenn dich sonst keiner lobt.

»Sie wissen, warum wir da sind«, sagte der Chef gerade. »Und es ist wirklich sehr freundlich von Ihnen, dass Sie sich die Zeit nehmen, mit uns zu sprechen. In dieser Situation, die bestimmt nicht leicht ist für Sie und Ihre Familie.«

Sie nahm einen tiefen Zug und blies den Rauch durch die Nasenlöcher wieder aus, Leo beobachtete sie widerwillig fasziniert. Eine Frau, die rauchte, würde er nie küssen.

»Die Situation war nie leicht«, sagte sie. Sie sah Pestallozzi so forschend und nachdenklich an, als ob sie erst eine Entscheidung fällen müsste.

Und darum geht es ja wohl auch, dachte Pestallozzi. Wie viel soll sie mir erzählen? Er hielt still und ließ den Blick der Frau über sein Gesicht wandern. Sie nahm einen Schluck vom Kaffee und sah ihn wieder an.

»Ich lese ganz gerne Krimis«, sagte sie und deutete mit dem Kinn zur Terrasse, wo das aufgeschlagene Buch auf dem Liegestuhl lag. »Und ich habe sehr viele Gespräche mit einem Freund geführt, der Psychiater ist. Obwohl ich nicht in Analyse bin, um das klarzustellen. Außerdem habe ich seit Jahren mit Reportern zu tun, die in meinem Privatleben herumschnüffeln. Jedenfalls habe ich gelernt, dass es einfach lächerlich ist, Dinge verschweigen zu wollen, die sowieso irgendwann ans Licht kommen. Ich habe also nicht die Absicht, hier zu sitzen und Sie mit Floskeln abzufertigen, Herr …«

»Pestallozzi.«

»Herr Pestallozzi. Stellen Sie Ihre Fragen, und ich werde antworten.«

Aber hallo, dachte Leo. Ganz schön kess, die Tante. War das jetzt ehrlich gemeint oder bloß Show? Na, der Chef würde das schon herausfinden.

»Sie überraschen mich!«, sagte Pestallozzi und lächelte die Frau im Kaftan an, die lächelte zurück. Es schien, als ob sie sich alle drei einen Moment lang entspannten, Henriette Gleinegg lehnte sich lässig in die Polster zurück und zog ein Bein auf das Sofa.

»Pestallozzi, sagen Sie?« Die Frau, die sie doch befragen wollten, die sich aber viel mehr wie eine nonchalante Gastgeberin verhielt, betrachtete den Chef interessiert. »Das ist aber kein hiesiger Name.«

Pestallozzi hatte nie zu den Ermittlern gehört, die jede an ihn gerichtete Frage als Unverschämtheit auffassten.

»Mein Vater war Schweizer. Aus dem Tessin. Meine Mutter hat ihn dort kennengelernt.«

»Ah ja.«

Sie musterte ihn noch eingehender und schien offenbar angestrengt nachzudenken. »Pestallozzi, Pestallozzi, sind Sie dann nicht verwandt mit den …«

»Mein Vater war Buschauffeur.«

»Ah ja.«

Sie zog eine Augenbraue hoch. Pestallozzi blieb völlig gelassen. Und ganz plötzlich lächelte Henriette Gleinegg, als ob der Chef endlich ein geheimes Passwort genannt hätte. Unwahrscheinlich, dachte Leo. Jetzt hat er schon wieder einen Pluspunkt eingefahren und merkt es gar nicht. Der Chef, der die allerkleinsten Schwingungen registriert, jede noch so kleine Geste mitbekommt. Aber die Blicke der Frauen entgehen ihm völlig. Der Chef ist einfach ein hoffnungsloser Fall!

Henriette Gleinegg lächelte noch immer.

»Die fromme Helene haben Sie ja schon kennengelernt, nicht wahr?«

Der Chef verzog keine Miene.

»Ich meine natürlich meine Schwester.«

»Wir haben Ihre Schwester noch am selben Tag aufgesucht, an dem das Verbrechen an Ihrem Vater entdeckt worden ist. Sie war sehr tapfer. Am nächsten Tag ist dann schon ihr Mann da gewesen. Und Ihre Schwester Monika mit ihrem Gatten. Mit dem Jakob Rittlinger haben wir auch gesprochen.«

»Aber das große Wort hat doch sicher mein Schwager geführt, oder? Unsere Güter in Polen! Davon hat er doch bestimmt schwadroniert, der Jaroslav. Aber das ist alles nur Fassade. Ganz kleiner Beamtenadel, die Zilinskis. Mein Vater hat ihn jedenfalls …«

Sie beugte sich nach vorn und angelte nach der Zigarettenpackung, steckte sich eine Zigarette zwischen die Lippen und griff nach dem jadegrünen Totschläger. Pestallozzi machte keinerlei Anstalten, den Galan zu spielen. Sie entzündete die Zigarette und nahm einen tiefen Zug, lehnte sich wieder in die Kissen zurück und sah ihn erwartungsvoll an. Aber Pestallozzi nahm die Fährte, die sie vorgegeben hatte, nicht auf.

»Kennen Sie die Frau Luggauer, die Ihren Vater gefunden hat?«

Falls sie sein Desinteresse an der Familie Zilinski irritierte, so ließ sie es sich jedenfalls nicht anmerken. »Natürlich kenne ich die Kathi. Als Kinder haben wir noch Tante Kathi zu ihr gesagt. Es tut mir in der Seele leid, dass ausgerechnet sie meinen Vater gefunden hat. Aber die Kathi ist eine tapfere Person.«

Der Chef nickte bedächtig und holte seinen Spiralblock hervor. Leo starrte trübsinnig auf den Boden seiner leeren Espressotasse, in der gerade mal zwei Schluck gewesen waren. Ihm waren Pappbecher lieber, am besten die XL-Größen, mit ordentlich Milchschaum und Karamellsoße und Krokantsplittern obendrauf. Aber so eine Köstlichkeit würde er heute bestimmt nicht mehr bekommen. Ihnen stand ein langer Nachmittag bevor, ein erfahrener Kriminalbeamter wie er spürte das einfach in allen Knochen.

»Leider haben wir bis jetzt noch nicht mit Ihrem Bruder sprechen können. Haben Sie ihn schon erreicht?«

Die Stimme vom Chef war so sanft und einfühlsam, Leo fühlte, wie eine gefährliche Schläfrigkeit über ihn kam. Wenn er nicht aufpasste, dann konnte es passieren, dass er in den nächsten Minuten einnickte. Leo knackte entschlossen mit den Fingerknöcheln, der Chef warf ihm einen scharfen Blick zu, der nicht wirklich angenehm war. Leo setzte sich wieder aufrecht hin.

Die Frau gegenüber schien ihr kleines Geplänkel nicht

bemerkt zu haben, sie saß da und sah auf ihre Hände hinab, schmale, manikürte Hände, an denen die Goldreifen glänzten.

»Ich habe es dem Raffi gesagt, dass unser Vater tot ist. Eigentlich wollte ich ihn unter einem Vorwand zum Heimkommen bewegen, er war ja in Dubrovnik und ich habe eine Riesenangst gehabt, dass er sich nach diesem Schock aufs Motorrad setzt. Aber natürlich hat er an meiner Stimme erkannt, dass etwas passiert ist.«

Ihre Gesichtszüge schienen plötzlich weicher zu werden, als ob die Traurigkeit um ihre Mundwinkel ein Jungbrunnen wäre, der das Mädchen erahnen ließ, das sie einmal gewesen war.

»Wir stehen uns sehr nahe, mein Bruder und ich. Und ich habe natürlich Sorge gehabt, dass er die Details aus dem Fernsehen oder dem Internet erfährt oder von sonst irgendwem. Also habe ich ihm alles gesagt. Er hat sich dann auch prompt auf seine Maschine gesetzt und ist die ganze Strecke in einem Stück durchgefahren. Gestern Abend ist er gottlob heil zu Hause angekommen. Meine Schwester Monika hat mich noch angerufen.«

Sie zündete sich eine neue Zigarette an.

»Sie waren noch nicht zu Hause, seitdem es passiert ist, nicht wahr? Ich meine, in Ihrem Elternhaus?«

Sie schüttelte bloß den Kopf, die Zigarette qualmte vor sich hin. Pestallozzi sah sich in dem hellen, luftigen Raum um. Wer so wohnte, den zog es bestimmt nicht in ein düsteres Anwesen am Waldrand, auch wenn es das Haus der Kindheit war. Oder vielleicht gerade deshalb.

»Frau Gleinegg«, sagte Pestallozzi plötzlich, als ob er einen Entschluss gefasst hätte. »Sie müssen uns helfen. Sie müssen mir helfen, Ihre Welt zu verstehen. Was war Ihr Vater für ein Mann? Wie ist das Verhältnis zu seinen Kindern gewesen? Zu seinem Sohn? Wer wird das Erbe antreten? Erzählen Sie mir einfach von Ihrer Familie.«

Er hatte sich immer weiter nach vorn gebeugt beim Sprechen, aber die Frau war nicht zurückgewichen, bis ihre Gesichter über dem Tisch nur mehr eine Handbreit voneinander entfernt waren. Sie starrten sich einen Moment lang schweigend an, dann endlich wich die Spannung. Leo hätte vor Erleichterung beinahe wieder mit den Knöcheln geknackt.

»Also gut, fangen wir beim Erbe an«, sagte Henriette Gleinegg und lehnte sich wieder zurück. »Das ist am unverfänglichsten. Mein Bruder Raffael wird drei Viertel von allem bekommen, meine Schwestern Helene, Monika und ich teilen uns ein Viertel. Das ist so vorgesehen.«

Paff, dachte Leo. Emanzengeschwätz war ja wirklich das Hinterallerletzte, was ein Mann brauchen konnte. Aber solch ein Testament ließ sogar ihn schlucken. Voll die Härte! Und diese Gleinegg'sche redete so gelassen davon, als ob sie das nicht zur Weißglut bringen würde. Na, ihn und den Chef würde sie damit nicht täuschen! In jedem Fall ein nachvollziehbares Tatmotiv …

»Sie sprechen sehr gelassen von dieser, nun ja, ungewöhnlichen Aufteilung«, sagte der Chef gerade.

Die Gleinegg zuckte mit den Achseln. »Es ist immer noch genug für alle da. Und außerdem, darauf waren wir von Kindheit an vorbereitet. Sie wollten doch unsere Welt näher kennenlernen, nicht wahr, Herr Pestallozzi? Also, in unseren Kreisen herrscht noch immer das finsterste Mittelalter, was die sogenannte Gleichberechtigung angeht.

Ein Sohn ist alles, eine Tochter nichts. Zum Glück ist nach uns vier Schwestern der Raffi gekommen, wer weiß, wie lange meine Mutter es sonst noch hätte versuchen müssen.«

Sie lachte heiser, das Lachen ging in ein Husten über, das in Leos Ohren ziemlich übel klang. Henriette Gleinegg räusperte sich, dann zündete sie eine neue Zigarette an. Offenbar wollte sie der irdischen Gerechtigkeit entgehen.

»Jedenfalls bin ich dem Raffi sein Erbe nicht neidig, das können Sie mir glauben. Der einzige Sohn meines Vaters zu sein, das war eine bittere Sache.«

Sie deutete mit der Zigarette zu den Geweihen an der Wand, an denen so lässig die Strohhüte hingen.

»Mein Vater war ein begeisterter Jäger, aber das wissen Sie ja schon. Das heißt, begeistert ist eigentlich eine zu schwache Beschreibung. Es war seine einzige Passion, seine einzige Leidenschaft. Nun ja, vielleicht nicht ganz die einzige.«

Sie nahm einen so tiefen Zug, als ob es ihr letzter wäre.

»Und natürlich wollte er aus seinem Sohn einen Jäger machen. Er hat den Raffi schon auf die Pirsch mitgenommen, da war der noch nicht einmal sechs Jahre alt. Ausgerechnet den Raffi, der jeden Schneck am Weg aufgehoben und ins Gras getragen hat.«

Sie saß da und schien zugleich weit weg zu sein. Dann dämpfte sie die Zigarette aus, mit einer Bewegung, als ob sie etwas auslöschen wollte, nicht nur die Glut. Auf der Terrasse blätterte der Wind die Buchseiten um.

»Zu der Zeit hat der Raffi angefangen, wieder ins Bett zu machen. Die Maridi, unsere Köchin, hat alte Plastiktischdecken zusammengeschnitten und auf seine Matratze gelegt, aber irgendwann ist die Sache natürlich herausgekommen, und unser Vater hat davon erfahren. Wir haben alle antreten müssen vor dem Abendessen, bei dem durften Kinder ja sonst nie dabei sein. Und dann hat er dem Raffi ins Gesicht geschlagen und ihm gesagt, dass er sich schämt für einen solchen Sohn.«

Keiner sprach ein Wort. Endlich zündete sich Henriette Gleinegg wieder eine Zigarette an, Leo hätte ihr beinahe Feuer gegeben. Der Chef drehte seine leere Tasse zwischen den Händen.

»Ihr Vater hat Linsen in den Schuhen gehabt, als er getötet wurde. Aber das wissen Sie ja sicher schon. Und die alte Geschichte vom Pilgerweg brauche ich Ihnen auch nicht zu wiederholen. Kann es sein, dass Ihr Vater am Schluss bereut hat?«

Sie zuckte mit den Achseln. Egal, zu spät. Falsche Frage.

»Was war mit Charlotte?«

Leo knackte mit den Knöcheln, nur ein einziges Mal, er konnte einfach nicht anders. Zum Glück nahm keiner Notiz davon, obwohl es vollkommen still im Raum war. Genial, der Chef. Wie kamen ihm solche Fragen nur in den Sinn? Die er dann knallhart stellte, mit dieser höflichen Stimme. Das musste sich anfühlen wie … wie ein Messer. Wie ein Messer im Fleisch.

Henriette Gleinegg stand auf und ging zur Küchenzeile. Sie öffnete eine Schranktür in Kopfhöhe und nahm drei Gläser heraus und eine Flasche mit wasserklarer Flüssigkeit. Dann kam sie wieder an den Tisch zurück, die Flasche trug sie unter den Arm geklemmt. Sie stellte alles auf den Tisch und zog den Korken aus der Flasche.

»Wenn Sie etwas von der Charlotte hören wollen, dann müssen Sie einen Grappa mittrinken.«

Es war ganz eindeutig keine Frage, sondern eine Feststellung. Ein Kuhhandel. Ging man so mit Beamten der Mordkommission um? Leo linste zum Chef, aber der schien völlig ungerührt. Henriette Gleinegg goss die drei Gläser voll. Sie griff nach dem nächststehenden und hielt es ihnen entgegen wie beim Zuprosten, dann legte sie den Kopf in den Nacken und leerte es mit einem Ruck. Sie stellte das Glas wieder auf den Tisch und zündete sich eine Zigarette an. Ruhig und gelassen.

»Wenn Sie etwas über meine Schwester Charlotte und ihren Tod erfahren möchten, dann muss ich zuerst von meiner Tante Gisela erzählen«, sagte Henriette Gleinegg.

Bitte nicht, dachte Leo. Jetzt kommt die Familiengeschichte von dieser ganzen Sippschaft. Und ich hab natürlich wieder vergessen, einen Müsliriegel einzustecken. Ob ich mir einen Schluck vom Grappa genehmigen kann? Der Chef hat jedenfalls noch keinen Tropfen getrunken.

»Ich habe meine Tante Gisela nur einmal gesehen, als Kind. Sie war die Zwillingsschwester meines Vaters.« Henriette Gleinegg schwieg, dann setzte sie von Neuem an. »Eigentlich muss ich viel früher beginnen. Auch wenn es sich in Ihren Ohren völlig abstrus anhören wird. Aber es hat immer diese Geschichten um unsere Familie gegeben. Und um diesen Fluch. Dass wir verfolgt werden wegen einem Unrecht, das vor Jahrhunderten von einem Gleinegg begangen worden ist. Und dass seither diese Krankheit in unserer Familie vererbt wird. Sie tritt nicht in jeder Generation auf, aber sie kommt immer wieder zurück. Wie die Lepra verwüstet sie den Körper. Ich weiß, das klingt vollkommen lächerlich. Aber ich habe meine Tante gesehen. Sie ist damals aus ihrem Stift auf Besuch gekommen, für ein Begräbnis in der Familie. Uns Kindern hat man strengstens verboten, die Tante Gisela anzusprechen. Sie war ganz in Schwarz gekleidet und hat schwarze Spitzenhandschuhe getragen, das war ja noch normal zu so einem Anlass. Aber die Tante Gisela hat auch das Gesicht vollkommen verschleiert gehabt und ist den ganzen Tag auf ihrem Zimmer geblieben, sogar das Essen hat ihr die Maridi hinaufgetragen. Wir waren natürlich furchtbar neugierig. Und dann habe ich sie am Tag ihrer Abreise erwischt, sie ist auf der Galerie im ersten Stock gestanden und hat in die Halle hinuntergeschaut. Es war das letzte Mal, dass sie in ihrem Elternhaus gewesen ist, im Jahr darauf ist sie in dem Damenstift, in dem sie seit ihrer Jugend gelebt hatte, gestorben. Sie ist dagestanden und hat den Schleier über ihren Hut zurückgeschlagen gehabt. Und ich habe ihr Gesicht gesehen. Die Haut war wie vernarbt, ihre Augenlider waren ganz entzündet. Aber am schlimmsten war ihre Nase. Die war wie weggefressen, ich kann es nicht anders beschreiben. Die Nasenlöcher waren wie Krater. Es muss entsetzlich schmerzhaft gewesen sein, darüber einen Schleier zu tragen, ich mag es mir gar nicht vorstellen. Ich bin hinter der Tür zur Dienstbotenstiege gestanden und habe sie nur angestarrt, sie hat mich zum Glück nicht bemerkt. Dann hat sie wieder den Schleier über ihr Gesicht gezogen und ist hinuntergegangen und weggefahren. Ich habe sie nie wiedergesehen. Und ich habe keinem Menschen davon erzählt. Nur der Charlotte, die war ein Jahr älter als ich. Die Moni war noch zu klein und die Helene und der Raffi waren noch gar nicht auf der Welt.«

Sie zündete sich eine Zigarette an. Weiter, dachte Leo. Erzähl weiter.

»Ein paar Jahre später hat die Charlotte dann diesen Ausschlag bekommen. Ich glaube ja bis heute, dass es bloß Akne war. Eine schwere Akne eben. Sie war 16 Jahre alt. Sie hat überall so eitrige Pusteln bekommen, im ganzen Gesicht und am Hals, sie hat sich ja nicht einmal mehr vor uns Schwestern ausgezogen. Keiner hat ein Wort gesagt, aber jeder hat an die Krankheit in unserer Familie gedacht. Mir hat es so schrecklich leid getan, dass ich ihr damals von der Tante Gisela erzählt habe, ich habe das ja in meinem kindischen Schrecken noch viel mehr aufgebauscht. Einmal habe ich versucht, mit der Charlotte darüber zu reden, aber sie war so verzweifelt und hat nur den Kopf geschüttelt. Damals ist sie auch immer frömmer geworden. Sie ist ständig in die Kirche gegangen und hat gebetet und gefastet. Einmal war sie bei unserem Hausarzt, der hat ihr die Pusteln aufgeschnitten und daran herumgedrückt, aber davon ist alles nur noch schlimmer geworden. Uns Schwestern hat der Vater ja nie geschlagen wie den Raffi, nur mit Worten. Wie schaust denn du aus, hat er zur Charlotte gesagt, wie sie damals vom Doktor gekommen ist. Dich kann man ja nirgendwo herzeigen. Das war im Sommer. An einem Sonntag im September ist die Charlotte dann in der Früh runter zum See schwimmen gegangen. Stundenlang ist niemandem aufgefallen, dass sie weg war. Sie ist erst zwei Tage später angeschwemmt worden, drüben auf der gegenüberliegenden Uferseite beim Parkplatz. Urlauberkinder haben sie im Schilf entdeckt. Ich will bis heute glauben, dass sie einen Krampf im Bein bekommen hat. Alles andere wäre unerträglich.«

Henriette Gleinegg verstummte. Dann füllte sie neuerlich ihr Glas und hielt es in die Höhe, aber diesmal wartete sie ab. Pestallozzi griff ebenfalls nach seinem Glas, Leo tat es dem Chef nach. Dann tranken sie ex, alle drei. Leo empfand zum ersten Mal, dass Schnaps wirklich eine Wohltat sein konnte. Er brannte durch die Kehle und den Brustkorb hinunter bis in den Bauch und verdrängte für einen Moment alle anderen Empfindungen, Entsetzen und Abscheu, Trauer und Wut.

»Im September?«, fragte Pestallozzi.

Sie nickte. »Am 23. September.«

»Aber das ist doch … das war doch …!« Leo war plötzlich ganz aufgeregt.

Henriette Gleinegg nickte wieder. »Mein Vater ist an ihrem Jahrestag ermordet worden. Deshalb war ja auch meine Schwester Helene da. Weil sie dann immer Blumen für die Charlotte in die Gruft von unserer Familie legt. Bonbondahlien, das waren ihre Lieblingsblumen. Ich gehe lieber allein spazieren und denke an sie.«

So war das also, dachte Pestallozzi. Endlich fügten sich zwei Puzzlesteinchen in dem ganzen Haufen zusammen. Und alle hatten sie davon gewusst, die Familie in der Bibliothek, der alte Jakob in der Küche. Und bestimmt noch ein Dutzend Menschen im Ort. Er war zwischen ihnen herumgegangen und hatte nur gespürt, dass er so vieles nicht wusste. Dieses Gefühl war noch immer da, und trotzdem war er einen Schritt vorangekommen. Weil die Frau ihm gegenüber sich nicht hinter Floskeln verbarrikadiert hatte.

»Sie waren sehr mutig, Frau Gleinegg!«

Sie lächelte, sah erschöpft und fast zufrieden aus, als ob sie durch das Reden so etwas wie Frieden gefunden hätte. »Aber es ist genug für heute.«

»Das denke ich auch. Wir stehen in Ihrer Schuld. Danke für das Gespräch. Und für den Grappa!«

»Noch einen Schluck?«

»Vielen Dank, aber wir müssen zurück ins Präsidium.«

Sie erhoben sich alle drei, Leo fühlte sich ganz benommen. Das kam davon, wenn man Schnaps auf leeren Magen trank.

Diesmal reichte ihnen Henriette Gleinegg die Hand zum Abschied, sie machten beide ihren Diener und fuhren im Aufzug ins Erdgeschoss hinunter. Der frische Wind von der Salzach her war wie ein prickelnder Stromstoß, Leo riskierte hinter Pestallozzi einen ganz kleinen Luftsprung.

»Weißt du was, Leo?«, fragte Pestallozzi über die Schulter hinweg. »Wir drehen noch eine Runde am Ufer. Bis zur Nonntaler Kirche und zurück. Nach so einem Gespräch muss man den Kopf und den Körper durchlüften.«

Sie marschierten fast im Laufschritt am Fluss entlang, das Gehen tat unendlich gut. Leo spürte, wie sich sein Rücken entkrampfte. Er hatte gar nicht gemerkt, wie sehr die Spannung beim Zuhören auch seinen Körper ergriffen hatte. Die Geschichte von der Gleinegg war aber auch unglaublich gewesen. Die hatte ja geklungen wie ein Stephen-King-Thriller. Was der Chef wohl darüber dachte? Leo fasste sich ein Herz und unterbrach den Chef beim Grübeln, obwohl der normalerweise nicht dabei gestört werden durfte.

»Ob da jemand den Tod von der Charlotte Gleinegg rächen wollte? Und die Geschichte mit dieser Krankheit, das kann doch nicht wahr sein! Ich meine, wir reden doch vom 21. Jahrhundert! Und nicht von Transsylvanien vor 200 Jahren!«

Pestallozzi wiegte den Kopf. »Ich weiß. Die Fragen werden immer mehr. Was ist der Zwillingsschwester vom alten Gleinegg widerfahren? Hat seine Tochter Selbstmord begangen oder war es ein Unfall?« Pestallozzi sprach wie zu sich selbst, als ob er durch penibles Auflisten Ordnung bringen könnte in die Rätselhaftigkeiten dieses Falles. »Jedenfalls kann ich mir beim besten Willen nicht vorstellen, dass jemand die Charlotte so grausam hätte rächen wollen, noch dazu nach so vielen Jahren. Wer hätte sich denn wirklich betroffen fühlen können? Doch nur die Mutter, die schon lange tot ist. Und die Geschwister, aber die waren entweder noch gar nicht geboren oder selbst noch Kinder, als es passiert ist. Und alle haben wasserdichte Alibis, das haben wir doch schon abgeklärt.« Er lächelte schief. »Na gut, wasserdicht war jetzt nicht ganz der passende Ausdruck. Jedenfalls glaube ich nicht an einen unmittelbaren Zusammenhang. Und trotzdem ... dieser Mord ist mit der Familiengeschichte verknüpft, da bin ich mir hundertprozentig sicher. Ja, wirklich, hundertprozentig.« Der Chef schien selbst erstaunt zu sein über diese Gewissheit.

Sie gingen nebeneinander her, Leo kickte Steinchen aus dem Weg.

»Irgendwie habe ich so ein Gefühl ...« Er schrak zusammen, als ob ihm eine Peinlichkeit entschlüpft wäre, schlimmer als ein Furz. Ein Gefühl, du lieber Himmel! Aber der Chef sah ihn bloß interessiert und aufmerksam an.

»Ja, Leo? Heraus damit!«

»Tja, also, ich meine, äh, also irgendwie, manchmal denke ich mir, dass sehr wohl jemand etwas weiß. Vielleicht sogar einer von uns. Aber dass derjenige eben gar nicht weiß, dass er etwas weiß ...«

Gott, was stammelte er da bloß daher! Das musste dieser verdammte Grappa auf leeren Magen sein! Hoffentlich konnte er die Sache irgendwie wieder hinbiegen. Er musste dem Chef unbedingt klarmachen, dass er nie wieder …

Pestallozzi war stehen geblieben und sah Leo an, so neugierig und freundlich, als ob er ihn soeben zum ersten Mal erblickt hätte.

»Weißt du, was ich denke, Leo?«, fragte Pestallozzi.

Leo brachte nur ein Krächzen zustande.

»Dass aus dir noch einmal ein richtig guter Ermittler wird«, sagte Pestallozzi.

Und damit ging er weiter. Leo schloss die Augen, um das Glücksgefühl, jawohl, das *Gefühl* auszukosten. Dann rannte er dem Chef hinterdrein.

*

Sie waren sich im Präsidium über den Weg gelaufen, jetzt saßen sie in dem kleinen Coffee-to-go-Shop am Kajetanerplatz. Oder besser gesagt, sie balancierten auf chromglänzenden Barhockern, deren Sitzflächen aus rotem Lederimitat und so klein waren, dass Pestallozzi befürchtete, jeden Moment das Gleichgewicht zu verlieren. Lisa Kleinschmidt saß ihm gegenüber und biss gerade herzhaft in eine Art Golatsche mit Vanillefüllung, die aber bestimmt nicht Golatsche hieß, sondern Bagel-to-go oder so ähnlich. Er selbst rührte in einem Caffè Latte. Nach einem Kaffee um diese Zeit würde er natürlich wieder nicht einschlafen können, aber Schlaflosigkeit war ihm sowieso seit vielen Jahren wohlvertraut. Und seitdem er sich mit diesem Gleinegg-Fall herumplagte, war sie noch ärger geworden. Er lag stundenlang wach und schob die Beteiligten in seinem Kopf herum wie Figuren auf einem Schachbrett, aber am Ende herrschte regelmäßig ein Durcheinander wie bei Mikadostäbchen. Einmal war er sogar mit dem allerschrecklichsten Gedanken wieder hochgeschreckt, der einen Polizisten plagen konnte: Dass er sich eigentlich gar nicht wünschte, sie würden den Täter zu fassen kriegen. Ein alter Mann hatte geerntet, was er ein Leben lang gesät hatte. Lieblosigkeit und Kälte, Gewalt und Verachtung. Einer, der sein Leben lang andere verletzt hatte, mit Worten und mit Taten, und stets davongekommen war. Wie so viele andere. Die besaßen zwar nicht unbedingt eine eigene Kirchenbank, aber genossen ebenso Ansehen und Respekt und wurden nie belangt für ihre Taten. Und jetzt hatte es einen von ihnen einmal erwischt. Er konnte einfach keinen Funken Mitgefühl für den Gleinegg aufbringen, beim besten Willen nicht. Auch davon hatte er Lisa erzählt, neben all den anderen Details der Geschichte. Nun ja, nicht ganz so direkt, aber er hatte seine Distanz zu diesem Opfer anklingen lassen. Sie hatte ihm zugehört, ohne auch nur einen Augenblick lang verständnislos oder gar empört dreinzuschauen. Denn das hätte er sofort bemerkt, auf Lisas Gesicht wechselten die Empfindungen wie Wolken am Sommerhimmel. Als Ermittlerin wäre sie eine Katastrophe gewesen, bei den Toten war sie besser aufgehoben. Einen Moment lang hatte er eine Vorstellung, wie sie auf die nackten Körper herabblickte, traurig und neugierig zugleich. Dann saß er wieder der Lisa im Café gegenüber, sie leckte sich gerade die letzten zuckrigen Krümel von den Fingern ab, dann beugte sie sich mit Verschwörermiene über den wackeligen Bartisch.

»Kennst du das auch, Artur? Diesen Gusto auf eine Zigarette, nur weil das Rauchen schon überall verboten ist?«

Er musste grinsen, endlich wieder einmal, nach gefühlten 100 Jahren. »Kenn ich. Absolut. Ich weiß genau, was du meinst. Es ist, als ob man …«

»… als ob man wieder vor der Lade stehen würde, wo das Christkind die Weihnachtsgeschenke versteckt gehabt hat! Kannst du dich noch erinnern? So war das doch früher!«

Sie kicherte, er konnte sich gut das kleine Mädchen vorstellen, das um die verbotene Lade herumstrich. Aber nie hineingeschaut hatte, niemals. *Das* konnte er sich von Lisa einfach nicht vorstellen. Sie war so … so proper, so integer. Neben einer wie ihr wäre er gerne in der Schule gesessen. Und nicht neben der Waltraud, die ihn immer …

»Um den Fall vom Gleinegg beneide ich dich wirklich nicht«, sagte Lisa. Sie war wieder ernst geworden. »Keiner tut das. Das muss ja ein richtiges Minenfeld sein. Ich habe auch viel darüber nachgedacht, er ist ja bei mir auf dem Tisch gelegen. Kein Gesicht, das von einem glücklichen Leben erzählt. Weißt du, Artur, ich will nicht für den Gleinegg sprechen, ganz bestimmt nicht. Der muss ein richtiges Scheusal gewesen sein, ehrlich. Aber ich denke mir, dass er bestimmt auch ein schwer traumatisierter Mensch war. Ein Kind, das selber eine eiskalte Jugend erlebt hat. Ich meine, stell dir das doch mal vor. Du kommst irgendwann nach dem Ersten Weltkrieg zur Welt, in so einem Schloss auf dem Land mit dem ganzen Brimborium, das damals noch geherrscht hat. Ich habe einmal ein Buch über die Kindheit von den Habsburgern gelesen. Und ich sage dir, das war einfach Kindesmisshandlung. Den Kronprinz Rudolf, den Sohn von der Sisi, den hat sein Erzieher als ganz kleinen Buben in der Nacht in Wildschweingehege gesperrt, damit er abgehärtet wird. Wir wissen ja nicht, was dem Gleinegg alles widerfahren ist. Aber stell dir das doch mal vor, diese ganzen düsteren Geschichten über irgend so ein Familiengeheimnis. Und dann bekommt deine Schwester, deine Zwillingsschwester, eine Krankheit, über die wahrscheinlich nicht einmal gesprochen werden darf, und wird weggesperrt in so eine Art Damenstift, denn etwas anderes als wegsperren war das nicht. Einfach unfassbar, wenn man sich das vorstellt! Dann hat er offenbar jahrzehntelang gezögert, eine Familie zu gründen, auch wenn ihm ganz bestimmt die Beweggründe dafür gar nicht bewusst waren. Dann kommt nach vier Töchtern, die wegen so einem völlig antiquierten Familiengesetz nicht einmal erbberechtigt sind, endlich der Sohn, der Stammhalter. Den versucht er fürs Leben fit zu machen, auf seine ganz verkorkste Art eben, mit dem Mitnehmen zur Jagd und lauter solchen Sachen. Dann kriegt die älteste Tochter eine Jugendakne, denn etwas anderes war das bestimmt nicht, aber für ihren Vater muss das der absolute Horror gewesen sein. Na ja, und das alles hat ihn bestimmt nicht freundlicher gemacht. Ich meine eben … ach was. Entschuldige, das war eine lange Rede, ich weiß auch nicht …«

Sie schwieg, dann holte sie noch einmal tief Luft. »Ich wollte nur sagen, dass viel zu wenige die Kraft haben, den Kreislauf aus Lieblosigkeit, die ihnen selbst widerfahren ist, zu durchbrechen. Aber das weißt du ja, Artur. Wer sollte das besser wissen als du. Entschuldige bitte meine Belehrungen.«

Sie sah verlegen auf die Tischplatte und fegte ein paar Krümel zusammen. Pestallozzi wäre am liebsten aufgestanden und um den Tisch herumgegangen und hätte sie an sich gedrückt. So gut hatten ihm ihre Worte getan. Endlich hatte der alte Gleinegg jemanden gefunden, der ihn aus einem völlig neuen Blickwinkel betrachtete. Lisa hatte recht. Der alte Mann war ein arrogantes selbstgerechtes Scheusal gewesen. Aber er war nicht als Scheusal auf die Welt gekommen.

»Danke«, sagte Pestallozzi. »Lisa, du weißt ja gar nicht, wie sehr du mir geholfen hast. Danke, ehrlich.«

»Artur, mach mich nicht verlegen!«

Eine Horde junger Burschen kam ins Lokal gepoltert, sie trugen alle schwarze Kapuzenjacken, die sie wie Mönche aussehen ließen. Zum Glück verzogen sie sich in den Raum mit den Flipperautomaten, der Lärmpegel stieg trotzdem gewaltig an.

»Eine Frage hätte ich noch, Frau Doktor«, sagte Pestallozzi. »Was denkst du über diese ominöse Krankheit, diesen angeblichen Familienfluch? Ist das nur dummes Geschwätz rund um Zufälle? Oder kann es wirklich so etwas gegeben haben? Was meinst du, könnte das vielleicht eine Geschlechtskrankheit gewesen sein, die immer wieder aufgetreten ist? Ich habe einmal einen Film im Fernsehen gesehen über einen Komponisten, ich glaube, es war sogar der Schubert, der an so einer Sache gestorben ist. Das war wirklich schauerlich, aber diese angeblich weggefressene Nase würde dazupassen. Was denkst du?«

Sie wiegte nachdenklich den Kopf. »Darüber habe ich auch schon gegrübelt, glaub mir. Und ich habe auch schon so eine Idee. Eine Geschlechtskrankheit kommt für mich eigentlich nicht in Frage. Wie gesagt, es geht mir eine Möglichkeit durch den Kopf. Aber ich möchte dir keinen Floh ins Ohr setzen, solange ich mir nicht sicher bin. Gib mir noch ein, zwei Tage Zeit, ja? Ich würde gerne etwas abklären.«

Natürlich hätte er nur zu gerne gewusst, woran sie dachte. Aber er wollte sie nicht drängen. Pestallozzi war selber Tüftler und Eigenbrötler genug, um ein solches Verhalten bei anderen zu respektieren.

Zwei der jungen Männer gingen vorbei, mit diesem wiegenden Schritt, zu dem die Hosen mit den tief hängenden Hinterteilen anscheinend inspirierten. Sie klopften sich gerade Zigaretten aus einer zerknautschten Packung, die sie offenbar draußen auf dem Gehsteig rauchen wollten. Es verblüffte Pestallozzi immer wieder, wie problemlos das Rauchverbot überall eingehalten wurde. Rund um die allerkleinsten Verordnungen gab es ständig Diskussionen und Konflikte, aber das Rauchverbot wurde ohne zu murren hingenommen. Er verspürte plötzlich die allergrößte Lust, eine kleine Revolution anzuzetteln und sich eine Gauloise anzuzünden, hier und jetzt. Oder, besser noch, im ›Goldenen Hirsch‹. Und morgen dann das Foto in allen Zeitungen mit der Bildunterschrift: ›Ermittelnder Chefinspektor im Fall Gleinegg tafelt im teuersten Restaurant der Stadt, missachtet Rauchverbot und wird daraufhin von Kollegen abgeführt.‹ Für den Woratschek wäre das wie Weihnachten und Silvester zusammen!

»Artur, lass mich mitlachen«, sagte Lisa. »Du grinst ja über das ganze Gesicht!«

*

Am nächsten Tag schlief er geradezu unanständig lange, jedenfalls für seine Verhältnisse, bis fast um acht. Er fühlte sich so erfrischt, als ob er ein Bad im See genommen hätte. Beim Rasieren schnitt er sich kein einziges Mal. Der heiße Spätsommer begann in einen milden Herbst überzugehen, auf dem Kastanienbaum vor seinem Badezimmerfenster raschelten die ersten gelben Blätter. Beinahe hätte er die Melodie des Schlagers, der aus dem Radio dudelte, mitgesummt, ›Mama Leone‹. Er schüttelte den Kopf, aber dann beschloss er, nicht zu streng mit sich selbst zu sein. Ein sonniges Wochenende brach an, und dem wollte er ein Stündchen Wohlergehen abtrotzen, ehe er den Rest des Tages wieder im Büro verbringen würde, wo sonst. Er würde zu Fuß ins Büro gehen, jawohl, am besten über den Markt am Universitätsplatz, und sich dort an einem Stand eine Bratwurst mit einem kühlen Hellen vergönnen. Abgemacht.

Pestallozzi streifte sich mit einem raschen Blick im Spiegel. Er neigte dazu, die Wohnung mit Resten von Rasierschaum an den Ohren zu verlassen, das hatte ihm schon so manchen amüsierten Blick von weiblichen Entgegenkommenden eingebracht. Aber heute schien alles tipptopp zu sein. Er trug sein Lieblingsoutfit, schwarze Jeans, ein blauweiß gestreiftes Hemd und das graue Jackett, das er vor Jahren einmal in Wien erstanden hatte. Defensivkleidung hatte Iris sein Styling immer genannt, bis sie sich zum Schluss ihrer Ehe nicht mehr die Mühe machte, ihren Unmut mit solchen ironischen Floskeln zu umschreiben. Artur, du siehst so was von langweilig aus, immer in den gleichen Sachen, tagein, tagaus! Na ja, jetzt musste sie sich schon lange nicht mehr mit seinem Anblick plagen.

Er schloss die Wohnungstür ab und lief die drei Stockwerke hinunter. Das war Morgensport genug. Leo joggte sicher gerade am Salzachufer entlang, aber Pestallozzi fand Joggen einfach unwürdig, auch wenn er sich eher die Zungenspitze abgebissen hätte, als Leo mit dieser Ansicht zu kränken. Am lächerlichsten fand er die Jogger, die entlang der großen Hauptverkehrsstraßen daherkeuchten, mitten zwischen den Abgasen, ein schickes schweißgetränktes Stirnband um den Kopf, Kohlenstoffpartikel in den Lungenflügeln.

Vor der Haustür blieb er kurz stehen und schnupperte die Luft, die schon nach Herbst roch. Nach Laub und Erde und dem Rauch der Blätter, die in den Schrebergärten verbrannt wurden, auch wenn das verboten war. Er begann Richtung Stadtzentrum zu schlendern, bis zum Domplatz waren es nur knapp 20 Minuten. Je enger die Gassen wurden, desto größer wurde auch das Gedränge. Pestallozzi liebte es, durch die Stadt zu spazieren und den Stimmen der Touristen zu lauschen. Das Sprachengewirr verhalf ihm dann immer zu einer kurzen Illusion von Urlaubsatmosphäre. Er bahnte sich seinen Weg wie all die anderen Besucher auch, dabei war er fast immer gerade auf der Suche nach einem Mörder. Aber die Menschen um ihn herum waren voller unschuldigem Entzücken, sie hielten ihre Fotohandys und Kameras in die Höhe und lachten und gestikulierten und posierten. Es war für ihn wie ein Hauch von Normalität, den er so lange wie möglich zu konservieren versuchte.

Auf dem Universitätsplatz war am Samstagvormittag Bauernmarkt, schon nach dem Café Tomaselli erreichten die ersten Duftschwaden seine Nase. Er liebte den Geruch nach Speck und Käse und Most, der wie eine Glocke über den Ständen hing. Heute erschien ihm der ganze Platz mit Kürbissen übersät, zu Pyramiden gehäuft lagen sie da, faustkleine, kindskopfgroße, gelbe und knallorange. Vor Jahren hatte er einmal eine Kürbissuppe gegessen, bei seiner Schwiegermutter, die erstaunlich wohlschmeckend gewesen war. Es war einer der seltenen Augenblicke gewesen, da ihm seine Schwiegermutter ein Lächeln geschenkt hatte – als er um einen zweiten Teller Kürbissuppe gebeten hatte. Bloß, wie wurde aus so einem steinhart aussehenden Ding eine Suppe? Vermutlich kochte man die Kürbiskugel so lange mit Wasser, bis sich eine Suppe ergab, eine andere Möglichkeit sah er nicht.

»Na, junger Herr? Wie wär's mit einem Hokkaido? So günstig bekommen Sie den sonst nirgends!«

Ertappt lächelte Pestallozzi der resoluten Marktfrau zu, dann machte er sich eilig aus dem Staub. Hokkaido, was war das nun wieder? Er hätte so gerne einmal ordentlich eingekauft und dann zu Hause eine deftige Mahlzeit gezaubert. Aber die Geheimsprache der Köche würde er nie enträtseln! Einmal, ziemlich bald nach der Scheidung, hatte ihm seine Schwester Moni ein Taschenbuch geschenkt, ›Die asiatische 5-Minuten-Küche für Singles‹. Er hatte ratlos darin geblättert. Tofu, Sesam, Koriander, Zitronengras! Dann hatte er sich eine Dose Weight-Watchers-Ravioli aufgewärmt, die offenbar noch von Iris eingekauft worden war. Zum Glück hielten diese Dosen ja jahrelang.

Das Gedränge wurde immer dichter, eine Hausfrau im Dirndl rammte ihm ihren Einkaufskorb in die Nierengegend. Am Würstelstand stand bereits eine lange Warteschlange, Pestallozzi stellte sich geduldig an ihr Ende.

Vor ihm schäkerte ein Paar, das nicht mehr jung war, aber sich offenkundig erst vor Kurzem kennengelernt hatte. Sie flüsterten sich ständig gegenseitig etwas ins Ohr, die Frau schmiegte sich an den Mann. Pestallozzi sah in die andere Richtung. Und schon wieder fiel ihm die Moni ein, seine kleine Schwester, die er heiß und innig liebte – obwohl er insgeheim unendlich froh war, dass sie nach Rosenheim geheiratet hatte. Artur, du darfst nicht immer Trübsal blasen und alleine zu Hause herumhocken! So wird das nie etwas mit einer neuen Beziehung! Und falls du wirklich noch immer so schüchtern bist wie früher, dann geh doch ins Internet! Heutzutage werden praktisch fast alle Beziehungen übers Internet angebahnt, klick dich doch einmal auf einer von diesen Websites ein! Es gibt so viele nette Frauen, die einen Partner suchen!

An dieser Stelle war die Moni kurz verstummt, er hatte richtig hören können, wie sich die Rädchen in ihrem Hinterkopf ineinander verzahnten. Dann hatte ihre Stimme noch schwungvoller durch den Äther geschallt, offenbar hatte sie gerade eine sensationelle Idee geboren. »Artur, weißt du was, du kommst uns demnächst einmal besuchen! Die Veronika nämlich, das ist *so* eine liebe Freundin von mir, die ist genau wie du seit dem vergangenen Jahr geschieden. Also, ich will dich ja bestimmt nicht verkuppeln, aber als deine Schwester sage ich dir, dass es …« Er hatte auf der Stelle Kopfschmerzen bekommen und die Moni ausnahmsweise ziemlich scharf angeblafft. Eine ganze Woche lang war sie beleidigt gewesen, dann hatten sie sich wieder versöhnt, zum Glück.

Er schreckte hoch, die Warteschlange war ordentlich vorangekommen während seines Gegrübels. Das verliebte

Paar bestellte gerade Weißwürste mit süßem Senf, nur noch ein Schritt trennte ihn vom Tresen. Er konnte bereits seine geliebten Bratwürstel sehen und riechen, Fettspritzer zerplatzten wie Minibomben auf der heißen Ofenplatte. Was für eine Wonne – Koriander und Zitronengras konnten ihm echt gestohlen bleiben!

»Herr Pestallozzi!«

Diese befehlsgewohnte Frauenstimme kannte er, eine düstere Ahnung stieg in ihm hoch. Er drehte sich vorsichtig um – und da prangte sie, Valerie Grabner, die Frau vom Präsidenten, in ihrer ganzen Pracht. Sie stand mindestens fünf Schritte entfernt von ihm vor dem Stand, an dem sündteurer französischer Brie in Spanschächtelchen verkauft wurde. Und es war ihr deutlich anzusehen, dass sie keinerlei Absicht hegte, Pestallozzi weiter entgegenzukommen, sondern seine Annäherung erwartete, sozusagen. Verdammt, aber es blieb ihm gar nichts anderes übrig. Er musste den vordersten Platz in der Warteschlange räumen und hocherfreut die Frau seines Chefs ansteuern, alles andere wäre einfach zu unhöflich gewesen – freundlich mit einem Bratwürstel zu winken, zum Beispiel.

»Guten Tag, gnädige Frau!«

Sie nickte huldvoll und musterte ihn eingehend. Wie sie sein Defensivstyling einschätzte, war ihr nicht anzusehen. Valerie Grabner war eine Dame vom Scheitel bis zur Sohle. Wenigstens war sie nicht in Loden gehüllt, sondern trug ein lila-grau getüpfeltes Kostüm, an dessen Jacke schneckenförmige Goldknöpfe glänzten. Dies schien so eine Art Uniform von ihr zu sein. Einmal war er mit Iris dem Ehepaar Grabner begegnet, man hatte kurz Konversation gemacht, beim Weitergehen war Iris völlig hin und weg gewesen. »Ein echtes Chanelkostüm!«, hatte sie gehaucht und einen Preis dafür genannt, der nur ein völliger Irrtum gewesen sein konnte. Oder vielleicht doch nicht? Die Frau sah wirklich teuer aus.

»Wir haben heute schon von Ihnen geredet«, informierte ihn Valerie Grabner.

Pestallozzi versuchte, nicht allzu verblüfft dreinzusehen. Der Präsident redete beim Frühstück über ihn?

»Die Henriette hat mich angerufen. Sie waren ja gestern bei ihr, nicht wahr? Jedenfalls scheinen Sie einen gewissen Eindruck hinterlassen zu haben!«

Die Frau vom Chef war mit der Henriette Gleinegg befreundet? Oder wenigstens so weit bekannt, dass sich die Damen duzten? Und was wurde jetzt als Antwort von ihm erwartet? Pestallozzi entschied sich für stoisches Abwarten.

»Sie sind doch der leitende Beamte im Fall Gleinegg, nicht wahr? Eine furchtbare Sache, wir waren alle ganz schockiert. Ich kenne die Henriette aus dem Vorstand vom Verein für Schmetterlingskinder, wir organisieren immer die jährliche Charity-Gala im Festspielhaus gemeinsam. Die Ärmste!«

Pestallozzi nickte möglichst gefühlvoll. Den Markt am Universitätsplatz würde er in nächster Zeit konsequent meiden, zum Glück gab es drüben in der Linzer Straße angeblich ebenfalls ganz köstliche Bratwürstel. Jedenfalls hatte ihm das der Leo erzählt.

Valerie Grabner schien etwas zu überlegen. So lange hatte sie sich noch nie mit ihm, einem Untergebenen ihres Mannes, aufgehalten. Aber die Verantwortung für den

Fall vom Herrn Baron schien offenbar auch einen kleinen Chefinspektor gesellschaftlich aufzuwerten.

»Tja dann, ich muss weiter, wir haben heute Gäste.«

Sie nickte ihm huldvoll zu und wandte sich zum Gehen. Doch dann blieb sie noch einmal stehen, als ob ihr soeben eine Idee gekommen wäre. Valerie Grabner war eine sehr schlechte Schauspielerin.

»Ach, Herr Pestallozzi, da fällt mir gerade ein. Wir geben am Donnerstagabend einen kleinen Cocktail, nur ganz privat. Kommen Sie doch auf einen Sprung vorbei.« Sie musterte ihn nochmals. »Abendanzug bitte, aber leger.«

Mit dieser geheimnisvollen Anweisung ließ sie ihn endgültig stehen, Pestallozzi verneigte sich vor ihrer getüpfelten Rückenansicht. Er atmete tief durch, dann sah er wieder zum Würstelstand hinüber. Die Warteschlange wand sich mittlerweile fast über den halben Markt, kein Wunder, es war schon zwölf, und die Leute hatten Hunger. Aber er wollte sich nicht noch einmal anstellen, dazu war ihm einfach die Lust vergangen. Er würde sich irgendwo im Vorbeigehen eine Wurstsemmel mit Pfefferoni einpacken lassen und ins Büro mitnehmen. Sein spartanisches Zimmer im Präsidium erschien ihm wieder einmal als der einzig einladende Ort.

Zwei Stunden später sah sein Büro beinahe so gemütlich wie eine Studentenbude aus. Aktenberge stapelten sich auf dem Fensterbrett, der Computer summte wie eine satte Hummel. Pestallozzi hatte die Füße auf die Schreibtischplatte gelegt und die Arme im Nacken verschränkt. Er hatte sich bereits zwei kleine Pappbecher mit Milchkaffee aus dem Automaten am Gang geholt und die Wurstsemmel mit Pfefferoni verzehrt. Irgendwo im Haus fiel eine

Tür zu, aber sonst herrschten tiefe Stille und eine Atmosphäre, die fast an Frieden grenzte. Hier, am Gang, wo die Morde aufgeklärt wurden. Oder besser gesagt, aufgeklärt werden sollten. Also Schluss mit dem Getrödel! Pestallozzi schwang die Füße von der Tischplatte und setzte sich wieder aufrecht hin. Gerade noch rechtzeitig, denn vom Aufzug her waren Schritte zu hören, die rasch näherkamen. Die Tür wurde aufgerissen, und der Präsident höchstpersönlich stand im Rahmen. An einem Samstagnachmittag! Pestallozzi starrte auf seinen Vorgesetzten wie auf eine Vision.

»Ah, da sind Sie ja, Pestallozzi! Gut, dass ich Sie antreffe! Sehr schön, dass Sie keinen Dienst nach Vorschrift machen!«

Grabner machte Anstalten, sich auf den einzig freien Sessel zu setzen, aber dann schüttelte er den Kopf.

»Wissen Sie was, wir gehen besser in mein Büro!«

Pestallozzi stand auf und schlüpfte ins graue Jackett, das er über die Armlehne gehängt hatte. Dann folgte er Grabner zu dem großen, elegant möblierten Raum am Ende des Flurs. Grabner ließ ihn eintreten, dann drehte er sich noch einmal um und schloss die Tür, eine für ihn ungewöhnliche Geste. Grabner legte normalerweise Wert darauf, für seine Untergebenen stets ein offenes Ohr und ein offenes Büro zu haben, er pflegte sein Image als jovialer Patron, der dem wilden Haufen Mordkommission vorstand. Aber heute war offenbar Diskretion angesagt. Sie setzten sich zu beiden Seiten der glänzend polierten Schreibtischplatte.

»Meine Frau hat mir erzählt, dass Sie ihr heute Vormittag auf dem Markt begegnet sind?«

Pestallozzi war höchst erleichtert, dass der Präsident

selbst das Treffen ansprach. Jetzt musste nur noch die Sache mit diesem Donnerstag-Cocktail geklärt werden. Er hatte nicht die geringste Absicht, sich in einen Abendanzug, aber leger bitte, zu werfen und in der Grabner'schen Villa zum Small Talk bei Häppchen aufzukreuzen. Bloß, wie sagte man seinem Chef ab? Er räusperte sich.

»Ja, und Ihre Gattin war so freundlich, mich für Donnerstag einzuladen. Allerdings bin ich durch die Ermittlungen sehr …«

Grabner wedelte mit der Hand eine unsichtbare Mücke fort. »Selbstverständlich sind Sie entschuldigt!«

Damit war das Thema Knigge abgehakt, sie atmeten beide auf. Grabner klatschte in die Hände, dann stand er auf und ging zu der Biedermeieranrichte, die unter der Venedigzeichnung von Paul Flora stand. Er bückte sich und holte eine Flasche Obstler und zwei Gläser hervor. Whiskey hätte bestimmt besser zu diesem prächtigen Büro gepasst, aber Grabner hielt eigensinnig an Bauernschnaps fest, das waren die unsichtbaren Gutpunkte, auf die er bei Pestallozzi zählen konnte. Er kehrte an den Schreibtisch zurück, stellte die Flasche und die Gläser ab und nahm wieder in seinem Armlehnsessel Platz. Pestallozzi verfolgte Grabners Geschäftigkeit mit wachsender Unruhe. Gab es irgendein Datum, das er übersehen hatte? Einen Geburtstag, eine Beförderung? Na ja, er würde es gleich erfahren. Grabner beugte sich über den Schreibtisch und senkte die Stimme, als ob sie von Spitzeln umgeben wären.

»Sie wissen ja, dass ich gestern in Wien war, Kollege Pestallozzi?«

Pestallozzi hatte keine Ahnung, aber Grabner redete sowieso schon weiter.

»Und ich habe Ihnen doch beim letzten Mal angedeutet, dass sich gewisse Änderungen anbahnen könnten, nicht wahr? Also, es wird sowieso heute Abend in allen Nachrichten sein, das heißt, höchstwahrscheinlich kommt die offizielle Meldung schon um 17 Uhr. Der Herr Minister ist gerade beim Bundespräsidenten und reicht seine Demission ein. Und dann, Kollege Pestalozzi, dann …«

Grabner erhob ein Schnapsglas und deutete auf das andere, Pestallozzi griff danach. Der Präsident stand ganz eindeutig davor, eine Bombe platzen zu lassen, er grinste über das ganze Gesicht.

»… dann bekommen wir eine Frau Minister!«

Pestallozzi stand die Verblüffung ins Gesicht geschrieben. Als Sohn einer alleinerziehenden Mutter und Bruder einer kleinen Schwester war die Gleichberechtigung der Geschlechter für ihn von Kindheit an eine solche Selbstverständlichkeit gewesen, dass er nie die Erbitterung verstanden hatte, mit der manche Frauen und Männer um dieses Thema stritten. Männer konnten keine Kinder bekommen, das war der einzige Unterschied, den Pestallozzi gelten ließ. Und doch … eine Frau an der Spitze des Innenministeriums, des allerheikelsten Ressorts? Verantwortlich für Polizei und Geheimdienst? Würde sie sich gegen die alten Seilschaften und Betonköpfe durchsetzen können? Andererseits, wenn man sich daran erinnerte, wie viele unfähige Marionetten und Günstlinge bereits auf diesem Sessel gesessen hatten, dann konnte es diese Frau nur besser machen. Sie würde wenigstens keinem der Männerbünde verpflichtet sein, die dieses Land noch immer mit ihrem Spinnennetz aus Protektion überzogen. Er hielt sein Glas in die Höhe, sie prosteten einander zu und tranken den Schnaps mit einem Zug. Grabner schnaufte wohlig.

»Sie kennen sie übrigens, Pestallozzi, es ist die …«

Er nannte einen Namen, der Pestallozzi durchaus bekannt vorkam. Es war eine Frau, die er schon öfters in Diskussionsrunden gesehen hatte, eine resolute Blondine, die sich ganz bestimmt Gehör zu verschaffen wusste.

»Unsere neue Frau Minister ist mir ja schon seit Längerem persönlich bekannt«, schwadronierte Grabner gerade weiter – Pestallozzi hatte auch gar nichts anderes erwartet. »Und ich sage Ihnen, Kollege, diese Frau kann Witze erzählen, also da würden Sie noch rot werden beim Zuhören, das kann ich Ihnen versichern!«

Pestallozzi lächelte pflichtschuldigst. Hoffentlich erzählte Grabner jetzt nicht einen der Witze, die er von der zukünftigen Frau Minister gehört hatte. Mit schlüpfrigen Witzen hatte Pestallozzi seine liebe Not, er wartete stets noch auf die Pointe, wenn die anderen sich schon längst auf die Schenkel klopften. Aber Grabner musste sowieso noch eine weitere Information loswerden. »Und wissen Sie, was das außerdem bedeutet, Pestallozzi? Hä? Das wird gerade Sie freuen! Der Woratschek nämlich, den haben sie bereits nach Wien zurückbeordert. Der war doch das persönliche Schoßhündchen vom Minister, dieser intrigante Speichellecker! Also, von dem haben wir nichts mehr zu befürchten!« Grabner schenkte ihnen ein zweites Schnapserl ein und grinste über das ganze Gesicht. »Der kann jetzt Akten abstauben oder die Klopapierrollen zählen! Nasdarowje!«

Sie grinsten sich zu und kippten auch den zweiten

Schnaps ex. Dann wurde Grabner plötzlich ernst. Sehr ernst.

»So, und nun gilt es noch etwas zu besprechen, Kollege Pestallozzi, unter vier Augen. Eine wirklich haarige Angelegenheit. Es hat in Wien extra eine Sitzung dazu gegeben, nur im allerengsten Kreis.«

Grabner sah zur geschlossenen Tür, dann blickte er nach links und nach rechts, als ob Spione in Wichtelgröße unter der Anrichte und hinter dem Ficus Benjamini lauern könnten.

»Die Kollegen in Wien haben nämlich eine Information an mich weitergeleitet.« Er senkte die Stimme. »Also, es ist so, dass eine Gruppe junger Juden in der Dependance vom ›Kaiserpark‹ abgestiegen ist. Das heißt, eigentlich sind es ja Amerikaner, aber lauter Nachfahren von Deutschen und Österreichern, die 1938, nun ja, auswandern mussten. Oder, noch schlimmer, die im KZ umgekommen sind. Und diese Kinder, das heißt, es sind schon mehr die Enkel, machen so eine Art Tour durch die alte Heimat. Und in diesem Verlauf machen sie ausgerechnet jetzt bei uns Station. Es ist auch noch zu keinerlei, wie soll man sagen, Reminiszenzen oder Ansprüchen gekommen, allerdings …«

Grabner fuhr sich mit dem Daumen zwischen Hals und Hemdkragen, offenbar war ihm der Krawattenknoten plötzlich zu eng geworden. Pestallozzi begann zu begreifen.

»Sie meinen, es könnte einen Zusammenhang zum Fall Gleinegg geben?«

Grabner hörte auf, an seinem Hemdkragen zu zerren und hob beschwörend die Hände.

»Gott behüte! Davon war doch keine Rede, Pestallozzi, was legen Sie mir da in den Mund! Nein, es könnte nur eben sein, dass durch die alten Geschichten eine gewisse Sensibilisierung in diese Richtung …«

»Also, der Gleinegg war kein Nazi, das geht aus den Akten eindeutig hervor. Er hat zunächst in der Wehrmacht gedient, ist dann allerdings sehr rasch ins Oberkommando berufen worden. Das hat ganz bestimmt mit seinem Namen und mit Protektion zu tun gehabt. Aber man hat ihm nie Kriegsverbrechen zur Last gelegt. Er war nicht einmal Mitglied der NSDAP.« Wie doch die meisten hier, hätte Pestallozzi beinahe gesagt. »Allerdings …«, Pestallozzi seufzte, »es hat da diesen Querverweis in den Unterlagen gegeben. Ich glaube, es war ein Cousin vom Gleinegg, der dürfte in die Arisierung der jüdischen Anwesen am See verstrickt gewesen sein. Damals haben ja ein paar der schönsten Villen ihre Besitzer gewechselt.«

»Eben!« Grabner lehnte sich in seinem Sessel zurück. »Eben! Und jetzt stellen Sie sich einmal vor, die Journaille bekommt Wind von dieser ganzen Sache und zählt zwei und zwei zusammen. Dann haben wir doch den nächsten Skandal! Was glauben Sie, was das für eine Story wird! Fürst ermordet, seine Familie in die Arisierung von jüdischem Eigentum verstrickt, die Vergangenheit holt uns alle wieder einmal ein.« Grabner hielt inne und blickte sehnsüchtig auf die halb leere Schnapsflasche zwischen ihnen, dann schüttelte er den Kopf. »Die Museen in Wien müssen doch derzeit ihre besten Stücke zurückgeben, wenn das so weitergeht, dann muss man bald nach Chicago fliegen, wenn man sich einen Klimt anschauen will. Nicht, dass wir uns missverstehen, Kollege Pestallozzi. Die Nazis und alles, was da heute wieder aus den Löchern kriecht, sind mir zutiefst verhasst! Aber andererseits, irgendwann muss Schluss sein. Dieses ewige Aufrechnen bringt doch nichts mehr.«

Pestallozzi starrte ebenfalls auf die Schnapsflasche. So leicht hatte er sich heute Morgen gefühlt, beim Rasieren und nachher, als er im Sonnenschein durch die Stadt geschlendert war. Aber die Leichtigkeit war verflogen. Die Vergangenheit hatte sich wieder einmal herabgesenkt, wie eine schwarze Krähe, die auf einem Rapsfeld gelandet war.

»Also, um zu einem Ende zu kommen, Pestallozzi. Kümmern Sie sich um diese jungen Amis und stellen Sie fest, ob es irgendeinen Kontakt zum Gleinegg gegeben hat. Aber um Himmels willen, behandeln Sie die Sache wie ein rohes Ei! Es darf nicht den allerkleinsten Anlass zur Beschwerde geben!«

Pestallozzi nickte und wartete ab. Irgendwo draußen klingelte ein Telefon, dann war es wieder so geisterhaft still, wie es nur in Amtsräumen am Wochenende sein konnte.

»Das wär's!«

Grabner nickte zum Abschied. Er sah plötzlich sehr müde und zerknittert aus. Pestallozzi hätte ihn am liebsten nach dem Lieblingswitz der zukünftigen Frau Minister gefragt, nur um den Präsidenten nicht in diesem Zustand zurückzulassen. Aber natürlich tat er es nicht. Er stand auf und nickte seinem Vorgesetzten zu, dann verließ er das Büro und schloss leise die Tür hinter sich.

Er ging über den Flur zu seinem eigenen Büro und blieb kurz im Türrahmen stehen, um das Durcheinander aus Aktenstapeln und Wurstsemmelkrümeln zu mustern. Dann trat er ans Fenster und sah zum Schloss Mirabell hinüber, wo der Erzbischof und seine Mätresse mit ihrer Kinderschar gelebt hatten, ganz offiziell. Heutzutage wäre das undenkbar. Heute bezahlte die Kirche stillschweigend Alimente für die unehelichen Kinder der Pfarrer, solange die ihre Unkeuschheit nicht an die große Glocke hängten und lieber heimlich in Lüge lebten. Pestallozzi starrte zum Fenster hinaus. Es war, als ob der entscheidende Faden zur Lösung des Falles direkt vor seiner Nase baumeln würde. Er brauchte nur danach zu greifen und anzuziehen, und der ganze Knäuel würde sich auflösen. So wie die alten Wollsocken, die seine Großmutter aufgetrennt hatte, um etwas kratziges Neues daraus zu stricken, das weder die Moni noch er hatten tragen wollen. Aber immer, wenn er die Hand ausstreckte, griff er ins Leere.

*

Die Nebelschwaden krochen vom See über die Uferpromenade hinauf in den Ort. Wie der Schleim aus einem Gruselfilm wälzten sie sich durch die winkeligen Gassen und würden sehr bald auch noch die hartnäckigsten Touristen vertreiben. Ende November begann dann das Remmidemmi rund um den Weihnachtsmarkt, dann kamen wieder die Busse von weit her und brachten Trubel und Lachen und Leben mit. Aber die langen Wochen bis dahin …

Krinzinger drehte eine langsame Montagmorgenrunde durch den Ort – seinen Ort – und registrierte jede Kleinigkeit. Die Mistkübel an der Promenade quollen über von Pappbechern und leeren Flaschen und unappetitlichen Papierln, da würde er sich den jungen Forstinger vorknöpfen müssen, auch wenn die Abfallentsorgung nicht direkt in sein Ressort fiel. Fast ein Jahr lang war der Schlingel nach der Schule arbeitslos gewesen und nur zu Hause herumgelungert. Dann hatte seine Mutter, die Leni, den Bürgermeister so lange bekniet, bis der einen Job für ihren Sohn aus dem Hut gezaubert hatte: ›Müllbeauftragter der Gemeinde‹. Aber der Forstinger Kevin hockte nur weiter zu Hause herum und träumte von der ›Großen Chance‹ oder wie diese Shows im Fernsehen hießen, bei denen sich die Leute vor der ganzen Nation zum Deppen machten. Zweimal schon hatte sich der Kevin mit einem selbst komponierten *Song* beworben und war beide Male in der allerersten Runde hochkant hinausgeflogen. Aber er wollte es unbedingt weiterversuchen, hatte die Leni seufzend erzählt. Die Mistkübel an der Promenade waren dem Schlingel jedenfalls herzlich egal.

Krinzinger stapfte weiter, am Café vorbei. Ein Tee mit Schnaps wäre eine Wohltat gegen das Frösteln gewesen, aber so ein kleiner Einkehrschwung war natürlich undenkbar. Ganz besonders jetzt, wo sich noch immer Journalisten im Ort herumtrieben und jeden Moment diese Polizisten aus Salzburg auftauchen konnten. Das hatte ihnen alles der Gleinegg eingebrockt. Das heißt, natürlich sein Mörder, aber für ihn, den Krinzinger, war in jedem Fall der alte Gleinegg die Ursache für das ganze Schlamassel. Wie ein dunkler Habicht war er da oben in seinem Schloss gehockt. Nie ein freundliches Wort, nie ein Dankeschön. Sogar ihn, den Krinzinger, hatte er behandelt wie einen Lakaien. Und jetzt sollte er sich den Arsch aufreißen, um den zu finden, der die Schweinerei auf der Bank angerichtet hatte. Womöglich sogar sich selbst in Gefahr bringen!

Denn einer, der schon einmal gemordet hatte, der würde bei der nächsten Gelegenheit nicht lange fackeln. Aber da hatten sie die Rechnung ohne ihn gemacht, die Herren Kollegen aus der Stadt und die hochnoble Familie oben im Schloss. Er würde seine Pflicht erfüllen, Dienst nach Vorschrift, ganz recht. Aber nicht einen Fingerbreit mehr. Und was er sich so dachte, das ging keinen was an. Wenn er spät in der Nacht neben seiner Frau wach lag. Die übrigens schnarchte wie ein Besenbinder, auch wenn sie ihm das nie glauben wollte in der Früh. Dann jedenfalls machte auch er sich so seine Gedanken. Wie noch ein paar andere im Ort, ganz bestimmt. Die Leute am Land waren ja nicht blöd, auch wenn die Stadtfritzen das immer noch glaubten. Diese alternativen Typen ganz besonders, die ihm den ganzen Sommer über auf die Nerven gingen. Erst vorige Woche war so eine Ökomutti im Büro aufgetaucht, mit einem plärrenden Kind an der Hand. Die Frau war so aufgebracht gewesen, dass er schon einen zweiten Toten in einer Blutlache befürchtet hatte. Aber dann hatte sich die ganze Aufregung bloß um die *Schwäne* gedreht, einfach unfassbar! Um die Viecher, die schon so fett waren, dass sie kaum mehr watscheln konnten. Weil sie ständig von Touristen mit Kuchen und Hamburgern gefüttert wurden, obwohl überall Verbotsschilder standen. Jedenfalls, die Ökomutti hatte ganz im Ernst bei ihm Anzeige erstatten wollen, gegen die böse Frau auf der Promenade, die die liebe Schwanenfamilie verjagt hatte. Wegen Tierquälerei! Die böse Frau war niemand anderer als die Hammerer Resi gewesen, die völlig zu Recht die Viecher von den Badestegen gescheucht hatte, wo die nämlich am allerliebsten hingackten. Er hatte also stoisch zugehört und dann mit wichtiger Miene in seinen Computer getippt, die Ökomutti unterschreiben lassen und mit einem Bonbon für ihre quengelnde Miniaturausgabe zur Tür hinauskomplimentiert. Dann hatte er das Geschreibsel in den Papierhecksler gesteckt. Die Seminare über einfühlsamen Umgang mit Beschwerdeführern und -innen machten sich halt doch bezahlt. Früher hätte er die Ökomutti hochkant hinausgeworfen.

»Servus, Krinzinger!«

Er schrak hoch und winkte über die Straße. Der Vizebürgermeister winkte zurück, dann verschwand er im Nebel. Krinzinger seufzte. Auf Hawaii müsste man jetzt sein. So wie dieser Detektiv mit dem Schnauzbart, wie hatte der doch bloß geheißen? Als junger Bursch hatte er sich jedenfalls alle Folgen reingezogen und sich in der völlig unsinnigen Hoffnung gewiegt, dass auch er einmal solche Fälle bearbeiten würde. Tote Gangster und schöne Frauen, schnelle Autos und harte Drinks an der Bar. Krinzinger musste beinahe laut lachen, wenn er an den naiven Deppen dachte, der er einmal gewesen war. Und jetzt hockte er schon seit bald 20 Jahren in diesem handtuchgroßen Wachzimmer mit dem mausgrauen Teppichboden und dem Drehsessel, der ihm demnächst einen Bandscheibenvorfall einbringen würde, und plagte sich mit dem Gezänk von ein paar Dutzend Familien herum. Und mit Schwanenfamilien. Und mit dem Gleinegg. Und mit dieser Brandauer Evamarie, die seit bald zwei Jahren die Wohnung über dem Wachzimmer bewohnte. Keine Hiesige, sondern eine aus Tirol, die das Hutgeschäft von der Kuglerin gepachtet hatte, als die wegen Arthritis hatte aufgeben müssen. Eine vordergründig unscheinbare Person, aber ein stilles Wasser! Schon zweimal musste er die Brandauer verwarnen, weil sie ihr Auto völlig ungeniert auf dem für die Einsatzfahrzeuge, also sprich seinen, Krinzingers VW, reservierten Parkplatz abgestellt hatte. Seither lauerte ihm die Brandauer heimtückisch auf und beutelte ihr Staubtuch ausgerechnet dann aus dem Fenster, wenn er, Krinzinger, in seiner adretten Uniform direkt unter ihr die Tür öffnete. Er hatte natürlich bereits ausgiebig über diese Respektlosigkeit nachgegrübelt, aber noch keinen Paragrafen gefunden, mit dem er der Brandauer'schen hätte drohen können. Noch dazu, wo sie seit ein paar Tagen da oben herumrumorte, als ob die Räuber zu Gast wären. Na, die Dame würde schon noch in seine Gasse kommen!

Krinzinger bog von der Promenade ab und schritt allmählich eiliger durch die kurze Allee, die ihn noch vom Wachzimmer trennte. Er hätte nicht so viel Kaffee trinken sollen in der Früh. Ob sich da allmählich die Prostata meldete? Der Doktor drängte ihn schon seit Längerem zu einer Untersuchung, aber allein der Gedanke daran war so peinlich, dass ihm ein Schauer über den Rücken lief. Vielleicht im nächsten Jahr.

Krinzinger war in Laufschritt verfallen, er eilte auf die Tür zum Wachzimmer zu und holte gleichzeitig den Schlüssel aus der Hosentasche. Der Gmoser drehte natürlich gerade wieder eine gemächliche Runde im Auto und nannte das Arbeit, den würde er sich auch demnächst einmal vorknöpfen müssen. Im Postkasten, der neben dem Eingang hing, steckten die obligaten bunten Zettel, obwohl doch groß und deutlich auf einem Schild ›Keine Reklame‹ stand. Ein Schreiben von der Gewerkschaft war auch noch dabei, und ein wattiertes Kuvert mit dem Stempel vom

›Kaiserpark‹, komisch. Er sperrte auf und warf die Tür hinter sich zu und knallte den Poststapel auf den Schreibtisch. Dann verschwand Krinzinger dort, wohin auch der Kaiser zu Fuß gegangen war.

*

Er hatte immer gewusst, wo sein Platz war. Wo er hingehörte.

Überall gab es einen schönen, warmen Platz für die paar Großkopferten. Und ein hartes Bankl für die armen Leut, die viel mehr waren. Er hatte immer auf dem Bankl für die armen Leut gesessen. Neben der Mutter. Die hatte gewusst, wo sie hingehörte. Auch wenn sich ihr Blick ganz selten zur Seite verirrte, immer dann, wenn ER vorbeiging. Aber ER hatte die Mutter nie eines Blickes gewürdigt.

Und jetzt saß er wieder da, und es war so klamm und kalt wie immer, wie damals, vor mehr als drei Jahrzehnten. Die Rückenlehnen hatten noch immer die blank gewetzten hölzernen Buckel im Nacken und in der Lendengegend. Damit man auch ja so richtig unbequem saß und nur ja nicht einnickte beim Gottesdienst. Den armen Leuten war es sogar in der Kirche verwehrt, ein wenig zu schlafen. Während der da vorne immerzu von Sünde und Strafe predigte. Als ob die Sünde etwas wäre, was die armen Leute so furchtbar gerne trieben, Tag und Nacht. Die Mägde und Stubenmädeln bei Nacht, wenn der Herr ins Zimmer kam und sich nahm, was ihm zu gehören schien seit Generationen. Auf die hatte es der da vorne im Ornat ganz besonders abgesehen, gar nicht aufhören konnte er mehr, von der Sündhaftigkeit zu reden, die die Weiber in die Welt gebracht hatten. Und die Mutter neben ihm war immer kleiner geworden und zusammengesunken, als ob es für sie nie ein Himmelreich geben würde.

Ein einziges Mal hatte er sich vor vielen Jahren einmal nach vorne geschlichen, an einem grauen Wochentag, als keine Menschenseele in der Kirche war. Er war vor der Bank ganz vorne gestanden, deren Sitz mit roten Polstern belegt war, wahrhaftig. Dann hatte er einen einzigen Schritt in die Bank hinein gewagt, das Herz hatte ihm geklopft, als ob es ihm gleich die Brust sprengen würde. Und in diesem Augenblick war natürlich der Pfarrer aus der Sakristei hereingekommen, das heißt, eigentlich hatte er sich herangepirscht auf diesen leisen Sohlen von den warmen Filzpantoffeln. Einen Moment lang hatten sie sich angeblickt, und er hatte diese irrwitzige Hoffnung gehabt, dass der Herr Pfarrer etwas sagen, etwas erklären würde. Diese Verzweiflung von ihm nehmen, die mit der Mutter zu tun hatte, mehr wusste er damals auch nicht. Aber der Pfarrer hatte ihn nur gemustert und ihn dann mit einer einzigen Handbewegung hinausgewiesen, hinaus aus der Bank mit den roten Polstern, hinaus aus der Kirche.

Nach diesem Tag hatte er sich weigern wollen, am nächsten Sonntag in die Kirche zu gehen. Aber das war dem Vater, dem Stiefvater, nicht einmal eine Antwort wert gewesen, nur eine Tracht Prügel. Danach hatte er seinen Eigensinn aufgegeben, nicht wegen der Prügel, die gehörten dazu wie das Stück Brot zur Suppe. Aber wenn er nicht parierte, dann würde es als nächstes die Mutter zu spüren bekommen. Und damit hatte ihn der Stiefvater immer und immer wieder in die Knie gezwungen. Bis er endlich mit dem Traktor umgekippt war.

Er hätte sich gerne ein wenig zurückgelehnt, heute, so viele Jahre danach. Aber die Knubbel ließen nur ein verkrümmtes angestrengtes Sitzen zu. Wer sich so etwas hatte einfallen lassen? So eine perfide Gemeinheit? Er konnte sowieso nicht mehr lange bleiben. Gerade waren zwei Touristinnen vorbeigekommen und hatten ihn neugierig angestarrt, den großen Mann in der Kirchenbank.

Ein paar Herzschläge lang wollte er noch verweilen, vielleicht zum letzten Mal an diesem Ort. Es blieb ihm nicht mehr viel Zeit. Denn es würde wohl nicht mehr lange dauern, bis man ihn holen kam. Die Zeit verrann, die Zeit wurde knapp. Andere hätten sich jetzt wohl Gedanken gemacht. Gebeichtet. Ein Testament abgefasst. Aber das war ihm alles gleichgültig. Er hatte nie Wurzeln geschlagen, an keinem der Orte, an die es ihn verweht hatte. Es gab nichts, woran sein Herz hing. Seine Beziehungen waren zu Bruch gegangen und er hatte keine Kinder, wenigstens keine, von denen er wusste. Beinahe hätte er aufgelacht in der Kirchenbank, als ihm dieser Gedanke durch den Kopf ging. Aber es gab einen einzigen Menschen, mit dem er noch sprechen wollte. Dann konnte ihn dieser Chefinspektor holen. Was dann kam, war nicht mehr wichtig.

*

Pestallozzi stand am Gang beim Kaffeeautomaten, als der Anruf kam. Leo nahm ihn entgegen und lauschte, dann ging er kopfschüttelnd den Chef suchen.

»Der Krinzinger will dich sprechen. So wie der klingt, hat er eine neue Leiche entdeckt. Aber mir wollte er um keinen Preis etwas Genaueres sagen. Er muss unbedingt mit dir sprechen.«

Pestallozzi ließ den Becher im Automaten hängen und sprintete zu seinem Büro, dort nahm er den Hörer auf und lauschte ebenfalls.

»Ah ja. Natürlich, ich verstehe. Sehr gut gemacht, Kollege Krinzinger. Wir kommen sofort.«

Leo starrte ihn mit großen Augen erwartungsvoll an, aber Pestallozzi schnappte sich schon sein Jackett, das wie üblich über der Sessellehne hing. »Aufbruch! Du fährst!« Er griff nach der schmalen Mappe, die er übers Wochenende aus dem Berg an Akten und Vernehmungsprotokollen herausgefiltert hatte. »Endlich kommt Bewegung in die Sache! Leo, gib Gas!«

Leo schlug die Hacken zusammen und stürzte nach nebenan, um ebenfalls in seine Jacke zu schlüpfen. Dann rannte er noch einmal zurück und stopfte sich zwei Müsliriegel in die Innentasche. Sie nahmen den Aufzug zur Tiefgarage und eilten zum Skoda, der hinter einem Mauerpfosten von zwei Autos eingekeilt war, eines davon war eindeutig die dunkelblaue Limousine vom Grabner. Aber zum Fluchen blieb keine Zeit, Leo manövrierte den Wagen aus der Lücke und sie preschten die steile Ausfahrt zur Garage hinaus. Durch den zähen Mittagsverkehr und über die Nonntaler Brücke, am Kapuzinerberg vorbei und endlich waren sie auf der lang gezogenen Kurve, die steil bergan hinausführte nach Hof und Fuschl, nach St. Gilgen und weiter nach Bad Ischl und Goisern, und noch weiter nach Hallstatt und Bad Aussee. Aber so weit wollten sie ja gar nicht. Leo riskierte einen kurzen Blick auf Pestallozzi, der neben ihm saß und zum Seitenfenster hinausblickte. Verdammt, wann würde er endlich erfahren, was los war? Manchmal konnte einem der Chef mit seinem versponnenen nachdenklichen Getue ganz schön auf die Eier gehen.

An einem Zebrastreifen knapp hinter Hof machte sich ein Schülerlotse im knallgelben Gilet wichtig und winkte eine Gruppe Knirpse über die Straße, die herumhüpften und kicherten und sich an den Jacken zogen. Leo hätte ihnen am liebsten mit der Hupe Beine gemacht, aber Pestallozzi schien die kurze Unterbrechung Spaß zu machen, jedenfalls konnte ihm der Nachzügler mit dem Spider-Man-Pullover sogar ein Lächeln entlocken. Endlich war das Grüppchen auf der anderen Straßenseite angelangt und Leo gab Gas, dass es sie beide in die Polster presste. Pestallozzi wandte den Kopf.

»Na, na. Ich würde gerne lebend ankommen.«

Leo schwieg bockig. Wenn der Chef es darauf anlegte, ihn heute eben wie einen Chauffeur und nicht wie einen Kollegen zu behandlen, auch gut. Aber dann bitte schön …

»Leo, deine Meinung würde mich wirklich interessieren«, sagte Pestallozzi so unvermutet, dass Leo beinahe den falschen Gang erwischte. »Was ist dir seit dem Mord am Gleinegg aufgefallen? Und zwar im ganz allgemeinen Sinn! Etwas ist doch völlig anders als bei all unseren bisherigen Ermittlungen in ähnlichen Fällen. Ich meine jetzt, wenn ein Verbrechen in einem begrenzten Umfeld stattgefunden hat. Etwas ist anders. Verblüffend! Findest du nicht auch?«

Leo verstand nur Bahnhof. Was war anders? Verblüffend? Im begrenzten Umfeld? Er merkte, wie seine Handflächen zu schwitzen begannen. Verdammt, er musste sich auf die Straße und den Gegenverkehr konzentrieren, wie sollte er da den verschlungenen Gedankengängen vom Chef folgen! Aber der schien zum Glück gar keine Antwort zu erwarten, sondern sinnierte weiter vor sich hin.

»Weißt du, was anders ist? Ich sage es dir! Noch keine einzige Person im direkten Umfeld, ob in der Familie oder unter Bekannten, hat bis jetzt versucht, den Verdacht auf jemanden zu lenken. Es gibt bis jetzt keinen anonymen Hinweis, keine Denunziation. Das habe ich noch nie erlebt. Es ist, als ob alle …«

Er versank wieder in Schweigen, Leo hielt die Luft an. Besser so, als der Chef würde ihn wieder mit rätselhaften Fragen pesten. Und außerdem würde er sowieso in den nächsten Minuten erfahren, was der Krinzinger gefunden hatte. Sie passierten nämlich bereits die Ortseinfahrt und fuhren, nun schon viel langsamer, durch die kurze Allee. Eine Schulklasse kam ihnen entgegen, schon wieder, offenbar war heute landesweiter Wandertag. Leo parkte vor den Fenstern der Polizeidienststelle. Irgendwie war er enttäuscht, er hatte sich Trubel und Aufregung erwartet, stattdessen bewegten sich nicht einmal die Blätter an den Platanen. Sie betraten das Büro, das in einem seltsamen Halbdunkel lag, offenbar waren die Jalousien herabgelassen worden, aus welchen Gründen auch immer. Der junge Gmoser war gleich hinter der Tür postiert, er salutierte sichtlich aufgeregt, wagte aber nicht, sie anzusprechen. Drei Schritte weiter stand Krinzinger vor dem Schreibtisch, so steif, als ob er dort seit seinem Anruf Wache gehalten hätte.

»Kollege Krinzinger«, Pestallozzi nickte ihm freundlich zu.

Krinzinger salutierte ebenfalls.

»Melde gehorsamst, dass der fragliche Gegenstand seit meiner Meldung nicht berührt oder verändert wurde.«

Er trat einen Schritt zur Seite und gab den Blick auf ein weißes Kuvert frei, auf dem ein schäbiges, eher kleines Messer mit einem abgenutzten Holzgriff lag. Leo holte tief Luft. Das ist alles, dachte er eine Sekunde lang. Dann fühlte er, wie das Kribbeln in seinem Nacken einsetzte. Die Mordwaffe. Vielleicht. Möglicherweise. Ach was, ganz bestimmt. Endlich.

Pestallozzi nestelte einen dünnen Gummihandschuh aus einer Jackentasche und zog ihn über seine rechte Hand. Er beugte sich über das Messer und betrachtete es eingehend, dann stupste er es mit einem gummiüberzogenen Zeigefinger einen Millimeter zur Seite, um das Kuvert in Augenschein zu nehmen. Krinzinger wagte sich respektvoll näher.

»Ein ganz normales wattiertes Kuvert. Adresse hat es keine gebraucht, weil es direkt in den Postkasten draußen eingeworfen worden ist. Der einzige Hinweis ist der Stempel vom ›Kaiserpark‹. Aber ich habe dort noch nicht nachgefragt. Ich wollte auf Ihr Eintreffen warten.«

»Danke, das war wirklich umsichtig von Ihnen, Kollegen.« Pestallozzi lächelte Krinzinger und Gmoser zu, die beide strammstanden wie bei einer Ordensverleihung. Dann wandte er sich an Leo. »Hast du Tüten dabei?«

Aber Leo hatte bereits vorausgedacht, betont lässig hielt er dem Chef zwei Plastiktüten hin. Pestallozzi ergriff das Messer mit der behandschuhten Rechten und drehte und wendete es knapp vor seinen Augen, dann ließ er es vorsichtig in die erste Tüte gleiten. Das weiße Kuvert, das offensichtlich mit Luftpolsterfolie gefüttert war, die leise knackte, wurde ebenfalls verpackt. Pestallozzi reichte die Tüten an Leo weiter, dann wandte er sich nochmals an Krinzinger.

»Wenn ich es recht verstehe, dann ist das also kein offizieller Postkasten, der da draußen neben dem Eingang hängt?«

Krinzinger schien nicht besonders glücklich über diese Frage. Er inspizierte ausgiebig seine Schuhspitzen, die erschreckend staubig waren. Aber die Zeiten waren lange vorbei, in denen eine gehorsame Gattin zu Hause die Schuhe geputzt und gewienert hatte. Er seufzte. Und der Postkasten? Wie sollte er das dem Chefinspektor aus der Stadt erklären?

»Also, na ja, das ist bei uns eben so. Den Kasten, also den gibt's schon ewig. Der ist schon da gehängt, wie wir noch ein Gendarmerieposten waren und noch nicht zur Polizei gehört haben. Na ja, und dann ist er eben geblieben.«

»Aha.« Pestallozzi klang weder beeindruckt noch entrüstet. »Und diese Einrichtung hat sich bewährt, nehme ich an?«

Krinzinger blickte kämpferisch drein. »Wohl, das kann man so sagen! Na ja, oft genug stopfen irgendwelche Lausbuben Unsinn hinein, Pornoheftl und solche Sachen. Und zu Silvester explodieren immer ein paar Knallfrösche drinnen, darum schaut der Kasten auch so ramponiert aus. Aber es gibt auch Hinweise, die wollen einem die Leute halt nicht so offen ins Gesicht sagen. Das sind ja keine Denunzianten da im Ort. Aber manchmal war es schon wichtig, dass wir Sachen erfahren haben. Vor zwei Jahren war der alte Palfinger oben bei der Seilbahnstation schon so schwach, dass er seine Tiere nimmer hat versorgen können. Aber er hat es nicht zugeben wollen und niemanden um Hilfe gebeten. Wenn wir da nicht einen Zettel gefunden hätten, dann wären die Küh' im Stall vom Palfinger elendiglich verreckt. Wir haben nachgeschaut, der Gmoser und ich, und im letzten Moment den Tierarzt verständigt. Zwei Gefleckte hat der gleich notschlachten müssen. Der Sepp ist jetzt im Altersheim. Der war noch schlechter beisammen als seine Viecher.«

Pestallozzi nickte bedächtig. »Und wie oft schauen Sie in den Kasten? Jeden Tag?«

Krinzinger nickte eifrig. »Jeden Tag, wenn ich von meiner Runde komme. Heute bin ich sogar bis rauf zur Bundesstraße gegangen und durch die neuen Reihenhäuser an der Ortseinfahrt wieder zurück. Wir haben in letzter Zeit immer öfter Probleme mit Vandalen, so Schmierfinken, die da herumsprayen. Da wollte ich einmal nachschauen. Dann bin ich durchs Zentrum gegangen, am ›Kaiserpark‹ und am Kurpavillon vorbei, dort bin ich auch dem Herrn Vizebürgermeister begegnet. Um halb elf war ich zurück. Ich hab die Reklamen und ein Flugblatt von der Gewerkschaft und das Kuvert mit ins Büro genommen. Dann bin ich, ich meine, dann habe ich nachgeschaut. Das war vielleicht ein Schock, wie das Messer aus dem Kuvert rausgefallen ist. Ich hab's nur einmal ganz kurz mit dem Taschentuch angefasst und aufgehoben. Und dann habe ich sofort bei Ihnen angerufen.«

Pestallozzi wandte sich zum Gehen.

»Leo, du fährst mit dem Messer und dem Kuvert ins Labor. Das hat jetzt absolute Priorität. Ich glaube zwar nicht, dass sich Fingerabdrücke finden lassen, aber vielleicht kann man ja Blutspuren am Holzgriff feststellen.

Dann hätten wir Gewissheit. Vorher müssen wir aber noch ins ›Kaiserpark‹ hinüber.«

Krinzinger wirkte erleichtert und bekümmert zugleich. Erleichtert, dass alles so gut vorübergegangen war, und man ihm keinen Schnitzer vorwerfen konnte. Bekümmert, dass sich das aufregende Zentrum des Geschehens wieder fortbewegte. Er hatte sehr wohl bemerkt, dass der Chefinspektor ihn nicht zum Mitkommen ins ›Kaiserpark‹ aufforderte. Aber die Erleichterung überwog. Sollten sich doch die anderen mit ihren Fragen unbeliebt machen. Er musste hier zurückbleiben und weiter seine Runden durch den Ort drehen. Auch dann noch, wenn den Gleinegg schon längst die Maden aufgefressen hatten.

Pestallozzi und Leo traten wieder zur Tür hinaus. Hinter den Platanen schimmerte der See, ein Segelschiff glitt über seine silbrige Fläche und ließ die Wellen hinter seinem Heck tanzen. Sonst war es still und keine Menschenseele ließ sich blicken. Plötzlich hob Pestallozzi den Kopf und sah zu den Fenstern im ersten Stock hinauf. Er zögerte kurz, dann ging er noch einmal ins Büro zurück, Gmoser und Krinzinger standen bei der Kaffeemaschine und steckten die Köpfe zusammen.

»Ich störe Sie nur ganz kurz, Kollegen«, sagte Pestallozzi. »Aber wer wohnt da über Ihnen im ersten Stock? Ich glaube, ich kann mich erinnern, dass beim letzten Mal jemand hinter dem Vorhang gestanden ist.«

Krinzinger schnaubte, Röte stieg von seinem Hemdkragen bis zu seinen Wangen hoch, es sah aus wie ein Experiment mit Lackmuspapier.

»Das ist die Brandauer Evamarie. Eine unscheinbare Person, aber ein stilles Wasser. Eine Unruhestifterin, wie's im Büchl steht. Kaum, dass sie hergezogen ist vor zwei Jahren, hat es auch schon Probleme gegeben. Auf den Parkplätzen vor dem Haus steht doch wirklich groß und deutlich ›Reserviert für Dienstfahrzeuge‹. Jeder Blinde kann das lesen, nur die Frau Brandauer nicht. Und wie ich sie darauf hingewiesen habe, sehr höflich übrigens, ist sie auch noch frech geworden. Dabei …«

»Könnte diese Frau Brandauer denn nicht etwas gesehen haben?«

Krinzinger sah betreten, dann trotzig drein. »Und wenn schon, die erzählt bestimmt nichts. Bevor die der Polizei hilft, da müsste schon …«

»Na, einen Versuch ist es jedenfalls wert. Danke, Kollegen.«

Sie gingen erneut nach draußen und sahen sich suchend um, Leo deutete nach rechts. Wie bei dem Aufzug zum Loft von Henriette Gleinegg lag auch hier der Eingang auf der rechten Hausseite, aber das war auch schon die einzige Gemeinsamkeit. Eine schmucklose Tür aus braunrotem Metall war in die hellgraue Fassade eingelassen, daneben waren zwei Schilder mit Klingelknöpfen angebracht. Das eine Türschild war noch weiß und leer, auf dem anderen klebte ein Stück Papier, auf das vor längerer Zeit mit einem Kugelschreiber ein Name gekritzelt worden war. Die Schrift sah jedenfalls aus, als ob sie viele Regengüsse abbekommen hätte. Pestallozzi nickte, und Leo drückte auf den Klingelknopf. Nichts geschah, Leo drückte wieder. Und wieder. Endlich knisterte es in der Gegensprechanlage, eine Frauenstimme war zu hören, die »Ja, bitte?« flüsterte.

Pestallozzi neigte sich zu dem Mikrofon. »Frau Brandauer, wir sind Beamte aus Salzburg und würden

Ihnen gerne ein paar kurze Fragen stellen. Dürfen wir hinaufkommen? Sie können gerne vorher bei Inspektor Krinzinger nachfragen. Lassen Sie sich Zeit!«

Aber die haben wir doch gar nicht, dachte Leo. In diesem Moment wurde auf den Öffner gedrückt und die Tür sprang summend auf. Sie betraten das Stiegenhaus, das fensterlos wie ein düsterer Turm nach oben führte. Im ersten Stock gab es links und rechts offenbar je eine Wohneinheit, im linken Türrahmen stand eine Frau und sah ihnen besorgt entgegen.

»Frau Brandauer?« Pestallozzi trat mit einem strahlenden Lächeln auf sie zu und streckte ihr die Hand entgegen. »Ich bin Artur Pestallozzi und das ist mein Kollege Leo Attwenger. Sie brauchen sich nicht die geringsten Sorgen zu machen, glauben Sie mir. Aber es besteht die Möglichkeit, dass Sie uns bei Ermittlungen weiterhelfen könnten, möglicherweise. Dürfen wir ganz kurz hereinkommen?«

Der Chef hätte sogar die alte Schützenhofer zum Schmelzen gebracht, dachte Leo. Die mich immer so mit ihrem ›ti-ätsch‹ sekkiert hat, dieser Englischdrachen. Allerdings, die Frau vor ihnen hatte nicht die allerkleinste Ähnlichkeit mit der Schützenhofer, und mit einem Drachen schon gar nicht. Sie sah im Gegenteil so blass und farblos aus, dass sie mit der kreidefarbenen Tapete und dem ockerfarbenen Teppichboden beinahe zu verschmelzen schien. Du lieber Himmel, wie kann man bloß so wohnen, dachte Leo. Hier krieg ich ja eine Depression, wenn ich nur ins Zimmer hineinschaue.

Die Frau machte eine schüchtern-einladende Bewegung, und sie folgten ihr durch einen Vorraum in das offenbar einzige Zimmer der Wohnung. An Möbeln gab es nur ein Bett und einen Schrank, die aussahen wie von einer Jugendherberge ausgemustert. Eine winzige Kochnische schloss sich an das dreiteilige Fenster an, eine weitere Tür führte bestimmt in das Badezimmer. Überall standen Kisten und Kartons, neben dem einzigen Sessel, einem aufklappbaren Campingstuhl, stand eine leere Kaffeetasse auf dem Boden. Die Frau verknotete ihre Hände.

»Es tut mir furchtbar leid, aber ich kann Ihnen nichts anbieten, nicht einmal eine Sitzgelegenheit. Es ist wirklich ...«

Das Lächeln von Pestallozzi ließ sie verstummen.

»Wir werden Sie ganz bestimmt nicht länger aufhalten als nötig! Sie ziehen gerade aus? Oder ein?«

Sie lächelte zum ersten Mal, das Lächeln gab ihrem Gesicht beinahe Farbe. Leo hätte sie auf 40 Jahre geschätzt, plus/minus. Heutzutage konnte man sich bei diesem Thema ja ganz furchtbar in die Nesseln setzen, am besten, man hielt den Mund. Die Frau wirkte jedenfalls sonderbar altmodisch, als ob sie den Anschluss an die Gegenwart schon vor langer Zeit verpasst hätte. Sie trug ihre Haare im Nacken zu einem Knoten geschlungen und war völlig ungeschminkt. Das Gilet über der Bluse sah aus wie selbst gestrickt, so ähnliche Zopfmuster hatte seine eigene Oma vor vielen Jahren fabriziert.

»Ich ziehe aus, Gott sei Dank! Die Wohnung war nur möbliert gemietet. Ich bin vor zwei Jahren hergekommen, nach meiner Scheidung, weil ich gehört habe, dass das Hutgeschäft an der Promenade zugesperrt hat. Ich habe es günstig mieten können und eine Wollstube eröffnet.«

Sie sagte das mit einem Anflug von Stolz, Leo starrte sie ratlos an. Eine Wollstube? Was sollte das denn sein? Die Brandauer redete weiter.

»Ich habe mir gedacht, dass so ein Geschäft gut gehen könnte, mit den vielen Touristen, die herkommen, und mit den vielen Regentagen im Sommer. Die Leute können ja nicht immer nur fernsehen oder in der Konditorei sitzen. Aber dann hat der große Hobbymarkt auf der Straße nach Ischl eröffnet, und die haben einfach alles zum Basteln und Stricken, alle Garne und Farben, und das zu Preisen, mit denen habe ich beim besten Willen nicht mithalten können.«

»Das tut uns leid.«

Sie zuckte die Achseln. »Es hat ja nicht nur an den Preisen gelegen. Ich habe einfach keinen Kontakt zu den Leuten gefunden. Zu den Gästen nicht und noch weniger zu den Einheimischen. Als Frau allein ist man hier verloren. Niemand redet mit einem, man kann in kein Lokal gehen, nur in die Kirche, überall wird man angestarrt, und hinter dem Rücken tuscheln sie, ganz besonders die anderen Frauen. Es war schrecklich.«

Jetzt sah die Brandauer aus, als ob sie gleich losheulen würde, auch das noch. Er hatte nicht einmal ein Taschentuch eingesteckt, nur seine Müsliriegel. Leo hätte die nur ungern geteilt.

»Das glaube ich Ihnen gerne.«

Der Chef sah mitfühlend drein, aber er hielt Abstand. Die Frau schluckte und straffte ihren Rücken.

»Unser Kollege, der Inspektor Krinzinger hat uns erzählt, dass …«

»Dass ich auf seinem Parkplatz gestanden bin? Ein oder

zwei Mal ist mir das passiert, wie ich damals eingezogen bin und die ganzen Kisten hab alleine schleppen müssen, das Geschirr und die Kleider. Da habe ich mich falsch hingestellt, weil es so geregnet hat. Dann habe ich einmal das Fensterbrett abgewischt, da ist er gerade aus dem Büro unten herausgekommen, aber ich habe ihn nicht gesehen und das Tuch ausgebeutelt. Seither behandelt er mich wie eine Schwerverbrecherin.«

Sie sahen sich alle drei an, die Unterlippe der Frau zitterte. Plötzlich brach der Chef in Lachen aus, die Brandauer sah ihn völlig entgeistert an – und endlich lachten sie alle drei, die Brandauer sah aus, als ob sie ein bisschen aus der Übung wäre, sie hielt sich die Hand vor den Mund und kicherte wie ein Teenager. Dann brach sie abrupt ab und strich sich die dunkelblonden Strähnen zurück, die sich aus dem Knoten gelöst und ihr ins Gesicht gefallen waren.

»Ich bin so was von froh, wenn ich hier wegkomme«, sagte sie. »Ich gehe nach Kufstein zurück. Meine Schwester führt dort ein Café, da kann ich halbtags aushelfen. Und dann werde ich schon etwas finden, vielleicht sogar wieder als Handarbeitslehrerin an der Hauswirtschaftsschule, das habe ich nämlich gelernt. Nur weg von hier.«

Der Chef nickte, als ob er das ebenfalls für eine ausgezeichnete Idee halten würde. Dann wurde er wieder ernst und dienstlich.

»Frau Brandauer, ich kann Sie gut verstehen. Aber vorher müssen Sie uns noch helfen, denn ich bin überzeugt, dass Sie das können. Waren Sie heute Vormittag zu Hause?«

Sie sah ihn entgeistert an, dann nickte sie ebenfalls, aber eher zögernd. »Warum?«

»Haben Sie jemanden gesehen, der unten etwas abgegeben hat? Oder in den Briefkasten gesteckt hat?«

»Ist das wichtig?«

»Das wäre sogar sehr wichtig. Sie haben doch vom Herrn Gleinegg gehört, nicht wahr? Wir gehen gerade einer wichtigen Spur nach!«

Nun war auch der letzte Rest von Belustigung aus ihrem Gesicht verschwunden, Leo tat sie fast leid. Er war sich ziemlich sicher, dass die Brandauer Evamarie nicht allzu bald wieder von Lachen geschüttelt werden würde. Aber sie wusste etwas, das war ihr deutlich anzumerken.

»Ich bin keine Schnüfflerin, Herr Inspektor!«

»Natürlich nicht, so war das auch ganz bestimmt nicht gemeint, Frau Brandauer. Aber es wäre wirklich sehr wichtig für uns. Vielleicht haben Sie ja etwas gesehen oder gehört und deshalb beim Fenster hinausgeschaut. Irgendwann vor elf.«

Sie nickte langsam und zögerlich. »Oh ja, einmal hat ein Moped so laut geknattert. Dann ist es stehen geblieben, und jemand ist kurz zur Tür vom Wachzimmer gelaufen. Mehr habe ich nicht gesehen, weil das Fenster nicht offen war, und ich mich ja hätte über das Fensterbrett lehnen müssen. Dann ist der Mann wieder zum Moped, das heißt, es war eigentlich mehr ein junger Bursch, ganz bestimmt sogar, und dann ist er davongefahren. Das ist alles, was ich weiß.«

»Können Sie den jungen Mann beschreiben? Haben Sie sein Gesicht gesehen?«

Sie schüttelte entschieden den Kopf. »Ich habe ihn ja nur von oben und von hinten gesehen. Außerdem hat er so eine Kapuzenjacke getragen, wie das die jungen Leute jetzt alle tun. Irgendwie schauen die so unheimlich damit aus.«

»Und das Moped, könnten Sie das näher beschreiben? War irgendetwas auffällig daran?«

Sie zögerte. »Es ist mir irgendwie bekannt vorgekommen. Der Lenker war so …« Sie suchte nach Worten. »Der Lenker war so anders. Höher als sonst.«

Sie schwiegen alle drei, der billige Teppichflor schien unter ihren Füßen wie elektrisch aufgeladen zu knistern. Leo versuchte sich vorzustellen, in so einem möblierten Einzimmerappartement nach einer Scheidung allein seine Abende und Wochenenden zu verbringen. Oder nein, er versuchte es lieber nicht.

»Frau Brandauer«, sagte der Chef. »Sie werden nach Kufstein zurückgehen, und dort wird es besser sein, glauben Sie mir. Sie haben bestimmt die richtige Entscheidung getroffen. Aber vorher sollten Sie mir wirklich alles sagen, was Sie wissen oder gesehen haben oder sich möglicherweise auch nur denken. Dann wird es leichter für Sie sein, mit allem hier abzuschließen. Sonst werden Sie sich noch lange mit Grübeln und mit Erinnerungen herumplagen, glauben Sie mir.«

Sie zupfte wieder an ihren Haaren. Leo stellte sich vor, wie die Brandauer zwei Jahre lang durch den Ort gegangen war, eine Zugezogene aus Kufstein hinterm deutschen Eck, die niemand brauchte und die niemandem abgehen würde, wenn sie jetzt endlich verschwand. Aber der Chef nahm sie ernst und hörte ihr zu und gab ihr Ratschläge, etwas, das sie wohl schon früher gebraucht hätte.

»Doch, ich denke mir was«, sagte sie langsam, aber mit fester Stimme. »Das Moped mit dem Lenker, also das habe ich schon ein paarmal gesehen. Es steht immer am Parkplatz vom ›Kaiserpark‹. Aber nicht am Gästeparkplatz, sondern auf dem fürs Personal hinter dem Haus. Beschwören würde ich das nicht, aber ich bin mir ziemlich sicher.«

Vor dem Haus wurde ein Motor angelassen, dann entfernte sich der Wagen durch die Allee. Wahrscheinlich der Gmoser auf einer Inspektionsrunde, um die Graffitisprayer in Schach zu halten.

»Frau Brandauer, Sie haben uns wirklich sehr geholfen!«, sagte der Chef. »Vielen Dank!« Er sah sich im Zimmer um. »Werden Sie zurechtkommen? Brauchen Sie Hilfe?«

Sie lächelte, endlich entspannt. »Am Wochenende kommen mein Schwager und meine Schwester, die helfen mir beim Übersiedeln.«

»Dann wünsche ich Ihnen alles Gute. Könnten Sie meinem Kollegen noch Ihre neue Adresse sagen, damit wir Sie eventuell noch erreichen können?«

Sie sah einen Moment lang erschrocken drein, wie alle Zeugen in dieser Situation. Wenn ihnen aufging, welches Gewicht ihren Sätzen plötzlich zugemessen wurde. Aber dann nannte sie eine Adresse mit Tiroler Postleitzahl, die Leo notierte. Anschließend verabschiedeten sie sich, der Chef bedankte sich nochmals für ihre Mithilfe. Fürs Bedanken fand der Chef immer Zeit. Dann stiegen sie wieder über die düstere Treppe nach unten und gingen ums Eck zum Wagen. Krinzinger stand im Türrahmen.

»Nette Frau«, sagte Pestallozzi freundlich im Vorübergehen. Krinzinger blieb der Mund offen.

Fünf Minuten später parkten sie vor dem ›Kaiserpark‹. Es war schon drei Uhr vorbei und außerdem bereits zu kühl, um noch auf der Terrasse zu sitzen. Die Tische waren zwar einladend gedeckt, aber die Gäste zogen es mittlerweile vor, von der verglasten Veranda aus den Blick auf den

See zu genießen. Leo dachte sehnsüchtig einen Moment lang an Kaffee und Apfelstrudel, aber dann verdrängte er dieses Bild tapfer. Sie waren einen Riesenschritt weitergekommen, auch wenn das Messer und das Kuvert noch nicht im Labor untersucht worden waren. Heute war entschieden kein Tag für gemütliche Pausen.

Pestallozzi deutete hinters Haus. Sie gingen über den großen Gästeparkplatz, auf dem noch immer eine ansehnliche Anzahl von Autos stand, hauptsächlich mit italienischen und deutschen Kennzeichen, ein paar Wiener und Ungarn waren auch dabei. Eine niedere Hecke trennte den Platz von einer weiteren Fläche, auf der Lieferwagen und kleine japanische Dosen standen, typische Frauenwagen, in die Leo nur unter einer vorgehaltenen Pistole einsteigen würde. Zwei Fahrräder waren an einem eisernen Pfosten angekettet. Ein Moped stand hinter dem letzten Lieferwagen in der Reihe, es glänzte und funkelte und zeugte von der hingebungsvollen Pflege seines Besitzers. Der Lenker stach sofort ins Auge, er war viel höher und breiter als die üblichen Modelle und zwang den Fahrer ganz bestimmt zu einer kerzengeraden Haltung. Pestallozzi blieb stehen und musterte das Moped, Leo notierte sein Kennzeichen.

Ein Mädchen mit tomatenroten Haaren kam auf den Parkplatz, vielleicht 16 oder 17 Jahre alt. Neugierig sah es zu ihnen herüber, dann machte es sich an einem der Radschlösser zu schaffen. Pestallozzi nickte Leo auffordernd zu. Der schlenderte betont lässig auf das Mädchen zu. »Hallo! Kannst du uns vielleicht sagen, wem das Moped gehört?«

Sie schwankte zwischen flapsig und geschmeichelt. »Welches? Das dort drüben?«

Leo nickte und deutete auf das einzige Moped am Platz.

»Das gehört dem Fabi. Dem Fabian. Der arbeitet bei uns in der Küche.«

»Danke.« Knapp und sachlich. Leo schlenderte zum Chef zurück, der hatte sowieso alles mitgehört. Das Mädchen mit den tomatenroten Haaren stand unschlüssig da, dann schwang es sich auf das Fahrrad und fuhr davon, schon bei der Ausfahrt zur Straße nestelte es sein Handy hervor.

»Also dann.« Pestallozzi ging voraus, Leo hinterdrein, so betraten sie das ›Kaiserpark‹.

Bei ihrem ersten Besuch waren sie einfach durchs Foyer in die Küche gegangen, vorher hatten sie auf der Terrasse ein paar Würstel verdrückt. Aber jetzt sahen sie sich mit anderen Augen um. Das berühmte ›Kaiserpark‹ war erst vor drei Saisonen von Grund auf renoviert worden, mit dem Geld einer Schweizer Investmentgruppe. Und die hatte es an nichts fehlen lassen. Das Foyer hätte genauso gut in Lech oder Zürs oder Kitzbühel Gäste empfangen können. Lederfauteuils gruppierten sich um einen offenen Kamin, in dem jetzt allerdings ein Gesteck aus Ästen, roten Hagebutten und Sonnenblumen stand. Internationale Zeitungen lagen auf den kleinen Tischen, ein roter Teppich wies den Weg zur holzgetäfelten Rezeption. Leise Musik drang aus unsichtbaren Lautsprechern, warmes Licht strahlte von oben aus 100 kleinen Lämpchen. Im ›Kaiserpark‹ schien immer die Sonne. Sie marschierten auf die Rezeption zu, der Teppich dämpfte ihre Schritte. Die junge Frau im dunkelblauen Kostüm sah ihnen erwartungsvoll entgegen und knipste ihr strahlendstes Lächeln an. Offenbar war sie eine der wenigen im Ort, die noch nicht wusste, wen sie da vor sich hatte.

»Guten Tag, herzlich willkommen im ›Kaiserpark‹. Mein Name ist Stefanie, was kann ich für Sie tun?«

Pestallozzi lächelte zurück, als ob er gleich die Kaisersuite mit Whirlpool reservieren würde.

»Guten Tag, Stefanie. Wir würden gerne mit dem Hotelchef sprechen, ich glaube, Herr Klose ist sein Name. Wir haben schon einmal kurz miteinander gesprochen.«

Sie wirkte einen Moment lang verwirrt, dann war sie wieder professionell. In einem Fünfsternehotel wie dem ›Kaiserpark‹ standen nur Absolventen von erstklassigen Tourismusfachhochschulen an der Rezeption.

»Das tut mir sehr leid, aber Herr Direktor Klose befindet sich gerade auf einem Seminar in St. Gallen. Doch ich könnte seinen Stellvertreter verständigen, Herrn Blücher. Wenn Sie sich bitte einen Moment gedulden wollen? Wie waren Ihre Namen?«

Pestallozzi lächelte. »Pestallozzi und Attwenger. Ich bin mir sicher, Herr Blücher weiß Bescheid.«

Die junge Frau verschwand in einem Raum hinter der Rezeption, sie verhandelte kurz am Telefon, offenbar mit einer Sekretärin. Dann erschien sie wieder mit ihrem strahlenden Lächeln, das sie offenbar erst spätabends ausknipste.

»Herr Blücher wird sofort bei Ihnen sein. Darf ich Sie bitten, kurz Platz zu nehmen? Kann ich Ihnen etwas bringen lassen, einen Kaffee vielleicht oder einen frisch gepressten Orangensaft?«

»Vielen Dank!«

Pestallozzi schüttelte den Kopf, Leo hielt das für übertriebene Zurückhaltung. Dann ließen sie sich auf Fauteuils in der Nähe der Rezeption nieder. Italienische Kids tollten durch die Halle, zwei ältere amerikanische Paare gingen vorbei, die Männer in groß karierten Hosen wie auf dem Golfplatz. Ihre Frauen unterhielten sich offenbar über ein Konzert, das sie gestern Abend gesehen hatten. »Mozart is such a genius …«

Leo fand es immer wieder aufs Neue komisch, dass Menschen aus aller Welt anreisten, um zu bestaunen, was für ihn selbstverständlich war. Die Stadt und die Seen rundum, Mozartkugeln und Mozarts Geburtshaus, das Weiße Rössl. Salzburg im Sommer war wie ein Ameisenhaufen, über jeden Stein und jeden Hügel krabbelten Touristen. Ganz selten, für einen kurzen Augenblick, war er dann richtig stolz auf seine Heimat. Aber meistens fand er das Gewimmel nur mühsam. Seine Vorstellung von einem Traumurlaub war es sowieso, auf einer Harley durch Australien zu düsen, zum Ayers Rock und retour, und anschließend ein kühles Bier in Sydney und eine heiße Nacht mit der Gewinnerin vom landesweiten Wet-T-Shirt-Wettbewerb. Hasta la vista, baby!

Der Mann, der auf sie zukam, sah entschieden mehr nach trockenem Weißwein als nach Bier aus. Einer, der bestimmt so affig das Glas schwenkte und am Inhalt roch und dann mit dem ersten Schluck endlos gurgelte, bevor er Unsinn von sich gab à la ›Erdiger Abgang‹ oder ›Fruchtnote mit einer Prise Zimt, eine Spur zu säuerlich‹. Manches Mal war Leo echt froh, dass der Chef das Reden besorgte. Sie standen auf und schüttelten einander die Hand, Vizedirektor Blücher begrüßte sie mit einem bedauernden Lächeln.

»Meine Herren, ich bin leider mitten in einer Besprechung mit meinem Team. Wir planen gerade einen Ayurveda-Spa mit Klangschalenmassage. Als Haus dieser Größenordnung muss man einfach einen Wellnessbereich der Extraklasse bieten. Aber ich stehe selbstverständlich kurz zu Ihrer Verfügung. Es gibt doch hoffentlich kein ernsthaftes Problem?«

Er sah sich bedeutsam um, aber die anderen Gäste in der Lobby waren allesamt mit sich und ihren Anliegen beschäftigt. Nur zwei Frauen in Jogginganzügen bedachten die drei Männer mit interessierten Blicken, ehe sie in den Aufzug stiegen. Vizedirektor Blücher machte eine einladende Bewegung und zog die Hosenbeine seines Nadelstreifanzuges einen Millimeter weit hoch, dann setzten sie sich alle drei.

»Herr Blücher, wir werden Sie nicht lange aufhalten«, sagte Pestallozzi. »Aber es gibt neue Entwicklungen im Fall Gleinegg, und ich muss deshalb in Ihrem Haus Befragungen durchführen. Selbstverständlich diskret. Glauben Sie mir, ich kenne alle Ihre Bedenken und Einwände, die Sie jetzt gerne anführen wollen. Aber ich leite nicht zum ersten Mal Ermittlungen an einem so heiklen Ort und ich versichere Ihnen, dass Ihre Gäste nicht behelligt werden. Außer es wird zwingend notwendig. Das wäre also geklärt. Und nun zu meiner Frage: Ist bei Ihnen in der Küche ein gewisser Fabian beschäftigt?«

Blücher hatte keine Miene verzogen. Als Topmanager war er darauf trainiert, mit den Widrigkeiten der Branche umzugehen. Wasserrohrbrüche, randalierende Gäste, Edelnutten, Polizisten im Haus. Nun sah er doch etwas irritiert, aber noch nicht erschrocken drein.

»Fabian? Das kann eigentlich nur der Fabian Loibner sein, der ist bei uns Lehrling im zweiten Jahr. Ich habe das Aufnahmegespräch mit ihm sogar selbst geführt. Ein netter Bursche, würde ich ganz spontan sagen. Im zweiten Lehrjahr kann man ja noch nicht wirklich beurteilen, ob so ein Jugendlicher die nötige Ausdauer besitzen wird. Aber der Edi Schmutz, unser Chefkoch, meint, dass der Fabian durchaus das Talent zum Patissier hätte.«

Ein Knirps in funkelnagelneuer Lederhose rannte vorbei, seine japanische Mutter hinterdrein. Blücher nickte der Frau grüßend zu, dann blickte er wieder auf Pestallozzi, nun konnte er seine Besorgnis doch nicht mehr ganz verbergen. »Hat der Fabian etwas angestellt? Er wird doch nicht etwa in diesen Fall verwickelt sein?«

Pestallozzi schüttelte den Kopf. »Davon gehen wir nicht aus. Aber ich muss ihm ein paar Fragen stellen. Ist er da?«

»Mir ist nichts Gegenteiliges bekannt. Wir haben zwar derzeit einige Krankmeldungen, aber das ist nicht außergewöhnlich am Ende der Hauptsaison. Da sind die Leute einfach ausgepowert. Gastronomie ist ein Knochenjob.«

»Das kann ich mir gut vorstellen«, sagte Pestallozzi und erhob sich, Leo machte es ihm nach. Blücher stand ebenfalls auf.

»Ach ja«, sagte Pestallozzi. »Eine Frage hätte ich noch. Verwenden Sie für Ihre Postsendungen eigentlich Stempel?«

Blücher verstand offenkundig nur mehr Bahnhof. »Stempel? Sie meinen diese altmodischen Geräte mit Griff und Stempelkissen? Nein, natürlich nicht, bei uns läuft die gesamte Etikettierung über Computer.«

»Das habe ich mir gedacht. Aber es könnte doch sein, dass sich in irgendeinem Büro noch ein paar alte Stempel finden lassen, oder?«

»Nun ja, möglicherweise. Ich kann es natürlich nicht hundertprozentig ausschließen.«

Vizedirektor Blücher sah drein, als ob Pestallozzi die Existenz von Mäusen im Speisesaal angedeutet hätte. Pestallozzi schien es nicht zu bemerken.

»Dann werden wir einmal schauen, ob wir den Fabian Loibner finden!«

»Darf ich Ihnen den Weg zur Küche zeigen? Sie können selbstverständlich eines der Büros benutzen, um ...«

»Danke, wir kennen den Weg bereits«, sagte Pestallozzi freundlich. »Sollten wir noch Fragen haben, dann werden wir Sie umgehend kontaktieren. Einstweilen sehr herzlichen Dank für Ihr Entgegenkommen.«

Blücher stand da und rang um eine Haltung, die Überblick und Contenance ausdrücken sollte, die jungen Frauen an der Rezeption schauten neugierig herüber. Er griff in seine Jacketttasche und nestelte eine Visitenkarte aus einem silbernen Etui. »Unter dieser Nummer bin ich 24 Stunden zu erreichen. Wann immer Sie etwas benötigen, lassen Sie es mich bitte wissen.«

»Danke«, sagte Pestallozzi nochmals. Leo nahm die Visitenkarte entgegen und steckte sie in seine hintere Hosentasche. Dann gingen sie wieder durch den langen Gang über den dicken Teppich, an der Rezeption vorbei und den Toiletten. Goldfarbene Figuren prangten an den weiß lackierten Türen, eine Dame in geraffter Krinoline und ein Herr im Gehrock. Ganz am Ende des Ganges waren Geklapper und Stimmen zu hören und das Brummen einer großen Maschine. Sie passierten die breite Flügeltür und standen in der Hotelküche. Diesmal ging es entschieden geschäftiger zu als bei ihrem letzten Besuch.

Offenbar wurde gerade das Abendessen vorbereitet, es roch nach scharf angebratenem Fleisch, wahrscheinlich Lamm, und Brokkoli. Zitroniger Dunst waberte durch den Raum, als eine Frau mit Gummihandschuhen die Tür des riesigen Geschirrspülers öffnete. Zwei Mädchen mit weißen Kopftüchern schnitten Wurzelwerk in Streifen so dünn wie Fäden, ein drittes füllte gerade einen Spritzsack mit einer Masse, die aussah wie Gemüsemayonnaise. Leo hatte den Eindruck, dass sich mindestens ein Dutzend Menschen in der Küche aufhielten, jeder für sich vollkommen konzentriert beschäftigt. Und doch würde aus diesem Chaos am Ende ein Menü werden, oder Speisen à la carte, einfach rätselhaft.

Edi Schmutz stand mit dem Rücken zu ihnen und schien einem jüngeren Mann etwas zu erklären, es ging offenbar um eine silberne Form, die der gerade aus einem Wasserbad hob. Dann schien er die Veränderung in seinem Rücken zu fühlen, die Blicke und die Stimmen seiner Leute, die um eine Nuance leiser wurden. Er drehte sich um und hielt eine Sekunde lang inne, dann kam er auf die Besucher zu. Er trug als Einziger eine hohe, gestärkte weiße Mütze, die unerklärlicherweise nicht ins Rutschen geriet, eine schwarz-weiß karierte Hose und ein langärmeliges, tunikaartiges weißes Hemd, das bis zum Kragen hinauf zugeknöpft war. Außerdem ein weißes Tuch, das er um den Hals geschlungen und vorne zweimal verknotet hatte. Leo stand schon der Schweiß auf der Stirn, wenn er den Mann nur ansah.

»Wieder einmal zu Gast in meiner Küche?«

Der Küchenchef klang nicht wirklich aggressiv, aber auch nicht wirklich freundlich. Leo merkte zum ersten Mal, wie massig der Edi Schmutz war. Den sollte man bei einer Wirtshausrauferei nicht unbedingt als Gegner erwischen.

»Wir würden uns gerne ein wenig umsehen«, sagte Pestallozzi und nickte freundlich in die Runde. »Wenn Sie nichts dagegen haben.«

Natürlich war es vollkommen ohne Bedeutung, ob irgendwer im Raum etwas dagegen hatte, Leo wippte kämpferisch auf den Fersen. Aber die kleinen Höflichkeiten vom Chef machten es anderen Menschen möglich, das Gesicht zu wahren. Edi Schmutz wies großzügig mit dem Kinn hinter sich.

»Bitte sehr, schauen Sie sich um.«

Pestallozzi und Leo gingen langsam in die Küche hinein, zwischen den langen Tischen hindurch und an den Waschbecken vorbei, in denen Hackbretter und Töpfe zum Schrubben lagen. Edi Schmutz folgte ihnen gemessen mit einem Schritt Abstand, wie ein Museumsdirektor, der für die Fragen der hohen Gäste bestens gewappnet war. Vor einem Messerblock blieb Pestallozzi stehen. »Darf ich?«

Er zog ein langes schmales Messer mit einem schwarzen Griff aus dem Holzblock, die Klinge sah so scharf wie Silberfolie aus. In der Küche war es vollkommen still, nur irgendwo simmerte eine Flüssigkeit.

»Schönes Gerät, das Sie da haben«, sagte Pestallozzi.

Edi Schmutz zuckte ein wenig geringschätzig mit den Achseln. »Das sind ganz normale Küchenmesser, die können Sie in jedem besseren Haushaltsgeschäft kaufen. Aber jetzt zeige ich Ihnen etwas wirklich Besonderes.«

Er ging zu einer Anrichte, auf der Fische zum Filetieren bereit lagen, und zog die oberste Lade auf. Er griff hinein und holte eine Stoffrolle heraus, die er auf die Arbeitsfläche legte. Dann begann er den Stoff vorsichtig aufzuwickeln und nach jeder Drehung ein Messer aus einer der eingenähten Taschen zu nehmen. Schließlich lagen sechs Messer auf dem Tuch, wie die Orgelpfeifen, vom kleinen kompakten über geriffelte und gewellte bis zu einer Klinge, die aussah wie ein Samuraischwert. Jedenfalls stellte sich Leo so die Messer vor, mit denen diese Verrückten da drüben früher Harakiri begangen hatten.

»Das sind japanische Sonderanfertigungen«, sagte Edi Schmutz, er konnte den Stolz nicht ganz aus seiner Stimme verbannen. »Nach meinen ganz persönlichen Vorstellungen hergestellt und geschliffen. Fast alle Chefköche lassen sich solche Messer anfertigen. Sie sind natürlich nur für meinen eigenen Gebrauch bestimmt.«

Natürlich, dachte Leo. Kein Mensch, der seine sieben Sinne beisammen hatte, würde ein Messer vom Edi Schmutz zum Kartoffelschälen entwenden.

»Das habe ich nicht gewusst«, sagte Pestallozzi. »Wirklich sehr interessant.« Er ließ den Blick schweifen. »Aber Sie haben doch bestimmt auch ganz normale Küchenutensilien in Verwendung. Plastikschüsseln oder Vorratsdosen. Oder billige kleine Messer zum Beispiel.«

Edi Schmutz zuckte mit keiner Wimper. »In einer Küche kommt allerhand zusammen.«

Gleich kommt's, dachte Leo. Gleich wird der Chef die Tüte mit dem Messer von mir verlangen und in die Höhe halten, und dann möchte ich mal sehen, wie …

»Ist der Fabian Loibner da?«, fragte Pestallozzi. »Den hätte ich gerne gesprochen.«

Einen Herzschlag lang dachte Leo, dass der bullige Edi Schmutz nach der Anrichte greifen würde, um nicht umzukippen. So erschüttert sah er drein. Angezählt nannte man das beim Boxen. Endlich rappelte er sich wieder zusammen, unter seiner Kochmütze waren kleine Schweißperlen aufgetaucht.

»Was wollen Sie denn vom Fabian? Hat er was ausgefressen?«

»Gar nichts!« Pestallozzi hob beschwichtigend die Hände. »Wir brauchen nur eine Auskunft von ihm.«

Edi Schmutz deutete zu einem Abwaschbecken, an dem sich ein Bursch zu schaffen machte, der wie die anderen eine fast knöchellange Schürze über der Hose trug. Er war der Einzige im Raum, der ihnen den Rücken zuwandte, das fiel Leo gerade auf. Offenbar rieb er mit aller Kraft eine Pfanne sauber.

»Fabian, komm her!«

Aber der Fabian schien seinen Chef nicht zu hören, alle anderen im Raum hielten den Atem an. Pestallozzi machte eine beschwichtigende Bewegung zu Edi Schmutz und ging zu dem Abwaschbecken hinüber, Leo hinterdrein.

»Fabian Loibner?«, fragte Pestallozzi freundlich.

Der Bursch sah hoch, so erschrocken, als ob Pestallozzi eine Pistole statt einer Frage auf ihn gerichtet hätte. Irgendwie kam er Leo bekannt vor. War das nicht der Lehrling, der beim letzten Mal vom Schmutz so zusammengestaucht worden war? Die arme Socke. Noch dazu war er mit einer Akne geschlagen, die wirklich zum Fürchten aussah. Rote und gelbeitrige Pusteln überzogen seine Stirn, die Wangen und das Kinn. Ein paar davon hatte er offenbar aufgekratzt, die sahen wie entzündete Krater aus. Leo starrte in das Gesicht vom Fabian Loibner. An was erinnerte ihn das bloß? An wen? Natürlich, Leo zuckte beinahe zurück.

An die Geschichte, die diese Henriette Gleinegg erzählt hatte. Von ihrer Schwester. Und ihrer Tante. Und dieser geheimnisvollen Krankheit. Leo machte einen kleinen Schritt zurück. Ausgerechnet hier in diesem Haus hatte er Würstel gegessen! Wenn die nur nicht dieser Fabian aus dem Wasser genommen und auf den Teller gelegt hatte.

»Fabian, wir würden uns gerne kurz mit Ihnen unterhalten«, sagte der Chef gerade. »Gibt es hier irgendwo eine ruhige Ecke?«

Der junge Loibner brachte keinen Ton heraus, aber Edi Schmutz war bereits wieder in ihrem Rücken aufgetaucht. »Sie können mein Büro nehmen, das ist gleich nebenan.«

Er wies auf eine Tür, die offenstand und von der Küche in einen kleinen Raum führte. Sie gingen hinein, Pestallozzi voran, der Fabian Loibner wie ein Delinquent auf dem Weg zur Hinrichtung in der Mitte, Leo und Edi Schmutz hinterdrein. In dem fensterlosen Raum standen ein Schreibtisch, ein Drehsessel und zwei Wandregale. Handbeschriebene Listen, bunte Prospekte und Computerausdrucke türmten sich auf dem Schreibtisch und quollen aus den Regalen, ein verkümmerter Asparagus mit gelben Wedeln zierte das Brett über dem Heizkörper. Neben dem Schreibtisch auf dem Boden stand eine halb volle Kognakflasche. Es war so eng, dass sie sich beinahe berührten. Als Edi Schmutz auch noch hereindrängen wollte, hob Pestallozzi eine Hand. »Vielen Dank, Herr Schmutz. Aber wir würden uns gerne allein mit dem Fabian unterhalten.«

Edi Schmutz hörte das gar nicht gerne, es war ihm deutlich anzumerken. Doch dann schloss er die Tür, endlich waren sie nur mehr zu dritt. Der Fabian Loibner war mittlerweile so blass, dass die Pickel fast zu leuchten schienen. Er stand da und starrte auf seine Tennisschuhe, die unter der Schürze hervorragten. Pestallozzi betrachtete ihn freundlich.

»Also, Fabian. Ich darf doch du sagen, oder? Bist du eigentlich mit der Loibner Hanni verwandt? Das ist nämlich eine sehr nette Frau, die ich vorige Woche kennengelernt habe.«

Der Fabian Loibner hielt den Kopf so tief gesenkt, dass er kaum zu verstehen war. »Das ist meine Tante. Die Tante Hanni ist die Frau vom Bruder von meinem Vater.«

»Aha, sehr schön. Also, Fabian, was kannst du mir erzählen? Denn es gibt doch etwas zu erzählen, nicht wahr?«

Fabian Loibner starrte auf seine Tennisschuhe.

Pestallozzi streckte die Hand aus, und Leo schaltete in der Sekunde. Er holte die beiden Tüten hervor und reichte sie dem Chef. Fabian Loibner riskierte einen kurzen Blick darauf und schniefte, er sah nun drein, als ob er am liebsten laut losgeschluchzt und nach seiner Mama gerufen hätte. Pestallozzi hielt ihm die Tüten unter die Nase. »Fabian?«

Schweigen und Schnaufen.

»Ich weiß gar nix«, sagte der Fabian Loibner endlich. Es hätte wohl trotzig klingen sollen, aber es klang nur kläglich.

»Schau, Fabian«, sagte der Chef. »Das hilft doch alles nichts. Wir hören jetzt auf mit den Spielchen und du erzählst mir die ganze Geschichte. Und lass das Leugnen, ja? Man hat dich nämlich gesehen, wie du das Kuvert in den Postkasten gesteckt hast. Aber wenn dir eine Gegenüberstellung lieber ist, na ja, von mir aus.«

Der Loibner Fabian gab klein bei. Er hob den Kopf und sah Pestallozzi an. Nie wieder würde er sich in Ermittlungen einmischen, das stand in sein pickeliges Bubengesicht geschrieben.

»Mit dem Mord hab ich nix zu tun! Ich schwör's!«

»Das weiß ich doch«, sagte Pestallozzi. »Aber wie bist du zu dem Messer gekommen?«

»Das ist auf einmal da gewesen. In der Küche. So ein Messer haben wir nie verwendet. Und ich hab dann nur so zum Spaß zum Patrick …« Er verstummte.

»Weiter«, sagte Pestallozzi sanft.

»Ich hab dann zu einem Freund von mir gesagt, dass bei uns vielleicht das Messer aufgetaucht ist, mit dem der Gleinegg … Na ja, und der hat dann …« Er verstummte wieder, offenbar wurde die Sache kompliziert.

»Ist dein Freund vielleicht der Patrick Gmoser?«, fragte Pestallozzi. Leo starrte ihn ehrfürchtig an. Wie der immer Namen und Verbindungen aus dem Hut zauberte, der Chef war ein echter Zauberer.

Fabian Loibner schluckte und nickte.

»Also weiter«, drängte Pestallozzi.

»Ich hab's dem Patrick erzählt. Und der hat den Jakob, den Rittlinger, einmal so ganz nebenbei gefragt, ob er weiß, wie das Messer ausgeschaut hat, mit dem der Baron erstochen worden ist. Der hat zuerst nix sagen wollen, aber dann hat er dem Patrick erzählt, dass es wahrscheinlich das kleine Jausenmesser gewesen ist, das er immer bei sich getragen hat, so eines mit einem Holzgriff. Und dann hat der Patrick gesagt, dass wir es probieren sollen. Vielleicht ist es ja wirklich das Mordmesser, das ich bei uns in der Küche gefunden hab. Und dass die Familie vom Gleinegg so reich ist, die haben sogar einen Rolls-Royce in der Garage, dass die bestimmt eine Belohnung zahlen, wenn man die Polizei auf die richtige Spur bringt. Deshalb hab ich auch den Stempel genommen, aus der Lade, wo die ganzen alten Sachen liegen, die Fundsachen und so. Damit wir beweisen können, dass das Messer von uns ist, wenn es wirklich das richtige ist. Für die Belohnung.«

Er verstummte und schnaufte wieder, vielleicht hatte er ja Polypen in der Nase. Der Loibner Fabian schien ein ziemlicher Unglückswurm zu sein.

»Grandios«, sagte Pestallozzi. »Und ihr seid keinen Moment lang auf die Idee gekommen, dass es das Allerbeste und Klügste wäre, das Messer direkt zur Polizei zu bringen? Damit keine Zeit verloren geht? Und keine Spuren verwischt werden?«

Der Loibner Fabian wechselte unbehaglich von einem Fuß auf den anderen und sah zur Tür, hinter der er völlig zu Recht seinen Chef vermutete. »Dem Herrn Schmutz wär das bestimmt nicht recht gewesen. Und dann ist der Patrick ja der Neffe vom Inspektor Gmoser, und da ist es halt …« Er verstummte wieder. Pestallozzi nickte resigniert. Ja, wenn jeder jeden kannte und alle miteinander verschwägert waren, dann war es nicht so leicht, die richtige Entscheidung zu treffen. Immerhin hatten die beiden Möchtegerndetektive es wenigstens versucht. Er sah den Delinquenten an.

»Du kannst gehen.«

Der Loibner Fabian stolperte beinahe über seine eigenen Füße, so eilig hatte er es plötzlich. Vor der Tür blieb er aber noch einmal stehen. »Gibt es wirklich eine Belohnung?«

»Die Belohnung ist«, sagte Pestallozzi, »dass ich versuchen werde, dir und dem Patrick die sehr unangenehmen

Folgen wegen Behinderung der Ermittlungen in einem Mordfall zu ersparen. Reicht das?«

Der Loibner Fabian wurde knallrot, was seine Pusteln immerhin gnädig verblassen ließ. »D-danke«, stotterte er und schoss zur Tür hinaus. Einen Moment lang war es ruhig im Raum. Dann betrat Edi Schmutz Respekt gebietend sein Büro und zog die Tür hinter sich zu. Es blieb still. Auf dem Schreibtisch lagen noch immer die Tüten mit dem Kuvert und dem Messer. Edi Schmutz musterte sie neugierig.

»Kennen Sie dieses Messer, Herr Schmutz?«

»Das sehe ich heute zum ersten Mal.«

Draußen rumpelte wieder eine Geschirrspülmaschine. Edi Schmutz stand da wie ein Boxer, der sich wieder hochgerappelt hatte und zum Fight entschlossen war.

»Würden Sie mir einen Gefallen tun, Herr Schmutz?«

Der Chef sprach so sanft, als ob er bloß um einen Salzstreuer bitten würde. Edi Schmutz nickte gnädig.

»Würden Sie so freundlich sein und Ihre Hemdärmel hochkrempeln?«

Leo hatte den Eindruck, als ob die Temperatur in dem kleinen Raum innerhalb einer Sekunde hochschnellen würde, Schweiß rann ihm über den Rücken. Natürlich! Wie hatte er das bloß übersehen können! Alle anderen in der dampfig heißen Küche trugen T-Shirts, nur der Edi Schmutz war zugeknöpft bis obenhin und bis runter zu den Handgelenken. Was hatte der zu verbergen? Schnittwunden von einem Abwehrkampf? Aber würde er einfach so der Bitte vom Chef nachkommen? Leo holte tief Luft und straffte seinen durchtrainierten Body. Womöglich gab es gleich einen Kampfeinsatz. Sie maßen sich alle drei mit Blicken. Dann grinste der Edi Schmutz plötzlich und begann seine Manschetten aufzuknöpfen.

»Sie glauben also von mir, dass ich eines von meinen japanischen Messern genommen und den Gleinegg damit abgestochen hab? Oder womöglich mit dem da!« Er deutete höhnisch auf die Plastiktüte mit dem billigen Jausenmesser. »Und jetzt sind Sie mir auf die Spur gekommen und ich soll Ihnen die Schnitte zeigen, die ich mir dabei geholt habe? Bitte schön!«

Er schob die Hemdärmel bis zum Ellbogen hoch und präsentierte ihnen seine Unterarme. Nicht die kleinste Schnittwunde war zu sehen, nur rote Stellen, die seine Haut schuppig sprenkelten. Edi Schmutz hielt Pestallozzi seine Arme hin.

»Ein Ekzem, mit dem ich mich seit Jahren herumplage. Keine lustige Sache, wenn man Koch ist, das können Sie mir glauben.«

»Danke!« Pestallozzi sah Edi Schmutz ins Gesicht. »Das tut mir leid für Sie!«

Schmutz zuckte die Achseln und rollte wieder seine Hemdärmel hinunter.

»Brauchen Sie mein Büro noch?«

»Wir sind schon fertig. Danke für Ihr Entgegenkommen. Und, Herr Schmutz, der Fabian Loibner hat nichts angestellt. Darauf möchte ich Sie ausdrücklich hinweisen. Wir haben nur eine Frage an ihn gehabt.«

Edi Schmutz lächelte zum ersten Mal. »Danke. Der Bursche ist nämlich wirklich tüchtig. Das hätte mir leid getan, wenn es Probleme mit ihm geben würde.«

»Kein Grund dazu. Wir finden schon hinaus. Auf Wiedersehen!«

Sie ließen Edi Schmutz in seinem Büro zurück und gingen durch die Küche hinaus. Niemand sprach ein Wort, alle Mitarbeiter waren tief über Pfannen und Bretter gebeugt und offenbar voll mit Rühren und Abschmecken beschäftigt. Auch vom Fabian Loibner bekamen sie nur den Rücken zu sehen. Dafür stand Direktor Blücher noch immer an der Rezeption, obwohl doch sein Team angeblich auf ihn wartete. Er kam sofort auf sie zu.

»Sind Ihre Fragen beantwortet worden? Ich hoffe natürlich sehr, dass ich den jungen Loibner nicht vor die Tür setzen muss! Der Bengel hat doch nichts Ernsthaftes ausgefressen, oder?«

Direktor Blücher schenkte ihnen ein breites Lächeln, aber die Anspannung lauerte gleich dahinter.

»Nichts dergleichen«, beruhigte ihn Pestallozzi. »Aus dem Fabian wird bestimmt noch ein guter Patissier.«

›Patissier‹ ... mit was für Wörtern der Chef so lässig um sich warf! War das jetzt ein Bäcker? Oder der Typ, der sich um die Weine kümmerte? Nö, das war doch der Sommelier. Leo grübelte vor sich hin.

»Ach Leo, ich komme gleich nach, ja?«

Pestallozzi sah ihn freundlich an, Leo starrte verdattert zurück. Was war das jetzt, wieso wurde er weggeschickt wie ein Lehrling? Er nickte Blücher lässig zu und stakste nach draußen, so cool wie möglich. Pestallozzi wandte sich nochmals an den stellvertretenden Direktor des ›Kaiserpark‹.

»In Ihrer Dependance ist eine Gruppe junger Amerikaner abgestiegen, nicht wahr?«

Blüchers aufgesetzte Heiterkeit war wie weggewischt, er senkte die Stimme. »Allerdings. Sehr nette junge Leute. Sie sind vorige Woche angereist und werden uns übermorgen wieder verlassen. Ich vermute, Sie wissen Bescheid.«

Pestallozzi überhörte diese Vertraulichkeit. »Ich hätte gerne mit ihnen gesprochen. Haben Sie eine Ahnung, wo ich sie antreffen kann? Am See vielleicht oder im Hotel?«

Blücher kam noch näher, Pestallozzi widerstand dem Wunsch, einen Schritt zurückzutreten.

»Die Gruppe ist heute an den Traunsee gefahren. Sie wissen schon ...«

Pestallozzi wartete ab. Blücher warf einen Blick nach links und nach rechts, aber zum Glück sah keiner der Gäste her.

»In das ehemalige KZ. Sie machen dort eine Führung.«

»Ah ja, sehr interessant. Und morgen? Ist für morgen schon eine Unternehmung geplant?«

»Soviel ich weiß, nicht. Das heißt, für morgen Nachmittag ist in unserem Gartenbereich ein Barbecue bestellt worden. Von der Dame vom ›Jewish Welcome Service‹, die diese Reise begleitet.«

»Ausgezeichnet, dann werde ich morgen vorbeischauen. Haben Sie vielen Dank für Ihre Hilfe.«

Sie schüttelten einander die Hand. Vizedirektor Blücher sah drein, als ob er unverzüglich eine Klangschalenmassage mit Ayurveda-Beschwörungsformeln benötigen würde.

Pestallozzi verließ das ›Kaiserpark‹, nicht ohne den jungen Frauen an der Rezeption grüßend zuzunicken. Leo stand breitbeinig auf den Stufen vor dem Eingang und überblickte das Ortszentrum wie ein Sheriff. Pestallozzis Mundwinkel zuckten, dann war er wieder ernst. Er stupste den Jüngeren von hinten an die Schulter. »Komm, lass uns ein paar Schritte gehen.« Leo gab das Schmollen in der Sekunde auf.

Sie überquerten den Platz vor dem ›Kaiserpark‹ und gingen hinüber zur Uferpromenade, zwei hochgewachsene Männer mit dunklen Haaren, der ältere ging ein wenig nachlässig krumm, der jüngere sah aus, als ob er seine Schritte ständig zügeln musste, um nicht zu tänzeln und zu hüpfen. Die Frauen sahen ihnen nach, Urlauberinnen von den Balkonen des ›Kaiserpark‹ aus, die Kellnerin Suse aus ihrem Café heraus, wo sie gerade die Fensterbänke wischte. Was für fesche Kerle das waren, die zwei. So unterschiedlich und doch so männlich, alle beide. Ob die wohl eine Frau hatten oder eine Freundin? Bestimmt, die besten Männer waren immer schon vergeben, ein alter Hut. Die Kellnerin Suse seufzte und beschloss, sich einen kleinen Prosecco und eine Zigarette zu vergönnen. Die Urlauberinnen auf den Balkonen wandten sich wieder der Sonne zu, die blass gegen den Nebel ankämpfte. Ob die Tagescreme ausreichen würde? Oder doch besser einen Sonnenschutzfaktor 5 auftragen? In die Dampfkammer, oder sich zum Spazierengehen aufraffen? Erholung war eine anstrengende Angelegenheit.

Pestallozzi und Leo hatten keine Ahnung, wie viele Seufzer sie auslösten. Sie gingen am See entlang, Enten schwammen aufgeregt zum nächsten Steg, voller Hoffnung auf Kuchenkrumen. Aber die Männer hatten ihre Hände in die Jackentaschen vergraben und starrten beide auf den Uferweg.

»Was glaubst du: Ist es wirklich das Mordmesser?«, fragte Leo zögernd. »Oder ist mit diesem Pickelgesicht die Fantasie durchgegangen?«

Pestallozzi nickte langsam und bedächtig.

»Jetzt müssen wir erst einmal die Untersuchung im Labor abwarten. Obwohl ich wenig Hoffnung habe, dass die noch etwas bringen wird. Das Messer ist bestimmt schon mehrmals durch den Geschirrspüler gelaufen. Und die Lisa muss sich unbedingt noch einmal den Einstichkanal vom Gleinegg anschauen und mit diesem Jausenmesser vergleichen. Ich weiß, es ist nur so ein Gefühl. Aber irgendetwas sagt mir, dass der Loibner Fabian die richtige Ahnung gehabt hat.«

Sie gingen weiter, beide ins Grübeln versunken, beinahe wären sie mit dem Paar zusammengestoßen, das ihnen auf der Uferpromenade entgegenkam. Leo sah den Mann an, den kannte er doch aus der Zeitung. Das war doch …

Pestallozzi blieb abrupt stehen. »Herr Gleinegg?«

Raffael Gleinegg und die Frau neben ihm blieben ebenfalls stehen. Die Frau war so attraktiv, dass es Leo beinahe den Atem raubte. Sie trug Jeans und einen grauen Pullover, der ihr nachlässig über die eine Schulter gerutscht war und nackte Haut preisgab, ihre langen Beine steckten in Reitstiefeln. Ihr Haar war kurz geschnitten, was Leo normalerweise an Frauen nicht allzu sehr schätzte, aber diesem Klasseweib standen die schwarzen Fransen einfach fantastisch. Ihre Augen waren ganz eindeutig grün, das hatte er bis jetzt noch nie in natura gesehen, grüne Augen, die schräg standen wie bei einer Katze. Ihre Backenknochen …

»Guten Tag, Herr Gleinegg!«, sagte Pestallozzi. »Ich bin Chefinspektor Artur Pestallozzi und das ist mein Kollege Leo Attwenger. Wir ermitteln im Fall Ihres Vaters, wie Sie wahrscheinlich wissen. Endlich lernen wir uns persönlich kennen. Erlauben Sie, dass ich Ihnen unser Beileid ausspreche.«

Raffael Gleinegg rang sich ein höfliches Lächeln ab. Der sah ja aus, als ob er in seinen Klamotten geschlafen hätte, fand Leo. Ein verknautschter Rocker in Lederjacke, mit schulterlangen Locken und Stiefeln, die von Staub überkrustet waren. Den einzigen Sohn vom alten Gleinegg, einen sogenannten Baron, hatte er sich jedenfalls anders vorgestellt.

»Danke. Meine Schwestern haben mir schon von Ihnen erzählt, die Henriette und auch die Helene und die Monika. Sie scheinen Ihre Untersuchungen auf eher ungewöhnliche Art zu führen, Herr Pestallozzi.«

»Es handelt sich auch um einen ungewöhnlichen Fall«, sagte Pestallozzi sanft. Dann sah er die grünäugige junge Frau an und machte eine kleine Verbeugung.

»Oh, Verzeihung«, sagte Raffael Gleinegg. »Darf ich vorstellen? Meine Cousine Chiara Ritolo, eine Nichte meiner verstorbenen Mutter. Bei uns trifft gerade die ganze Familie ein. Wir machen einen kleinen Spaziergang, die Chiara und ich. Sie versteht leider kein Deutsch.«

»Hello«, sagte Leo lässig, leider klang es ein wenig undeutlich, er hätte sich besser vorher räuspern sollen. Diese Chiara Ritolo bedachte ihn mit einem unergründlichen Blick, der sein Herz kurz stolpern ließ und auch unterhalb seines Gürtels gewisse Reaktionen provozierte. Dann sah sie wieder den Chef an.

»Meine Schwestern haben mir gesagt, dass Sie auch mit mir noch sprechen wollen«, sagte Raffael Gleinegg. »Leider bin ich derzeit …«

»Das ist kein Problem mehr«, sagte Pestallozzi. »Ich

denke nämlich, dass wir mittlerweile bereits auf dem richtigen Weg sind. Aber wenn Sie uns etwas mitteilen wollen, so stehe ich selbstverständlich jederzeit zu Ihrer Verfügung.«

Chiara Ritolo ließ ein Geräusch hören, als ob eine Kaugummiblase in ihrem Mund platzen würde. Die beiden Männer starrten sich an.

»Dann ist es ja gut«, sagte Raffael Gleinegg langsam. »Bedeutet das, dass Sie bereits einen Verdächtigen haben? Wenn ja, dann würde ich das gerne wissen.«

»Dafür ist es noch zu früh. Aber die einzelnen Teile ergeben ganz langsam ein Bild.«

Es war dem jungen Gleinegg – der in Wirklichkeit gar nicht mehr so jung war, in seiner Hippiefrisur zeigten sich die ersten grauen Fäden – deutlich anzusehen, dass ihm diese Antwort nicht schmeckte. Leo holte tief Luft, aber er spannte seinen Körper nicht an wie vorher, als der Chef den Edi Schmutz aufgefordert hatte, die Hemdärmel hochzukrempeln. Dieser Raffael Gleinegg hatte nun mal eine exzellente Erziehung genossen, ungeputzte Stiefel hin oder her. Der würde keine Probleme machen.

»Dann wollen wir Sie nicht länger aufhalten«, sagte Raffael Gleinegg und griff nach der Armbeuge seiner Cousine. Der sarkastische Unterton in seiner Stimme war nur schwer überhörbar. »Alles Gute für Ihre Arbeit, Herr Chefinspektor. Ich hoffe, ich werde es erfahren, wenn Sie den Mörder meines Vaters gefunden haben.«

»Sie werden unter den Ersten sein«, sagte Pestallozzi. Keiner lächelte mehr, nicht einmal aus purer Höflichkeit. Dann gingen der junge Gleinegg und seine Cousine weiter, Pestallozzi und Leo sahen ihnen nach.

»Und das soll der Sohn vom alten Gleinegg sein?«, fragte Leo, als die beiden sicher außer Hörweite waren. »Der schaut ja aus wie ein Anwärter für die Obdachlosenschlafstelle hinter der Kajetanerkirche.«

»Nach der Testamentseröffnung wird er unter den zehn reichsten Männern im Land sein«, sagte Pestallozzi. »Das ist in einem Nachruf auf seinen Vater gestanden.«

Raffael Gleinegg, der zukünftige elfte Baron Gleinegg, fühlte, wie ihm noch immer das Herz pochte. Auf alles war er gefasst gewesen, bloß nicht auf diese Begegnung. Seine einzige Sorge war es gewesen, dass sie der Anna begegnen könnten. Die rief ständig an, und er hielt sie bloß hin. Er war so ein erbärmlicher Feigling. Irgendwann würde er die Sache mit der Anna klären müssen. Er hatte sie wirklich gern, so gern wie eine Schwester. Na ja, wahrscheinlich doch um einiges mehr, wenn er zum Vergleich an die Helene oder die Moni dachte. Aber trotzdem, mit der Anna ins Bett zu gehen, das wäre ihm einfach unanständig vorgekommen, fast obszön, wie Inzest, einfach grauslich. Aber die Anna sah das anders, davor konnte er jetzt nicht länger die Augen verschließen. Ihre wenigen Beziehungen waren immer schon nach kurzer Zeit gescheitert, und dann war sie jedes Mal zu ihm gekommen und hatte sich ausgeweint. Und hatte ihn so angesehen, als ob sie sich mehr als Trost erwarten würde und dass er nur den Arm um sie legte. Wenigstens schien die Chiara keine solchen Gedanken zu hegen, na ja, zumindestens hoffte er das inständig. Obwohl sie auch irgendwie so lasziv geworden war. Die fohlenbeinige Chiara, der er vor wer weiß wie vielen Jahren das Schwimmen beigebracht hatte. Auf jeden Fall hatte sie so getan, als ob sie nicht schwimmen könnte, und sie hatten einen Sommer lang im Wasser herumgebalgt und waren auf dem Steg gelegen, um sich zu trocken. Dann war sie vorgestern mit ihren Eltern und zwei Brüdern aufgetaucht, mitsamt einem ganzen Pulk Verwandtschaft vom Comer See, und sah plötzlich aus wie ein Fotomodell, angeblich jobbte sie sogar für die ›Vogue‹, das hatte sie ihm jedenfalls ganz stolz erzählt, als ob ihn das beeindrucken würde. Und jetzt lief sie neben ihm her und warf ihm schräge Blicke von der Seite zu, er hatte also weiß Gott genug am Hals. Und dann stand da plötzlich dieser Chefinspektor wie aus dem Nichts vor ihm, der noch viel schlimmer war, als die Henriette und die Helene und die Monika geschildert hatten. Das heißt, die hatten diesen Pestallozzi ja gar nicht als schlimm geschildert, ganz im Gegenteil, die Stimme von der Henriette hatte richtig verklärt geklungen, als sie ihm von dem Gespräch berichtet hatte. Aber er wusste es besser, schließlich war er ein Mann, der auf Blicke und das ganze Getue nicht hereinfiel. Ein ganz abgefeimter Hund war das, dieser Pestallozzi. Der konnte ihm …

Die massige Gestalt stand so plötzlich vorm ›Kaiserpark‹, wo sie einen Espresso trinken wollten, dass er beinahe das Gleichgewicht verlor, als er im letzten Moment ausweichen wollte. Verdammt, was war denn heute nur los … dann sah er dem Mann ins Gesicht und hätte ihn am liebsten umarmt, bis ihnen beiden die Luft ausgehen würde. Aber das hatten sie nie getan, also boxte er ihm einfach nur gegen den Brustkorb, aber das mit aller Kraft. Männer zeigten ihre Zuneigung eben auf komische Art. »Edi, alte Schnapsnase! Endlich!«

Der andere grinste über das ganze Gesicht. »Raffi, alter Sack! Herumtreiber!« Sie tauschten noch ein paar Hiebe aus, dann wurden sie im gleichen Augenblick ernst.

»Tut mir echt leid.«

»Schon gut.«

Sie schwiegen beide.

»Das ist die Chiara«, sagte Raffi und deutete auf seine grünäugige Cousine.

Edi Schmutz stippte sich wie salutierend an die Schläfe, dann sah er wieder Raffi an. »Wie geht's bei euch oben jetzt weiter?«

»Sie haben ihn noch nicht freigegeben für das Begräbnis. Mal schauen. Ich bin gerade diesem Chefinspektor und noch einem zweiten begegnet. Ein komischer Vogel.«

Edi Schmutz nickte. »Was ist, hast einmal Zeit für ein Bier?«

»Aber immer. Was ist mit morgen Abend? Neun Uhr? Im Bootshaus?«

»Same time, same station!«

Sie grinsten sich an wie Verschwörer.

»Also dann!«

»Bis morgen!«

Edi Schmutz nickte der dünnen jungen Frau im grauen Pullover zu, sie tauschten noch ein paar Püffe aus. Dann trollte sich der Edi in Richtung Pavillon, Raffi sah ihm nach.

»Das war der Edi«, sagte er zu Chiara, völlig überflüssigerweise, noch dazu auf Deutsch.

Chiara sah ihm ebenfalls nach. Der grobschlächtige Mann mit dem roten Gesicht hatte sie kaum angesehen. Genauso wie es ihr Cousin Raffi seit vorgestern machte.

Und die beiden Commissarii vorhin waren ebenso mit Blindheit geschlagen gewesen, nun ja, der jüngere nicht ganz, der hatte sie mit den üblichen Glupschaugen angestarrt. Aber der ältere war in ein Duell mit ihrem Cousin Raffi verstrickt gewesen, dessen Regeln sie einfach nicht kapiert hatte. Von ihr hatten sie nicht einmal Notiz genommen. Was war nur mit den Männern los? Chiara Ritolo, grünäugiges ›Vogue‹-Model, fühlte sich plötzlich wie ein Trostpreis. Es war ein Gefühl, das ihr bisher fremd gewesen war.

*

Lisa Kleinschmidt hielt das Handy so fest umklammert, dass es beinahe knackte. Wie hatte sie nur diese Stimme früher so sehr lieben können? Georg klang wie ein Oberlehrer, wie ein Pfarrer, der von der Kanzel predigte. Nie hörte er wirklich zu, alles wusste er besser. Unglückseligerweise hatte sie sich dazu hinreißen lassen, ihm von Maxens Geburtstagswunsch zu erzählen, und jetzt bekam sie natürlich einen Vortrag zum Thema Kindererziehung zu hören.

»Ein Haustier wäre in dieser Situation durchaus angebracht. Die Kinder, ganz besonders Max, leiden ja noch immer unter der Trennung. Du bekommst das wahrscheinlich nicht so mit, du bist ja ständig im Institut, aber wenn sie übers Wochenende bei mir sind, dann merke ich das sehr wohl. Auch die Gundula sagt, dass es …«

Sie hätte das Handy am liebsten gegen die Wand geschmettert. Aha, bin jetzt vielleicht ich schuld an der Trennung? Bist nicht du damals zu deiner Sprechstundenhilfe abgehauen und hast tagelang nichts von dir hören lassen? Und ich habe die Fragen unserer Kinder beantworten müssen? Wo ist der Papa? Ist er böse auf uns, weil wir so laut waren am Wochenende? Mama, wann kommt der Papa wieder zurück? Und sie hatte mit einem starren Lächeln Ausreden erfinden und den Max und die Miriam trösten müssen. Die Mama und der Papa verstehen sich nicht mehr so gut, aber er wird immer euer Papa bleiben. Er hat euch lieb, das wisst ihr doch. Blablabla. Den ganzen Kram eben, den man erzählte, wenn eine Familie auseinanderbrach. Sie hatte nie, niemals, auch nur ein einziges böses Wort über ihn verloren. Und jetzt wagte er es, ihr mit Ratschlägen von der Gundula zu kommen. Ausgerechnet von der Gundula, bei der Max und Miriam ständig ermahnt wurden, auf den Wohnzimmerteppich zu achten und ja keine Schokolade auf dem Ledersofa zu verschmieren. Aber sie musste unbedingt ruhig bleiben, denn sie wusste aus Erfahrung: Nur ein wütender Satz von ihr – und er würde sie wieder ins Eck der verbitterten verlassenen Gattin drängen. Sie holte tief Luft.

»Georg, ich muss jetzt wirklich aufhören. Im Labor warten sie schon auf mich. Wir haben von der Mordkommission ein Messer bekommen, das im Fall Gleinegg von Bedeutung sein könnte. Also bitte, fasse dich kurz.«

Das war natürlich eine Lüge, denn das Messer lag längst vor ihr. Und außerdem war es eine unentschuldbare Indiskretion über die laufenden Ermittlungen, aber sie hatte sich diese kleine Prahlerei einfach nicht verkneifen können. Sollte er doch ruhig wissen, dass seine Exgattin für den aufsehenerregendsten Mordfall des Landes zuständig war.

»Ach, du hast mit dem Gleinegg zu tun? Wirklich? Ist

für so ein Kaliber nicht eure Chefin zuständig? Eine Tochter von ihm ist übrigens Patientin von mir. Henriette heißt sie, glaube ich. Genau, Henriette Gleinegg. Na ja, wie auch immer. Also, lass dir das mit dem Hund noch einmal durch den Kopf gehen, ja? Die Gundula sagt immer, es ist alles nur eine Frage der Organisation.«

Sie musste dieses Gespräch auf der Stelle beenden, ehe ihr Geduldsfaden in tausend Teilchen zerriss.

»Du Georg, es klopft gerade, ich muss aufhören, ja?«

Sie drückte auf den roten Knopf an ihrem Handy, bevor ihr Ex noch einmal zu Wort kommen konnte. Geschafft. So müde und erledigt fühlte sie sich nicht einmal, wenn sie zwölf oder fünfzehn Stunden im Seziersaal verbracht hatte. Oder noch länger. Wie damals, nach dem entsetzlichen Unglück im Tunnel von Kaprun. Als ein simples Heizgerät in der Gletscherbahn Feuer gefangen und 155 Menschen getötet hatte, die meisten davon waren Kinder und Jugendliche gewesen. Kinder und Jugendliche, die zum Skifahren aufs Kitzsteinhorn wollten. Rund um das Institut hatte es damals ausgesehen wie im Krieg, mit schwarzen Planen war das Gelände abgeriegelt worden. Und dann waren die Leichensäcke mit den verbrannten Überresten gekommen und die Eltern hatten draußen gewartet, die meisten ganz starr vor Kummer, und alle hatten sie diese verzweifelte Hoffnung gehabt, dass ihr Kind nicht dabei sein würde. Das ganze Team hatte wochenlang rund um die Uhr gearbeitet, Zahnabdrücke und Haarproben verglichen, verbranntes Fleisch untersucht und Knochen zugeordnet. Es war das größte Unglück des Landes seit dem Zweiten Weltkrieg gewesen und war es immer noch. Jedes Mal, wenn sie bei der Identifizierung eines Leichensackes ›erfolgreich‹ gewesen waren – was für ein bitteres Wort in diesem Zusammenhang – dann hatte jemand hinausgehen und es den Angehörigen beibringen müssen. Diese Wochen hatten ihr Leben verändert. Als sie ans Institut gekommen war, war sie unsicher gewesen, ob sie nicht lieber doch auf eine andere Fachrichtung umsatteln sollte. Aber nach Kaprun war alles anders gewesen. Am schlimmsten für die Familien war die Ungewissheit, das hatte sie damals begriffen. Wie ist mein Kind gestorben, Frau Doktor? Bitte sagen Sie es mir. Ist das wirklich mein Mann, kann ich sicher sein? Die Toten hatten ein Recht auf den Namen, den sie im Leben getragen hatten. Und auf die Klärung, wie sie gestorben waren. Um das ›warum‹ mussten sich andere kümmern. Artur zum Beispiel.

Sie sah auf das Messer, das eingetütet auf ihrem Schreibtisch lag. Die Blutspuren hatten für eine Bestimmung nicht ausgereicht. Aber der Vergleich mit dem Stichkanal im Bauch des Opfers hatte eine eindeutige Übereinstimmung ergeben. Ob Artur den Täter finden würde? Sie musste ihm unbedingt noch die Ergebnisse ihrer Nachforschungen zu dieser seltsamen Krankheit mailen, die bei den Gleineggs offenbar immer wieder ausbrach. Hoffentlich konnte sie ihm wenigstens ein wenig helfen! Alle sahen ihm auf die Finger und warteten auf ein rasches Ergebnis, sie beneidete ihn nicht um den Job. Artur Pestallozzi galt als hervorragender Kriminalist, aber er hatte sich mit seiner distanzierten Art sehr wohl auch Feinde gemacht. Ihre Freundinnen hatten sie schon so oft mit ihm geneckt, ganz besonders, seitdem sein Bild zum ersten Mal in den Zeitungen aufgetaucht war. Du kennst wirklich diesen attraktiven Typ von der Kripo? Also ganz ehrlich, Lisa, den würden wir nicht von der Bettkante schubsen. Aber sie hatte jedes Mal ganz verlegen und unwillig abgewehrt. Sie mochte Artur, sehr sogar. Aber mehr … mehr konnte sie sich einfach nicht vorstellen. Sie arbeiteten schon so lange zusammen, hatten sich gemeinsam über aufgedunsene Wasserleichen und zerstückelte Gliedmaßen gebeugt. Über Kinder, die missbraucht und getötet worden waren, das Schlimmste von allem. Und dann sollten sie auf einmal miteinander flirten? Das erschien ihr einfach unvorstellbar, sie konnte es ihren Freundinnen nicht klarmachen. Ob Artur jemanden hatte, mit dem er sich so richtig aussprechen konnte? Na ja, immerhin hatte er Leo, seinen Assistenten, diesen ulkigen Kerl. Und sie selbst, wen hatte sie, wenn sie deprimiert und ausgepowert nach Hause kam? Mit ihren zwei, drei besten Freundinnen durfte und wollte sie nicht darüber sprechen, was sie tagsüber am Institut erlebt hatte. Und ihren Kindern musste sie ein fröhliches Gesicht zeigen, unbedingt! Miriam und Max bekamen sowieso immer wieder dumme Bemerkungen über den Beruf ihrer Mutter zu hören. Deine Mutter schneidet wirklich Leichen auf? Also pfui, igitt!

An manchen Abenden sehnte sie sich so sehr danach, dass jemand da wäre, einfach zum Anlehnen. Der sie in die Arme nahm und festhielt, bis all die Bilder in ihrem Kopf weggespült wären. Wenigstens bis zum nächsten Morgen. An einem solchen Abend hatte sie sich einmal an den Computer gesetzt und bei einer der Partnerschaftsbörsen eingeloggt, die ständig auf ihrem Bildschirm aufblinkten. Sie hatte dutzende Fragen über ihre Vorlieben und Wünsche angeklickt, außerdem ihre Kreditkartennummer eingegeben. Daraufhin war eine Liste mit Namen erschienen und dazugehörigen Fotos. Die Männer auf den Fotos hatten nur mehr sehr wenig Ähnlichkeit mit den George-Clooney-Typen gehabt, mit denen die Partnerschaftsbörse auf ihrer Website warb. Aber sie hatte nicht gekniffen, sondern schnell entschlossen zwei von ihnen angeschrieben und sich verabredet. Zu diesem Zeitpunkt war sie schon leicht betrunken gewesen, weil sie bereits den zweiten Piccolosekt geleert hatte.

Mit dem ersten Kandidaten, einem Rechtsanwalt, hatte sie sich im Kaffeehaus getroffen, abgehetzt nach einem aufreibenden Arbeitstag. Sie hatte die Situation als schrecklich peinlich empfunden, aber Harry, der Rechtsanwalt, war völlig locker gewesen. Man hatte geplaudert und Irish Coffee getrunken, dann hatte sich Harry interessiert über den Tisch gebeugt. »Sie sind Ärztin, nicht wahr? Das ist in Ihrem Profil gestanden. Allgemeinmedizinerin oder haben Sie sich spezialisiert?«

Sie hatte kurz gezögert und dann die Wahrheit gesagt, was sonst. »Ich bin Gerichtsmedizinerin und Pathologin.«

Harry hatte sie daraufhin so schockiert-fasziniert angestarrt wie ein Wesen mit zwei Köpfen. »Wirklich? Ganz im Ernst? Also das ist wirklich, nun ja, wie soll ich sagen, also das ist wirklich höchst interessant! Was für ein ungewöhnlicher Beruf für eine Frau!«

Er hatte sie dann noch über alle möglichen Details aushorchen wollen, wie fast jeder, der von ihrem Arbeitsbereich erfuhr. »Sie sezieren wirklich Leichen? Stinkt das nicht furchtbar? Kriechen da nicht überall Maden herum?« Endlich hatten sie sich verabschiedet und Harry war davongehastet. Sie hatte sich richtig vorstellen können, wie er anschließend zum Handy gegriffen hatte, um seine Freunde anzurufen. »Du, stell dir vor, wem ich gerade gegenübergesessen bin! Einer Gerichtsmedizinerin, ganz im Ernst, so einer Leichenschnippslerin. Hat ganz unscheinbar ausgesehen, also der hätte ich das nie zugetraut. Wahnsinn, was?« Sie hatte nie wieder von ihm gehört.

Das zweite Treffen war ähnlich verlaufen. Im Kaffeehaus, nur war ihr statt Harry, dem Rechtsanwalt, ein Beamter der Landesregierung namens Bernhard mit seinen Fragen auf den Leib gerückt.

»Wie lange sind Sie schon alleine, haben Sie Kinder? Was machen Sie denn so beruflich?«

»Ich bin Zahnärztin«, hatte sie feige geantwortet und sich verabschiedet.

Auch Bernhard, der Ministerialrat, hatte sich nie wieder gemeldet, zum Glück. Seither klickte sie die Mails der Partnerschaftsbörse immer weg, auch wenn die nicht locker ließen: ›Frau Kleinschmidt, wir haben neue Vorschläge für Sie.‹ Vielen Dank, sie blieb lieber allein. Das heißt, sie war ja gar nicht allein. Sie hatte ihre Kinder. Und demnächst vielleicht sogar einen Hund. Ein Hund würde sich an sie kuscheln und ihre kalten Füße wärmen. Möglicherweise doch nicht so eine schlechte Idee. Man müsste natürlich …

Es klopfte, Kajetan steckte den Kopf zur Tür herein. »Könnten Sie kurz ins Labor kommen, Frau Doktor?«

Und sie hatte ihre Arbeit.

*

Das Präsidium summte wie ein Bienenstock. In Wien wurde gerade die Regierung umgebildet, die Tür zum Zimmer vom Präsidenten war schon seit über einer Stunde ausnahmsweise geschlossen. Ab und zu konnte man Grabners Stimme hören, der gerade »Küss die Hand« oder »Meine Verehrung, Herr Hofrat« dröhnte. Pestallozzi vernahm es mit einem Schmunzeln und außerdem mit Erleichterung. Der Chef war mit Antichambrieren beschäftigt, gut so! Dann konnte er selbst ungestört seine Ermittlungen weiterführen und vielleicht, vielleicht sogar zu einem Ende bringen. Denn das Ende war nah. Dann schüttelte Pestallozzi über sich selbst den Kopf. Das Ende war nah – was für ein theatralischer Gedankengang!

Auf dem Schreibtisch vor ihm lag der Bericht ausgedruckt, den Lisa gemailt hatte. Der Stichkanal stammte zu 99, 9 Prozent vom Messer, das sich in der Küche vom ›Kaiserpark‹ gefunden hatte. Das überraschte ihn nicht. Der Jakob Rittlinger hatte es auf einem Foto ebenfalls ohne zu zögern als das Jausenmesser vom Herrn Baron wiedererkannt, das ihm vom Krinzinger vorgelegt worden war. Die Mordwaffe in natura hatte Pestallozzi dem alten Mann nicht zumuten wollen.

Außerdem hatte Lisa noch einige Anmerkungen zu ihrem Gespräch im Kaffeehaus hinzugefügt. Und ihm einen Namen genannt, den er aus dem Fernsehen kannte, mit einem doppelten Doktortitel davor. Der Professor war offenbar eine internationale Kapazität auf dem Fachgebiet der Haut- und Geschlechtskrankheiten und entsprechend schwer zu erreichen. Gestern hatte er an einem Kongress in Leipzig teilgenommen, morgen Abend wollte er nach Boston fliegen. Gerade hatte das Telefon geklingelt und seine Sekretärin war am Apparat. Der Herr Professor würde pünktlich um elf Uhr seine Vorlesung an der Uniklinik Innsbruck halten, dann nach Salzburg in seine Privatordination kommen, wo er um 16 Uhr den Herren von der Polizei zur Verfügung stehen würde. Um 16 Uhr 30 müsste er dann allerdings dringend weiter nach …

»Das passt ganz wunderbar«, sagte Pestallozzi liebenswürdig. »Haben Sie vielen Dank für Ihre Mühe.«

Er stand auf und streckte sich, sein Rücken fühlte sich an wie aus Beton. Ob er nicht doch wieder einmal ins Hallenbad schauen sollte? Früher war er richtig gerne geschwommen und hatte sich anschließend in die Finnische Sauna gesetzt. Na, mal sehen. Er ging zu Leos Büro und klopfte pro forma an den Türrahmen. Leo hockte vor dem Computer und plagte sich offenbar gerade mit dem Formulieren irgendeiner Antwortmail ab, eine steile kleine Falte stand zwischen seinen Augenbrauen.

»Wir haben erst um vier den nächsten Termin. Wie wär's mit einer kleinen Spritztour?«

Sein junger Kollege blickte auf und sah so erleichtert drein, dass Pestallozzi beinahe lachen musste. Aus Leo würde nie und nimmer ein Schreibtischhengst werden. Aber von denen gab es sowieso genug.

20 Minuten später fuhren sie über die lange Kurve hinaus aus der Stadt, rechts ragte der Gaisberg in den blau getupften Herbsthimmel. So lange hatte dieser Sommer gedauert, als ob er sich nie wieder verabschieden wollte. Aber jetzt begannen sich die Buchen und Ahornbäume endlich zu verfärben, bald würden die Hänge bis weit hinauf tiefrot und golden schimmern. Zwischen Strobl und Bad Ischl gab es einen kleinen See, der dann dalag wie ein klares Wasser in einem Indianerreservat in Kanada. Pestallozzi hatte diesen See schon als Kind heiß geliebt und war seither in jedem Herbst hinaufgefahren. Ein schmaler

Weg führte rundherum, an seinem Ende lag eine grob aus Baumstämmen gezimmerte Hütte, wo man auf einen Krug Most oder einen Tee mit Schnapserl einkehren konnte. Aber in diesem Jahr verspürte er keine Lust, dort zu rasten und den Blick auf das spiegelglatte Wasser zu genießen. Ein blitzgescheites, lustiges junges Mädel war von seinem Stiefvater erschlagen und anschließend ganz nah bei dem kleinen See vergraben worden, nur weil sich der an der Mutter hatte rächen wollen. Eine Tat von solch sinnloser Grausamkeit, dass selbst die abgebrühtesten Beamten erschüttert am Tatort gestanden waren.

Wieder war ein vollkommener Ort zerstört worden, ein Ort der Unschuld. Das hatte er schon so oft erleben müssen, viel zu oft. Wäldchen wie aus dem Märchenbuch, in denen Kinderleichen verscharrt lagen. Fotos, die von glücklichen Familien erzählten, dabei legte das Böse gerade seine Hand auf die Schultern des angestrengt lachenden Kindes. Immer öfter fiel es ihm so unendlich schwer, das alles zu vergessen und von sich zu schieben. Er saß in seinem Wohnzimmer und las oder hörte Musik, was selten genug vorkam. Es war so friedlich und gemütlich, wie es in einem Zuhause ohne Frau nur sein konnte. Und plötzlich kam dieser Gedanke über ihn. Wie vielen Menschen wurde in diesem Augenblick gerade Gewalt angetan? Wie viele Frauen und Kinder wurden gerade gequält und missbraucht, und er konnte sie nicht beschützen? Diese Erkenntnis fühlte sich an wie ein Eispickel in seinem Kopf. Meist stand er dann auf und zog sich noch einmal an und drehte eine Runde ums Haus, egal wie spät oder wie kalt es draußen war. Bewegung war dann das Einzige, was ihm helfen konnte.

Ein scharfes Knattern holte ihn ins Jetzt zurück, Motorradfahrer brausten wieder einmal an ihnen vorbei. Er sah kurz zu Leo hinüber. Der starrte den Motorrädern so sehnsüchtig nach, dass Pestallozzi schon wieder über ihn grinsen musste. Der Bursche brachte ihn zum Lachen und auf andere Gedanken. Sie waren wirklich ein gutes Gespann.

Eine halbe Stunde später sah Leo nicht sehnsüchtig, sondern beleidigt drein. Unwillig stapfte er davon. Der Chef hatte ihm aufgetragen, bei der alten Luggauer vorbeizuschauen. Probier, ob du nicht doch noch irgendetwas aus ihr herausbekommst, und vielleicht ist ja auch ihre Nichte da, diese Anna. Na gut, das war möglicherweise die Gelegenheit, um sich endlich einmal ganz allein als Ermittler zu präsentieren und nicht immer nur stumm dazusitzen wie der Wurmfortsatz vom Chef. Aber andererseits, die beiden Frauen waren wirklich harte Brocken, so freundlich und nett die auch taten. Ihm wurden jetzt schon die Handflächen feucht bei dem Gedanken, ihnen in dieser engen Wichtelstube ganz allein gegenüberzusitzen. Und außerdem wurde er das Gefühl nicht los, dass der Chef ihn regelrecht hatte fortschicken wollen. Leo, ich habe noch ein paar Fragen im ›Kaiserpark‹, dann komme ich nach zur Luggauerin. Was für Fragen, bitte schön? An wen, bitte schön? Leo kickte einen Kieselstein zur Seite, dass der zwei Meter weit flog.

Pestallozzi hatte an der Rezeption vom ›Kaiserpark‹ nachgefragt, jetzt ging er durch den Garten hinter dem Haus hinüber zur Dependance. Der Garten war eigentlich fast schon ein Park, mit gepflegten Rasenflächen und Blumenrabatten und Kieswegen, an denen altmodische Bänke standen wie im Schlosspark von Schönbrunn. Nur die frechen Eichkätzchen von Schönbrunn fehlten, die Iris mit Haselnüssen gefüttert hatte, als sie vor Jahren ihr letztes gemeinsames Wochenende in Wien verbracht hatten. Anschließend hatte sie ihn durch das riesengroße dottergelbe Schloss geschleppt und vor jedem Gemälde von dieser Kaiserin Sisi abwechselnd geseufzt und spitze kleine Schreie vor Entzückung ausgestoßen. Genauso wie die geschätzten tausend Japanerinnen im Pulk. Er hingegen hatte diese Sisi einfach nur grauenvoll gefunden. Eine Diätsüchtige, die ihre Kinder, ihren Mann und auch ihr Volk im Stich gelassen und sich hauptsächlich der Pflege ihrer meterlangen Haare gewidmet hatte. »An meinen Haaren möcht‹ ich sterben …« oder so ähnlich. Überspannte Urschel! Aber wieso war sie ihm gerade jetzt eingefallen? Pestallozzi schüttelte über sich selbst den Kopf.

Das Haupthaus vom ›Kaiserpark‹ war einst eine der größten Villen im Ort gewesen. Im pompösen Zuckerbäckerstil von 1900 erbaut mit Türmchen und Erkern und Veranden, auf denen die Damen mit ihren wagenradgroßen Hüten den Tee eingenommen hatten, an der Rezeption konnte man Ansichtskarten mit solchen und ähnlichen nostalgischen Motiven erstehen. Die Dependance hingegen war ein hypermoderner Glaswürfel, der immer wieder in Architekturzeitschriften erwähnt wurde. Auf der Wiese davor standen weiße Liegen rund um einen kleinen Pool, der aber offenbar nicht zum Schwimmen, sondern nur als erfrischender Anblick gedacht war. Eine Gruppe von jungen Leuten lagerte auf der Wiese in der Oktobersonne, manche lagen im Gras und hatten die Ohren zugestöpselt und schienen dösend der Musik zu lauschen, aber die meisten alberten und balgten herum, ein junger Mann und zwei Mädchen machten sich an einem elektrischen Grillofen zu schaffen. Sie unterhielten sich alle auf Englisch, mit eindeutig amerikanischem Akzent.

Pestallozzi blieb stehen und betrachtete die jungen Leute. Wie groß und stark und gesund die aussahen! Er musste an die Footballspiele denken, die manchmal spät in der Nacht liefen, wenn er den Fernseher beim Nachhausekommen noch einschaltete. Junge Amerikaner kamen ihm immer irgendwie größer und breitschultriger und sportlicher als junge Europäer vor, dabei war Fettleibigkeit angeblich eines der größten Probleme in Amerika. Arnold Schwarzenegger, den Österreich glücklich nach Kalifornien exportiert hatte, rief seine neuen Landsleute doch ständig zum Hantelschwingen auf. Also, diese jungen Amis hier auf der Wiese vom ›Kaiserpark‹ wirkten so gesund und fit wie Hochleistungssportler.

Er stand da und sah sich ein wenig unschlüssig um, dann entdeckte er die Frau auf den Stufen zur Dependance, die ihn offenbar seit Längerem beobachtete und nun leicht nickte. Er ging auf sie zu.

»Herr Pestallozzi? Ich bin Traudl Liebermann. Man hat mir Ihr Kommen schon angekündigt! Wollen wir uns in die Lobby setzen? Dort ist es ein bisschen leiser.«

Sie ging voran und steuerte zwei bequeme Sessel an, die mit einem hellen Tweedstoff überzogen waren. Ein niedriger Tisch stand zwischen ihnen. Von der Wiese mit den jungen Leuten trennte sie nur eine Wand aus Glas, in ihrem Rücken ging der Raum hell und luftig weiter bis zu einem riesigen roten Gemälde an der rückwärtigen Wand, das aussah wie ein Schüttbild von Hermann Nitsch.

Traudl Liebermann lächelte ihm zu und wies auf einen der beiden Sessel wie eine perfekte Gastgeberin. Sie setzte sich, dann nahm auch Pestallozzi Platz. Die Frau ihm gegenüber wurde ernst.

»Es gibt doch hoffentlich keine Probleme?«

Sie erinnerte Pestallozzi plötzlich an den schönen weißen Schwan mit den funkelnden Augen unten am See, der seine Flügel ausgebreitet und gefaucht hatte wie ein Drache, als er den flauschig grauen Jungen mit einem unbedachten Schritt zu nahe gekommen war.

»Nicht im geringsten. Aber es hat hier in diesem Ort vor kurzem einen Mordfall gegeben und deshalb …«

»Und deshalb ist man auf uns gekommen«, sagte die Frau bitter. »Der Gleinegg, ich weiß. Und was glauben Sie jetzt? Dass einer von diesen Jungen da …« Sie deutete auf die Burschen auf dem grünen Rasen.

»Das denkt niemand, bitte, glauben Sie mir, Frau Liebermann! Aber wir müssen einfach jedem kleinsten Hinweis nachgehen und nachfragen, ob es Zusammenhänge gibt, oder ob jemandem irgendetwas aufgefallen ist. Wann sind sie eigentlich genau hier angekommen?«

»Am 25. Vorher waren sie in Wien. Die Gruppe ist vor zehn Tagen in Amsterdam gelandet. Dann waren sie eine Woche lang in Holland unterwegs, dann in Wien, und der Aufenthalt hier ist als Urlaub und Entspannung gedacht zwischen den vielen Besichtigungen und Treffen. Morgen geht es über München und Düsseldorf weiter nach Paris.«

Am 25.! Und der Mord am Gleinegg war am 23. gewesen! Pestallozzi fühlte, wie der Zorn in ihm hochstieg. Auf den Grabner und die ganzen Wichtigtuer in Wien. Eine eigene Sitzung hatte es gegeben, im allerkleinsten Kreis!

Und dabei waren nicht einmal die simpelsten Tatsachen geklärt worden! Und er musste jetzt da sitzen und dieser Frau in die Augen schauen und darin lesen, was sie, völlig zu Recht, dachte. Die Verdächtigungen hörten nie auf.

»Der besagte Vorfall hat am 23. stattgefunden«, sagte Pestallozzi. »Es tut mir sehr leid, dass ich Sie belästigt habe.«

Sie schwiegen und sahen beide zu den jungen Leuten hinaus.

»Von denen will keiner irgendetwas zurückhaben oder Rache nehmen«, sagte Traudl Liebermann nach einer Weile. »Die kommen, weil sie sehen wollen, wo ihre Familien her sind. Oft haben sie nur ein zerrissenes Foto dabei oder eine Adresse, die es gar nicht mehr gibt. Das ›Jewish Welcome Service‹ betreut ja vor allem alte Menschen, die noch einmal die Stadt sehen wollen, in der sie geboren worden sind. Ich arbeite dort mit, ehrenamtlich. Und dann habe ich gehört, dass immer öfter die Jungen kommen, auf den Spuren ihrer Großeltern. Seither kümmere ich mich ein bisschen um diese Gruppen, wenn es meine Zeit erlaubt. Ich gehe mit ihnen mit, wenn sie wissen wollen, ob es die Wohnung überhaupt noch gibt, in der ihre Familie einmal gelebt hat. Oder die Schule oder die Synagoge. Sie glauben ja nicht, welche Reaktionen das auslöst. Wie oft ich schon dabei war, wenn uns die Wohnungstür einfach vor der Nase zugeschlagen worden ist. Weil die Leute so erschrecken oder so eine Angst haben, dass man ihnen doch noch etwas wegnehmen könnte, nach so vielen Jahren. Manche schämen sich wahrscheinlich auch nur viel zu sehr für ein Gespräch. Und dann gibt es solche, die sind einfach freundlich und bitten uns herein, und dann sitzt man am Tisch, und alte Fotoalben werden geholt. Das sind dann sehr schöne Momente.«

»Hat es hier am See irgendwelche Kontakte gegeben?«

»Wie gesagt, hier steht eigentlich nur Erholung auf dem Programm. Sightseeing in Salzburg, Mozart und die Trapp-Family. Edelweiß, Edelweiß.« Sie lachte. »Die Julie Andrews im Dirndl kriegt einfach kein Amerikaner mehr aus dem Kopf.« Dann wurde sie wieder ernst. »Und das ehemalige KZ am Traunsee haben wir besichtigt.«

»Sonst hat es keine persönlichen Gespräche mit Einheimischen gegeben? Ich denke jetzt wirklich nicht an den Gleinegg-Fall.«

Sie zögerte. Zwei junge Männer kamen vorbei und liefen die Treppe hoch, sie nahmen jeweils drei Stufen mit einem Satz. Dann war oben Gelächter zu hören und das unbekümmerte Zuschlagen von Türen. Pestallozzi fühlte sich ein bisschen wie in einer Jugendherberge, jedenfalls gefiel es ihm hier sehr viel besser als drüben im aufgemotzten ›Kaiserpark‹-Haupthaus.

Traudl Liebermann sah wieder zu den jungen Leuten auf der Wiese, die sich nun fast alle um den Grill versammelt hatten. Ein junger Mann stand mit glühenden Wangen direkt vor dem Rost und wendete die Fleischstücke und Kartoffelscheiben, die Mädchen sahen alle zu ihm auf.

»Das ist der Liam«, sagte Traudl Liebermann. »Sein Großvater Moritz Blau und dessen kleine Schwester Rachel sind im letzten Moment aus Wien entkommen, mit einem Kindertransport. Die Eltern und alle anderen Verwandten sind vergast worden. Der Moritz und die Rachel haben dann die übliche Odyssee absolviert, über die Schweiz und Frankreich nach Spanien, dann weiter nach England und von dort nach Amerika. Jede von diesen Lebensgeschichten klingt so unglaublich, die ganzen Horrorblockbuster von heute sind einfach lächerlich dagegen. Jedenfalls, der Großvater vom Liam ist vor einigen Jahren gestorben. Er hat damals nach dem Krieg studiert und ist Arzt geworden und hat sich in Seattle niedergelassen. Dort lebt die Familie heute noch. Und all die Jahre hat er immer wieder von den Sommerferien am See erzählt, im Haus seiner Tante. Und von der Kathi, mit der sie damals gespielt haben. Und diese Kathi hat der Liam vorgestern besucht. Er hat mir nichts davon erzählt, vorher. Der Liam ist ein bisschen ein Eigensinniger.« Sie lächelte. »Er hat nur gewusst, dass die Jugendfreundin seines Großvaters Katharina heißt und eine sehr alte Frau sein muss. Dann ist er aufs Gemeindeamt gegangen und hat nachgefragt. Und es hat sich herausgestellt, dass nur eine einzige Frau im Ort lebt, auf die das zutrifft. Die zwei anderen Kathis waren viel zu jung.«

»Katharina Luggauer«, sagte Pestallozzi langsam. Er sah die alte Frau vor sich, die einmal ein bildschönes junges Mädel gewesen sein musste, er konnte sich noch gut an seinen ersten Eindruck erinnern, als er sie damals gesehen hatte, in der Küche vom Loibner-Hof.

Traudl Liebermann sah ihn verblüfft an. »Sie kennen sie?«

Er nickte. »Eine bemerkenswerte Frau.«

»Das hat der Liam auch gesagt. Er war fast den ganzen Nachmittag bei ihr. Der Liam spricht ja nur wenig Deutsch, offenbar haben sie mit Händen und Füßen geredet und sich alte Fotos gezeigt. Es muss sehr schön gewesen sein. Nur am Abend war ihm ein bisschen schlecht, weil er so viel Nusskuchen gegessen hat.«

»Das Gefühl kenne ich«, sagte Pestallozzi.

Sie lachten beide. Dann sahen sie wieder zu den jungen Leuten hinaus. Der junge Mann packte gerade die Teller der anderen voll, er lachte, seine langen dunklen Haare kringelten sich auf den Schultern und um das erhitzte Gesicht. Liam, der Enkel von Moritz Blau, sah aus wie ein Rockstar.

»Ich danke Ihnen sehr für das Gespräch«, sagte Pestallozzi und stand langsam auf. Er wäre gerne noch sitzen geblieben und hätte mit Traudl Liebermann geplaudert. Einfach so. Sie hatten ein Gespräch voller Klippen geführt und es ohne Aggression und Schuldzuweisungen gemeistert. Aber Leo wartete auf ihn, bei der Kathi Luggauer, die so einen unglaublichen Besuch bekommen hatte. Hoffentlich verkraftete das Herz der alten Frau all die Aufregungen der letzten Zeit.

Sie erhob sich ebenfalls. »Kann ich davon ausgehen, dass alle Fragen geklärt sind?«

»Das können Sie.«

Sie gingen langsam nach draußen. Er dachte nach, dann holte er seine Brieftasche hervor und kramte nach der letzten verschmuddelten Visitenkarte. »Wenn Sie wieder einmal in Salzburg sind und vielleicht Hilfe brauchen, dann rufen Sie mich doch an.«

Sie nahm die Karte und lächelte. Traudl Liebermann war nicht der hilfsbedürftige Typ, er hätte sich auf die Zunge beißen können. Er war so ein Tollpatsch!

»Vielen Dank, Herr Pestallozzi. Ich komme gerne darauf zurück.«

Er verabschiedete sich und ging an den jungen Leuten vorbei. Ein paar drehten sich um und sahen ihn neugierig an, offenbar hatten sie über ihn gesprochen. Liam grinste ihm zu und schwenkte einladend die Grillzange mit einem Würstchen. Pestallozzi lachte zurück und hob bedauernd die Arme. Was für ein netter Kerl das doch war.

Er nahm den Weg durch den Park und rund ums Haupthaus direkt zur Straße. Pestallozzi verspürte wenig Lust auf einen Plausch mit Hotelvizedirektor Blücher. Er wollte gerade zum Auto gehen, aber dann blieb er stehen. Auf der Mauer gegenüber vom ›Kaiserpark‹ saß Leo mit verspiegelter Sonnenbrille und über der Brust gekreuzten Armen und sah finster drein. Spielende Knirpse betrachteten ihn respektvoll aus sicherer Entfernung.

Pestallozzi machte eine Kehrtwendung und ging über den Platz. »Ich habe gedacht, du bist bei der Kathi Luggauer?«

»Die war nicht zu Hause!«

»Aha.«

»Aber ich habe bei ihrer Nachbarin geklingelt. Und bei der habe ich so einiges erfahren.« Leo nahm endlich die verspiegelte Brille ab und sah nun deutlich selbstzufrieden aus.

»Und, weiter?«

»Die Luggauer hat vorgestern am Nachmittag Besuch bekommen. Von einem jungen Mann, der ziemlich wild ausgeschaut haben soll. Er soll eine Ähnlichkeit gehabt haben mit …« Leo senkte die Stimme, Pestallozzi musste ein Grinsen unterdrücken. Er wusste, was jetzt kommen würde. »… dem Raffael Gleinegg, sagt die Nachbarin. Weil der hat auch so lange Haare gehabt, bis auf die Schultern. Und er ist fast drei Stunden lang geblieben. Wie er gegangen ist, hat er sich noch bis zur Straße runter umgedreht und immer wieder zurückgeschaut und gewunken.«

»Dann wäre der Fall ja gelöst«, sagte Pestallozzi.

Leo sah schlagartig drein wie ein junger Dackel, dem ein Malheur auf dem Wohnzimmerteppich passiert war.

»Das habe ich doch gar nicht behauptet. Ich berichte nur, was die Nachbarin gesagt hat.«

Pestallozzi seufzte unhörbar. Er würde Leo auf der Heimfahrt von seinem Gespräch mit Traudl Liebermann erzählen. Aber vorher wollte er noch ein paar Schritte am Wasser machen. Dann mussten sie zurück in die Stadt, der Professor für Haut- und Geschlechtskrankheiten war ein viel beschäftigter Mann und würde bestimmt nicht warten.

»Lass gut sein, Leo«, sagte Pestallozzi. »Komm, wir drehen eine kurze Runde.«

Sie gingen schweigend die Uferpromenade entlang, wo ihnen beim letzten Mal der junge Gleinegg und seine Cousine entgegengekommen waren. Je näher sie zum Kurpavillon kamen, desto deutlicher wurde die Musik, die durch das Schnitzwerk seiner filigranen Wände klang. Die Ortskapelle probte offenbar für ein Konzert am Sonntag, das auf rosafarbenen Plakaten auf allen Alleebäumen angekündigt war. Sie blieben stehen und lauschten, Pestallozzi hatte den Kopf leicht schief gelegt. Leo scharrte mit den Füßen das Erdreich vor dem Pavillon auf, wo am Sonntag die Klappsessel stehen würden. Falls es nicht regnete, wie so oft am Sonntag.

»Das klingt ja wie Mafiamusik«, sagte Leo nach einer Weile. »Wie beim Begräbnis von so einem Paten.«

»Das ist Schostakowitsch«, sagte Pestallozzi. »Und die spielen richtig gut.«

*

Still war die Welt. Draußen fuhr ein Auto vorbei, dann verlor sich das Geräusch in der Ferne. Und in der Wohnung nebenan war ein leises Klappern zu hören wie von Töpfen, die jemand in ein Küchenkastl schichtete. Der alte Herr Tichy. Immer wenn im Fernsehen Berichte über glitzernde Charity-Galas liefen, mit ihren lächerlichen ›Awards‹ für aufgebrezelte Fußballergattinnen und einem Drumherum auf dem roten Teppich, das mehr kostete als ein Kindergarten in Bangladesch, dann musste Pestallozzi an seinen Nachbarn denken. Der pflegte seit Jahren seine bettlägrige demenzkranke Frau, obwohl er selbst schon über 80 war. Einmal am Tag kam eine Pflegerin von der Stadt und half ihm beim Umdrehen und Waschen, beim Windelwechseln. Die übrige Zeit war der alte Mann alleine und kochte und wusch und ging einkaufen. Manchmal begegneten sie einander im Stiegenhaus und nickten sich zu. Pestallozzi hatte dann immer ein schlechtes Gewissen, weil er nicht stehen bleiben konnte, um mit dem alten Mann ein paar Worte zu wechseln. Sondern meist schon auf dem Sprung zum nächsten Fall war.

Still lag die Welt. Nur der Computer summte, sein Bildschirm leuchtete wie eine blaue Lagune im Dunkel. Pestallozzi saß da und starrte auf die Tastatur hinab, deren Zeichen kaum zu erkennen waren, aber er mochte noch nicht die Schreibtischlampe aufdrehen. Er sah die Bank vor sich, vor der er gestanden war, vor bald zwei Wochen. Morgen würde der Leichnam freigegeben werden für das Begräbnis, das ein Spektakel allerersten Ranges zu werden versprach, mit Prominenz aus nah und fern. Dann würde der alte Gleinegg wieder auf allen Titelseiten prangen, eingebettet in Reportagen voll schauerlicher Details zum Mord. Und alle würden nach dem Mörder fragen, die Zeitungen, die Familie, der Grabner.

Die Gesichter zogen an ihm vorbei wie in einem traurigen Panoptikum. Die alte Kathi Luggauer, bei der so viele Fäden zusammenliefen, auch wenn sie ganz bestimmt nicht direkt in die Geschichte verwickelt war. Ihre Nichte Anna, die so traurig aussah, besonders, wenn vom jungen Gleinegg die Rede war. Der ›junge‹ Gleinegg, der doch gar nicht mehr so jung war. Ab sofort war er der nächste ›alte‹ Gleinegg, in diese Familien war man eingeschmiedet wie das Glied einer Kette, unentrinnbar. Die Schwestern, allen voran die Henriette Gleinegg mit ihrer Selbstsicherheit, die sie wie ein Korsett aufrecht hielt. Der Jakob Rittlinger in der aufgeräumten blitzsauberen Küche, wo der wohl enden würde? Der Patrick Gmoser und der Fabian Loibner, die beiden Möchtegerndetektive. Der wütende Loibner-Bauer. Der Edi Schmutz mit seiner Kochmütze, der sich schützend vor seinen Lehrling gestellt hatte. Die Frau von der Wollstube, die so trostlos auf ihren gepackten Siebensachen gesessen war, wie hatte sie bloß geheißen? Die freundliche Suse vom Café. Der Krinzinger, der sich redlich Mühe gab und sich so offensichtlich wie ein Mühlstein zwischen allen Fronten fühlte. Die ganzen Honoratioren, der Holzinger und der Blücher. Einer von ihnen hatte das Messer geführt. Einer aus dem Ort, aus der Familie. Die Tante Gisela mit ihrem entstellten Gesicht. Die Charlotte, die zum See gegangen und nicht mehr zurückgekommen war. Es war an der Zeit, dem Spuk ein Ende zu machen.

Pestallozzi schaltete die Schreibtischlampe ein, ihr Schein erhellte die Tastatur, aber der Raum ringsum blieb im Dunkeln. Heute Nachmittag waren sie noch bei diesem Professor gewesen. Der hatte sie zunächst mit ein paar höflichen Floskeln und nichtssagenden Hinweisen abfertigen wollen. Ärzte ließen sich nur höchst ungern auf Diagnosen festnageln, damit war zu rechnen gewesen. Aber dann hatte er Feuer gefangen, der Fall war auch zu interessant und prominent. Pestallozzi konnte sich nur zu gut vorstellen, wie der Herr Professor in Zukunft auf Kongressen, bei Konsultationen und unter vier Augen auf seine entscheidende Rolle bei der Klärung hinweisen würde: »Übrigens, damals beim Baron Gleinegg …«

Jedenfalls hatte er gar nicht mehr zu reden aufgehört, die Sekretärin hatte mehrere Male den Kopf zur Tür hereingesteckt und den Herrn Professor eindringlich zum Aufbruch gemahnt. Schließlich hatte er ihnen noch einige Fotos auf dem Computer gezeigt, der Leo war ganz käsebleich im Gesicht geworden. Nach dem Termin hatten sie einen Tee getrunken, ohne Rum, dann waren sie nach Hause gegangen. Leo wollte noch joggen.

Pestallozzi starrte auf den blinkenden Cursor, dann rief er Google auf. Er tippte ein Wort mit fünf Buchstaben ein und startete die Suche. 47 Millionen Treffer in 0,25 Sekunden. Er ergänzte das Wort um den Begriff »Erbkrankheiten«. 65.400 Treffer, auch eine gewisse Lady Gaga war angeblich davon betroffen. Er sah sich die ersten Seiten an, dann rief er die oberste Eintragung auf. Pestallozzi begann zu lesen. Es würde eine lange Nacht werden.

*

»Lupus«, sagte Edi.

Sie saßen im Bootshaus, Mitternacht war längst vorüber. Das spürten sie beide, ohne auf funkelnde Zifferblätter und Zeiger schauen zu müssen. »Solang die Sonn' und der Mond am Himmel stehen, brauchst ka Uhr.« Das hatte der Holzfäller-Gusti immer gesagt, bis er im Wald oben am Wieslerhörndl von einer Fichte erschlagen worden war. Der Spruch hatte ihnen getaugt und sie hatten sich fortan stur geweigert, eine Armbanduhr zu tragen. Auch so eine Marotte, die sie schon seit ihrer Jugend verband.

Zwei Jahre, na, fast drei Jahre lang hatten sie sich nicht gesehen, aber es passte noch immer. Eine leere Bierflasche kollerte über die Bohlen vom Bootshaus, sie waren längst zum Schnaps übergegangen. Eine Zeit lang hatte der Edi immer allerfeinsten Champagner zu ihren Treffen mitgebracht, aus den Küchen, in denen er gearbeitet und sich langsam zum Chef hochgedient hatte. Aber dann hatte er es sein lassen, die Angeberei war nur lächerlich gewesen. Und jetzt tranken sie wieder Bier und Schnaps, so wie früher, und aßen tropfende Ölsardinen aus der Dose dazu, ohne Brot.

Das Boot schlug gegen die Wände, draußen über dem See wurde das Wetter rauer. Aber im Bootshaus war es so gemütlich wie nirgends sonst auf der Welt, es roch nach Tauen und alten Putzlappen, nach Gummistiefeln und feuchtem Holz. Nach den leeren Säcken, auf denen sie saßen. So hatte es schon immer hier drinnen gerochen. Seltsam, das fiel ihm jetzt zum ersten Mal so richtig auf. Wie wichtig ihm Gerüche immer gewesen waren. Dass er nur die Augen zu schließen brauchte, wenn ihn ein Geruch streifte, und Erinnerungen brachen über ihn herein wie ein Sturzbach. Jetzt saßen sie hier, und er fühlte sich so seltsam aufgespalten. Als ob er wieder der junge Spund wäre, der Zuflucht gesucht hatte vor den Schlägen und der Gewalt zu Hause. Aber er war auch der große schwere Mann, der er seither geworden war. So groß und unbeholfen, auch wenn er noch immer durch die Küchen wirbeln und Befehle rufen konnte. Aber innerlich, tief drinnen, da fühlte er sich wie versulzt, als ob er langsam erstarren würde. Alles tat ihm weh, und es wurde immer schlimmer. Er musste es dem Raffi erklären, bevor er völlig erstarrt war.

»Lupus«, sagte Edi. Er hielt seine nackten Unterarme ins gelbe Licht der Lampe, die zwischen ihnen stand. Schuppig rot entzündete Flecken bedeckten die Haut auf den Innenseiten, die Armgelenke sahen aus wie geschwollen. »Jahrelang bin ich von einem Doktor zum anderen gelaufen. Das heißt, am Anfang hab ich die Flecken natürlich nicht ernst genommen und mir gedacht, dass das irgend so eine Allergie sein wird. Von den Gewürzen, du kennst mich ja. Chili und Pfeffer auf alles. Aber dann ist es immer schlimmer geworden. Und die Flecken im Gesicht sind gekommen. Alle haben Schnapsnase zu mir gesagt. Das ist natürlich nicht lustig für einen Koch, für einen Chefkoch. Wenn die Leut' immer glauben, dass du den besten Wein selber aussaufst.«

»Tut mir leid«, sagte Raffi. »Ey, Edi, wirklich.«

»Schon gut, du hast es ja nicht wissen können. Na ja, und dann bin ich zu den Ärzten gelaufen. Zu den ganzen Kurpfuschern. Du glaubst ja nicht, was du da alles erlebst. Cremes und Wasserl und lauter so Zeugs haben's mir zum Schmieren gegeben, Pulver hab ich schlucken müssen. Aber es ist immer ärger geworden. Dann sind auch noch die Schmerzen dazu gekommen, die Gelenke haben mir so weh getan, dass ich kaum mehr einen Löffel hab halten können.«

Er schwieg und krempelte sich langsam wieder die Ärmel herunter. Das erzählte sich alles so flugs und leicht, in ein paar Sätzen. Aber wie das wirklich gewesen war … Die wechselnden Arbeitsplätze, die Küchen, wo es zuging wie beim Militär, so streng war die Hackordnung, und jeder lauerte auf seine Chance. Und nie hatte er jemanden gehabt zum Reden. Nur Beziehungen, die nichts taugten. Frauen, die sich vor seiner Haut ekelten. Iiiii, Edi, das schaut ja aus wie die Krätze!

»Und jetzt?«, fragte Raffi. Er saß auf dem niederen Hocker aus Säcken, sein Gesicht war ganz im Dunkeln, nur seine aufgebogenen Stiefelspitzen mit den silbernen Beschlägen schimmerten im Licht.

»Vor zwei Jahren bin ich dann endlich zu einem Doktor gekommen, in der Schweiz. Der hat mich gleich so angeschaut, als ob er was wüsste. Aber ich hab schon überhaupt keine Hoffnung mehr gehabt, dass mir einer helfen kann. Dann hat er mir Blut abgenommen. Und dann hat er mir's gesagt. Dass ich eine Hautkrankheit hab, die Lupus heißt. Das heißt so viel wie Wolf, ehrlich.« Der Edi lachte, es klang nicht wirklich lustig. »Und dass die vererbt wird. Meistens bekommen's die Frauen, aber manchmal auch Männer.«

Wellen schlugen immer heftiger gegen das Bootshaus. Raffi leerte Schnaps in die Gläser, sie nahmen beide einen Schluck.

»Seither bin ich ein richtiger Experte geworden. Mit dem Internet geht das ja heutzutage. Lupus gibt's auf ganz verschiedene Arten. Heutzutage musst halt Medikamente nehmen, ich schluck so ein Cortisonzeugs. Aber früher sind die Leut' elendiglich krepiert daran. Da gibt's Bilder, sag ich dir, da träumst davon in der Nacht. Manchen hat es richtig die Nase und das Gesicht weggefressen. Wie der Tante Gisela.«

Es war ausgesprochen. Das Band war endlich fest geknüpft, das all die Jahre wie eine lose Leine zwischen ihnen gezuckt und geschlackert hatte. Wellen schlugen gegen die Holzwände vom Bootshaus, aber in ihren Ohren klangen sie wie das Getuschel und Gezischel, das sie all die Jahre begleitet hatte. Vor dem sie sich am liebsten die Ohren zugehalten hätten. Na, Edi, was macht der Vater? Und dann immer dieses Grinsen in den Gesichtern. In die man nicht einmal beim Kirtag schlagen konnte, weil man so tun musste, als ob man nichts wissen würde. Die Mutter in der Kirchbank, wenn der Herr Baron mit seiner Frau vorüberging. Und der Raffi hinterdrein, mit gesenktem Kopf.

»Edi«, sagte Raffael Gleinegg, seine Stimme klang so heiser, als ob er Glasscherben geschluckt hätte.

Edi saß da und schüttelte den Kopf. So viel war heute Abend gesagt worden. Aber noch nicht alles. Der Holzfäller-Gusti hatte ihnen gezeigt, wie man einen Löffel schnitzte und wie man Feuer machte. Und wie man es wieder austrat und auslöschte, dass ja kein Funken mehr fliegen und den Wald anzünden konnten. Was du angefangen hast, das musst auch zu Ende bringen, hatte der Holzfäller-Gusti gesagt, und sie hatten ernsthaft dazu genickt, zwei Buben im Wald am Leonsberg oben. Eine Sache musste zu Ende gebracht werden. Manche Sachen mussten gesagt werden.

»Willst die ganze Geschichte hören?«, fragte Edi.

»Ich kann's mir denken«, sagte der andere.

»Ich bin an dem Tag zur Kapelle raufgegangen. Heiß war's. In der Woche vorher bin ich wieder beim Doktor gewesen, drüben in Bad Reichenhall. Dort sitzt einer, der versteht was vom Lupus. Der hat mir gesagt, dass ich einen schweren Schub hab und in Zukunft wahrscheinlich so Mittel werd schlucken müssen, die auch gegen Krebs sind. Ich wollt einfach allein sein und nachdenken. Und wie ich dort gesessen bin, hab ich ihn auf einmal kommen sehen. Ganz langsam, als ob ihn die Schuh drücken würden. Ich wollt schon aufstehen und weggehen, aber dann bin ich sitzen geblieben. Dann hat er sich neben mich auf die Bank gesetzt. ›Ah, du bist das‹, hat er gesagt. ›Ja, ich bin's‹, hab ich gesagt. Dann hat er ganz langsam und umständlich einen Apfel und ein Messer aus der Jacke geholt und den Apfel zu schälen begonnen. In einem einzigen Stück rundherum, ganz konzentriert, als ob ich nicht da gewesen wär. ›Weißt du überhaupt, wer ich bin‹, hab ich irgendwann gesagt, das ›Du‹ ist mir auf einmal ganz leicht über die Lippen gekommen. ›Das weiß ich wohl, brauchst keine Sorge haben‹, hat er gesagt. ›Und‹, hab ich gesagt‹, ›hast mir gar nichts zum sagen?‹ Da hat er sich zu mir gedreht und mich zum ersten Mal angeschaut. ›Was willst denn hören‹, hat er gesagt. ›Ich hab deiner Mutter Geld geben wollen für die Engelmacherin, aber sie hat es nicht genommen. Mehr hab ich nicht tun können. Man hat sich damals auch gar nicht sicher sein können wegen so einem Kind. Heute gibt's ja diese ganzen Tests. Aber früher hast ja gar nicht gewusst, ob das Kind wirklich von dir ist.‹ Dann hat er angefangen, den Apfel zu essen, in lauter so kleinen Schnitzen, die er abgeschnitten hat. Mir hat er kein Stück angeboten.«

»Edi, hör auf«, sagte Raffi.

»Dann ist mir auf einmal so heiß geworden, ich hab kaum mehr Luft bekommen. ›Oh doch‹, hab ich gesagt. ›Du kannst dir sicher sein wegen mir. Du hast mir nämlich etwas vererbt.‹ Und ich hab ihm meine Arme unter die Nase gehalten. ›Da schau her‹, hab ich gesagt. ›Das ist Lupus, so heißt die Krankheit, die bei euch in der Familie ist. Die deine Schwester gehabt hat. Und die anderen. Die hast mir vermacht. Danke schön, Vater.‹«

Er hielt sein Glas in die Höhe, Raffi goss ihm nach. Es klirrte, so sehr zitterten ihre Hände.

»›Und jetzt werd ich wahrscheinlich nicht einmal mehr weiterarbeiten können‹, hab ich gesagt. ›Weil's immer schlimmer wird. Vielen Dank auch.‹ Er ist nur dagesessen und hat diesen idiotischen Apfel gegessen. Dann hat er mich wieder angeschaut. ›Wennst magst, kannst zu mir kommen‹, hat er gesagt. Ich hab ihn nur angestarrt, weil ich das nicht verstanden hab. ›Na ja‹, hat er gesagt. ›Der Jakob kann nicht mehr so wie früher, und du bist doch Koch. Also, wennst magst, dann kannst bei mir anfangen, morgen schon.‹ – ›Du willst, dass ich statt dem Jakob für dich koch und putz und in dem Kammerl neben der Küche schlaf‹, hab ich gefragt. ›Als dein Diener?‹ – ›Greif zu oder lass es bleiben‹, hat er gesagt.«

Sie hatten beide die Gläser auf den Boden vom Bootshaus gestellt. Raffi saß da und hatte die Hände ineinander verflochten, die Knöchel waren weiß und spitz. Edi redete, als ob er allein wäre auf der Welt.

»Dann hab ich nach dem Messer gegriffen. Ich hab immerzu das Wort ›Engelmacherin‹ im Kopf gehört und dass er der Mutter Geld geben hat wollen dafür, dass sie mich wegmachen lasst. Und die Mutter hab ich gesehen, wenn sie sich den Arm vors Gesicht gehalten hat, weil er sie wieder einmal geschlagen hat, der, zu dem ich hab Vater sagen müssen. Dann hab ich zugestochen. Einmal nur, aber so tief und fest, als ob ich ihn hätte ans Kreuz nageln wollen. Weißt du, was ich seither immer denken muss? Dass es das einzige Mal war, dass ich meinen leiblichen Vater berührt hab. Wie ich die Hand nach ihm ausgestreckt und zugestochen hab. Es ist gleich ganz viel Blut gekommen. Er ist nur dagesessen und hat sich die Hände vor den Bauch gehalten. Ich bin aufgestanden und bin davongegangen, einfach so runter durch den Wald. Ich bin nicht einmal gerannt. Irgendwo hab ich das Messer an einem Grasbüschel abgewischt und eingesteckt. In der Küche hab ich's dann in den Geschirrspüler getan.«

Die Morgendämmerung sickerte grau wie Asche durch die Bretterritzen. Grau waren ihre Gesichter und die Bartstoppeln, nur die Nase vom Edi war so rot wie immer.

»Er hat Linsen in den Schuhen gehabt«, sagte Raffi endlich.

»Nicht wegen mir«, sagte Edi Schmutz. Raffael Gleinegg streckte die Hand aus und zog seinen Bruder an sich.

*

Trockene Blätter wirbelten über die Fahrbahn, sie fuhren wie durch einen Laubregen. Die Windböen kamen aus allen Richtungen, eine alte Frau hielt sich an einem Lichtmast neben der Straße fest. Der Skoda geriet immer wieder ins Schlingern, Leo fuhr viel zu schnell, aber Pestalozzi sagte kein Wort. Salzburg und Hof und Fuschl lagen bereits hinter ihnen, vor ihnen stieg ein Wolkenkegel auf, als ob der See hinter dem Berg blauschwarze Lava speien würde. Sie sprachen kein Wort. Noch im Präsidium hatte Pestallozzi Leo von seiner langen Nacht berichtet und von der Ahnung, die sich für ihn längst zu einer Gewissheit verdichtet hatte. Heute würden sie den Fall Gleinegg zu einem Abschluss bringen. Oder es würde ihnen jemand zuvorkommen.

»Fahr schneller«, sagte Pestallozzi.

Die lange Kurve hinunter nach St. Gilgen, sie tauchten in die graue Suppe ein. Die Berge und der See waren von der Welt verschwunden, nur die orangen Lampen der Sturmwarnung blinkten durch die Düsternis. In allen Orten standen jetzt die Männer der Wasserrettung bereit, um hinauszufahren und ihr Leben zu riskieren für die paar Idioten, die immer wieder den See unterschätzten. Weil sie ja schon vor Madeira und Santorin gesegelt waren, da würde man ja wohl mit so einem Tümpel mitten in den Alpen fertig werden. Bis sie vom Wind und vom Wasser zu schlotternden Punkten weit draußen zusammengestaucht waren, die plötzlich ums blanke Überleben kämpften. Jedes Jahr starben Menschen in dem Gewässer, das auf Ansichtskarten so idyllisch und harmlos dalag.

Der Nebel riss für einen Moment auf und gab den Blick auf die Wellen frei, die zum Ufer rollten. Zum Glück war kein Boot zu sehen, dann nahm ihnen der Wald entlang der Straße wieder die Sicht. Die letzte Kurve um das östliche Ufer, Leo stieg endlich ein wenig vom Gas. Der Ort tauchte auf wie eine verwunschene Siedlung aus den Schwaden, sie preschten über die Bundesstraße bis zur Hotelabfahrt hinunter zum ›Kaiserpark‹. Regen hatte eingesetzt, wie eine Wunde, die endlich aufbricht. Leo hielt mit quietschenden Reifen vor dem Portal, sie stiegen aus und sahen sich um. Leo wollte schon die Stiegen hinauf zum Hoteleingang sprinten, aber Pestallozzi hielt ihn mit einer Handbewegung zurück. Eine Unruhe lag über dem See, auch wenn sie nichts sehen oder hören konnten. Nur die einsame Gestalt einer Frau war zu erkennen, die am Ende vom langen Steg neben dem Kurpavillon stand, mitten im Regen, der mittlerweile fast waagrecht gegen ihre Gesichter peitschte. Sie gingen auf die Frau zu, schon nach wenigen Metern begann Pestallozzi zu laufen, Leo neben ihm. Der Steg war so glitschig, dass sie Mühe hatten, nicht auszurutschen. Endlich waren sie an seinem Ende angelangt. Die Frau drehte sich für einen kurzen Moment um, dann sah sie wieder auf das grau tosende Wasser hinaus.

»Der Edi ist draußen«, sagte Katharina Luggauer. Sie trug einen Wetterfleck aus Loden, von dem die Tropfen wie kleine Bäche abperlten. Ein Schirm wäre völlig zwecklos gewesen. »Der Raffael hat das in der Früh entdeckt, weil er den Edi gesucht und nicht gefunden hat. Und dann hat er gemerkt, dass auch das Boot weg ist. Jetzt sind sie draußen und suchen ihn, der Krinzinger ist auch dabei.«

Weit draußen schienen Lichter zu tanzen, wie Scheinwerfer, die sich durch den Nebel pflügten. Dann war der Lichtschein wieder verschluckt.

»Sie haben es die ganze Zeit über gewusst, nicht wahr?«, sagte Pestallozzi. »Dass der Edi Schmutz der Sohn vom alten Gleinegg war.«

Die Frau neben ihm stand regungslos.

»Warum haben Sie es mir nicht gesagt?« Er hätte sie am liebsten geschüttelt, nicht aus Wut, sondern aus einem

Gefühl heraus, das sich aus vielen anderen zusammensetzte. Zorn und Kummer, Resignation und Müdigkeit.

»Weil es 40 Jahre lang auch sonst niemand hat wissen wollen«, sagte Katharina Luggauer. Sie sahen sich einen Augenblick lang an, dann wandte sie den Blick ab und sah wieder aufs Wasser hinaus.

Die Kälte war wie ein Bad aus Säure, in das sie langsam getaucht wurden. Leo spannte alle Muskeln an und ließ wieder locker, aber die Starre kroch durch seinen Körper. Der Chef und die alte Frau schienen gar nichts mehr zu spüren, sie standen nur da und kniffen die Augen zusammen, gegen die der Regen prasselte. Endlich wurde das Grau weit vorne zu einem blassen Orange und dann immer schneller zu einem grellen Orangerot, wie eine Morgendämmerung über den Wellen. Zwei Boote der Wasserrettung kehrten zurück. Das erste hielt auf den Steg zu, auf dem sie standen, das zweite nahm in einem Bogen Kurs auf eine weiter entfernte Landestelle. Das erste Boot bremste ab und ließ sich dann die letzten Meter gegen den Steg treiben, weißer Schaum klatschte gegen die Pfosten. Männer in gelbem Ölzeug kletterten steifbeinig auf die nassen Holzbretter, sie schlugen die Kapuzen zurück, Wasser rann aus ihren Haaren und tropfte von ihren Nasen. Krinzinger und Raffael Gleinegg und zwei, die sie nicht kannten. Die Erschöpfung war ihnen allen ins Gesicht geschrieben. Und die Hoffnungslosigkeit. Raffael Gleinegg blieb am äußersten Stegrand stehen und starrte auf das Wasser zurück, Krinzinger kam auf sie zu. Er war zu müde zum Salutieren.

»Das Boot treibt kieloben drüben bei der Falkenwand. Wir haben alles abgesucht, jetzt übernehmen die von

St. Gilgen. Aber da ist keine Hoffnung mehr. Ich versteh das nicht. Der Edi Schmutz war doch nie ein Segler nicht. Wieso ist der heute rausgefahren? Ausgerechnet heute? Ich versteh das einfach nicht.«

»Kollege Krinzinger«, sagte Pestallozzi, »schau zu, dass du dir was Warmes anziehst. Wir kommen dann nach, der Leo und ich.«

Krinzinger schnaufte und nickte, dann stapfte er davon. Pestallozzi sah Kathi Luggauer und Leo neben sich an. Leo schlotterte vor Kälte, das Gesicht der alten Frau war so weiß und durchscheinend wie ein Wachstuch. Sie mussten alle ins Trockene, sonst würde das Unwetter noch mehr Opfer fordern. Auch Raffael Gleinegg drehte sich endlich vom Wasser weg und kam auf sie zu, so müde und gebückt wie ein sehr alter Mann. Er schien nichts wahrzunehmen, nur der Kathi Luggauer blickte er ins Gesicht und schüttelte den Kopf, langsam, dann wollte er weitergehen.

»Herr Gleinegg«, sagte Pestallozzi. »Wir müssen reden.«

III

Leo fühlte sich nicht wirklich wohl. Genauer gesagt, echt beschissen. Er schwitzte unter den Achseln und auf den Handflächen, und außerdem wurde er das Gefühl nicht los, dass ihn alle beobachteten. Na ja, nicht alle vielleicht, er hatte ja zum Glück noch keine Paranoia. Aber diese mandeläugige Brünette dort drüben ließ ihn bereits seit seinem Eintreten nicht aus den Augen. Dabei war er nun wirklich cool und lässig herumspaziert und hatte sich umgesehen. Am unverfänglichsten für den Beginn waren die Regale mit den Motorzeitschriften gewesen, dort hatte er sich gleich einmal mit einem Stapel Motocrossmagazinen eingedeckt. Mit einem Haufen Papier unterm Arm fühlte man sich in so einem Etablissement gleich viel besser. Dann war er ebenso cool und lässig zu dem Tisch mit den Neuerscheinungen hinübergeschlendert. Jede Menge Weiberkram, Beziehungsratgeber und solches Zeug, für das unschuldige Wälder am Amazonas abgeholzt wurden. Aber dann hatte er diese Reportage über die arabische Revolution entdeckt, von diesem Journalisten, der jeden Abend aus Kairo und Tunis berichtete. Er hatte sich das Taschenbuch ebenfalls unter den Arm geklemmt und sich nun beinahe schon wie zu Hause gefühlt. In dieser Buchhandlung. Jetzt fehlte ihm nur noch ein Roman. Auch wenn er das ja selbst zum Schreien fand! Ein Roman! Aber er war einfach felsenfest entschlossen, seine Bildung, nun ja, zu vervollkommnen. Seitdem der Chef diesen Schostakowitsch auf Anhieb erkannt hatte. Das hatte er ja zuerst für einen Scherz gehalten. Aber dann hatte er am Abend noch diesen Schostakowitsch gegoogelt und sogar das Mafiastück auf You Tube entdeckt: Walzer Nr. 2. Wahnsinn! Der Chef war echt gebildet! Und dem würde er ab sofort nacheifern, und nichts konnte ihn davon abhalten, jawohl!

Leo steuerte entschlossen die Romanabteilung an. Russisch, Französisch, Gegenwartsliteratur, Klassik. Ein einziges Dickicht. Wie der Fall, in dem sie jetzt wochenlang herumgestochert hatten. Er sah plötzlich wieder das Wachzimmer vor sich, wo sie alle gesessen waren, mit klappernden Zähnen. Der Krinzinger hatte unentwegt Tee gekocht, der Gmoser hatte die alte Kathi Luggauer nach Hause gefahren und die Hanni Loibner verständigt. Der Chef war nur dagesessen und hatte in seinen zerknitterten Aufzeichnungen geblättert, offenbar hatte er sich am Abend immer noch Notizen gemacht. Irgendwann hatte er den Raffael Gleinegg angeschaut. »Können wir anfangen«, hatte der Chef gefragt. Und der Gleinegg hatte genickt. Dann waren sie bis in den späten Abend hinein zusammengesessen. Der Chef hatte gefragt und der Gleinegg hatte geantwortet. Der Chef hatte geredet und der Gleinegg hatte genickt. Manches Mal hatte auch der Krinzinger etwas gesagt. Und ganz langsam hatten sie die Geschichte zusammengepuzzelt. Vom alten Gleinegg und seiner Zwillingsschwester Gisela. Vom alten Gleinegg und seiner Tochter Charlotte. Vom alten Gleinegg und seinem Sohn Raffi. Vom alten Gleinegg und seinem Sohn Edi. Der eine Sohn war tot, die Taucher hatten ihn erst am nächsten Tag in mehr als 20 Metern Tiefe entdeckt. Der hatte seinen Vater erstochen. Der andere Sohn hockte jetzt droben im Schloss und war der nächste Baron. Keine wirklich schöne Geschichte. Und jetzt kam das Wochenende, und er wollte einfach nicht mehr daran denken. Auch deshalb war er hierher gekommen, in diese Buchhandlung, in der er sich völlig fehl am Platz fühlte. Irgendeinen Schmöker noch, dann würde er …

»Kann ich Ihnen helfen?«

Leo zuckte zusammen, beinahe wären ihm die Motocrossmagazine und die arabische Revolution davongerutscht. Die mandeläugige Brünette stand vor ihm und lächelte ihn an, sie roch ziemlich gut.

»Ich, äh, also, ich wollte gerade …« Verdammt. »Ich wollte mir gerade einen Roman fürs Wochenende besorgen.« Schon besser. Da hatte er gerade noch die Kurve gekriegt.

Die Brünette wurde augenblicklich geschäftig.

»Ja, und woran haben Sie da gedacht? Ich könnte Ihnen den neuen Auster empfehlen. Oder vielleicht diesen Krimi von John Harris über Hedgefonds, der ist derzeit auf allen Bestsellerlisten. Dann hätten wir noch …«

Leo sah sich nach einem Fluchtweg um. ›Lateinamerika‹ stand auf einem Schild, das von der Decke baumelte, der Tisch darunter war mit Buchstapeln bedeckt. Die Brünette folgte seinem Blick.

»Interessieren Sie sich für lateinamerikanische Literatur? Das ist unser Schwerpunktthema in diesem Herbst!«

Leo fühlte wieder sicheren Boden unter seinen Füßen. Lateinamerika, Rauschgiftrazzias und Drogenbosse, warum nicht! Er nickte gnädig.

Sie ließ den Blick über die Bücherstapel schweifen. »Allende kommt wohl eher nicht in Frage. Restrepo auch nicht.« Sie sprach wie zu sich selbst, dann hellte sich ihre Miene plötzlich auf. »Haben Sie schon ›Hundert Jahre Einsamkeit‹ gelesen? Von Gabriel Garcia Marquez, dem Nobelpreisträger? Oder ›Liebe in den Zeiten der Cholera‹? Mein absolutes Lieblingsbuch! Die beiden Romane gibt es jetzt in einer gebundenen Sonderedition!« Sie griff nach einem Wälzer, der nach 1000 Seiten aussah, mindestens. »Ein Mann liebt eine Frau sein ganzes Leben lang. Aber erst im hohen Alter … ach, ich will nicht mehr verraten!«

Leo hätte sich beinahe geschüttelt. Keine Sexszenen zwischen Greisen, bitte! Er mochte sich ja nicht einmal Sex zwischen Menschen über 40 vorstellen! Na gut, über 45, die Zeit verging doch ziemlich schnell. Auf jeden Fall hatte er keinen Nerv mehr, sich noch länger beschwatzen zu lassen.

»Das nehme ich!«

Die Brünette strahlte ihn an. »Sie werden es nicht bereuen, ganz bestimmt!«

Er folgte ihr zur Kassa, sie roch wirklich gut. Die Schwarte, die sie ihm empfohlen hatte, konnte er immer noch als Hantel verwenden.

*

Henriette Gleinegg saß vor dem Spiegel im Badezimmer, das sich an ihr Schlafzimmer im Dachgeschoss anschloss. Draußen vor dem spitzwinkeligen Gaubenfenster war es dunkel und kalt, aber sie war von wohliger Wärme und schmeichelndem Licht umgeben. So hatte sie es gewollt und dem Architekten wieder und wieder in Erinnerung gerufen. Der übliche Schnickschnack war ihr herzlich egal gewesen. Armaturen natürlich nur von Philippe Starck, gnädige Frau, und für die Küche würde ich antike karmesinrote Kacheln aus Italien vorschlagen, als Gegengewicht zu den spiegelnden Nirostaflächen! Sie hatte bloß mit den Schultern gezuckt. Aber warm und hell musste die Wohnung sein, Fußbodenheizung bis in die hinterste Ecke und kleine Spots in den Decken, die wie ein Sternenhimmel jeden Winkel ausleuchteten. Das hatte sie diesem Schnösel eingebläut. Kälte und Düsternis hatte sie genug getankt, sie brauchte nur an die Tage von November bis Februar damals zu Hause denken. An das Aufstehen in der Früh in den ungeheizten Kinderzimmern, an das einzige Badezimmer im zweiten Stock, wo nur kaltes Wasser aus dem Hahn getröpfelt war. In den Gesellschaftsräumen im Erdgeschoss hatte zwar immer ein Feuer im Kamin gebrannt, doch der einzig wirklich warme Ort war die Küche von der Maridi gewesen. Aber die hatte sich verständlicherweise schön bedankt, wenn ihr ständig die Kinder von der Herrschaft im Weg gestanden waren. Und deshalb war ihre eigene Wohnung auch so geworden, warm und hell, sie hatte ihren Willen durchgesetzt, wie immer. Wie fast immer.

Henriette Gleinegg sah in den Spiegel. Die kleinen Spots in der Lichtleiste rund um den Spiegel schmeichelten wie Galane, aber auch sie konnten die Falten nicht mehr hinwegzaubern. Die strengen Linien. Die Kinnpartie, die immer nachgiebiger wurde. Alle ihre Freundinnen hatten sich schon längst operieren lassen, in München oder

Marbella, aber sie schreckte noch immer vor diesem Schritt zurück. Zu viele hatten seither Gesichter wie groteske Clowns, mit diesen prallen Kinderbäckchen und Lippen, die so dick waren, dass jeder Bissen höllisch schmerzen musste. Und jeder Kuss. Sogar die Valerie Grabner hatte eindeutig etwas machen lassen, das sah doch ein Blinder! Sie schwadronierte zwar von einem Aufenthalt in dieser himmlischen neuen Therme, aber seit wann straffte eine Dampfkammer die Nasolabialfalten? Die hatte sich unterspritzen lassen, mit Eigenfett, ganz bestimmt.

Sie musste sich endlich schminken und anziehen, das Abendessen für die Aids-Foundation begann in wenig mehr als einer Stunde. Henriette Gleinegg griff nach einer Puderquaste, doch dann ließ sie die Hand wieder sinken. So fühlte sie sich seit zwei Tagen, so bleischwer. Seitdem sie es erfahren hatte. Alles, die ganze Geschichte. Dass der Edi Schmutz ihr Bruder gewesen war. Nun ja, nur ihr Halbbruder, aber das war auch schon gleichgültig. Und dass er ihren Vater ... Der Edi. Bilder stiegen seither in ihr auf, wie Sprudelblasen aus einer Quelle, sie konnte sie einfach nicht länger niederhalten. Von einem jungen Burschen, den der Raffi immer mitgebracht hatte. Der Raffi und sein unpassender Umgang mit der Dorfjugend, das Gesicht des Vaters hatte Bände gesprochen. Später war aus dem Edi Schmutz so ein grobschlächtiger Klotz geworden, aber damals war er ein braun gebrannter muskelbepackter Kerl gewesen, mit einem frechen Grinsen, das auf ihrer Haut geprickelt hatte wie Brausepulver. Sie selbst war damals eine affektierte Nocken gewesen, die sich für etwas Besseres hielt und außerdem drei bedeutsame Jahre älter war als der Raffi und der Edi. Aber trotzdem ... Einmal war sie durch den Ort spaziert, und da waren die zwei an ihr vorbeigeknattert, auf dem Moped vom Edi, der Raffi auf dem Soziussitz, und der Edi hatte gehupt und gewunken. Sie hätte sich so gerne dazugequetscht, aber sie war bloß weiterstolziert, ganz blasiert, ganz die junge Baronesse, und hatte nicht den Kopf gewendet. Und dann war sie dem Edi einmal auf der Treppe begegnet, spät am Abend, er war aus dem Zimmer vom Raffi gekommen und wollte sich gerade aus dem Haus stehlen, ohne einem von den Erwachsenen zu begegnen. Er hatte einen Gruß gemurmelt und war an ihr vorbeigehastet, einen Moment lang hatte sie sein verschwitztes Hemd gestreift und dieser Geruch nach Heu und Motoröl und etwas anderem, von dem sie noch nicht gewusst hatte, dass es der Duft der Jugend war. Sie hatte ihm nachgeschaut und sich gedacht, dass dieser Edi eigentlich ein ziemlich fescher Bursch war. Das hatte sie sich gedacht, der Herr stehe ihr bei. Über ihren eigenen Bruder. Halbbruder. Dann hatte sie den Edi aus den Augen verloren, zum Glück. Sie hatte nur ab und zu einen Satz aufgefangen, meist vom Raffi. Dass der Edi Schmutz eine Kochlehre machte. Dass der Stiefvater vom Edi Schmutz vom Traktor erdrückt worden war. Dass der Edi ins Ausland gegangen war und ordentlich Karriere machte, als Koch. Dann hatte sie ihn ganz vergessen. Und jetzt war er zurückgekehrt in ihr Leben und würde dazugehören bis zu ihrem letzten Atemzug. Auch wenn er selbst tot war, ertrunken im See. Ihr Bruder. Ihr Halbbruder. Der ihren Vater erstochen hatte. Seinen Vater.

Die Trauer kam so plötzlich über sie, dass sie beinahe um Luft ringen musste. Henriette Gleinegg schlug die Hände vors Gesicht und weinte, das hatte sie sich schon so viele Jahre nicht mehr gestattet. Es war, als ob ihr endlich warm werden würde.

*

Pestallozzi stand vor der geöffneten Kühlschranktür. Milch, Butter, Eier, Speck und ein paar Dosen Bier, das hatte er fast immer vorrätig. Nun ja, die Milch war ziemlich oft bereits abgelaufen gewesen und die Eier lagerten manchmal so lange im Fach, dass beinahe schon Küken schlüpften. Aber nicht heute. Denn gestern war er groß einkaufen gewesen, in diesem neuen Supermarkt gleich hinter der Polizeisicherheitsdirektion. Anschließend hatte er seine Vorräte durchgemustert, ausgemistet und anschließend die Wohnung geputzt, so gut er das eben konnte. Staubgesaugt und die Fenster aufgerissen, den halb verdorrten Weihnachtskaktus – ein Geschenk seiner Schwester Moni, von wem sonst – mit einer halben Flasche Wasser aufzupäppeln versucht. Fast alle Menschen, die er kannte, hatten eine Putzfrau, die mindestens einmal in der Woche kam und nach zwei Stunden die Wohnung erfüllt von Zitrusduft wieder verließ. Aber eine Frau zum Putzen zu engagieren, das erschien ihm einfach als ein abwegiger Gedanke.

Er griff nach dem Speck, den er gestern gekauft hatte. Der so köstlich geräuchert roch und von wunderbar ungesunden Fettstreifen durchzogen war. Dazu noch Champignons und Cocktailtomaten, alles schon fertig in Schächtelchen verpackt, einfach ideal für einen Mann, der ratlos zwischen den Regalen herumstreifte. Fast hätte er über sich selbst gelacht, als er endlich an der Kassa stand. Es fanden sich immer die gleichen Zutaten in seinem Wagen, egal wie lange er herumkurvte. Die Zutaten für das einzige Gericht nämlich, das er wirklich perfekt zubereiten konnte: English breakfast. Das war einfach seine absolute Lieblingsspeise, seitdem er sie vor vielen Jahren in einer Jugendherberge nahe Oxford in sich hineingeschaufelt hatte. Eier mit Speck, dazu schön scharf angebrutzelte Champignonhälften und Tomaten, eine Scheibe Bauernbrot mit ordentlich Butter darauf. Und eine Kanne Kaffee oder eine Dose Bier, je nach Tages- oder Nachtzeit. Pestallozzi hatte in seinem Leben bestimmt mehr English breakfasts verputzt als Queen Mum selig.

Er holte seine teflonbeschichteten Pfannen aus dem Regal, in denen garantiert nichts anbrennen konnte. Das hatte ihm die Verkäuferin damals versichert, und es stimmte, zum Glück. Er begann, den Speck in Streifen zu schneiden und die Champignons zu halbieren, exakt und voller Konzentration. Alltägliche Handgriffe, die er wie einen Wall gegen die Bilder in seinem Kopf aufzuschichten versuchte. Die vielen Bilder in seinem Kopf, angesammelt in so vielen Jahren. Und jetzt war wieder ein neues dazugekommen. Der Edi Schmutz, den die Taucher ans Ufer brachten. Der Edi Schmutz mit Steinen in den Taschen, um nur ja sicherzugehen und jede Hoffnung und jede Umkehr im allerletzten Moment auszuschließen. Um nur ja in dem sturmgepeitschten Wasser zu versinken. Der Vater hatte Linsen in den Schuhen getragen, der Sohn Steine in den Taschen gehabt. Wie die Pilger auf dem uralten Pfad, von dem ihnen die Helene Zilinski erzählt hatte, damals in dem düsteren Salon an jenem ersten Abend.

Er schlug die Eier in eine Glasschüssel und verquirlte sie mit Salz und Pfeffer. Dann schaltete er die Herdplatte ein. Auf dem Küchentisch lag ein Stapel Zeitungen, er wischte sie mit einer heftigen Bewegung zur Seite. Es war zu erwarten gewesen, aber die Sensationsberichte rund um die Aufklärung des Gleinegg-Falls widerten ihn trotzdem an. Alle die Geschichten, die jetzt wieder ausgegraben wurden. Die Fotos, die auf den Titelseiten prangten. Taucher, die sich über ein nasses Bündel beugten. Der Raffael Gleinegg, der wie ein wütender Stier auf die Kameras loszustürmen schien. Die Henriette Gleinegg, die beim Verlassen der Villa am Salzachkai den Kopf so hoch und stolz trug wie eine ägyptische Pharaonengattin. Und das Foto, das ein hartnäckiger Reporter irgendjemandem im Ort abgeschwatzt haben musste. Das Foto, das ihn am meisten getroffen hatte. Fünf lachende Kinder, vier Mädchen im Dirndl und ein Bub in Lederhosen, so bezaubernd wie die Trapp-Familie. Die Macht der Bilder. Den meisten Menschen genügte das, was sie zu sehen glaubten. Er musste hinter die Fassaden schauen.

Er stellte die eine Pfanne auf die heiße Herdplatte, ließ einen Klacks Butter schmelzen und schaufelte die Tomaten und Champignonhälften hinein. Dann stellte er die zweite Pfanne auf den Herd, es begann fast augenblicklich nach den Speckwürfeln zu riechen. Pestallozzi ging zum Kühlschrank und holte eine Dose Bier heraus. Es zischte, als er die Lasche hochzog, er trank mit tiefen Schlucken. Morgen früh würde er wieder am Schreibtisch sitzen. Oder vielleicht würde schon heute Nacht das Handy klingeln und ihn an einen Ort des Schreckens rufen. Das Böse ließ sich nicht austilgen. Aber man musste es versuchen. Jeden Tag aufs Neue. Immer wieder.

Er stand da und überlegte. Die Küche war erfüllt von Wärme und Licht und Gerüchen, die einem das Wasser im Mund zusammenlaufen ließen. Er zögerte noch einen Moment lang, dann ging er in die Diele hinaus, öffnete die Tür und machte die wenigen Schritte bis zur Wohnung nebenan. Er drückte auf den Klingelknopf, es dauerte ziemlich lange, bis Geräusche zu hören waren. Dann öffnete sich die Tür einen Spalt breit.

»Guten Abend, Herr Tichy«, sagte Pestallozzi. »Ich mache gerade ein paar Eier mit Speck. Wollen Sie mit mir essen?«

*

Kann man einen Hamster eigentlich zu Tode streicheln? Hoffentlich nicht, dachte Lisa Kleinschmidt. Max saß neben ihr auf dem Sofa und hielt seinen Hamster an sich gepresst. Vor wenigen Tagen, an seinem Geburtstag, hatte er einen Augenblick lang so enttäuscht dreingeschaut, dass sie schon befürchtet hatte, er würde gleich in Tränen ausbrechen. Kein Hund! Aber dann war das kleine semmelbraune Nagetier schnurstracks auf ihn zugetrippelt und hatte sich hochheben und streicheln lassen – und seither waren die beiden unzertrennlich. Das neue Familienmitglied war von seinem Besitzer aus unerfindlichen Gründen auf den Namen ›Walter‹ getauft worden. Leider neigte Walter zu Durchfall, was bestimmt damit zusammenhing, dass Max ihn heimlich mit Schokolade und Krümeln von Haselnussschnitten fütterte statt mit den vorgeschriebenen Körnern. Aber sie hatte einfach keine Lust, zu schimpfen.

Aus der Küche ertönte das Klirren von Porzellan auf dem Fliesenfußboden, dann ließ sich Miriam vernehmen: »Nichts passiert, Mama! Wirklich nicht!«

Schon den ganzen Vormittag stand ihre Tochter draußen und schnetzelte und rührte mit roten Backen. Im kommenden Frühjahr war ein Klassenausflug auf eine Selbstversorgerhütte im Pinzgau geplant, wo die Vierzehnjährigen für alles verantwortlich sein würden, auch fürs Kochen. Miriam hatte sich vorgenommen, ihre Freundinnen mit Spaghetti zu überraschen. Aber natürlich nicht mit den simplen Nudeln ihrer Mutter mit dem simplen Tomatensugo. Sondern mit einem hoch komplizierten Rezept, für das Sardellenfilets, getrocknete Pilze und Pinienkerne im feinsten Delikatessenladen der Altstadt hatten eingekauft werden müssen. Und jetzt stand sie schon seit Stunden draußen und wehrte alle Hilfsangebote ab.

»Mama, darf ich den Walter zum Papa und der Tante Gundi mitnehmen? Die müssen ihn doch auch kennenlernen!«

»Unbedingt, da hast du völlig recht, Schatz!«

Sie versuchte, nicht allzu schadenfroh zu grinsen. Der vorwitzige Walter mit den Stoffwechselstörungen auf dem cremefarbenen Wohnzimmerteppich und dem Ledersofa von Georg und Gundula! Aber alles nur eine Frage der Organisation, Tante Gundi!

Im Vorzimmer läutete das Handy, das noch immer in ihrer Handtasche steckte. Sie lief auf Wollsocken hinaus und fühlte, wie sich ihre Schultern verspannten. Wer konnte das sein? Heute war Sonntag, der erste wirklich freie Tag seit Langem. Bitte keine neue Leiche! Sie wühlte in ihrer Handtasche, endlich fand sich das Handy ganz unten am Boden. Die Nummer auf dem Display machte ihre Hoffnung schlagartig zunichte: das Institut!

»Kleinschmidt, hallo!«

»Grüß Gott, Frau Doktor«, sagte Roswitha. »Sie wissen ja, ich habe heute Bereitschaftsdienst. Wir haben einen neuen Fall gemeldet bekommen. Ein Ehestreit mit tödlicher Kopfverletzung, der genaue Hergang ist noch unklar. Man hat nach Ihnen gefragt. Aber die Frau Professor ist gerade im Büro, weil sie doch diesen Vortrag vorbereiten muss, Sie wissen schon, für die lange Nacht der Museen. Und sie lässt Ihnen ausrichten, dass sie sich um die Sache kümmert. Es reicht, wenn Sie morgen früh am Institut sind. Das wollte ich Ihnen nur sagen.«

Sie war so erleichtert, dass sich ihre Schultermuskulatur auf der Stelle entkrampfte. Der Tag gehörte wirklich ihr. Ihr und ihrer kleinen Familie. Sie ging ins Wohnzimmer zurück, wo Miriam begonnen hatte, den Tisch zu decken. Mit feierlicher Miene war sie gerade dabei, Papierservietten zu Dreiecken zu falten. »Mama, ich darf doch das schöne Service nehmen, ja?«

Sie nickte ihrer Tochter zu, die verschwand wieder in der Küche, aus der es mittlerweile erstaunlich appetitlich duftete. Allerdings waren auch Berge von bekleckstem Geschirr durch den Türspalt zu sehen. Sie setzte sich wieder neben Max und schubste mit dem Fuß die Zeitungen fort, die auf dem Boden lagen. Gestern war das Begräbnis vom Gleinegg gewesen, mit Riesenpomp und Trara, mit Requiem und Salutschüssen. Heute waren Bilder davon auf allen Titelseiten. Und morgen würde wieder ein anderes sensationelles Geschehen alle Blicke auf sich ziehen, endlich. Sie wollte von diesem Fall einfach nichts mehr sehen und hören. Von dieser Familie, die …

»Mama schau, der Walter kann ein Kunststück!«

Max hielt ein Stück getrocknete Aprikosenscheibe in die Höhe, Walter schnupperte und reckte sich danach auf den Hinterbeinen. Sie zog ihren Sohn an sich. Ich bin ja glücklich, dachte Lisa Kleinschmidt. Sie war selbst verblüfft darüber.

ENDE

Chefinspektor Artur Pestallozzi und Gerichtsmedizinerin Lisa Kleinschmidt ermitteln:

1. Fall: Blutiger Klee
ISBN 978-3-8392-0563-1

2. Fall: Kalter Weihrauch
ISBN 978-3-8392-1453-4